MAXI

Título original: *Os fillos do mar*
1.ª edición: julio, 2017

para el sello B de Bolsillo
Consell de Cent, 425-427 – 08009 Barcelona (España)
www.edicionesb.com

Printed in Spain
ISBN: 978-84-9070-391-5
DL B 10253-2017

Impreso por RODESA
Pol. Ind. San Miguel, parcelas E7-E8
31132 - Villatuerta-Estella, Navarra

Los hijos del mar

Pedro Feijoo

MAXI

Para Marta,
que siempre creyó en la profundidad de este mar.
Tant de bo sigui jo capaç d'escriure
les més belles paraules per a tu.
21.

Es peligroso tener razón cuando el gobierno
está equivocado.

VOLTAIRE

Todo hombre es como la luna:
tiene una cara oscura que a nadie muestra jamás.

MARK TWAIN

La vida es la cosa mejor que se inventó.

GABRIEL GARCÍA MÁRQUEZ,
El coronel no tiene quien le escriba

Half of what I say is meaningless,
but I say it just to reach you, Julia.

LENNON / MCCARTNEY, *Julia*

Aquí somos así. Positivamente.

SUSO DE TORO, *Cajón desastre*

Corre, todo era mucho más sencillo.

A veces, la verdad está delante de nosotros. A veces es tan fácil como mirar al frente. Tan simple como observar una señal dejada en el camino, como leer una carta, una letra detrás de otra. Nos empeñamos en buscar lejos aquello que está a nuestro lado, y casi nunca sintonizamos bien los diales de nuestras atenciones. Buscamos héroes de capa y antifaz que vengan volando a salvarnos de terribles supervillanos, y no nos damos cuenta de que los otros, los verdaderos héroes, están pasando con toda tranquilidad por nuestra acera, vestidos de calle y discreción. Soñamos con fastuosos tesoros hundidos en las aguas increíblemente cristalinas del Pacífico Sur, aguas en las que nosotros jamás llegaremos a mojar tan siquiera un pie, y no le prestamos atención a la profundidad de nuestros propios mares. ¿Por qué nos perdemos en divagaciones sobre la belleza mientras contemplamos la luna como idiotas, y no vemos lo hermosa que es la mujer que duerme a nuestro lado? Al fin y al cabo, la luna no es más que una piedra muerta en permanente gravitación boba en nuestra órbita, y tú eres la mujer más bella que he conocido nunca...

Esta vez todo era mucho más sencillo, y yo no he sabido verlo hasta este momento. Despierta. Tenemos que salir.

PRIMER ACTO

SIMÓN

1

—¿Sí?

—Buenos días. ¿El señor Simón Varela, por favor?

—¿Quién llama?

—Mi nombre es Ernest Rovira, secretario personal de la familia Dafonte-Llobet.

Mi nombre es Simón, y soy arquitecto. Ya sé, ya sé: ni mi nombre ni mucho menos a qué me dedico son cosas que a nadie le importan demasiado. Pero mi madre siempre me decía que la buena educación lo es todo en la vida. Mi nombre es Simón. Aunque también podría ser Nada. Total, aquí nunca llama nadie. Si me descuido, ya ni los amigos llaman. Y eso para dos o tres que me quedan. Antes no era así. Yo nunca he sido un tipo de esos populares, de los que son el centro de atención, «el alma de la fiesta», y todo eso. Pero tampoco era ningún bicho raro.

Bueno, yo creo que no...

Cuando estaba en la escuela me pasaba las horas dibujando. Sacaba de quicio a mi profesor de Plástica porque siempre dibujaba casas con las chimeneas torcidas y los colores a rayones por fuera de cualquier línea que marcase los límites. Y ahora soy arquitecto. Comencé a estudiar la carrera en Barcelona, en la Universitat Politècnica de Catalunya, en el otoño de 1990. Fueron diez años (sí, diez años, ya lo sé...) muy intensos, de aprendizaje, de fiesta, de amores... Pero todo se acaba, todo se va. Para cuando el siglo XX vino a convertirse en el XXI, y el segundo milenio en el tercero, yo decidí celebrar tan solemne momento con la apertura de mi propio estudio de arquitectura aquí, en Vigo, la ciudad en la que ya han pasado casi treinta y siete años desde que nací. Y no tardé demasiado en percatarme de que los grandes momentos de la humanidad son tan transitorios, tan vulgares como cualquier otro. Para cuando me quise dar cuenta, la sensación de fracaso y, sobre todo, la soledad, ya estaban instaladas conmigo, en un rincón oscuro de mi estudio. Apenas pasa gente por aquí. Algún conocido que busca ideas para arreglar la vieja casa de los abuelos, herederos espabilados a la caza de algún proyecto de reforma con el que tratar de despistar a la Ley de Costas... Pequeños trabajos de subsistencia, y poco más.

Aquí ya casi nunca llamaba nadie, y mucho menos ningún secretario personal de ninguna de las familias más importantes de la ciudad. Así, a golpe de lunes.

—Disculpe... ¿Cómo ha dicho que se llama?

—Rovira, Ernest Rovira, y soy, como también le he dicho ya, el secretario personal de la familia Dafonte-Llobet. ¿Sería usted tan amable de ponerme con el señor Simón Varela, por favor?

—Sí, claro. Perdone, pero es que no estaba seguro de haberle entendido bien. Yo soy Simón, Simón Varela.

—Simón Varela..., el arquitecto, entiendo —quiso asegurarse la voz al otro lado de la línea, quizá tras haber percibido mi nerviosa incertidumbre. Así y todo, el orgullo es el orgullo, y poco me faltó para responderle «no, Simón Varela, el sexador de pollos, no te...». Me contuve a tiempo.

—El mismo, señor Rovira. ¿En qué le puedo ayudar?

Antes de la respuesta se produjo un breve silencio, como si del otro lado alguien no estuviese demasiado seguro de las capacidades de su interlocutor. Por fin, y después de un suspiro intencionadamente mal disimulado, la voz del señor Rovira, quienquiera que este hombre fuese, reapareció.

—Verá, don Simón. —Odiaba de todo corazón cada momento en que alguien se dirigía a mí en esos términos; en realidad no es que fuesen demasiadas las ocasiones, pero aquello de «don Simón» siempre me hacía sentir inevitablemente ridículo—. Tengo el encargo de comunicarle el deseo de la señora Isabel Llobet, viuda de don Eneas Dafonte, de contratar sus servicios como arquitecto. En caso de estar usted disponible, por supuesto.

Aquello tenía que ser una broma. Alguien se estaba cachondeando de mí. O eso, o me acababa de tocar la lotería. «¿Disponible?» ¡Por favor! Por trabajar para aquella gente yo sería capaz de ir corriendo, a la pata coja y con la lengua fuera con tal de firmar el encargo. En una décima de segundo me vinieron a la cabeza todos los años que me había pasado soñando con un trabajo importante. Quizás ese fuera el empujón que estaba esperando para colocarme, por fin, en la primera línea de la arquitectura de la ciudad. Intenté dominar aquella revolución nerviosa y proseguir con la conversación.

—Bueno, la verdad es que últimamente andamos un poco apretados de agenda, pero estoy seguro de que encontraremos un hueco. ¿En qué consistiría el trabajo? Si no es mucho preguntar...

—Por supuesto que no, don Simón —«don Simón»... Tengo la sensación de que este tipo se lo está pasando bien. Seguro que todo esto no es más que una coña—. Se trataría de diseñar y dirigir cierta obra de reforma en una de las zonas de la Casa Grande, el viejo pazo de los señores Dafonte, no sé si usted lo conocerá...

—Algo me suena, creo que sí... —«creo que sí», menuda trola.

La Casa Grande, como todo el mundo en Vigo lo conocía, era un espléndido pazo en la playa de Canido, a las afueras de la ciudad. Un viejo caserón de principios del dieciocho que había pasado la mayor parte de su historia en el abandono y el deterioro, hasta que en los primeros años cuarenta del siglo pasado Eneas Dafonte lo adquirió. Todos los arquitectos en la ciudad conocíamos la historia de aquella casa, porque su trabajo de restauración había sido uno de los mejores ejemplos de respeto por la arquitectura tradicional gallega que, en años de obras grises, se habían hecho. Definitivamente, y si aquello no era una broma pesada, me acababa de tocar el premio gordo.

—De cualquier modo, señor Varela —vaya, pasamos de «don Simón a señor Varela», ¿estaremos ganando puntos?—, sepa usted que el objeto de mi llamada no es más que el de establecer un primer contacto mediante el cual conocer su disponibilidad. Si usted nos confirma su interés en el proyecto, será entonces la propia doña Isabel quien posteriormente se pondrá en contacto con usted.

—Por supuesto, señor Rovira. Puede confirmar usted mi interés en el trabajo. Dígale a la señora Llobet que me llame cuando quiera, entonces.

—Muy bien, pues así se lo diré. Muchas gracias por su tiempo y atención, señor Varela.

—Muchísimas gracias a ustedes. Quedo a la espera.

Colgué el teléfono, y dejé correr toda la tensión que llevaba acumulando a lo largo de la conversación. Grité con fuerza, salté, bailé e incluso me golpeé la pierna contra la esquina de la mesa del teléfono, pero era tanta la emoción que no estaba yo para preocuparme por dolor alguno en ese momento.

Hasta donde yo sabía, los Dafonte-Llobet tenían fama de ser una de las viejas familias más ricas y poderosas de la ciudad, pero también era verdad que un cierto aire rancio, preso en recuerdos de tiempos pasados, envolvía su nombre cada vez que alguien hablaba de ellos. Además, el nombre de uno de los hombres de la familia, el señor Xulio Dafonte, llevaba un tiempo sonando por los mentideros de la ciudad, con un par de apariciones en las páginas de sucesos de *Faro de Vigo*, creo que por algo relacionado con alguna de sus empresas y no sé qué historias más. Supongo que debería haberle prestado más atención a la vida local, pero lo cierto es que por aquella época yo abría el periódico nada más que para leer la tira de Garfield, la programación de la tele y la última página, siempre en este orden. Cuando dejaron de publicar las historias de gato glotón, mi relación con la prensa pasó a mejor vida.

Así las cosas, la excitación pronto dejó espacio para las dudas. Si los Dafonte-Llobet tenían tanto dinero y tan buena posición como se les suponía, también era verdad que, de haberles venido en gana, podrían haber contratado al premio Pritzker de turno para que les reformase los gallineros. ¿Por qué yo, un don nadie, y no Norman Foster? O cualquier otro arquitecto gallego, que aquí también los hay muy buenos... Todo aquello tenía que ser una broma... Claro que el señor Ernest, o quienquiera que fuese el tipo aquel al otro lado del aparato, había parecido muy serio... «Bueno, mira, lo mejor es tranquilizarse, y esperar. Si tienen que llamar, ya llamarán.»

Mi disfraz de persona madura y tranquila se deshilachaba por momentos. Las horas iban pasando con la lentitud de las estaciones a mi alrededor. Una efervescente primavera llena de ilusiones pronto se transformó en un asfixiante estío repleto de las más locas ideas de éxito. El tiempo seguía avanzando lentamente, hasta que esas ideas fulgurantes comenzaron a caer como hojas de mi cabeza a lo largo de un incómodo otoño. Ya me había instalado en la más blanca y fría de las tristezas invernales, con mi ilusión terriblemente envejecida y convencido de que todo había sido una broma de muy mal gusto cuando por fin, cuando la tarde estaba a punto de convertirse en noche, el teléfono de mi estudio volvió a sonar. Salté desde el sofá hasta el teléfono, me planté delante del aparato y, con la tranquilidad peor fingida en la historia del teatro universal, descolgué el auricular.

—Dígame.

—¿El señor Simón Varela?

Dese el primer momento, aquella voz de mujer anciana me transmitió una sensación de calma y dulzura que me dejó un poco desorientado.

—Sí, soy yo...

—Buenas noches, Simón. Soy Isabel Llobet, me imagino que Ernest ya le habrá hablado de mí. Disculpe que lo llame a estas horas, espero no molestar...

En realidad no era necesario que se presentase, pues nada más oírla supe quién era, y no por la primicia del amigo Ernest, precisamente. Comprendí al oírla hablar que era ella. Pero la sensación no dejaba de ser extraña, incluso algo incómoda. Supongo que uno es, en buena medida, sus propios prejuicios, y yo me había imaginado a aquella mujer, matriarca de una familia tan poderosa, dueña de una voz ciertamente más fuerte, dura. Y me había preparado para hacerle frente a esa dureza. Pero, sin embargo, doña Isabel hablaba casi con la dulzura de una abuela, de esa vecina mayor, la de toda la vida, con la que te cruzas en el portal del edificio. Encima, yo me había dado cuenta de que era ella, y ahora ya no sabía cual debía ser mi papel. Solo sabía que lo que tenía preparado no encajaba en aquella conversación. Ni siquiera me di cuenta de que ella ya había empezado a llamarme por mi nombre de pila. Como si toda la vida hubiera sido así.

—Oh, no, no. No se preocupe por eso. Si de hecho no sé ni qué hora es, toda la tarde aquí, enfrascado delante de los planos.

—Ajá... —De repente tuve la sensación de estar ante una madre sabedora de que te acaba de pillar en una mentira—. Pues mejor, entonces. Verá, me comunica Ernest que tendremos el placer de contar con su trabajo aquí, en la casa. —«Pero si yo dije que tenía que consultar mi agenda... ¿Tanto se me notó?»—. No sabe usted la alegría que eso me produce.

—Vaya, pues me alegro yo también de que usted se alegre. —«¿Pero qué rayos estoy diciendo?»—. Este... Sí, bueno, lo cierto es que sí, ya me he organizado un poco para poder dedicarme a su proyecto. Pero claro, sería bueno que pudiese conocer un poquito mejor de qué se trataría el asunto. Ernest, bueno, el señor Rovira, me comentó algo sobre una reforma de la casa, pero tampoco me dijo mucho más. No sé, quizás usted...

—Por supuesto, Simón, por supuesto. Ernest se toma muy en serio el asunto de la discreción, y nunca comenta nada más que lo justo. No se lo tenga en cuenta, señor Varela. Lo cierto es que la reforma en sí no es en la casa propiamente, sino en sus jardines, en el viejo estanque.

Me quedé callado, intentando asimilar toda la información que tanto consciente como inconscientemente mi cerebro iba recibiendo. Doña Isabel debió de interpretar mi silencio como nota de cierto desencanto.

—Espero no haberlo desanimado, Simón. Comprendería que la reforma de unos jardines y un viejo estanque de agua no fuesen demasiado apetecibles para un arquitecto de su categoría.

¿Mi «categoría»? ¿Qué me quería decir con eso? Por un momento volví a tener la sensación de que se estuviera burlando de mí, como si supiera que yo en realidad no era nadie. Y entonces comprendí que mis máscaras resultaban del todo inútiles ante aquella mujer. Ella era quien realmente llevaba el control de la situación. Y de cualquier modo, yo no iba por ahí.

—Oh, no, doña Isabel. Solo estaba escuchando. Verá, la verdad es que a mí tanto me da trabajar dentro que fuera de la casa, señora. Ahora, y siendo completamente sincero, no acabo de entender demasiado bien por qué quiere trabajar conmigo. No se ofenda, pero todo el mundo sabe que usted podría perfectamente contratar al mismísimo Miguel Ángel si eso fuera lo que quisiese.

—No se preocupe usted ahora por eso, hijo. A mis años, una sabe ya con certeza cuáles son las buenas decisiones, y cuáles no. Y yo estoy plenamente convencida de que usted es la persona más indicada para llevar a cabo este trabajo. Así pues, dígame, ¿contamos con usted, sí o no?

Definitivamente, aquella mujer sabía a la perfección lo que se traía entre manos. Por un momento tuve la sensación de que mi respuesta no iba a ser más que otra pantomima, que la decisión ya estaba tomada, y que no había sido yo, precisamente, quien había puesto la firma grande sobre el documento definitivo. Tuve *esa* sensación y, así y todo, seguí adelante.

—Por supuesto, doña Isabel. Será un orgullo trabajar para usted.

—¡Fantástico! —exclamó ella con un tono de voz que, a decir verdad, me llamó mucho la atención en ese momento, pues, o mucho me equivocaba, o realmente sí se alegraba por nuestro acuerdo—. No se hable más, entonces. ¿Cuándo puede usted venir por aquí? ¿Le va bien mañana? A las cinco sería perfecto. Así tendremos ocasión de hablar con tranquilidad, y podré explicarle a usted con más detalle el trabajo *in situ*. ¿Le parece bien?

No fui capaz más que de asentir ante semejante caudal de energía y regocijo por parte de la mujer. Por el calor y la dulzura de su voz no era fácil dilucidar cuantos años tendría exactamente, pero, teniendo en cuenta las historias que corrían por la memoria de la ciudad, supuse que debía de andar entre los setenta y los setenta y cinco. No obstante, era tanta la fuerza que desprendía... Asentí con un simple «ajá», que hoy me parece si cabe todavía más ridículo. Al otro lado de la línea, ella volvió a expresar su satisfacción y se despidió hasta el día siguiente.

—No se hable más, entonces. Hasta mañana, Simón.

Ajá, y ya estaba todo dicho. Pero yo seguía sin acabar de entender nada. Me había pasado el día entero esperando por aquella llamada y, de repente, ya estaba todo dicho. *Ajá*. ¿Qué significaba todo aquello? ¿Por qué era yo la persona más «indicada» para ese trabajo? ¿Y qué trabajo era ese, exactamente? Doña Isabel parecía la mujer más afable de mundo, pero esa sensación de candidez poco a poco fue dejando paso a otra bien distinta en mi cabeza. Por lo que se decía por ahí, la familia Dafonte-Llobet no tenía el más limpio de los pasados, precisamente. Y según parecía que contaban ahora los periódicos, tampoco se podía decir que su presente fuese un vergel de honestidad. ¿Qué estaba pasando? Por un momento pensé en la posibilidad de que me fuesen a emplear como cabeza de turco en algún tipo de asunto oscuro. Y, para qué engañarnos, tengo que confesar que incluso sentí algo de miedo. Que me llamen paranoico, pero, a ver, ¿quién iba a echar en falta a un arquitecto mediocre como yo si pasado mañana no volvía a aparecer por el barrio? Vale, sí: me imagino que mis acreedores a primeros de mes, pero yo no me refería a eso. De repente tuve la sensación de estar empezando a encontrarme atrapado en una especie de red de la que no era todavía consciente más que en mi imaginación. No sé qué me excitaba más, realmente: si la certeza de un nuevo trabajo (y esta vez uno de verdad...) o la incertidumbre que rodeaba a todo este asunto.

Para cuando me quise dar cuenta, la noche cerrada ya se había adueñado de todo, y yo sentía que mi cabeza estaba a punto de hacer bum. Decidí que lo mejor era dejarlo y esperar, a ver qué nos deparaba el día siguiente. Al fin y al cabo, no podía ser mucho peor de lo que en realidad mi vida era ya. Me eché en el sofá azul del estudio, con la certeza de que no podría pegar ojo en toda la noche. Cinco minutos más tarde, ya estaba dormido.

2

Las señales horarias de las cinco de la tarde comenzaron a sonar en la radio del coche mientras mi viejo Peugeot rodaba ya el tramo final del camino a través del terreno de los Dafonte-Llobet. En pie desde bien temprano, me había pasado toda la mañana y la primera hora de la tarde dándole vueltas a mi discurso ante la señora Llobet. Horas y horas de ensayo que, una vez a las puertas de su casa, solo me sirvieron para dejarme una cosa bien clara: no tenía ni idea de cómo plantarme ante ella. Me sentía tan nervioso como un colegial ante su primera partida de beso-verdad-condición. Antes de bajarme de mi patata con ruedas repasé mi aspecto ante el retrovisor, y tuve la certeza aplastante de que ni siquiera había sido capaz de escoger la corbata más apropiada para la ocasión. Y eso que solo tengo dos... Dejé el coche y fui directo al portón de madera de la casa, abierto de par en par. Al tiempo que yo me iba acercando por fuera, otra silueta se aproximaba desde dentro, según pude intuir a través de los cristales translúcidos con los que se decoraba la puerta interior de la entrada. Alguien venía a recibirme.

—El señor Varela, supongo.

Un hombre bajito, de rostro cordial, me ofrecía su mano desde el otro lado de la puerta.

—Sí, soy yo. Vengo a ver a la señora Llobet, tengo una cita con ella aquí a las cinco.

—Ya lo sé, don Simón. Fue conmigo con quien habló usted ayer. Yo soy Ernest Rovira. Acompáñeme, por favor. —Y de nuevo me dedicó una sonrisa todavía más amplia que la del recibimiento.

Supongo que me di cuenta de que era el señor Robira tan pronto como le escuché pronunciar aquello de *don Simón*. De cualquier modo, no dejó de llamarme la atención. En mi imaginación yo me había compuesto al tal Rovira como una especie de mezcla entre James Bond y un mayordomo de esos que salen en las películas de ambientación victoriana, un tipo alto, de chaleco a rayas sobre camisa blanca, y no como aquella persona que en realidad era: un hombre de unos sesenta y tantos con aspecto de viejo profesor de matemáticas retirado, amplia calva y gafas metálicas muchos años atrás pasadas de moda. Seguí al secretario a muy buen paso por el pasillo que partía de uno de los laterales del vestíbulo. El señor Rovira lucía una buena tripa, pero aun así se movía con agilidad, se notaba que estaba en forma. O, por lo menos, que yo no lo estaba. Finalizamos nuestra carrera en un pequeño salón con grandes ventanales orientados a la parte posterior de la casa. Ernest me pidió que hiciese el favor de aguardar un momento, que doña Isabel no tardaría en recibirme, y que me pusiese cómodo, que estaba en mi casa. Y con la misma expresión de cordialidad con la que me había recibido, volvió a desaparecer desandando el camino por donde habíamos venido.

Me acerqué a uno de los ventanales, supongo que instintivamente, con el fin de examinar cuánto de los famosos jardines se podía contemplar desde donde me encontraba. Ya antes de detenerme con mi coche delante de la casa había tenido que atravesar un buen trecho de camino de tierra desde la carretera principal, atravesando los muros tras los que se protegían los terrenos de la Casa Grande. Muros viejísimos, muy altos, de más de tres metros, hechos de piedra del país y cemento. Al pasar el portal, dos viejas hojas de forja todavía más altas que los muros, el camino se descubría arropado por un pequeño bosque de abetos, pinos y robles, que escondía en su interior el edificio principal de la Casa Grande. De hecho, el pazo era totalmente invisible desde la carretera de la playa de Canido. Al llegar no había podido ver ningún estanque, así que volví a intentarlo desde mi nueva posición. Idéntica suerte. Desde las ventanas del salón no se divisaba más que un largo prado verde, que corría en pendiente protegido por más árboles a los lados. Al fondo, a unos quinientos metros, los árboles laterales convergían todos en una especie de robledal amplio y tupido, dentro del cual no se podía observar nada más.

—Buenas tardes —saludó a mis espaldas una voz que al momento me resultó familiar—. Me alegro mucho de verte, Simón.

La mujer, a la que al momento identifiqué como doña Isabel, caminaba apoyando la mano izquierda en un bastón con empuñadura de plata, y con la ayuda de Ernest, a quien se agarraba con la mano derecha. Su aspecto era el de una mujer ya muy mayor, y yo no pude evitar acordarme de la Jessica Tandy de *Paseando a miss Daisy*. Su rostro era un mapa del mundo en arrugas, a juego con la larga cabellera blanca que le corría por las mejillas y que componía un marco perfecto para sus ojos, claros como el agua más limpia, y una sonrisa cariñosa y afable.

—Buenas tardes, señora Llobet. Yo también me alegro de estar por fin aquí.

—Oh, nada de «señoras», hijo, que aquí donde me ves todavía soy muy capaz de sacarte a bailar. Llámame Isabel, que es como me dicen todos mis amigos.

Aquella familiaridad, algo con lo que yo no contaba, hizo que me encontrase rápidamente a gusto.

—Veo que no has tenido dificultades para dar con nuestro «humilde hogar». —La ironía en sus palabras resultaba evidente, pero parecía más cargada de resignación que de burla—. Y a la hora exacta. Me gusta. Creo que la puntualidad, en su ausencia o en su exceso, dice mucho de uno, ¿no te parece?

—Bueno, en realidad debo confesar que yo jugaba con ventaja. A mi abuela le encantaba venir a pasear por la playa de Canido, y mis padres y yo solíamos acompañarla en aquellas excursiones de fin de semana. Pasábamos muy a menudo por delante de su terreno. Así que la verdad es que ya me tenía el camino más que aprendido, doña Isabel.

—Tu abuela, dices. ¿Y cómo se llamaba tu abuela, hijo?

—Elisa.

—Elisa... —repitió—. Pues déjame que te diga que tu abuela tenía muy buen gusto. Para los paseos, quiero decir. Yo también he disfrutado mucho de esas puestas de sol, con la bajamar acariciándome los pies. Hay una luz muy hermosa en estas playas, todo teñido de color naranja...

La mujer quedó en silencio, con la mirada perdida en dios sabe qué recuerdos durante dos o tres largos segundos. Y así permaneció, casi embelesada, hasta que, de pronto, hizo un gesto con la mano, el de quien aparta de delante algo que no es de su agrado, retomando la energía de la que ya había dado muestras por teléfono.

—Bueno, si te he hecho venir hasta aquí no ha sido para hablar de atardeceres. ¿Te parece bien que nos vayamos metiendo en materia, Simón?

—Por supuesto, doña Isabel. ¿De qué se trata la cosa, pues?

—¿Qué te parece si ahora somos nosotros los que damos otro paseo, y te muestro tu futuro lugar de trabajo?

—Nada me gustaría más.

Salimos a los jardines y torcimos por uno de los laterales, por un pequeño sendero en el que yo no me había fijado hasta ese momento. Mientras avanzábamos entre los árboles, doña Isabel, ahora apoyada en mi brazo izquierdo, me fue hablando de tiempos pasados, de días de fiesta y celebraciones en aquellos mismos jardines. Recordaba visitas de amigos, de autoridades, de las celebridades del momento. Mientras lo hacía, Ernest, caminando a dos metros escasos por detrás de nosotros, nos seguía con la mirada perdida en el suelo, como si también él participase en silencio de aquellos mismos recuerdos. Y, sin embargo, en las palabras de doña Isabel no había nada semejante a mi tristeza por una situación —salvando las distancias— semejante. No, ella hablaba como quien describe una película que ya se ha terminado, una historia en la que ella también hubiera tenido un papel protagonista, pero que ya había quedado allá, en el olvido. Por momentos, incluso me pareció reconocer cierto alivio en sus palabras.

—Y bien, aquí estamos.

Al principio pensé que se refería a que hasta ahí había llegado la historia de su vida. Pero enseguida descubrí mi error. Después de haber estado ascendiendo a lo largo de casi todo el trayecto acabábamos de llegar a uno de los extremos del terreno. Estábamos prácticamente encima del mar, que rompía tranquilo allá abajo, a nuestros pies. En este punto, el jardín formaba una especie de mirador sobre la ría cubierto por unos cuantos sauces llorones, con un par de bancos mirando al mar. Y entre ellos, un viejo estanque rectangular con una fuente en su interior. Todo el conjunto estaba construido en granito viejo, la piedra típica del país, pero tan comido por el musgo y los líquenes que casi ni se adivinaba su color gris. Dentro, la poca agua que había, espesa e inmóvil, era de un color verde que no dejaba más que intuir el fondo cenagoso de aquella pequeña piscina. De la fuente que había en su centro, una columna cuadrada que se erigía en medio de aquel lodazal, hecha del mismo material con el que se había elaborado el estanque, ya no manaba agua, y, por todo el óxido que acumulaban en su punto más elevado los cuatro caños de bronce, uno en cada costado, daba la sensación de haber pasado ya mucho tiempo desde que la última gota de agua asomara por aquellas bocas. La construcción en sí formaba un conjunto a caballo entre lo romántico y lo fantasmagórico, viejas piedras muertas devoradas por la vegetación y el tiempo. Y a pesar de todo, aquel lugar conseguía crear un ambiente de cierto aire familiar.

—Esta fuente es el origen de todo, Simón. Mi marido, el señor Eneas Dafonte Maristany, que en paz descanse, ordenó su construcción al comprar la casa. Aunque te pueda sorprender, has de saber que en este momento estamos sobre una mina natural de agua. Aquí abajo había una cueva por la que se accedía al manantial original. De hecho, cuando Eneas compró la casa, el terreno, como imagino que ya sabrás, llevaba más de cien años abandonado, era campo de juegos para los niños del pueblo, y la caverna, uno de los rincones favoritos para sus aventuras. Ellos fueron quienes se la enseñaron por primera vez. Eneas entendía que el agua era el más bello símbolo de la pureza y la riqueza de la tierra, y por eso ordenó levantar aquí esta fuente, para celebrar el presente que la tierra nos ofrece. La verdad es que nosotros nunca fuimos mucho ni de heráldicas ni de estupideces de ese tipo, pero no es menos cierto que Eneas veía en esta fuente un símbolo de sí mismo, de nuestra propia familia. Le encantaba venir hasta el mirador en la última hora de la tarde, y sentarse aquí, en ese banco que tienes a tu lado, a contemplar la puesta del sol acompañado solo por el sonido del agua cayendo en el estanque.

De nuevo interrumpió doña Isabel su relato, otra vez la mirada perdida en el horizonte. Estaba claro que extrañaba a su marido. Siguió hablando, ahora sí, en un tono más próximo a la tristeza.

—La fuente se secó pocos meses antes de que Eneas muriese, y él supo interpretar aquello como una señal. «Todo llega a su fin», decía...

—No se ponga triste ahora, doña Isabel. —Pobre tentativa mía de consuelo.

—No, hijo, no... Y para eso estás tú ahora aquí. Yo sé que mi hora también está cerca.

—Por favor, doña Isabel, no diga eso —interrumpí yo, torpemente convencido de que mi arrogancia era lo que aquella mujer necesitaba escuchar—, que usted todavía es todo energía.

—Vaya, Simón... —mi asalto provocó en ella el esbozo de una nueva sonrisa descreída—, te agradezco el intento, pero yo sé bien de qué estoy hablando. Así que no interrumpas más, y escucha.

De repente me sentí como el niño que, impertinente, acaba de recibir la regañina merecida. Y reaccioné del modo más maduro en mí: tragando saliva y bajando la cabeza.

—Perdón, señora.

Aceptadas mis disculpas, doña Isabel retomó su explicación como si allí nadie hubiese interrumpido a nadie.

—Como te estaba diciendo, Eneas supo interpretar aquella señal, y entendió que así tenía que ser. Y yo no quiero pensar que un hombre tan inteligente como mi marido habría escogido a una estúpida cualquiera por esposa. Yo también sé leer en las líneas de la vida, y hoy entiendo que no me debo marchar en el silencio de esta fuente. Repara estos grifos, Simón, recupera este espacio. Haz que el agua corra, que la piedra hable, que este vuelva a ser un rincón agradable donde los que un día nos amaron puedan venir con el tiempo a recordarnos.

Doña Isabel hablaba con dulzura, pero también con seguridad. De nuevo volví a tener la sensación de que la decisión ya estaba tomada de antemano, y todo lo demás solo eran formalismos. Sabía que ni podía ni quería decir que no.

—¿Y cuándo quiere que empiece, entonces?

Se quedó mirándome, con una sonrisa en el rostro a caballo entre la sorpresa y el desconcierto.

—¿Acaso crees que no lo has hecho ya?

3

No era nada difícil entenderse con aquella mujer. Como ella misma había dejado bien claro, se trataba de una persona inteligente, de ideas muy lúcidas. Dos minutos hablando con ella eran más que suficientes para darse cuenta de que no solo sabía muy bien lo que quería, sino que además también sabía como transmitirlo. Tan solo un par de horas de charla relajada alrededor de unas tazas de café de nuevo en aquel pequeño salón donde habíamos iniciado nuestra cita, y la idea principal ya estaba más que esbozada. Doña Isabel tan solo quería recuperar aquel espacio, sin mayores pretensiones. Nada de diseños contemporáneos, ni «armonizaciones paisajísticas», ni nada por el estilo. Tan solo recuperar, o, quizá mejor dicho, resucitar aquel rincón del terreno. De hecho, fue ella quien me resumió el encargo de este modo:

—Resucítanos, amigo Simón. Baja hasta los orígenes, y haz que el sonido del agua nos traiga nuevas músicas de vida a esta familia. Quiero pensar que un día, cuando yo no esté, esas mismas aguas sean capaces de limpiar toda la mugre que hoy cubre el fondo del estanque y afea nuestra fuente.

La escuchaba, y pensaba si tan requintada descripción no sería demasiado para un simple proyecto de reforma arquitectónica. Sobre todo teniendo en cuenta que en aquel momento mi trabajo no implicaba, aparentemente, mucho más esfuerzo que remover unas cuantas piedras, algo de fontanería y poco más. La ignorancia es atrevida como ningún héroe, y yo, sentado en la comodidad de aquellos sofás de tan rancio abolengo, estaba convencido de que aquel trabajo iba a ser tan sencillo como bajar al quiosco, comprar el cupón ganador de los ciegos y presentarse en el banco a cobrar los millones. Desde luego, insisto, doña Isabel Llobet era una mujer inteligente y de ideas claras, y si eso era lo que ella quería, yo sería quien se lo trajese en bandeja de plata.

Según todas estas cuestiones habían ido quedando más o menos definidas, la conversación se fue relajando, si cabe todavía más de lo que ya de por sí era, hacia otros temas, y ahora era por mí por quien se interesaba la señora Llobet. Me preguntaba por mi formación. En un principio me llamó la atención el hecho de que ella supiese de mis años en Barcelona antes de que yo se lo hubiese dicho, pero pronto pensé que eso tenía que ser cosa del eficiente señor Rovira, quien, sin duda, se había encargado con anterioridad de informarse sobre todos los arquitectos candidatos a este trabajo. Porque por fuerza yo no podía haber sido el único aspirante. Doña Isabel llevó la conversación hasta el Modernismo.

—Para mí, Simón, y no sé si tú compartirás esta visión, el modernismo catalán, y muy especialmente el trabajo de Antoni Gaudí, es el más hermoso canto al desenfado de las formas, a la naturaleza, al color y a la vida que en todo el siglo XX se hizo en España. Lástima que más gotas de esa alegría no hubiesen llegado hasta nosotros, ¿no te parece?

Y de nuevo no pude más que asentir. No sabría explicar cómo, pero en ese momento tuve la certeza de que doña Isabel Llobet ya sabía más que de sobra que el modernismo catalán, y muy especialmente el trabajo de Antoni Gaudí, habían sido el objeto de mis estudios al final de la carrera, mucho tiempo antes de que la vida me convirtiese en reputado especialista en la reforma de gallineros, chiringuitos de playa y otras chapuzas por el estilo. Y, por un instante, incluso tuve miedo de que aquella mujer fuese capaz de leerme el pensamiento. Mi arrogancia anterior me hacía ahora sentir vergüenza.

—Más que una lástima, doña Isabel. Una verdadera tragedia.

Nos despedimos, no sin antes apalabrar una nueva cita dentro de los próximos tres o cuatro días, ya con los bocetos de la reforma bajo el brazo. Doña Isabel insistió en acompañarme hasta la salida, apoyada en su inseparable Ernest. Al abrir la puerta el secretario, mi flamante patata con ruedas apareció ante nosotros, justo en el mismo sitio en el que yo la había dejado aparcada, y justo con la misma capa de roña encima con la que yo llevaba viajando ya desde ni recordaba cuanto tiempo. La mujer observó el coche con curiosidad, y por un momento me rondó una preocupante asociación de ideas: «ella debe pensar que, si mi coche es esta montaña de basura, mi trabajo debe ser muy semejante...». A veces el subconsciente es así de simpático con uno mismo, pero en esta ocasión se equivocaba. Doña Isabel no hizo más que volver a sonreír, quizá divertida por la estampa, o quizás incluso complacida, como quien contempla aquello que le cuadra dentro de lo familiar.

—Ve con cuidado, hijo, que a veces los viajes más sencillos son los más traicioneros.

—Pierda cuidado, doña Isabel. Nos vemos en nada.

Y mientras yo avanzaba por el camino que me llevaba de vuelta al mundo, todavía pude observar por el espejo retrovisor como Ernest volvía a ayudar a la señora Llobet a entrar en la casa. Lo hacía con seguridad, pero tuve la sensación de que aquel hombre también lo hacía con gran cariño. ¿Cuánto tiempo llevaría junta aquella extraña pareja?

Enredado en pensamientos de este tipo fui entrando en el tráfico de aquel atardecer de noviembre, con el otoño ya instalado en las proximidades de un invierno todavía por ser deseado. La luz del sol lo bañaba todo en un hermoso color naranja, y mi abuela regresó a mi pensamiento. Tantos años atrás, en aquella misma playa por la que ahora yo volvía a pasar... Recordé el reflejo del mar en sus ojos llenos de melancolía y ausencia, perdidos siempre en el ocaso más allá de las islas Cíes, y me sentí bien en aquellas nostalgias. Decidí que por lo que iba de jornada ya estaba bien de darle vueltas a la cabeza, que si había más en lo que cavilar ya sería mañana otro día. Para entonces, el volante de mi coche ya había escogido hacer el regreso por la carretera de las playas. Por el Vao, las Barcas, la Sereíña, Samil... Tranquilo, sin prisas.

Pasé los dos días siguientes dibujando una y otra vez sobre la mesa de trabajo, encerrado en mi estudio. «La cueva», como yo la llamaba, era en realidad un pequeño apartamento en el número 2 del paseo de Alfonso XII, una vieja mole marcada como «edificio histórico protegido» por el catálogo del Ayuntamiento. Parecía una especie de torre, erigida solitaria al lado del mirador sobre la ría, y había sido construida en los años setenta del siglo XIX, en un solar en caída entre las calles Elduayen y Pobladores. La fuerte inclinación del terreno era la causante de que la fachada principal del edificio solo tuviese tres alturas contando la planta baja, mientras que por la parte posterior ascendían siete plantas, altura que llamaba mucho la atención, sobre todo teniendo en cuenta su antigüedad. Una curiosidad arquitectónica para acoger a un curioso arquitecto como yo. En realidad el edificio no es que fuese gran cosa —de hecho, lo cierto es que era todo un milagro que aquel mastodonte aun se tuviese en pie—, pero en el fondo yo me sentía plenamente a gusto allí. Le tenía muchísimo cariño a aquel apartamento. Ofrecía el espacio justo para trabajar y vivir en él, y el edificio estaba en pleno centro de la ciudad, justo al lado del Olivo —el árbol símbolo de la ciudad, el mismo que aparece en su escudo—, a escasos trescientos metros de la Puerta del Sol, y al lado mismo del Bayona, el bar en que todos los calaveras de la ciudad nos tomábamos la última ración de callos después de una larga noche de fiesta.

Esos dos días siguientes, miércoles y jueves, trabajé sin descanso. Hice cientos de borradores sobre mi mesa de dibujo. La vieja mesa de trabajo que mi padre me regaló al empezar mis estudios en Barcelona. Todavía la conservaba, y era en ella donde comenzaba siempre todos mis trabajos. Me gustaba emborronar a mano hojas y hojas con los primeros bocetos de cada nuevo proyecto antes de ponerme con el ordenador. Mi padre me la había comprado con la esperanza de que de ese tablero saliesen algún día los planos de alguna de las nuevas maravillas del mundo moderno, con las ilusiones puestas en la alzada de algún diseño que sin duda habría de revolucionar nuestra arquitectura. Pero con el tiempo todo se había ido. Las ilusiones, las esperanzas, e incluso la relación con mi padre, cansados ambos de desencantos a dos bandas. Con todo, volví a sentarme a la mesa. Suspiré profundamente, y pensé que, quizás esta vez sí, este iba ser aquel trabajo con el que tanto mi padre como yo todavía soñábamos en la distancia. Yo nunca lo hubiera reconocido en voz alta, ni siquiera a mí mismo, pero lo cierto es que lo echaba de menos. Al entusiasmo. A la confianza. A mi padre. Y comencé a trabajar.

El primer dibujo fue un esbozo del frontal del estanque bajo los sauces, con los bancos desde los que contemplar el mar a los lados. El segundo fue un boceto solo del estanque y la fuente con sus caños. El tercero, un apunte sobre los grifos en detalle, primero sin agua, y luego con ella. El cuarto, de nuevo el conjunto. El quinto, unos detalles del borde del estanque, trazos cubiertos por el follaje. El sexto... Y así uno tras otro, sin darme cuenta. Para cuando llegó el amanecer del jueves ya tenía tantos papeles desparramados sobre la mesa, a su lado, por el suelo, por todas partes, que era imposible dar dos pasos seguidos sin pisar un solo dibujo de aquella fuente en el mirador. Comprendí que me estaba obsesionando con aquel espacio, tan familiar que ya sentía que lo podría dibujar con todo detalle desde cualquier ángulo posible, y decidí que lo mejor era tomarme un descanso. Llevaba ya dos días enteros trabajando sin parar, y necesitaba poner en orden mis ideas. En realidad no acababa de entender demasiado bien por qué le estaba dando tantas vueltas, si en el fondo la señora Llobet ya me había dejado bien claro por dónde quería que fuesen los tiros. Y no obstante había algo que me obsesionaba en aquel trabajo. Necesitaba poner en orden mis ideas, dormir, o lo que sucediese primero. Y ganó el sueño.

Caí rendido en el sofá azul, y para cuando me desperté, la noche cerrada ya se había hecho fuerte en esta parte del mundo. Intenté entonces recomponer todo aquel caos de dibujos, darle forma, lo que fuese con tal de convencerme a mí mismo de que tenía algo en claro. Al final, acabé escogiendo unos cuantos a modo de resumen y, otra vez, retomé el sueño.

Al día siguiente, viernes, y de nuevo a las cinco en punto de la tarde, mi carruaje de corceles detenía orgulloso su trote delante de la puerta principal de la Casa Grande. El siempre atento secretario Ernest ya me estaba esperando en la entrada. Me acerqué hasta él con mi carpeta bajo el brazo izquierdo y la mano derecha dispuesta para el saludo.

—Buenas tardes, señor Rovira.

—Buenas tardes, don Simón. Veo que sigue usted practicando el difícil arte de la puntualidad —comentó Ernest con una sonrisa una pizca orgullosa de más.

—Sí, sí. Y yo me doy cuenta de que usted sigue gozando bastante con las posibilidades de mi nombre —me permití responderle en un tono teatralmente afectado.

—¿Quién, yo? —fingió no comprender el secretario.

—Mire, ya que por lo visto vamos a trabajar juntos, le voy a proponer un trato: usted me llama simplemente Simón, y yo le prometo seguir teniendo en consideración la importancia de llamarse Ernest. ¿Hay trato? —Y volví a ofrecerle la mano.

Sonrió el secretario.

—De acuerdo. Simplemente, Simón.

El señor Rovira tomó con fuerza mi mano y, en silencio, yo agradecí el gesto de familiaridad. Por fin, algo por donde comenzar a romper el hielo de respeto que aquella casa me imponía. Los dos entramos en el pazo, Ernest de nuevo guiándome por el pasillo, pero esta vez hasta una puerta diferente.

—Aguarde un momento en la biblioteca, Simón. Doña Isabel está atendiendo una llamada en su despacho. Permita que le avise de su llegada, y enseguida estará con usted.

El secretario me dejó en la puerta de lo que supuse debía de ser la biblioteca, y, tal y como ya había hecho la vez anterior, desapareció por donde había venido. Me adentré por mi cuenta en la nueva estancia que, efectivamente, resultó ser la biblioteca de la casa. Una gran sala, completamente forrada de estanterías que llegaban hasta los techos, y con todos sus estantes llenos de libros. A primera vista no delataban orden de ningún tipo, pero por fuerza, pensé, tenía que haberlo. En el centro de la sala había una gran mesa de roble a modo de zona de estudio, también con varias columnas desordenadas de libros, los más de ellos de historia contemporánea, según pude comprobar en un rápido vistazo. En la pared de la izquierda, una amplia galería orientada hacia los jardines laterales iluminaba la pieza, mientras que en el centro de la pared, a mi derecha, una chimenea de piedra labrada reclamaba toda la atención. En la pared del fondo, entre varios retratos de personas que, según supuse, debían ser familiares, se abría otra puerta, justamente enfrentada a aquella por la que yo acababa de entrar, y desde la que llegaba la voz de doña Isabel al otro lado. Al principio, su voz no era más que un rumor, de vez en cuando un par de palabras ininteligibles que apenas atrapaban mi atención. Pero poco a poco, mientras yo hojeaba unos libros abiertos sobre la mesa de centro con imágenes de la Segunda Guerra Mundial, el tono de la conversación fue subiendo hasta que, con total claridad, la voz firme de la señora Llobet se pudo escuchar, inevitablemente, en toda la biblioteca.

—¿Un ultimátum? ¡¿Pero con quien cree usted que está hablando?! Ya le he dicho de todas las maneras posibles que en ese aspecto usted y yo no tenemos nada más que hablar. Mi paciencia tiene un límite, ¡y usted acaba de superarlo! ¡Haga el favor de no volver a llamar a esta casa nunca más, señor! ¡Que tenga un buen día!

El ruido del auricular golpeando con fuerza la base del teléfono fue lo último que se escuchó antes de unos largos, muy largos, minutos de silencio. Después, más ruido, esta vez de puertas que se abren, de puertas que se cierran, carreras por el pasillo, y de nuevo silencio.

Comenzaba a sentirme ciertamente preocupado por la situación cuando la puerta del fondo se abrió, y por ella apareció por fin doña Isabel. Pero en esta ocasión venía sentada en una silla de ruedas. Ernest empujaba la silla en la que la misma mujer que apenas tres días atrás era un torrente de energía aparecía ahora muchísimo más envejecida, agotada. A su rostro ya no asomaba ningún trazo de serenidad, y tanto la preocupación como el malestar eran evidentes en su expresión.

—Buenas tardes, Simón —saludó con gravedad—. Disculpa el retraso.

—No, no, por Dios. Soy yo quien le pide disculpas por presentarme en un momento que imagino no es el más oportuno. Si lo prefiere, puedo volver en otra ocasión, yo...

—No, no —interrumpió—. No te preocupes por nada de lo que hayas oído. No hay ocasión más indicada que esta. ¿Qué es lo que me traes, hijo?

—Bueno, yo... —Yo no sabía como comenzar; la tensión del momento me hacía sentirme todavía más débil en mi posición y ante el esfuerzo evidente que aquella mujer estaba haciendo por atenderme—. Le traigo algunos bocetos más definidos sobre por dónde podemos encarrilar el trabajo, no sé si es un buen momento para que se los muestre...

Pero doña Isabel rechazó mi ofrecimiento con un gesto de su mano.

—No será necesario. No hay tiempo que perder, y nosotros confiamos plenamente en tu trabajo. Si crees que sabes lo que hay que hacer, adelante. Ernest estará permanentemente a tu disposición. Cualquier cuestión que se te ocurra no dudes en consultarla con él. —Tras la mujer, todavía sujetando con fuerza la silla, el secretario mantenía su mirada sobre mí; aparentaba firmeza, pero al mismo tiempo me pareció detectar cierta dosis de preocupación en sus ojos—. ¿Cuándo crees que podrás comenzar?

Desorientado ante una respuesta tan poco esperada, por un momento no supe qué decir.

—No lo sé... —titubeé—. Hay que tomar mediciones, preparar los planos, formar un equipo de gente, uno o dos operarios, imagino que en dos o tres días...

—De acuerdo, de acuerdo —doña Isabel dejó entrever que mis plazos no eran totalmente de su agrado—. Tienes que tener en cuenta que, si puede ser mañana, mejor que pasado mañana. Prepara bien tus cosas, pero comienza tan pronto como te sea posible. Ni un minuto más tarde. —La mujer que apenas cuatro días antes amenazaba con sacarme a bailar hoy respiraba con dificultad, y necesitaba tomar aire para ordenar las palabras con las que seguir su discurso; estaba notablemente alterada—. Y todo lo demás que necesites queda de la mano de Ernest. Ya tiene el encargo de pagarte cuanto sea necesario por adelantado.

—Oh, no, doña Isabel, por favor. —Me sentía violentado teniendo que hablar de dinero en un momento tan delicado como ese—. No tiene que preocuparse por nada de eso ahora...

—Simón, hijo, créeme si te digo que eso es lo que menos me preocupa en este momento. Y ahora, si me disculpas, me temo que necesito descansar un poco.

—Por supuesto, doña Isabel. No seré yo quien la moleste.

—No hay tal molestia, hijo. Tú y yo todavía tenemos una conversación pendiente. Una... para la que ahora no tengo fuerzas. Pero hemos de hablar —concluyó claramente agotada, no sin cierto aire de resignación.

Ernest ya se la llevaba a través de la biblioteca hacia el pasillo, probablemente a su cuarto. Al pasar a mi lado, doña Isabel hizo un ademán con la mano, y el secretario detuvo la marcha. Me miró fijamente (Dios, cuánta vejez pude ver en ese momento) y volvió a advertirme.

—Simón, cuídate de los viajes sencillos, porque pueden ser los más traicioneros.

No dijo más, y con su silencio Ernest retomó el camino, al tiempo que me hacía un gesto de despedida. Me quedé solo en la biblioteca, rodeado de ecos que todavía no era capaz de comprender con claridad. Completamente desorientado, cuando pude recordar por lo menos dónde quedaba la puerta volví a salir de la Casa Grande, de vuelta a mi estudio, mi carpeta todavía sin abrir bajo el brazo.

Espoleado por la peculiaridad de aquel encargo, tanto en sus formas como en su ritmo, mas también animado por la sensación de compromiso que comenzaba a tener con doña Isabel, me pasé todo el fin de semana preparando lo absolutamente imprescindible para poder comenzar cuanto antes con el trabajo. El sábado por la mañana, y previo acuerdo con Ernest, estuve un par de horas en la finca, haciendo las mediciones sobre el terreno y tomando un buen montón de fotos de cada rincón. Al llegar al estudio le di una llamada a mi viejo amigo Carlito Rivera, un viejo compañero de la calle Xílgaro con el que contaba cada vez que había que ensuciarse las manos. Carlito era un maestro de obras inmejorable, capaz de levantar un muro de bloques rellenos de arena sobre las aguas del mar. Tú solo tenías que decirle cómo lo querías, dónde lo querías, y él se encargaba de todo lo demás. Siempre trabajábamos juntos, y en esta ocasión no iba a ser diferente. Por la tarde introduje todas las medidas en mi ordenador y comencé con el diseño de planos. En realidad, lo cierto era que no quedaba mucho más margen de maniobra, especialmente por la orografía del terreno. La fuente, con su estanque de tres metros de frente por dos de fondo y medio metro de altura, se encontraba justo delante de una pequeña elevación del terreno. Respetando su diseño original resultaba prácticamente imposible situarla más atrás de donde estaba, hasta el punto de que ni siquiera era posible caminar por detrás de ella. Por la parte frontal la situación era bastante semejante, si no queríamos colocarla ya casi pegada a la barandilla del mirador, a tan solo tres metros escasos la una de la otra. Además, también había que contar con los dos bancos en los laterales. Ni hacia delante ni hacia atrás. Como no tirásemos para abajo...

Pero para la noche ya tenía el trabajo resuelto. Tras darle todas las vueltas posibles, estaba convencido de haber encontrado por fin la mejor opción. Ya más relajado, retomé la carpeta del disco duro donde había guardado las fotos hechas por la mañana, y volví a contemplar las imágenes. Una a una, todas las fotografías de la vieja fuente fueron desfilando una vez más por la pantalla de mi ordenador. El conjunto bajo los sauces, los bancos, los caños de bronce envejecido, la columna, los bordes del estanque.

Fue en ese momento cuando reparé en un detalle al que hasta ese momento no le había prestado demasiada atención.

El borde superior del estanque estaba decorado todo a lo largo con una serie de inscripciones a modo de cenefa. El paso de los años y el abandono al que la piscina había sido dejada tras la muerte del señor Dafonte se habían encargado de ir escondiendo bajo el musgo, los líquenes y otros hongos aquellas inscripciones hechas en la piedra. Todavía se notaba el trabajo labrado, pero no el labrado en cuestión. ¿Qué era lo que estaba grabado en aquellas piedras? Valiéndome de la alta resolución de mi monitor amplié al máximo la imagen, y pude intuir buena parte de aquellas inscripciones. En la pared frontal del estanque, alguien, presumiblemente el señor Dafonte, había mandado grabar una serie de letras y números: 8 (o S) CMI7O2 DB (¿quizá 3?) R I939 EDM I940 IIL I96B.

O quizás algo diferente. La piedra estaba recubierta de vegetación y hojas secas, y los hongos hacían muy difícil la lectura de alguno de los signos. Pero, donde sí se podía leer, se apreciaba con claridad que el maestro cantero responsable del grabado había hecho en su momento un trabajo excelente. A pesar del daño causado por el paso del tiempo en aquellos caracteres apaisados, la exquisitez de su factura, lo estilizado de su trazo todavía se podía apreciar hoy, a la fría luz digital de mi ordenador. No tenía ni la más remota idea de lo que aquellas inscripciones podían significar, ni siquiera de si mi interpretación era la correcta. Los números parecían hacer referencia a años, quizá simplemente fechas importantes en la rancia historia de una vieja y poderosa familia en la memoria de la cual uno de sus miembros había querido dejar un recordatorio. Lo de las letras era un poco más difícil. Después de darle un par de vueltas recordé a doña Isabel hablándome de su marido, don Eneas Dafonte Maristany. E. D. M., una de las series de letras que aparecían en el frontal. Probablemente las otras letras se correspondiesen igualmente con otros «héroes» de la familia. O qué sé yo. Lo cierto era que el trabajo de grabado había sido, desde luego, muy bien hecho, y el que a mí se me había encomendado era el de recuperar todo aquel conjunto. Significase lo que significase, a mí lo que me preocupaba era simplemente recuperarlo del abandono en que había sido dejado, traerlo de vuelta a la luz, y eso era lo que iba a hacer, pero a partir del lunes siguiente.

Otra vez la noche cerrada me cogió despistado. Había sido un día intenso, largo y por veces pesado. Por el momento ya era suficiente. En apenas unas horas ya sería domingo, y yo todavía no tenía motivos con los que justificar mi resaca del día siguiente. Cogí mi chaqueta y decidí salir a buscarlos.

4

Tras haber contactado con Carlito, el sábado por la tarde también aproveché para acordar con el señor Rovira el inicio de las obras para apenas un par de días después. Así, eran las nueve y media de la mañana del lunes y mi jefe de obra y yo llegábamos en mi descacharrado vehículo a los terrenos de la Casa Grande. Al entrar, nos dirigimos directamente hacia el mirador para dejar a mi copiloto examinando la obra *in situ*, como unos días atrás había dicho la propia doña Isabel. Quedó en compañía de sus propios trastos y también de aquellos otros que el atento señor Rovira, según pudimos comprobar, ya se había encargado de conseguir gracias a las indicaciones del propio Carlito que yo le había transmitido. Ya lo sé, pedirle las herramientas a quien te contrata no es en absoluto lo más habitual, pero teniendo en cuenta la enorme urgencia que doña Isabel le estaba imprimiendo a todo el trabajo, pensé que tampoco estaría de más demandar un poco de ayuda extra. A continuación llevé mi coche hasta la entrada principal de la casa, donde ya me estaba esperando el amigo Ernest. Antes de que yo pudiese detener el motor, el secretario de doña Isabel se acercó a mi ventanilla para sugerir que, teniendo en cuenta que iba a pasar ya el día entero dentro de la finca, tal vez sería más indicado dejar mi carromato en los garajes. Me dijo que encontraría sitio de sobra, que el único coche que quedaba en la casa era el suyo. Conduje hasta donde el señor Rovira me había indicado, un viejo cobertizo con puertas de madera verdes a la izquierda de la fachada principal, y dejé que mi máquina rodase hasta el interior. Dentro, efectivamente, solo había otro automóvil más, un viejo Audi 100 de color negro que, supuse, debía ser el que Ernest empleaba para sus desplazamientos. Cerré la puerta de mi utilitario y salí a la luz del día. Desde la puerta principal, Ernest me dijo que lo buscase si necesitábamos cualquier cosa, y yo, después de responderle con un gesto de aprobación, regresé caminando al encuentro de Carlito.

Al llegar al mirador encontré a mi capataz sentado en uno de los bancos al lado del viejo estanque. Observaba de reojo aquella fuente abandonada, con expresión dubitativa, a caballo entre la sorpresa y la desconfianza. Al percatarse de mi llegada, preguntó sin apenas moverse

—Oye... ¿esta gente está segura de lo que quiere hacer?

Me senté frente a él, en el otro banco. Carlito seguía contemplando el estanque como quien se acerca desconfiado a un bicho extraño tumbado sobre el asfalto, sin saber todavía si está muerto, si te va a atacar o qué demonios es lo que va a hacer.

—Bueno, lo cierto es que al principio yo tuve la misma sensación que tú. Pero después de hablar con la propietaria, la cosa está bien clara, sí —respondí intentando aparentar toda la convicción que me era posible. No debió de ser mucha, porque, luego de pensarlo durante cinco segundos, Carlito, que mantenía impertérrito su rostro de jugador de póquer aburrido con la partida, prosiguió.

—Pues si quieres que te diga la verdad, a mí esto me parece más bien cosa de un fontanero y una karcher.

—¿Una qué?

—Una karcher, tipo. Un aparato de esos que echan agua a presión.

—¿Como la vaporeta?

—Sí. Vaya, como una vaporeta, pero para limpiar piedras en vez de sofás.

—Ah... Ya, pues muy bien —le respondí yo más que medio ofendido por su analítica observación de reputado ingeniero—. Pero sucede que lo que doña Isabel quiere es un arquitecto, y ese arquitecto soy yo —concluí dejando el «yo» bien cargado de orgullo.

—Por supuesto, hombre. No había más restauradores de graneros disponibles, ¿no?

El silencio en que los dos nos quedamos, contemplando inmóviles la fuente, desnudaba hasta el ridículo lo increíble de mi argumentación. ¿A quién pretendía engañar?

—Pues se ve que no... —respondí finalmente, ya un poco tocado en mi orgullo ante el evidente absurdo de nuestra situación.

La observación ya no daba para más, y el jefe de tan estrafalaria obra, demostrando que no era la estatua sedente que parecía, mudó su posición, y con la mirada perdida ahora en las olas del mar de Vigo, sentenció con serenidad:

—Desde luego, hay gente que no sabe en qué gastar la pasta, chaval.

Por fin, como dos viejos médicos forenses que se deciden a iniciar su enésima autopsia, comenzamos lentamente nuestra danza. Nos levantamos, y poco a poco fuimos preparando las herramientas que a cada uno de nosotros le correspondían. Planos, cámaras de fotos, cintas métricas por una parte, martillos, palas y patas de cabra por la otra. Creo que hay por ahí una teoría, la conocida como «Navaja de Ockham», me parece, que dice algo así como que ante un problema complejo de diversas soluciones posibles, la aparentemente más sencilla suele ser la mejor. Y nuestro plan era sencillo hasta rayar en la estupidez. Ya que no podíamos trabajar ni hacia delante ni hacia atrás, ni para un lado ni para el otro, lo que íbamos a hacer era trabajar hacia abajo. Pensé que la mejor idea sería deshacer la fuente piedra a piedra, pieza a pieza, levantarla de su emplazamiento y revisarla por debajo. Doña Isabel dijo que había sido construida sobre el acceso a un viejo manantial, e imaginé que probablemente sería ahí donde estuviese el problema. Así pues, la cosa era bien sencilla: íbamos a abrir aquella cueva, examinar el estado del manantial, y cambiar el sistema de tuberías hasta empalmarlo, si fuese necesario, con la canalización municipal de aguas. Después, una vez liberado todo ese atasco, recompondríamos la fuente empleando los mismos materiales con los que había sido construida, y con la cara más limpia que lavada con Agua de San Juan. Así visto, la cosa parecía más que fácil. Ya lo sé, ya lo sé, no es un trabajo muy de arquitectos, pero en ese momento yo no tenía ninguno mejor. Y además, aquellos otros en los que me había «especializado» tampoco es que acostumbrasen a ser muy diferentes a este. La verdad, prefería jugar al espeleólogo-tratante de plomo que andar limpiando cagadas en palos de gallinero.

Carlito ya estaba retirando el follaje que recubría las piedras frontales cuando recordé el grabado que el sábado por la noche me había llamado la atención.

—Espera, espera un momento. Quiero revisar una cosa antes de meterles mano a estas piedras.

Cogí una de sus rasquetas y retiré la suciedad que se había hecho fuerte en el frontal, a la búsqueda de aquella serie de números y letras que había encontrado en mis fotos. Un mínimo esfuerzo, y por fin pude contemplar con toda seguridad la secuencia completa:

SCM · 1702 · DBR · 1939 · EDM · 1940 · STTL · 1968

Ahora la inscripción estaba clara. Su significado seguía como siempre, en mi más bendita ignorancia, pero por lo menos ahora sabía qué era lo que tendría que mandar grabar de nuevo en el caso de que aquellas piedras, por la razón que fuera, nunca volviesen a su posición original. En este negocio, como en todas las cosas de la vida, uno nunca sabe lo que puede pasar, y es mejor andar con pies de plomo. Decidí hacer nuevamente un par de fotos a la secuencia, ahora ya a la vista, antes de comenzar a numerar y de nuevo fotografiar todo el conjunto para la posterior reconstrucción de aquel curioso puzzle. Y por fin, con todo esto hecho, comenzamos con lo duro.

Nos pasamos toda la mañana concentrados en el desmembramiento de la vieja construcción. Con todo el cuidado que nos era posible a dos pesos pluma como nosotros, fuimos llevando piedra a piedra desde su posición original hasta la parte frontal del mirador, amontonando cada una de aquellas losas al lado de la baranda de ladrillo que protegía el balcón de una caída al mar, rompiente allá abajo. Para cuando Ernest vino a avisarnos de que en la casa había un par de platos de comida esperando por nosotros, ya solo nos quedaba comenzar con el levantamiento de las planchas que constituían el suelo del estanque. Decidimos dejar la exhumación del manantial para la hora de la siesta, y aceptar el convite del señor Rovira.

Nuestra comida estaba dispuesta en un pequeño comedor al lado de lo que supusimos serían las cocinas de la casa. La sala no era muy grande, estaba claro que no estábamos en el comedor principal de la mansión, pero sí era lo bastante acogedora para dos muertos de hambre como Carlito y yo. Ernest nos acompañó en los festejos gastronómicos alrededor de otra fuente bien diferente a la que acabábamos de dejar en el jardín, una gran bandeja de cristal sobre la que lucía un suculento pollo asado asombrosamente grande. El secretario hizo los honores de trinchado y despiece del difunto, al tiempo que apelaba a las bondades gastronómicas del gallináceo y fanfarroneaba sobre sus propias capacidades como cocinero. Con todo esto encima de la mesa, resultaba evidente que en la Casa Grande ya no había más servicio ni personal que el propio Ernest. Me pregunté cuánto llevaría así aquella casa, en la soledad de aquella mujer y la compañía de este hombre con aspecto de profesor de matemáticas retirado.

—¿Lleva usted mucho tiempo trabajando para la señora Llobet? —pregunté yo casi sin saber ni de donde rayos había salido mi propia voz.

—Pues ya van allá más de cuarenta años —respondió Ernest sin dejar de batirse con su cuchillo contra las partes de aquel pollo de cuerpo presente sobre la fuente de cristal.

—¿Y siempre fue así la casa?

—¿A qué se refiere con *así*, don Simón?

La llamada a la ascendencia «enológica» de mi nombre dejó muy claro que al secretario no le había entrado demasiado bien la pregunta.

Avergonzado por la indiscreción, intenté suavizar un poco mi propio descaro.

—Quiero decir así, tan solo ustedes dos aquí, en esta casa tan... grandísima.

—No, por supuesto que no —el señor Rovira volvió a sonreír—. Yo comencé a trabajar para el señor Dafonte y doña Isabel a mediados de los años sesenta, con mis escasos veinticinco acabados de cumplir, como abogado personal de la familia. Mis labores estaban especialmente centradas en todo aquello que tuviese que ver directamente con los negocios familiares. Por entonces sí es verdad que había muchísimo más trabajo. De hecho, casi inmediatamente tras la muerte del señor Dafonte tuve que hacerme cargo yo solo de todas las gestiones necesarias para la venta de Troya, la empresa familiar.

El nombre me llamó la atención.

—Alguna vez oí hablar en mi casa de esa empresa, Troya. ¿No tenía algo que ver con la importación de artículos de decoración de lujo desde América?

—Bueno, más o menos sí, algo así. Entre otras muchas cosas.

—Y creo que los Franco eran unos de sus principales clientes, especialmente la mujer del caudillo, ¿no? —aún no había acabado de pronunciar estas palabras, y ya resultaban incómodas en mis propios oídos.

—Bueno, tal vez eso sea rebajar la historia nada más que a sus niveles más llamativos, por así decirlo. Quizá fuese más apropiado decir que Troya era una empresa de transportes, por llamarlo de algún modo sencillo. Cerrar todo aquello llevó años, fue una liquidación bastante compleja. Después, poco a poco, todo se fue tranquilizando, olvidando...

Había algo en las palabras del señor Rovira que no acababa de caer con naturalidad. Mientras Carlito, ajeno a nuestra conversación, reflexionaba en silencio sobre el porqué del zanco de pollo, yo atribuía esa falta de claridad por parte de Ernest a la incomodidad que la evidencia de una relación entre la familia Dafonte-Llobet y los Franco le causaba.

—Por otro lado, la propia casa estaba mucho más ocupada en aquella época —prosiguió el secretario, supuse que intentando cambiar de tema—. Entonces, el servicio estaba compuesto por dos doncellas, ya saben, dos muchachas de aquellas de vestidito negro y cofia y mandil blancos; la *Siña* Lola, una mujer inmensa que había llegado desde Lalín para trabajar como cocinera; y Tobías, el cuidador del terreno, un hombre capaz de hacer crecer los más hermosos rosales al mismo tiempo que se peleaba con los atascos más insalubres de las fosas sépticas. Y todos viviendo aquí permanentemente, junto con don Xulio y la pequeña Mariña, claro, que por aquella época todavía eran unos críos.

—¿Quiénes?

—Los hijos de doña Isabel y el señor Dafonte.

—Oh, no sabía que doña Isabel tuviese hijos —comenté, intentando encajar aquella información con aquello que había leído en los periódicos—. ¿Y ya no viven en la casa?

—No —respondió el secretario al tiempo que dejaba correr una sonrisa, una que a mí me pareció cargada de nostalgia—. Hace muchos años ya que se fueron para hacer sus vidas en otras direcciones. Cada uno en una bien distinta a la del otro, por cierto.

—Vaya, pues no sabía nada de eso...

Tal vez fuera una estupidez por mi parte, pero di por sentado que el nombre de Xulio Dafonte resultaría incómodo en la mesa de aquella casa, teniendo en cuenta lo que últimamente se había publicado sobre él. Al fin y al cabo, lo cierto era que, hasta hacía un par de días, yo no conocía a nadie más relacionado con la familia. «En estos tiempos que corren, el que no delinque no existe en sociedad», pensé.

—Tampoco tenía por que saber usted nada, ¿no le parece, «don Simón»?

Segundo aviso. Me sentí nuevamente avergonzado ante mi indiscreción, y por un momento me vi a mí mismo como una portera de patio cualquiera, así que fui yo quien intentó un rápido cambio de sentido.

—¿Y doña Isabel? ¿No nos acompaña hoy?

Algo cambió de repente.

—No, hoy no. —Por el rostro de Ernest, a lo lejos, me pareció ver una sombra de preocupación—. Todavía no se ha recuperado del disgusto provocado por la discusión del otro día. Está arriba, descansando en su cuarto.

—Vaya, pues lo siento. Además, tenía intención de preguntarle algo.

—¿Algo relacionado con el trabajo?

—Bueno, en cierto modo, supongo que sí. Es más bien una curiosidad, probablemente nada importante.

—¿Algo en lo que pueda ayudar yo, tal vez?

—No lo sé. Quizá. Ya le digo que, en realidad, lo más probable es que no sea nada.

El secretario me observaba con seriedad, pero también con curiosidad.

—Pruebe.

—A ver... Doy por sentado que está usted familiarizado con la historia de los Dafonte, ¿no es así?

Ernest arqueó las cejas al tiempo que ladeaba ligeramente la cabeza, un gesto sutil para dejar discretamente en evidencia lo absurdo de mi pregunta.

—Hombre, ¿a usted qué le parece? —volvió a sonreír—. Yo diría que sí, ¿no?

—Ya, claro... ¿Tiene usted idea, entonces, de qué significa la inscripción que hay grabada en uno de los muros del estanque?

Mi pregunta pareció despertar cierto interés en la expresión del señor Rovira.

—¿Una inscripción?

—Sí, una serie de números y letras grabados en el muro frontal.

Ernest dejó escapar una extraña sonrisa entre dientes.

—Creo que no sé de qué me habla... Como ya le he dicho, cuando yo llegué a esta casa había asuntos mucho más importantes de los que ocuparse que de viejos manantiales y futuros lodazales. Y para cuando empecé a tener algo menos de trabajo aquí, las piedras del estanque ya eran pasto del abandono. Temo no poder ayudarle mucho.

De repente, tal como había llegado, esa sensación de un nuevo interés por mi consulta se desvaneció con la respuesta del secretario.

—Bueno, ya le dije que no era nada más allá de la curiosidad.

—Pues bien que lamento no haberle resuelto el misterio.

Hubo un pequeño silencio, y Ernest debió de leer cierta desilusión en mi rostro, porque al instante prosiguió:

—Lo que sí podemos hacer, si a usted le parece, es consultarlo más tarde con doña Isabel.

—Oh, no. No quiero molestarla ahora con estas tonterías. Ya le digo que no es nada más que curiosidad.

—Y por supuesto que no la vamos a molestar ahora, hombre —el señor Rovira volvía a sonreír—. Pero si usted me deja apuntada en un papel esa extraña combinación de números y letras que tanto le intriga, seguro que en otro momento yo se la puedo hacer llegar a la señora Llobet. Si a usted le parece bien, por supuesto.

—Si no es mucha molestia...

—Por supuesto que no lo es. Simplemente, Simón.

Tal como Ernest me había sugerido, apunté la secuencia en una hoja de papel, y se la entregué. El secretario dejó correr una sonrisa teñida de algo semejante a la satisfacción al tiempo que la iba leyendo, y Carlito decidió que el momento era fantástico para advertirnos sobre los riesgos de obesidad e impotencia masculina escondidos en el peligrosísimo vicio de comer alitas de pollo. Ernest comentó que ahora entendía bien el secreto de la extrema delgadez de mi compañero, y poco a poco la comida fue llegando a su fin. A primera hora de la tarde, después de haber dejado al secretario en compañía de tres platos por fregar y de una hoja con una extraña secuencia alfanumérica, Carlito y yo comenzamos a levantar las primeras planchas de piedra que formaban el fondo del estanque.

Su suelo estaba compuesto por cuatro losas dispuestas en paralelo desde el frontal hasta el muro posterior de la piscina. Las cuatro idénticas en forma y medida, cuatro rectángulos de aproximadamente setenta y cinco centímetros por dos metros de largo, excepto por un pequeño orificio circular entre las dos centrales, por donde pasaba la tubería que subía el agua hasta los caños de la fuente, y otros dos orificios en cada una de las laterales, por donde se suponía que la poza desaguaba. Debían de ser ya cerca de las cinco, o quizá más, cuando comenzamos por la losa del extremo izquierdo. Bajo ella, después de haber hecho un esfuerzo más que considerable para nuestras enclenques musculaturas, comprobamos que el suelo no era regular. La plancha estaba apoyada en sus extremos sobre otras piedras que hacían las veces de cimientos, pero el suelo sobre el que se suspendía mostraba a las claras un gran desnivel, una pendiente granítica que caía hacia el centro del estanque. Los dos intuimos de qué se trataba, pero tuvimos que esperar a levantar la segunda plancha, la primera de las centrales, para comprobarlo. Bajo la segunda de esas láminas de piedra, en el espacio central, todavía permanecía abierta la mitad del orificio de entrada a la cueva de la que doña Isabel me había hablado, una boca negra de piedra y tierra desde la que ya se podía intuir su garganta, todavía más siniestra que la propia entrada, oscura, con una voz de líquidos lejanos, gotas cayendo sobre aguas estancas allá abajo, en algún lugar todavía no al alcance de nuestros ojos. Levantamos la tercera losa, y la entrada a la cueva apareció en su totalidad. Cuando ya no nos quedaba más que levantar y apartar la última de las cuatro losas, creo que el ritmo se había vuelto mucho más lento, pero no por el cansancio acumulado, que ya era mucho, sino por la certeza de lo que nos tocaría después.

Comenzaba a oscurecer ya, cuando los dos artistas del alambre que éramos Carlito y yo nos fuimos a encontrar con nosotros mismos allí plantados, los dos inmóviles ante aquella boca negra que no dejaba de observarnos desde su profundidad, invitándonos a entrar, a ser devorados por ella.

—Que sean para el arquitecto los honores —sentenció el capataz en un tono tan solemne como falso, al tiempo que hacía un gesto con la mano como el de quien, reverente, le cede a otro el paso.

No sé si a estas alturas ya es muy evidente, pero desde luego el instinto aventurero no es cosa que venga con fuerza en mis genes, y si es verdad eso de que no son los valientes sino los temerarios los que no tienen miedo, pues yo debo de ser el más valiente de todos, porque, las cosas como son, miedos tengo para parar un tren. Meter la más mínima parte de mi cuerpo en aquella caverna me apetecía tanto como escupirle en la cara al mismísimo diablo. Además, está ese pequeño problema mío, la cosa de la claustrofobia... Pero llegados a este punto ya no había marcha atrás. Doña Isabel me había dejado las cosas bien claras como para andar ahora con chorradas de ese tipo. Me hice fuerte con la linterna más grande de las dos que habíamos traído, y me dispuse para lo que fuese.

El interior de la cueva no era la angostura que su boca prometía. En realidad, tras resbalar en el barro nada más entrar, y patinar del modo más deshonroso posible a lo largo de unos dos o tres metros de tierra, agua, piedras y raíces, me encontré a mí mismo recuperando la dignidad y la compostura en una cámara natural donde de sobra me podía poner de pie. Mientras examinaba con mi farol la magnífica combinación de moles de piedra que la naturaleza había dado en combinar en aquella profundidad, Carlito llegó a mi vera, imitando con gran semejanza la gracia y destreza de mi aterrizaje. Los dos nos quedamos allí, de nuevo completamente inmóviles, con los pies metidos en el agua que cubría todo el suelo de la cueva mientras, como dos torpes astronautas que acabasen de poner pie en un nuevo planeta, contemplábamos con iguales dosis de asombro y curiosidad el espacio en el que habíamos caído. Nos encontrábamos en una cámara de piedra de unos diez o quizá doce metros cuadrados y más de dos metros de altura. Todo el suelo estaba completamente cubierto por el agua, pero parecía bastante plano teniendo en cuenta la irregularidad del resto de la cámara. Sobre nosotros, la misma mole de piedra que nos cubría y que hacia los laterales se iba convirtiendo en pared, salpicada de humedades y raíces que venían desde sabe Dios dónde. Y, corriendo en línea recta por entre todas ellas, la tubería que llevaba el agua del manantial a la superficie. Seguimos su recorrido en sentido inverso con la luz de nuestras linternas. Lo descubrimos en la salida al exterior, luego de que hubiese atravesado todo el techo, y desde ahí fuimos bajando los focos de luz, buscando su origen.

Y, entonces, lo vimos.

La tubería subía al techo desde el centro de la pared que teníamos justo frente a nosotros, a unos cuatro metros de donde nos encontrábamos. Pero ya no continuamos con la inspección del tubo, porque otra cosa atrajo nuestra atención.

—¿Qué es eso? —preguntó mi compañero, al tiempo que los dos haces de nuestras linternas coincidían sobre una extraña forma rectangular en el centro de la pared.

Nos acercamos hasta ella, caminando con cuidado. Las aguas que cubrían el suelo parecían más o menos limpias, pero el fondo, de tierra y piedra, no era todo lo visible que a nuestro sentido común le hubiese agradado. Por fin, al llegar a la pared del fondo, comprobamos que nuestras linternas no nos habían engañado. Aquella pared era diferente a las que formaban los otros laterales de la cueva. Si en todas las otras el mineral, una gran mole granítica, quedaba a la vista, en esta otra la piedra resultaba casi invisible, casi toda por completo recubierta de tierra y raíces, una pequeña selva tras la cual la tubería se perdía de vista. Pero lo más extraño era lo que había en su centro. Abierta en el muro, entre las raíces, había una suerte de cavidad, un pequeño estante sobre el que reposaba una caja, una especie de cofre de madera de no más de veinte centímetros de largo.

Aparté mi linterna y lo cogí con mucho cuidado entre las manos, con Carlito alumbrando cada uno de mis movimientos.

—¿Y ahora qué se supone que es eso? —preguntó el capataz, quien, por cierto, si bien pretendía mantenerse en su rol de tipo impasible, la verdad es que ya no podía evitar que se le escapase cierta dosis de nerviosismo tembloroso.

—No lo sé, no lo sé —le respondí tan desorientado como él, y ya un poco angustiado por la sensación de claustrofobia no confesada—. Parece una caja. Un cofre, o algo así. Creo que es mejor salir a la superficie, y examinarlo allí con calma.

—Chaval, por fin algo sensato —asintió con gran satisfacción—. Tire usted delante, mi capitán, que el camino ya se lo alumbro yo.

Por fin de vuelta, en la superficie la noche había comenzado a tomar posesión del firmamento, y la luz era ya un recurso más bien escaso. Aun así, con la poca que todavía quedaba y la ayuda de nuestras linternas, pudimos hacer un buen reconocimiento de nuestro extraño hallazgo. Se trataba, efectivamente, de una caja de madera de roble, según testimonió Carlito, que de esas cosas —y como en ese mismo momento me reveló— entendía un rato. Era completamente rectangular, tan solo roto en la armonía de sus formas por un pequeño cierre, un broche dorado en el centro de su frontal. Y, sobre la tapa, una nueva inscripción a dos líneas:

Para mis hijos,
el color del mar

El señor Eneas me vino inmediatamente al pensamiento. Si él había sido el responsable de la construcción de la fuente, lo más probable era que también hubiese sido él quien hubiera dejado esa caja ahí, para esos dos hijos sobre los que yo había sido informado apenas unas horas antes.

De cualquier modo, fuera como fuese el asunto, todo eso era ya demasiado para neófitos de la arqueología como éramos nosotros dos, y un comentario del capataz sobre la inminente llegada de un imaginario turno de noche dejó bien claro que nuestro primer día de trabajo tocaba ya a su fin. Decidimos recoger los trastos, dejándolos dispuestos para el día siguiente, y poner punto y final a la jornada.

De camino al garaje, le comenté a mi jefe de obra que antes de irnos me gustaría parar un momento en la casa. Pensaba que debíamos hablarle al secretario de nuestro descubrimiento y entregarle la caja para que se la hiciera llegar a doña Isabel.

—Haz lo que quieras, pero no te dejes enredar demasiado, que ya son horas.

Lo cierto era que yo solo quería dejar el cofre y regresar a casa. Pero está claro que uno no siempre puede hacer lo que desea... Aun no habíamos llegado a la puerta principal, cuando oímos el sonido de un motor que se ponía en marcha. No tuvimos ocasión más que de ver cómo un coche enfilaba el camino hacia la salida de la finca. Ya no había luz suficiente, apenas la justa para comprobar que se trataba de un vehículo grande, negro, probablemente el Audi del señor Rovira.

—Vaya por Dios, chaval, parece que por ahí se va tu hombre —concluyó con falso disgusto el capataz.

A pesar de ello, al llegar a la puerta todavía llamamos un par de veces, aunque sin éxito ninguno. Efectivamente, lo más probable fuese que el secretario ya hubiese acabado su jornada, y que doña Isabel siguiera descansando. Ya no era cosa de molestar a nadie, y para nosotros el día también había sido más que suficiente. Cogimos mi coche, solitario en aquel gran garaje, y enfilamos el camino de salida, convencidos de que el día siguiente sería más y mejor.

5

Por la noche estuvimos tomándonos unas cervezas en El Sireno, el bar de Suso. Se trataba de un curioso establecimiento, muy estrecho y alargado, al lado de mi estudio. Cualquiera que no fuese del barrio probablemente ni se hubiese enterado de su existencia, pero para nosotros era el refugio perfecto. El lugar donde reunirnos las auténticas fuerzas vivas de la plaza. En principio la cosa no iba a ser más que un par de cervezas y a dormir, pero el día había sido tan extraño, con tanto que comentar, nuestra bajada a la cueva, el hallazgo de la caja, las inscripciones, que cuando nos dimos cuenta la nota ya se nos había ido un poco de las manos. De cualquier modo, vaya por delante que nosotros siempre hemos sido unos profesionales, y a las nueve y media del martes, los cuatro —esto es, Carlito, yo, y nuestras respectivas resacas— ya estábamos entrando en el terreno de la Casa Grande. Nos llamó la atención un furgón negro que salía de la finca, una furgoneta Mercedes de transporte de carga con la que nos cruzamos nada más pasar los portalones. No le vimos distintivo de ningún tipo, e imaginamos que sería cualquier servicio de reparto para la casa, o algo así, por lo que no le dimos mayor importancia.

Pero al llegar a la puerta principal del pazo no quedó más remedio que asumir que algo especial estaba sucediendo. Vaya, que un coche patrulla tampoco es algo que se pueda pasar por alto así como así... De pie ante la entrada, Ernest conversaba con dos policías de uniforme. Pero la mirada del señor Rovira, extraviada en el juego que sus pies se traían sobre la gravilla del suelo, dejaba claro que su pensamiento estaba muy lejos de aquella conversación. Completaba el grupo un cuarto hombre, un tipo bajito de aspecto curioso. A primera vista, a mí me recordó la imagen del «Coronel», el tipo este que sale en los anuncios del Kentucky Fried Chicken. Llevaba gafas redondas, de esas sin montura, y un maletín estrecho y alargado en una de las manos. Entre todos formaban una buena colección de semblantes serios, a excepción del señor Rovira, a quien como ya he dicho se le adivinaba en el rostro una expresión mucho más afectada que las de los demás. Tan pronto como el secretario levantó la cabeza y sus ojos se encontraron con los nuestros, todavía perplejos tras el parabrisas de mi coche, comprendimos perfectamente lo que había sucedido. Aquel furgón negro no era de reparto, sino más bien de recogida.

—Compañero, se acabó lo que se daba...

Esa fue toda la sentencia del capataz. Y para quien no lo conociese tan bien como yo, quizás hubiese podido parecer frío de más. Pero yo comprendí exactamente a qué se refería. La capacidad de síntesis metafísica de mi jefe de obra resultaba por veces aplastante.

No llegamos a meter el vehículo en el garaje. Aparcamos un par de metros más allá del coche patrulla. Nos bajamos los dos y fuimos caminando directamente hacia el grupo. Por fin a su lado, tan solo pude sugerir una cosa.

—Doña Isabel...

—Ha muerto —respondió el secretario.

Intenté encajarlo tan rápido como me fue posible.

—Pero, ¿cómo? Quiero decir, si todavía la semana pasada...

—Aún no lo sabemos. —Las manos del secretario se movían desorientadas, torpes por un aire en el que no encontraban dueño, como si de repente fuesen ellas mismas las que hubieran salido a la búsqueda de una explicación perdida—. Como ya les he explicado a estos señores —dijo señalando a los dos policías— ayer acabé temprano, y aproveché para hacer unos recados de última hora en la ciudad, antes de que todo cerrase. Cené en el centro con unos amigos, y para cuando regresé ya todo estaba en silencio. Supuse que Isabel..., que la señora Llobet estaría dormida, y no le di más importancia. Pero hoy por la mañana, al llamar como cada día a su puerta para despertarla, no respondía. Entré en el cuarto, que todavía estaba a oscuras. Descorrí las cortinas, y me la encontré echada en la cama. Todavía tenía un libro en las manos, como si se hubiese quedado dormida mientras leía. Pero enseguida noté que algo no iba bien. La llamé por su nombre, y no tuve respuesta. —A aquel hombre, ahora con más aspecto de viejo profesor jubilado que nunca, se le notaba el esfuerzo que estaba haciendo por contener la emoción—. Estaba muerta. Intenté reanimarla, llamé al señor Clarà... —Hizo un ademán señalando al hombre de lentes redondas que lo acompañaba, quien se limitó a asentir lentamente—, pero ya no había nada que hacer. Por lo visto, parece que falleció mientras dormía.

¿Cómo? ¿Muerta mientras dormía? ¿Y entonces qué diablos pintaba allí la policía? Inconscientemente me quedé mirando para la pareja de uniforme. Al devolverle la mirada a Ernest, y como si este me hubiese leído el pensamiento, me ofreció la aclaración que mis ojos pedían.

—Fue el doctor Clarà, el médico de doña Isabel, quien avisó a la policía después de haber hecho lo propio con los enfermeros, por si fuese necesaria para alguna cosa...

—Sí, bien —pareció excusarse el doctor—, creo que alguien tan importante como doña Isabel merecía todo tipo de consideraciones...

Y el señor Rovira ya no pudo hacer nada por retener la lágrima que, indiscreta, se le deslizaba ahora mejilla abajo. O quizá no quiso hacerlo. Desarmaba a cualquiera contemplar a aquel hombre mayor llorando en silencio, su mirada nuevamente perdida en el suelo. Bien se veía que el dolor, a pesar de su silencio, le resultaba desgarrador. Carlito, que como era habitual en él había permanecido en silencio a lo largo de toda la explicación, le puso con cariño un brazo por encima del hombro al secretario. Ernest se limitó a cogerlo y seguir llorando. Fue entonces cuando el más viejo de los agentes, un tipo rimbombantemente gordo que debía de andar por los cincuenta años y con aspecto de no ser demasiado amigo del aseo diario, se dirigió a mí.

—Según nos ha explicado el señor Rovira al verlos llegar, parece que son ustedes los responsables de ciertas obras de reforma que se están llevando a cabo en la casa, ¿no es así?

El comentario de quien por sus galones identifiqué como sargento me pareció más un pretexto para evitar seguir en la contemplación de aquel hombre abatido y refugiarse en un rostro con el que dialogar, que una auténtica búsqueda de datos por interés policial. Fuese como fuese, la cuestión era que ahora me tocaba hablar a mí.

—Sí, bueno. Para ser exactos, las reformas no son propiamente en la casa en sí...

No pude evitar recordar que esas eran las mismas palabras con las que apenas unos días atrás me había corregido doña Isabel. Costaba tanto aceptar que aquella mujer tan vital, señora de una mirada tan intensa, ahora, de repente, estuviese muerta... Me perdía en mis recuerdos, y tenía que retomar el hilo de mi propio discurso.

—No, no es en la casa, sino en sus jardines. Estamos reparando un viejo estanque abandonado.

—¿Un estanque? Según la información facilitada por el señor Rovira, estábamos en la creencia de que era usted arquitecto...

—Y lo sigo siendo. —No le hicieron gracia a mi orgullo estos matices—. Pero de cuando en vez los arquitectos también nos encargamos de proyectos de reformas en jardines.

—Ya veo... Y díganme, ¿observaron ustedes ayer algo que les resultase llamativo?

—¿Llamativo? Pues no, supongo que no. Nosotros tan solo estuvimos trabajando todo el día en la charca aquella..., en el estanque, quiero decir, y al finalizar la jornada recogimos nuestras cosas y nos fuimos.

—¿Sin más? —preguntó casi sin abrir los ojos ni, lo que era más difícil, la boca.

La verdad era que el tipo estaba empezando a resultarme incómodo. Primero sus comentarios sobre mi trabajo, y ahora estas preguntas.

—¿A qué se refiere usted con «sin más»? Si no es mucho preguntar, señor...

—Vázquez, sargento Vázquez. Pues me refiero a si no notaron ustedes algo extraño, hombre —matizó como si la mía hubiese sido la más estúpida de las preguntas—, alguna cosa que les hubiese llamado la atención.

—Pues no —respondí secamente—. Fuera de la obra, no.

—Caramba. ¿Y a qué se refiere usted con eso de «fuera de la obra»? Si no es mucho preguntar, claro está...

—Pues me refiero a que, de hecho, nuestra intención era la de hablar con el señor Rovira para comentar con él ciertos avances curiosos de nuestro trabajo en la obra, pero ya no nos fue posible.

—¿Podría aclararnos qué es lo que entiende usted por «curiosos», caballero? —El otro policía, más joven y visiblemente de rango inferior, se decidía a participar en la conversación, revelando así que también estaba dotado para la cosa del habla.

—Pues nada especial, supongo. Solo que al levantar unas piedras encontramos un viejo cofre, y pensamos que sería algún tipo de recuerdo familiar, nada más que eso.

El secretario apenas sí pareció inmutarse ante mi comentario, un sutil levantamiento de cejas, pero sin apartar en absoluto su mirada del suelo.

—¿Y por qué dice usted que les fue imposible?, señor...

—Simón, mi nombre es Simón Varela. Pues porque justo cuando estábamos llegando a este mismo sitio, vimos cómo el señor Rovira salía con su coche de la finca.

De repente, un pequeño terremoto facial se produjo sobre el rostro del tal Vázquez, y su entrecejo comenzó a dar muestras de una movilidad asombrosa en un ser humano.

—Interesante... ¿Y podría usted decir a qué hora aproximada vino sucediendo esto? —el inspector preguntaba ahora en otro tono. Estaba claro que, a diferencia de las anteriores, mi última respuesta sí había sido de su interés.

—Pues no sé —respondí desconcertado—, ya era de noche. Debían de ser las ocho u ocho y media, no sabría decirle...

—Eran las ocho y media —puntualizó Carlito.

Al escuchar esto, el señor Rovira levantó la cabeza rápido como un relámpago y clavó sus ojos en los míos. Comprendí que algo no marchaba bien.

—¿Están ustedes seguros de lo que están diciendo, señores? Quiero decir, ¿tienen la certeza de haber visto al señor Rovira abandonando la casa a esas horas? —inquirió de nuevo el aspirante a Sherlock Holmes.

—Pues no, no lo estamos. Como ya le he dicho, era tarde, ya no había casi luz, y supusimos que sería el suyo, porque en los tres días que llevo viniendo a esta casa nunca he visto otro coche que no sea el del señor Rovira. Pero nada más. ¿Quieren decirme de una vez qué es lo que está pasando? ¿A qué viene todo este interrogatorio?

—No se les está haciendo ningún interrogatorio —quiso aclarar en un tono terroríficamente tranquilizador el policía de uniforme, un pipiolo de unos veintipocos, alto, desgarbado y con todo el aspecto de haber salido de la academia no hacía ni dos días—. No son más que simples preguntas de rutina.

Mientras el cachorrito de uniforme pronunciaba tremendísima trola, el sargento Vázquez no dejaba de observarnos e ir tomando notas en su cuaderno.

—Efectivamente, simple rutina —fingió confirmar—. De cualquier modo, bueno sería que estuviesen localizables todos ustedes en estos días —no sabría decir por qué, pero tuve la sensación de que este último consejo iba especialmente dirigido a nosotros dos. Ahora sí, ya me sentía más incómodo que abatido por la tragedia.

—Descuiden, que así lo haremos —intervino Ernest—. Y ahora, señores, si nos disculpan... Comprenderán que es muchísimo todo lo que nos queda por hacer.

—Por supuesto —respondió el tragaldabas que se hacía llamar Vázquez—. Seguiremos en contacto. Todavía nos quedan un par de cosas por cuadrar. Un par de cosas... —repitió con aires de misterioso investigador.

Al punto, tras ofrecer un saludo mecánico, aquella extraña reencarnación del Gordo y el Flaco en agentes de la ley y el orden se metió en su vehículo y este tomó el camino de salida. Por supuesto, el gordo Vázquez no era el conductor. «Faltaría más», pensé.

—Yo también me voy, Ernest querido —habló por fin el doctor—. Todavía queda mucho papeleo del que hacerse cargo en el hospital y en la funeraria. ¿Te encuentras bien? ¿Necesitas que te deje alguna cosa? Algún calmante, tal vez...

—No, no. Ve tranquilo, Max. En nada estoy contigo.

Y Màxim Clarà, el doctor con nombre de artista de Moulin Rouge, también dirigió sus pasos hacia la salida de los terrenos de la Casa Grande. El señor Rovira todavía se quedó por unos segundos inmóvil, viendo como el doctor se iba alejando.

—Vive aquí al lado —comentó Ernest en un tono ausente, dando respuesta a una pregunta que nadie había hecho—. Siempre fue un buen amigo, Max, además de un médico excelente...

—Ernest, ¿qué rayos está pasando aquí? —pregunté cogiendo por el brazo al secretario, ya un poco cansado de tanta pregunta y tanto misterio—. ¿Qué pintaban aquí esos dos polis? ¿Qué le ha pasado a doña Isabel? ¿No dices que murió mientras dormía?

Ernest volvió a clavar sus ojos en mí.

—No, yo no he dicho tal cosa, Simón. Lo que dije fue que *parecía*. Mira, hijo, no sé si este par de inútiles con placas de policía se habrá dado cuenta, pero hay por aquí algo que no encaja demasiado bien. —El secretario me contemplaba ahora con una expresión totalmente diferente—. A doña Isabel la mataron esta noche. Y ahora ya estoy seguro.

—¿Que la mataron? —pregunté escandalizado—. ¿Pero de qué me estás hablando, Ernest, qué es lo que estás diciendo? ¿Quién iba a querer hacerle daño a doña Isabel? ¿Y por qué dices que ahora estás seguro?

—Porque me lo acabáis de confirmar vosotros mismos.

—¿Nosotros? —preguntó Carlito, en un tono a medio camino entre el desconcierto y la incomprensión.

—Sí —afirmó el secretario—, vosotros.

—¿Y qué tenemos nosotros que ver en todo este follón, si se puede saber? —pregunté.

—Acabáis de declarar ante dos policías que ayer me visteis salir de la finca alrededor de las ocho y media, ¿no es así?

—Sí, así es. Pero también hemos dicho que tampoco estábamos del todo seguros de que se tratase de tu coche. ¿Cuál es el problema?

—Pues el problema, como tú dices, es que, según la temperatura del cuerpo tomada por Max, doña Isabel murió ayer entre las ocho y las nueve de la tarde. Ahora, vosotros y la policía podéis creerme o no, pero yo sé que ayer salí de aquí tan pronto como acabé de recoger las cosas de la comida.

La boca se me secó de golpe. Ernest se dio cuenta.

—Tranquilo —dijo, al tiempo que con un gesto de sus manos

desechaba la preocupación que comenzaba a instalarse en mi rostro—. Cuento con un buen número de testigos más que respetables que no tendrán ningún problema en confirmar que yo estuve con ellos toda la tarde y parte de la noche. No eran más de las seis de la tarde cuando salí de aquí, y no regresé hasta ya bien pasadas las doce.

«Entonces, el coche...» Pensar esto y atar cabos fue todo uno. Estaba a punto de decir algo, cuando Ernest siguió con su razonamiento.

—Escucha, Simón: cuando yo entré esta mañana en el cuarto, la pieza estaba a oscuras. No había ninguna luz encendida, y yo no pude ver a doña Isabel hasta que descorrí las cortinas. No la pude ver —remarcó el secretario—, ¿comprendes?

—Sí... No, la verdad es que no, Ernest, sigo sin comprender nada. ¿Se puede saber qué es lo que tiene eso de especial?

El señor Rovira volvió a quedar observándome en silencio, meneando la cabeza, como si le costase admitir mi torpeza ante algo que para él resultaba evidente.

—¡El libro, Simón!

—¿El libro? —repetí—. ¡¿Pero qué libro?! ¡Por dios, Ernest, háblame con claridad, que no entiendo nada!

—La señora Llobet tenía un libro en las manos cuando yo la encontré, y según el propio Max observó, todo apunta a que hubiese sufrido un infarto mientras leía en la cama.

—Ya, pues muy bien. Pero, insisto, ¡¿qué tiene eso de especial?!

La calma me abandonaba por momentos. Y a Ernest también.

—¡Oh, vamos! —protestó—. ¡Despierta, Simón!

Ahora era él quien se mostraba irritado ante lo evidente de mi inopia.

—Si ella estaba sola en la casa —continuó—, ¿quién le apagó las luces del cuarto después de morir? Porque no siendo en braille, Simón, que no es el caso, que yo sepa todavía ninguno de nosotros es capaz de leer en la oscuridad, ¿no? Así que dime, ¿por qué no encontré yo ninguna luz encendida, entonces?

Tragué saliva.

—Santo cielo...

De acuerdo, aquello comenzaba a ser demasiado inquietante para mí y para mi jefe de obra.

—¿Qué está pasando, Ernest? —pregunté nuevamente, ahora ya con la preocupación bien instalada en el cuerpo.

—No lo sé, Simón, no lo sé —respondió al cabo de un rato—. Pero por lo pronto alguien ha matado a doña Isabel, y ha querido hacerlo pasar por algo natural.

—Dios mío... —Sí, a veces el capataz también parecía humano.

Ernest no dijo nada más. Solo hizo un gesto para que le acompañásemos al interior, y los tres dejamos la entrada principal de la Casa Grande en la compañía solitaria de mi coche. Avanzamos hasta la misma sala en la que doña Isabel me había recibido apenas una semana atrás, y el señor Rovira nos invitó a sentarnos alrededor de una pequeña mesa redonda, una de esas viejas mesas de brasero, sobre la que sirvió tres copas de aguardiente. Luego de beber la suya de un único trago y un largo silencio, retomó la conversación.

—Ella sabía que esto llegaría. Lo sabía... —El secretario se quedó mirando para el techo. En silencio, negando con la cabeza—. Bueno, supongo que en el fondo los dos sabíamos que este día llegaría tarde o temprano. Al fin y al cabo, las piezas siempre han estado ahí. Pero no es el fondo, es la forma lo que lo convierte en algo tan salvaje...

Creo que ni mi jefe de obra ni yo entendimos una sola palabra de lo que el viejo secretario decía, pero los dos le dejamos hablar, imaginando que todo aquello no sería más que otra forma de desahogo por parte de quien, en cierto modo, también era un anciano recién abandonado. Con la misma calma con la que acababa de hablar, fue a buscar un poco más de serenidad en la botella de licor, y siguió hablando.

—En fin. —Ernest chasqueó la lengua—. Según parece, habéis encontrado algo en el viejo manantial, ¿no es así?

—Bueno, Ernest, no te preocupes, no creo que eso sea lo importante ahora.

Yo lo dije con la mejor intención. Pero el secretario volvió a quedarse mirándome fijamente por un tiempo lo bastante largo como para llegar a resultar incómodo. El tiempo de quien sopesa alguna reflexión importante.

—La señora Llobet era una mujer muy inteligente. Y esa, junto con un grandísimo amor, era una de las razones por las que ella y el señor Dafonte hacían tan buena pareja. Si vosotros habéis encontrado algo en la cueva no creo que haya sido por casualidad. Don Eneas no era del tipo de gente que va dejando objetos familiares perdidos por ahí. Y menos en cuevas olvidadas durante lustros. Probablemente vuestro hallazgo sea más importante de lo que vosotros pensáis. Así pues, ¿dónde está?

Con un gesto suave de mi cabeza le indiqué a Carlito que se acercase hasta el coche y trajese la cajita. Todo el tiempo que mi amigo tardó en regresar permaneció Ernest en silencio. Mantenía la vista fija en la mesa, las dos manos sobre el mantel que la cubría, y por un momento a mí me recordó la imagen de un viejo general que examina el mapa del campo de batalla, intentando reconocer la situación, localizar la orden apropiada tras un nuevo parte de guerra desfavorable.

Cuando Carlito volvió a entrar en la sala, lo hizo sin levantar el más mínimo ruido, limitándose a dejar el cofre en el centro de la mesa, entre las manos del señor Rovira. El secretario fijó su mirada en aquel pequeño contenedor de madera y, lentamente, después de haber sacado sus viejas gafas de la funda que llevaba en el bolsillo superior de su americana de *tweed*, lo tomó en sus manos. Pasó con gran suavidad los dedos sobre la inscripción grabada en la cubierta y, como si esta vez él sí acabase de interpretar alguna clave invisible, algo que tan solo él fuese capaz de comprender, dejó escapar una sonrisa casi imperceptible, la de quien reconoce en ese tacto un viejo mensaje inscrito en el tiempo.

—¿La habéis abierto? —preguntó sin apartar la mirada del cofre.

—No —respondí en su mismo tono—, yo nunca me atrevería a hacer cosa semejante. La inscripción en la cubierta no deja lugar a dudas sobre quiénes son los destinatarios de lo que sea que contenga esta caja.

—Bien hecho entonces...

Cuando por fin se decidió a abrir la tapa, Ernest lo hizo contra nosotros, de tal modo que ni Carlito ni yo pudimos ver en realidad el interior del cofre. La verdad es que había llegado a sentir curiosidad por el contenido de aquella misteriosa caja de madera, sí. Pero no salió del señor Rovira el más mínimo gesto por compartir el secreto que allí se escondía, fuese este cual fuese, dejando bien claro que aquello no era asunto nuestro. Mientras nosotros nos quedábamos con las ganas, Ernest todavía permaneció en la contemplación de lo que quiera que fuese su contenido durante un buen rato.

En silencio, sin tocar nada.

Finalmente, cuando él lo consideró oportuno, con la misma dulzura con que la había abierto cerró la tapa y, con la mirada fija en la caja, sentenció:

—Llegó el momento.

—¿«El momento»?, ¿el momento de qué, Ernest?

Pero el señor Rovira no respondió. Bien al contrario, comenzó a dar por finalizado nuestro encuentro.

—Sé que doña Isabel agradeció muchísimo el esfuerzo realizado por tu parte, Simón. Pero confío en que ahora comprenderéis que de momento vamos a tener que posponer nuestro compromiso. En estos días recibirás en tu cuenta el ingreso de una cantidad que la señora Llobet dejó indicada la semana pasada, en concepto de compensación por los servicios prestados. Sé que la encontrarás más que generosa.

Yo me sentí un poco incómodo ante las sugerencias económicas por parte del eficiente secretario en un momento como aquel, pero en el fondo también lo acepté como algo correcto. Al fin y al cabo, lo cierto era que acabábamos de quedarnos sin trabajo. Otra vez... Quise quitarle un poco de hierro a la situación.

—No te preocupes por eso, Ernest. Me imagino que ya lo sabes, pero por si acaso deja que te recuerde que puedes contar con nosotros para lo que necesites.

De nuevo, el viejo secretario dejó escapar una sonrisa, una apenas dibujada en sus labios.

—Simón, hasta donde yo sé, no es poco lo que ya habéis ayudado. De todos modos —prosiguió tras una pequeña pausa—, hemos de seguir en contacto. La voluntad de doña Isabel era que no quedase a medias este trabajo y, en realidad, vosotros no habéis hecho más que comenzarlo, ¿no te parece? A su tiempo, amigo Simón, hagamos que cada cosa siga sucediendo a su debido tiempo.

Ernest nos acompañó hasta la puerta, y allí nos despedimos hasta un par de días después, ya que yo me sentía en la obligación de asistir al entierro de doña Isabel. Esta vez, la despedida fue un hondo abrazo entre el secretario y yo. En apenas una semana escasa yo había vuelto a recuperar la sensación de compañía, de pertenencia a alguna suerte de grupo, una que en realidad no había vuelto a tener desde aquellos años en Barcelona.

Y ahora, de repente, todo se acababa. Otra vez... Perra vida.

6

Carlito es buena gente, pero tiene sus cosas. Supongo que como todo el mundo. A Carlito no le agradan los entierros. Supongo que como a nadie. Pero, en su caso, él siempre lo explica diciendo que en un entierro la línea que separa las condiciones de visitante y visitado son tan efímeras que mejor no andar tentando a la suerte. Según él mismo dice, es tanta la tristeza que le producen que ni tan siquiera está seguro de que vaya a asistir a su propio sepelio. Así que allí estaba yo, plantado en el cementerio de Pereiró, el viejo camposanto de la ciudad, a los pies del monumento a Concepción Arenal, bajo una lluvia espesa y constante, y sin más paraguas que mi desaliñada pelambrera. Si alguien comenta algo sobre lo desastrado de mi aspecto habitual, yo suelo responder que a mí no me peina nadie más que el viento. Pero en esta ocasión era la lluvia la que me estaba practicando un «alisado natural». La verdad es que me sentía un poco ridículo asistiendo de esa guisa al entierro de doña Isabel, una mujer que había sido tan importante para la ciudad, pero tampoco era menos cierto que de entre tanta gente como allí había nadie iba a prestarle demasiada atención a un don nadie como yo.

Efectivamente, eran muchas las personas que se habían decidido a darle las espaldas a una tarde tan gris y desangelada como la que estaba, y acercarse al cementerio para decirle adiós a aquella buena mujer, acompañando su féretro hasta el panteón de los Dafonte-Llobet. De hecho, incluso yo, que nunca me entero de la misa la mitad, pude reconocer a algunos de los rostros más famosos del «todo Vigo» (si es que algo así se puede decir de una ciudad como esta). Comenzando por el propio alcalde, el socialista César Escudeiro, y un par de sus concejales, la representación ciudadana era considerable. Pude ver también al director de la antigua Caja de Ahorros; a unos cuantos hombres que sé que algo tenían que ver con la Cámara de Comercio; al presidente de la Sociedad Mercantil; al del Aero-Club; a varios periodistas del *Faro de Vigo*; e incluso a Otero Sanginés, el viejísimo pintor de la ciudad, con su jovencísima enfermera empujando su silla de ruedas. Supuse que habría algún tipo de relación entre la familia y el artista, ya que el día que estuve esperando por doña Isabel en su biblioteca pude admirar un retrato de una joven señora Llobet firmado por el pintor.

En el centro del escenario, acompañando al ataúd que esperaba para traspasar las puertas del panteón, me encontré con otras caras más conocidas, aunque estas ya por otros motivos. Al lado de la cabecera de la caja reconocí al hombre del día anterior, el doctor Clarà, que de cuando en vez intercambiaba alguna palabra con los vecinos de paraguas a su izquierda, una pareja de unos cincuenta años y aspecto impecable. De ella no sabía nada, pero la cara del hombre me resultaba vagamente familiar. De entrada no conseguí identificarlo, pero luego alguna foto reciente vino de un periódico a mi cabeza. Aquel hombre bajo el paraguas, alto, de aspecto fuerte, ya con cierta calva peinada hacia atrás, y dueño de un traje tan negro como caro, era Xulio Dafonte, el hijo mayor de doña Isabel y don Eneas. La verdad es que no estaba muy seguro de cuáles eran los delitos por los que estaba siendo investigado, pero por lo menos a primera vista aquel hombre tenía más pinta de acabar de salir del consejo de administración de cualquier banco que de ninguna dependencia policial. Claro que, últimamente, una cosa tampoco eximía a la otra...

Por la otra banda, a la derecha del doctor, también bajo un paraguas me encontré con otro rostro conocido. El más que eficiente secretario, el señor Ernest Rovira, estaba allí, al lado del ataúd de quien, según él mismo nos había contado tan solo tres días antes, había sido su única dedicación durante más de cuarenta años. Aunque de apariencia fatigada, mantenía un rostro sereno, y ofrecía su brazo para que de él se prendiese una mujer desconocida para mí. Era alta también, esbelta, de larga cabellera morena. Debía de andar rondando los cuarenta, pero había algo en ella, en su rostro, que hablaba de otras juventudes. Comprendí que aquella no podía ser más que Mariña Dafonte, la otra hija del matrimonio. Y al momento me pareció muy hermosa, bella mucho más allá de la tristeza evidente en su rostro.

Volví a la realidad cayendo en la cuenta de que ya llevaba más tiempo observando a aquella mujer del que era consciente, y me sentí avergonzado al descubrirme a mí mismo en ese tipo de contemplaciones en un momento y lugar como aquellos. Me forcé (no sin dificultad, para mi mayor sorpresa) a abandonar aquella cara tan linda y seguir con mi ronda de reconocimiento, mientras el cura continuaba imperturbable con su cantinela de responsos, salmos, o lo que fuese aquello que iba pronunciando. Saltaba de rostro en rostro mientras reflexionaba sobre el escaso éxito que las horas de catequesis habían tenido en mi conciencia: como tantas cosas en mi vida, un auténtico desastre, incapaz todavía hoy de distinguir un padrenuestro de un rosario.

Descubrí entonces otro grupo que también me llamó la atención. Unos pasos más atrás de donde se encontraban Xulio, Ernest y Mariña, otra extraña pareja se refugiaba de la lluvia bajo un paraguas de tamaño considerable. El que lo sujetaba era un tipo alto y flaco, de edad indefinida entre los treinta y muchos y los cuarenta y pocos. Vestía de traje y corbata rigurosamente negros, camisa blanca y gafas oscuras. Bueno, es verdad que hay entre las señoronas cierta moda de ir con este tipo de gafas a los entierros, por aquello de poder simular a gusto el más desconsolado de los llantos. Pero ni aquel tipo era una señorona, ni aquellas gafas pegaban con aquella lluvia. Su cara era estrecha, alargada y mal afeitada, y llevaba el pelo, oscuro y abundante, peinado hacia atrás. Parecía una estatua de piedra, inmóvil excepto por un leve movimiento de cabeza casi constante y sistemático, como el de quien analiza una y otra vez el campo sobre el que se encuentra. A su lado, protegido bajo el paraguas que el hombre de negro mantenía sobre ambos, un individuo considerablemente mayor que el anterior. Debía de andar ya cerca de los ochenta, aunque tampoco lo podría precisar mucho más, ya que estaba protegido por un abrigo de cuero negro que lo cubría casi de arriba abajo, y llevaba la cabeza cubierta por un sombrero, también de línea muy elegante. Casi no se le podía ver el rostro, apenas lo suficiente para reparar en dos cosas muy curiosas. Una era que su piel estaba exquisitamente bronceada, pero no como esas de solárium, que parecen recién salidas de un baño de zumo de zanahoria, sino como la de quien lleva una vida entera bajo el sol, cosa que no dejaba de ser llamativa en una ciudad como esta, tan poco dada a las clemencias meteorológicas en pleno mes de noviembre. Pero lo que supongo que más me llamó la atención fue la certeza de que, mientras todos los asistentes mantenían su atención en el féretro, o en las palabras del sacerdote, o en sus acompañantes, o en la simple contemplación del suelo, este hombre no hacía nada de eso. De hecho, esta extraña figura no hacía otra cosa que mantener la vista clavada fijamente en Xulio, y solo descansando de esta actividad para dedicarse eventualmente a la contemplación de quien yo había identificado justo antes como Mariña. Pero claro, de su extraño comportamiento nadie se daba cuenta porque allí los únicos que no estaban haciendo lo que la gente normal hace en los entierros éramos precisamente nosotros: los dos tipos estos y yo.

Fue este último pensamiento el que hizo que me sintiese todavía más como una especie de bicho raro, un pececillo incómodamente caído fuera de su acuario. De hecho, supongo que a punto estaba de empezar a boquear cuando el cura dio por concluida la liturgia, para pasar a indicarles a los operarios de la funeraria su permiso para proceder a la colocación de la caja en el espacio que le correspondiese dentro del panteón familiar. Hubo un clamor de llantos contenidos hasta que, de repente, unos cuantos asistentes se arrancaron a aplaudir. Poco a poco, y la mayoría de la gente ya se estaba sumando al gesto. La verdad, nunca comprenderé por qué la gente hace cosas de este tipo en los entierros. ¿Qué pretenden, felicitar al difunto por el éxito de su muerte? «Muy bien, macho, la has espichado de maravilla.» Por favor... ¿Qué tenía de malo aquel silencio respetuoso previo? Volví a buscar a la extraña pareja de antes, no sé, supongo que por ver si ellos también estaban aplaudiendo. No, el viejo seguía inmóvil. Busqué entonces a su acompañante, y en ese momento me encontré con sus ojos clavados en los míos. Aparté instintivamente la vista. ¿Me estaba observando a mí? Volví sobre él una vez más. No, ya no me miraba. O quizá nunca lo hubiese hecho. O, quizá, yo me estaba comportando como un paranoico.

Tuve la sensación de que todo aquello era demasiado para mí, así que decidí que había llegado el momento de salir. Ya esperaría fuera para darle el pésame a Ernest. Y a la hija de doña Isabel, claro. En ese momento ni siquiera me lo planteé, pero la verdad es que sentía cierto deseo de conocer a aquella mujer. Un «cierto deseo» más bien «ciertamente fuerte»...

Me encaminé lo más discretamente posible hacia la salida, fijándome en el despampanante repertorio de coches de lujo aparcados a la entrada del cementerio. Todo un desfile de vehículos de alta gama, muchos incluso con sus chóferes a la espera de sus señores. Algunos hablaban entre ellos, otros esperaban en el interior de los coches. Me llamó especialmente la atención una vieja berlina Mercedes de color negro, un coche muy antiguo, quizá de mediados o finales de los años cincuenta, pero exquisitamente conservado. Precioso. «Mamá, como se nota que el entierro es de postín», pensé. Seguro que todos estos no viven en pisos de protección oficial... ¿Pero qué rayos pintaba yo allí, en medio de toda aquella gente? Yo todavía vivía en el mismo piso que me hacía las veces de estudio, una vieja madriguera que en su momento me había llegado de la mano de mi madre. Y creo que a ella se lo había pasado mi propia abuela, que lo había cambiado por otro local en el mismo edificio, uno de los sótanos a los que se entraba por los laterales de la casa. Porque sí, un piso en el centro de la ciudad farda mucho, pero si yo lo puedo mantener no es más que porque a mí todavía me llegó con uno de esos contratos de renta antigua, que si no, ¿de qué iba a vivir yo allí?

A vueltas con mis cosas, apenas sí había traspasado las altas puertas de forja del cementerio cuando volví a tener la sensación de que alguien me observaba. Busqué a mi izquierda y me encontré con la mirada descarada de un tipo alto, fuerte, apoyado en un coche blanco al lado de la entrada al camposanto. Incómodo, preferí no fijarme en mucho más, y seguí con el paso dispuesto a hacer la espera más cómoda en el bar del tanatorio, cuando escuché que el hombre se dirigía a mí.

—¡Hey, *malparit*!

¿*Malparit*, yo?

—¿No eres tú el *Simonet*?

Y entonces mis recuerdos le pusieron rostro familiar a aquel tipo apoyado en el coche blanco. Y no podía ser... Pero era.

—¿Bruno?

Di media vuelta para comprobar que, efectivamente, no me equivocaba. Atónito, me quedé observando a aquel individuo, y lo primero que me vino a la cabeza fue que Gardel no estaba equivocado con aquello de «que veinte años no es nada».

—¡Bruno! ¿Pero qué rayos haces tú aquí? ¡Dios mío, cuánto tiempo sin vernos! ¿Pero qué rayos haces tú aquí, desgraciado?

—*Apa, nen*, de desgraciado nada. Para ti, «señor desgraciado». O eso, o «comisario Rodés».

—¿Comisario? ¡No me digas!

—Como lo oyes. Así que venga, dame un abrazo o te llevo detenido.

Bruno Rodés había sido uno de mis mejores amigos en mis tiempos barceloneses. En 1990, en mi primer año de carrera, yo había alquilado con unos cuantos chicos más un piso enorme en el barrio de Gràcia. Una noche de fiesta nos juntamos algunos más de la cuenta en la casa, y parece ser que la cosa del respeto vecinal se nos estaba yendo un poco de las manos cuando nuestro casero, el señor Obiols, antiguo vecino de Cadaqués llegado a las Ramblas a primeros de los sesenta con ínfulas de magnate inmobiliario, ya muy mayor, ya muy tocado por la tramontana, y ya muy harto de que nuestros vecinos lo llamasen solo para darle quejas sobre nosotros, decidió pasarse por el piso para ver qué leches estábamos haciendo con tanto alboroto. Nada más abrir la puerta, el señor Obiols comenzó su enfadadísimo saludo comentándonos lo muy hasta las pelotas que lo teníamos con tanta algarabía. Y así, sin un miserable *bona nit*. La Nicoletta, una de mis compañeras de piso y moza de muy buen ver, decidida a salvar la situación le pidió que por favor se tranquilizase, que la cosa no era para tanto. Según la Nico explicaba desde la más angelical de las amabilidades posibles, allí todos eramos gente seria, todos estudiantes de medicina, y todos catalanes de pro al tiempo que fervientes devotos de la Moreneta. El descubrimiento de aquella celestial presencia provocó el silencio instantáneo en la malsonante garganta del señor Obiols, alelado en la contemplación de tamaña belleza parlante. Su expresión recordaba muchísimo a la del verraco que le pasa revista de arriba abajo a la ración de rancho que le acaban de servir, y justo cuando ya parecía que un mar de babas estaba a punto de desbordársele por la comisura de los labios, abrió la boca para soltar la siguiente perla:

—¿Ay, sí? Pues, nena, ya puestos, bien me podías hacer tú un reconocimiento médico —el casero se arrimó todavía más a la Nicoletta— a fondo, que a mi edad son cada vez más importantes, bonita.

—*Escolta, malparit!* ¡¿Pues por qué no comienzas reconociendo esto, *fill de puta*?!

Y *en un tres i no res*, que es como los catalanes dicen «en menos que canta un gallo», el señor Obiols sintió en la cara el calor de un tremendísimo puñetazo que lo envió por el aire, en vuelo directo contra la puerta de entrada al piso, y de ahí derechito al suelo. El artesano de tan soberbio golpe no había sido otro que Bruno Rodés, un chaval de Cabrera de Mar, a la sazón aspirante al ingreso en las fuerzas de seguridad del estado, y novio oficioso de la «doctora» Nicoletta (quien, por cierto, en realidad era estudiante de relaciones laborales).

—¡No, Bruno, no! —Nicoletta, llevada por un súbito instinto maternal, se lanzó contra Bruno—. ¿Pero qué haces, animal?, ¿no ves que solo es un pobre viejo? ¡Bruto!

—¡¿Qué?! ¡Pero si aquí el abuelo ya te estaba metiendo la mano hasta la sisa!

—¡Que lo dejes, bestia!

Bruno no daba crédito a la imagen. Y entre tanto, el viejo sátiro no hacía más que gritar desde el suelo.

—*Desgraciats, desgraciats! Tots al carrer, fora de la meva casa, desgraciats! Fills de puta!*

Así fue como nos conocimos Bruno y yo. Aquella noche acabamos celebrando nuestras pérdidas en la barra del Zeleste. Bruno se acababa de quedar sin novia, y yo sin piso. Y aquella noche y aquella barra fueron las primeras de una larga serie de noches y barras compartidas mano a mano por ambos, forjando una amistad que duró todos mis años en la ciudad Condal, y que, como tantas otras relaciones, murió víctima de un ataque severo de distancia aguda al retornar yo a Vigo. Habían pasado por lo menos quince años desde nuestro último encuentro, demasiados para mi torpe memoria como para reconocer ahora al impetuoso asalta-caseros de Cabrera de Mar en aquel flamante comisario Rodés. Menos mal que Bruno, quizá por causa de su entrenamiento policial —o quizá simplemente porque era mejor persona que yo—, mantenía en perfectas condiciones su capacidad para identificar una cara. Nos dimos un buen abrazo, y al separarnos quise contemplar mejor a aquel hombre. Era alto, no lo recordaba tanto. Me di cuenta de que el tiempo no había pasado en balde, pero aun así mantenía un aspecto formidable. Creí recordar que, por aquel entonces, él tenía un par de años más que yo, de manera que supuse que nada lo habría librado de seguir respetando ese margen. A sus treinta y nueve, pues, Bruno seguía aparentando una forma física excelente. Se le notaba que era un hombre fuerte, bien formado, incluso a través de la gabardina beige que lo protegía de la llovizna que seguía cayendo con insistencia.

—Te veo bien, amigo, te veo muy bien después de tantos años.

—¿Sí? Pues tú sigues teniendo el mismo aspecto de indigente de siempre.

—Ya, y yo veo que tú sigues siendo igual de agradable que de costumbre. Así que ahora eres el inspector Clouseau... ¿Pero cómo? Quiero decir, ¿tú no estabas en Barcelona? ¿Te destinaron aquí, o cómo es la cosa?

—Bueno, estaba de inspector jefe en Sants cuando me ofrecieron el cambio. No hará mucho más de un año que llegué, y ya estoy de faena hasta arriba. Parece que aquí no tenéis otra cosa con que entreteneros que andar haciendo el mal todo el día. Entre politiquillos corruptos, empresarios chanchulleros, proxenetas, jaleos entre bandas locales y bandas de inmigrantes, y *narcotrafiqueiros*, en esta ciudad de locos estáis todos empeñados en no dejarme descansar.

En el interior del cementerio la ceremonia ya se había acabado, y poco a poco la gente comenzaba a salir. Noté enseguida cómo Bruno mantenía ahora un ojo en nuestra charla, y otro en cada uno de los asistentes al entierro que iban saliendo por la puerta.

—Y entonces, ¿qué te trae por aquí?, ¿trabajo o placer? —pregunté yo.

—Muy agudo, tú. Anda, que si te digo que la difunta era mi madre te quedas de piedra.

—Pues probablemente sí. Pero ya sé que no lo era. ¿Qué está pasando, Bruno? —recordé las insinuaciones de Ernest el día anterior—. ¿Es por la mujer?

—¿Por la señora Llobet? No, no. Esto no tiene nada que ver con ella.

—¿Pues qué es, entonces? Si es que se puede saber, claro.

Bruno guardó un pequeño silencio, imagino que sopesando si esa era una información a la que yo podía tener acceso. Mantenía en su rostro una expresión seria, grave, mientras continuaba observando a cada una de las personas que seguían saliendo por la puerta del cementerio. Al final debió de ganar el *sí*.

—Sí, supongo que se puede saber. Siempre y cuando tú no tengas nada que ver con la mafia, claro.

—¿Qué? —pregunté yo mal disimulando mi susto. Solo con lo que Ernest me había insinuado el día anterior sobre la muerte de doña Isabel ya tenía yo cubierto el cupo de escándalos. Mi vida ya se había vuelto inquietante de más con una sospecha de asesinato encima como para tener que oír ahora nada sobre la mafia.

—Tranquilo, hombre, que es broma —Bruno cambió la gravedad por una sonrisa ligeramente más desenfadada—. Estamos aquí por uno de los hijos de la Llobet.

—¿Por Xulio Dafonte?

—Su nombre completo es Xulio Ascanio Dafonte Llobet, pero para nosotros es el Ascanio. Ya sabes, *Xulios* hay muchos, pero *Ascanios*... Mira que es un nombre raro. ¿Qué pasa, que es típico de aquí?

Acudieron a mí más recuerdos de la facultad. Al principio de la carrera, el estudio de la arquitectura clásica, Grecia, Roma, me despertó cierto interés por el mundo clásico. Complementé mis estudios con un par de cursos de introducción a la mitología, pensamiento e incluso literatura grecorromana. Por aquel entonces yo todavía tenía interés por conocer cosas nuevas. Julio Ascanio era, según Virgilio, el hijo del protagonista de la *Eneida*, heredero del trono de Lavinia. Teniendo en cuenta que incluso el propio Julio César se consideraba descendiente de este otro Julio Ascanio, por un momento no pude evitar sonreír al pensar que el difunto Eneas Dafonte hubiese sido quizás un poco arrogante de más a la hora de diseñar sus propias pretensiones sucesorias.

—Bueno, supongo que siendo hijo de un Eneas... —respondí, haciéndome ahora yo el misterioso ante mi amigo.

—Vaya, ¿y eso? —preguntó apáticamente Bruno, que seguía sin ver la relación.

—Nada, arrogancias de la «gente bien», supongo.

—Pues fantástico por ellos... ¿Pero y qué pasa contigo?

—¿Conmigo?

—Sí, contigo. ¿Acaso conoces de algo al tipo este, tú?

—Sí. Bueno, en realidad no. Lo conozco solo de oídas, como todos por aquí. De leer alguna cosa en la prensa, y todo eso... Y vaya, porque el otro día el secretario de la señora Llobet me habló muy por el aire sobre él, de cuando era un crío, pero poco más. Así que eres tú quien está llevando la investigación esa de la que hablan los periódicos, ¿no?

—Sí, mi brigada. ¿Y qué clase de relación es la que tienes tú con la familia?

Vaya, la verdad es que no me sentó muy bien el escuchar juntas en una misma frase las palabras «tú», «relación» y, sobre todo, «familia»...

—Bueno, pues supongo que ahora ya ninguna... —respondí recordando la súbita cancelación de obras—. Simplemente estaba haciendo un pequeño trabajo de reforma en el terreno que la familia tiene en Canido. Pero esto era por encargo de doña Isabel, y bueno, al morir ella, pues ya te imaginarás.

—Pues mira, casi mejor para ti. Porque ahora la «familia» es él, y este fulano no es trigo limpio precisamente. Más bien todo lo contrario.

—Pero quién, ¿Ascanio, de verdad? ¿Lo estás diciendo en serio?

—Y tanto.

—Pues perdona, Bruno, pero no acabo de entenderlo. Si ya solo por ser hijo de quien es tenía de nacimiento la vida más que resuelta... ¿Qué diablos hace un tipo de su posición metido en líos con las mafias locales?

—¿«Con las mafias locales», dices? —Bruno dejó escapar una sonrisa cínica—. No, Simón, no se trata de eso. Nuestro amigo Ascanio no tiene ningún lío con las mafias locales. «Él» es la mafia local.

—¿Él?

No daba crédito. Resulta que había estado trabajando para la familia de uno de los capos de las Rías Baixas... No me lo podía creer.

—Pues sí, él. Pero haznos un favor a los dos, y baja un poquito la voz, ¿sí?

No salía de mi asombro. ¿Pero con qué clase de gente había estado a punto de juntarme? No comprendía nada. A ver, tranquilicémonos. Algo se me tenía que estar escapando.

—Pues más a mi favor, Bruno: ¿qué necesidad puede tener un tipo como él, de su posición, para meterse en esas historias?

—Vaya, *nen*, pues qué quieres que te diga. —El comisario se pasó suavemente la mano derecha por la cabeza—. La relación con su propia familia no siempre fue tan directa como tú le presupones. Por lo visto anduvo bastante alejado del entorno familiar. Parece ser que él y su madre no se entendían demasiado bien. Y, quién sabe, si a un tipo con aires de niño rebelde le cortas el grifo de los dineros familiares... No sabría qué decirte, Simón. De cualquier modo, sobre lo que sí te advierto desde ya es que te guardes de cruzarte con él. Porque de lo que no tengo ninguna duda es de que se trata de un tipo peligroso. Muy peligroso —y Bruno remarcó especialmente el *muy*.

—Comisario. —Un hombre que todavía permanecía dentro del coche blanco, sentado al volante, advertía de algo a Bruno con un ademán hacia la puerta del cementerio. Bruno y yo dirigimos la mirada en esa dirección, y pudimos ver cómo Xulio y la mujer que yo había tomado por su esposa estaban ahora a punto de salir. Como si allí no hubiese nadie más, Bruno me cogió por un brazo y se dispuso para ponerle fin a nuestro encuentro.

—Tengo que dejarte, Simón. Tenemos que seguir «paseando al perro», ya sabes. Me alegro mucho de haberte visto. Si necesitas cualquier cosa me puedes encontrar en comisaría. No tiene pérdida, en la puerta de mi despacho pone «el que manda». Llámame cuando quieras y nos tomamos algo, que seguro que tenemos mucho que contarnos.

Bruno se metió en el coche. Justo antes de arrancar bajó la ventanilla y se volvió a dirigir a mí.

—Me alegro mucho de volver a encontrarte, *nen*.

—Yo también, Bruno. Nos llamamos.

Y discretamente inició su marcha tras el coche en el que ni cinco segundos antes había salido del aparcamiento Xulio Dafonte, otro vehículo grande, creo que también un Audi.

Me quedé plantado bajo la lluvia, observando cómo el coche de Bruno se perdía en el tráfico de la tarde, e intentando conjugar la emoción de haberme reencontrado con mi viejo amigo con la conversación que acabábamos de tener sobre el hijo de doña Isabel, cuando sentí que alguien me ponía una mano en el hombro.

—Simón.

Me di la vuelta. Allí estaba el señor Rovira. Dios mío, ahora que lo veía de cerca, parecía que en apenas un par de días hubiese envejecido diez años más. Pensé que probablemente hubiese sido él quien se hubiese encargado de todo el asunto del fallecimiento, del entierro, de avisar a la familia, las notas de prensa... O quizá simplemente fuese tristeza. A su lado todavía estaba aquella mujer. Caramba, de cerca era mucho más bonita.

—Buenas tardes, señor Rovira. Acabo de salir ahora mismo —dije como disculpándome—, no me encontraba muy bien allá dentro.

—Ya lo sé, hijo. Te vi antes, al pie de monumento. Pero por favor, no cambiemos nuestros tratos por encontrarnos en un lugar tan triste. Me agradaba más cuando me llamabas Ernest. ¿O acaso prefieres volver a ser don Simón?

Los dos sonreímos brevemente.

—No, no, por supuesto que no, Ernest.

—Bien, mejor así. Deja que te presente a alguien. Simón, esta es Mariña Dafonte, la hija de la señora Llobet.

—Es un placer conocerla. Lamento que sea en estas circunstancias, doña Mariña. Conocí hace apenas unos días a su madre, pero me bastó para darme cuenta de que se trataba de una persona excepcional. Permítame que le dé mi más sentido pésame.

—Te lo agradezco. Pero por favor, no me trates de usted, que creo que tampoco estamos tan lejos. —Apenas aquellas pocas palabras de Mariña bastaron para comprender que ella hablaba con la misma extraña familiaridad de la que había sido dueña su madre, si bien también era cierto que la hija lo hacía con una mayor dosis de calma, de sosiego, que la madre—. Ya me dijo Ernest que estás trabajando en la casa de Canido, ¿no es así?

—Sí, bueno, lo cierto es que por lo de ahora tenemos la obra parada, dadas las circunstancias. Pero sí, es verdad que su..., bueno, disculpa, que tu madre me encargó unos arreglos en el jardín.

—En la fuente de papá, ¿verdad?

Me cogió por sorpresa la denominación. Supongo que en todo este tiempo nunca me había parado a pensar en aquel espacio como algo tan directamente «familiar». Efectivamente, aquel era el rincón que el «papá» de alguien había construido para solaz propio y de los suyos.

—Sí, ahí mismo.

—Pues me alegro mucho. Ese lugar siempre tuvo un encanto especial para todos nosotros. Yo guardo todo un tesoro de recuerdos de niña jugando en la fuente. Creo recordar que se secó poco antes de la muerte de mi padre.

—Sí, según me había contado tu madre, sí, así fue.

—Sí. Es verdad... Y luego fue cayendo en el abandono con los años... Una lástima —comentó, como si acabase de regresar de un rápido viaje por solo ella sabía qué recuerdos—. Ojalá puedas recuperarla, Simón.

—Y por supuesto que lo hará —intervino el secretario—. Tan pronto como todo se normalice, Simón retomará sus faenas. Pero antes hay cosas que arreglar.

—Por supuesto que sí, Ernest. Ya sabes que podéis contar conmigo para continuar con el trabajo cuando vosotros digáis —me ofrecí yo.

—Claro que sí, Simón. Pero creo que vamos a tener que vernos un poco antes. Este lunes tenemos que reunirnos para la lectura del testamento, y necesitamos tu presencia.

«¿Cómo?»

—Vaya. Discúlpame, pero creo que no comprendo...

—La señora Llobet dejó indicado que todos sus herederos han de estar presentes en la lectura de su testamento.

—Ya... Pero sigo sin entender qué tiene eso que ver conmigo.

—Pues yo creo que está bien claro —respondió con una sonrisa el secretario—. Tiene que ver con que tú eres uno de esos herederos.

—¿Perdón? —Ahora sí que ya no entendía nada de lo que estaba escuchando. ¿Yo heredero de doña Isabel Llobet? La expresión en mi rostro debía de hablar a gritos sobre lo perdido que me encontraba.

—Nada de perdón, hijo. Ya comprenderás cuando te corresponda. Por lo pronto, esta noche recibirás un correo indicándote la hora y la dirección del bufete donde haremos la lectura. Lo que sí te puedo decir es que no hagas planes para este lunes por la tarde.

—Vaya, pues no sé qué decir, Ernest...

—Por lo de ahora basta con que digas que no faltarás.

—Claro, por supuesto —respondí todavía desconcertado—. Allí estaré.

—Bien. Gracias por venir, hijo.

—Buenas tardes, Simón, muchas gracias por venir. —Y con la frase Mariña remató su despedida ofreciéndome la mano.

La noticia de Ernest y la fragancia de Mariña me dejaron totalmente desorientado en la entrada del camposanto. El parque estaba completamente desierto, el cementerio ya tenía sus puertas cerradas, todo el mundo se había ido, y yo era heredero de una de las mujeres más ricas de la ciudad. Heredero... ¿de qué?

7

Tuve pesadillas todo el fin de semana. En mis sueños yo era niño otra vez, y caminaba de la mano de mi abuela, los dos paseando por la orilla del mar. Las olas de la marea que bajaba rompían suavemente contra nuestros pies desnudos. Atardecía, y toda la playa se bañaba en una luz naranja, densa, intensa, como si no hubiese sobre nosotros nada más que no fuese aquella luz. Solo una silueta se recortaba en el otro extremo del arenal. Yo reconocía aquel cuerpo, el de mi madre, de pie allá al fondo de la playa, haciéndonos señales con la mano, invitándonos a ir con ella. Al verla, yo tiraba de la mano de mi abuela, y ella me devolvía una sonrisa, pero sin acelerar su paso lo más mínimo. «A su tiempo, hijo, a su tiempo», repetía sin apurar nada, mientras poco a poco la silueta de mi madre comenzaba a difuminarse en la densidad de aquella luz anaranjada que ya hacía daño a los ojos. Y yo tiraba más y más, y todo iba resultando más costoso. Mi abuela tenía la fuerza de un mundo, y yo ya no era capaz de diferenciar nada entre aquella luz que no dejaba ver más allá de una claridad cegadora. Me despertaba de cada pesadilla empapado en sudor, convencido todavía de que de un modo u otro podría llegar hasta mi madre. Y entonces recordaba que no había nada que hacer, que mi madre había muerto hacía ya quince años, que mi abuela también lo había hecho cuando yo era tan niño como en mis pesadillas, y la certeza de que todo estaba perdido me devolvía al abatimiento de las sábanas humedecidas por el sudor.

Y todas esas noches, recordando la angustia de las madrugadas anteriores, tuve la tentación de coger el teléfono y llamarlo. De hablarle de mis pesadillas, o de este nuevo trabajo, o de nosotros dos. O quizá simplemente de decirle «Hola, papá». Las horas acababan pasando en procesión ante mí sin que hiciera nada al respecto, ni en una dirección ni en otra, y de nuevo volvía a quedarme dormido en mi sofá azul, enredando el pensamiento en el recuerdo de doña Isabel, en sus extrañas voluntades, en la fuente, en los misterios del señor Rovira, en Bruno Rodés, en mis años en Barcelona... Y en Mariña. Así fue pasando el tiempo hasta que, sin darme demasiada cuenta, el lunes acabó llegando hasta donde yo estaba.

Según se me había indicado en el correo electrónico, la cita era a las cinco de la tarde en el bufete de Rovira y Asociados, en el número 17 de la calle Urzaiz. Nada más verlo me llamó la atención el nombre del despacho, «Rovira y Asociados». Inconscientemente, supongo que ya me había hecho una composición de lugar acerca del señor Rovira, en la cual su existencia quedaba vinculada a lo que sucediera única y exclusivamente dentro de los muros de la Casa Grande. Algo así como una especie de monje de clausura recluido en la playa de Canido. No le había imaginado vida propia fuera del ámbito de los Dafonte-Llobet, tanto menos como para tener un bufete propio abierto en el centro de la ciudad, apenas a unas cuantas calles más allá de donde yo mismo vivía.

A las cuatro y media de esa tarde de lunes bajé a tomar un café rápido al bar de Suso. Nunca se lo he dicho a nadie, pero cuando estoy nervioso por algo siempre tomo café, por aquello de estar bien despierto cuando llegue el momento clave. Claro, luego siempre me pasa lo mismo, que sigo igual de nervioso, pero además acelerado como una moto. Así, no serían todavía ni las cinco menos cuarto, y yo ya estaba atravesando la Puerta del Sol. A esas horas todavía no había mucho transeúnte ávido de consumismo voraz por las tiendas que atiborran la calle del Príncipe, y a las cinco menos diez ya enfilaba la calle Urzaiz, la espléndida garganta que engulle todo el tráfico humano directo al centro de la ciudad. El número 17 quedaba en el margen izquierdo de la calle, pero yo preferí subir por la acera de los pares. Sabía que ese número estaba ocupado por uno de los edificios de Pacewicz.

Hoy, cualquiera que tenga un poco de curiosidad por conocer la historia de la ciudad podrá descubrir sin mayores problemas que Michel Pacewicz fue un arquitecto francés, llegado a Vigo desde París a finales del siglo diecinueve. Cualquiera puede saber que él fue el responsable de comenzar a darle a la ciudad sus primeros aires de «europeidad», cuando menos en lo que al paisaje urbano se refiere. Pero no siempre fue así.

Yo había regresado de mi tiempo de formación como arquitecto en Barcelona impresionado por la obra de Antoni Gaudí, convencido de que la relación del arquitecto de Reus con la Ciudad Condal había sido algo así como una especie de noviazgo perfecto entre un hombre y una ciudad. Un tiempo perfecto en un espacio perfecto, una relación hermosa, única e irrepetible. Gastaba las horas hablando de todo esto, llenándome la boca (y las orejas de quien tuviese la paciencia necesaria para aguantarme el discursito) con las muchas virtudes y bellezas de la Barcelona de Gaudí... Hasta que un buen amigo hoy ya desaparecido, Lolo Díaz-Fernández, uno de mis viejos profesores en los años de instituto y un auténtico maestro en lo que a historia de la ciudad se refería, supongo que harto de mis interminables peroratas me habló de un desconocido para mí. Una suerte de fantasma del que hasta entonces todos los viejos arquitectos de la ciudad hablaban, pero del que en realidad nadie podía con certeza ni siquiera atreverse a deletrear correctamente su nombre. Se le atribuían obras sin seguridad, se le negaban otras, y nadie estaba del todo seguro de nada. Díaz-Fernández me puso aquel hilo en la mano, y con los años, tirando de él, dedicándole buena parte de mi por desgracia abundante tiempo libre, fui descubriendo la obra de Michel Pacewicz, el escurridizo francés que conectó Vigo con la Europa del siglo XX.

Poco a poco fui descubriendo que su trabajo había sido fecundo, abundante por todos los rincones de la ciudad. Pero la calle Urzaiz constituía algo especial. De todos los edificios que había en esa calle en su tramo entre Colón y el cruce con Lepanto y Gran Vía, el porcentaje de obras firmadas por el arquitecto francés era tan alto que, de hecho, siempre pensé que, de no ser por lo mucho que el eminente político don Ángel Urzaiz había hecho por la ciudad, lo cierto es que ese tramo de calle debería llevar el nombre de Michel Pacewicz.

Y de ese amplio porcentaje, la mayoría de edificios se encontraban en el lado impar de la calle. Por eso yo siempre me movía por la acera opuesta, por aquello de caminar echándoles un ojo. Tantos años, y siempre les encontraba un nuevo detalle con el que sorprenderme.

Hoy, de nuevo, contemplaba aquellas casas con respeto mientras aguardaba al lado del semáforo para los peatones a que el hombrecito verde sustituyese al hombrecito de rojo, y así poder cambiar de acera. Mientras esperaba, con la mirada ya fija en el número diecisiete, las asociaciones de ideas corrieron veloces en mi cabeza. Pensé que, en el fondo, era lógico que el señor Rovira tuviese un bufete instalado en uno de los edificios que todavía hablaban de viejos prestigios en la ciudad. La historia de la familia Dafonte-Llobet, al igual que acontecía con cada fachada firmada por Michel Pacewicz, hablaba del recuerdo de otros tiempos, de la gloria ya pasada de otras vidas perdidas en la memoria de una ciudad que hoy, con una población flotante de casi medio millón de habitantes, y convertida en motor industrial y económico del noroeste peninsular, ya solo tenía tiempo para seguir siendo un hermoso monstruo tumbado al pie del Atlántico, eternamente atascado en obras interminables, siempre ruidoso, siempre creciente. Hoy, frente al número diecisiete, del otro lado de la calle, había un McDonald's, y un poco más abajo, un Burger King. El tiempo de Pacewicz, de la Casa Grande, de doña Isabel, comenzaba a ser ya un recuerdo perdido entre teléfonos móviles, bolsas de Zara y tubos de escape.

Cuando por fin el monigote verde se decidió a aparecer, los cuatro peatones que habíamos estado esperando por su actuación cruzamos la calle con decisión. Nunca he sabido muy bien por qué, pero lo cierto es que en Vigo siempre caminamos a toda velocidad, como si tuviésemos una especie de prisa permanente por llegar a algún sitio. No sé, supongo que será para coger carrerilla, porque como aquí todo son calles en cuesta... Faltaban todavía cinco minutos para que el reloj de la Caja de Ahorros, la moderna campana Berenguela viguesa, diese las cinco en punto, así que decidí hacer tiempo contemplando los escaparates de la Galería Sargadelos, en los bajos del edificio del bufete, y de nuevo tuve la misma sensación de alejamiento en la memoria del tiempo. Por fin, las campanadas del reloj de la calle Colón avisaron a todo el centro de la ciudad de que ya eran las cinco de la tarde, la hora en que las vacas enviudan, según cantaban los de Siniestro Total, y yo cogí aliento para atravesar el portal y subir hasta la puerta de Rovira y Asociados.

Sonó un timbre de viejas campanillas, un ding-dong de casa señorial, y una chica de unos veintipocos años escondida tras unas enormes y desafortunadas gafas de pasta negra vino a abrirme la puerta.

—Buenas tardes. Soy Simón Varela, venía por lo de la señora Llobet —«¿por lo de la señora Llobet?», pensé. Por favor, ni que fuese el fontanero...

—Por supuesto —respondió la chica—. Si es tan amable de esperar aquí un momento, por favor.

Y con su mano derecha me dirigió hacia una puerta que permanecía entreabierta. Pasé a lo que al momento reconocí como una sala de espera, y apenas me había dado tiempo a acercarme hasta la ventana para ver cómo un bus urbano remoloneaba calle arriba, cuando sentí a mis espaldas la voz del señor Rovira.

—Buenas tardes, Simón. Veo que sigue usted siendo un excelente jugador en el asunto de la puntualidad.

Parecía que el secretario estaba recuperando algo parecido a su humor habitual.

—Bueno, ya sabes, Ernest: dicen que la puntualidad, en su carencia o en su exceso, dice mucho de uno.

—Sí, eso tengo entendido. En fin, ¿preparado, hijo?

Suspiré.

—Supongo que sí. La verdad es que no sé demasiado bien para qué, pero sí, supongo que sí.

—No te preocupes por nada, Simón. Tú entra conmigo a la sala, y limítate a estar tranquilo, que nada malo te va a pasar.

Ernest me dio una palmada en el hombro, y con un movimiento de su mano que parecía señalar algo sobre la alfombra me indicó que le acompañase. Atravesamos el pasillo del piso, pasando nuevamente por delante de la puerta principal, donde la chica de antes

—a quien yo ya había catalogado como la secretaria del bufete— se sentaba a una mesa de cristal. Continuamos por el corredor hacia la parte interior del piso, hasta llegar a una puerta que permanecía cerrada. Al abrirla, apareció ante nosotros una amplia sala de juntas. A pesar de mi natural puntualidad, descubrí que ya había quien se me había adelantado. Alrededor de una espléndida mesa de castaño labrado se sentaba un pequeño grupo de rostros conocidos. A la derecha de la mesa, en el extremo más alejado de la puerta, estaba Mariña, la hija de doña Isabel. Parecía más tranquila que en el cementerio, aunque tal vez fuese nada más porque la claridad que entraba por la ventana que tenía a su lado iluminaba las facciones de su perfil de tal manera que le confería a su expresión un aire más sereno. Fuera por la razón que fuese, el caso es que se trataba de una una mujer definitivamente hermosísima. A su lado, más próximo a mi posición, estaba Màxim Clarà, el doctor de doña Isabel, mientras que en el lado izquierdo de la mesa el hijo de doña Isabel, Xulio Ascanio Dafonte, se sentaba al lado de la misma mujer que lo acompañaba en el camposanto, ambos vestidos con unos trajes que decían «carísimo» por los cuatro costados. Al verme aparecer, tan solo Mariña y el doctor nos dirigieron la mirada. Xulio Ascanio permaneció inmóvil, con su cabeza levemente inclinada hacia atrás, los ojos cerrados, mientras su *partenaire* se mantenía ocupada en pasar revista a la perfección del trabajo hecho por su manicuro. Yo hice un sutil movimiento con la mano, algo parecido a un «hola», todavía con la sensación de que estaba violando un pedazo de intimidad importante en el tiempo de una familia a la que yo por descontado no pertenecía. ¿Qué carajo pintaba yo entre toda esa gente?

—Bueno, pues ya estamos todos. Permitidme que os presente al señor Simón Varela.

Ante esta introducción por parte del señor Rovira, todos los allí presentes centraron, ahora sí, su mirada en mí.

Ese fue, justo ese, el momento en que yo me sentí exactamente igual que si me estuviese colando en el concierto de Año Nuevo vienés con una entrada ganada en la tapa de una lata de fuagrás.

—Buenas tardes —dije del modo más discreto que me fue posible.

Solo el señor Clarà hizo un tímido amago de levantarse de su asiento. Yo le frené el movimiento dirigiéndome hacia él, «no, no, por favor», y le ofrecí mi mano. Él me correspondió el gesto con una sonrisa afable. Aprovechando el acercamiento, le tendí igualmente la mano a Mariña, quien también se inclinó ligeramente hacia mí.

—Celebro volver a verla, o sea, verte, que volvamos a vernos otra vez —le dije yo, desplegando el amplio catálogo de mi torpeza habitual.

—Lo mismo digo, Simón —respondió ella desde la compañía de una sonrisa amable.

Xulio Dafonte se limitó a observar mi baile con cierta curiosidad, manteniendo todavía su más absoluta inmovilidad, y por completo en silencio. Permanecía cómodamente sentado en su silla, con una pierna cruzada por encima de la otra, y la cabeza ahora ladeada, apoyada suavemente sobre su mano izquierda. Recordé las advertencias dadas por mi amigo Bruno Rodés, y por un momento, notando sobre mí la mirada escrutadora del presunto mafioso, me sentí como una de esas pobres gacelillas que salen en los documentales de La 2, danzando nerviosas ante la mirada segura del consabido leopardo, justo un minuto antes de que esas mismas gacelillas aparezcan convertidas en comida para felinos. Decidí ser yo quien iniciase el movimiento para romper el hielo evidente.

—Creo que no nos conocemos —dije mientras le ofrecía la mano—. Me llamo Simón.

—Sí, todos lo hemos oído —respondió con sorna Xulio al tiempo que tomaba mi oferta de mano con notoria falta de interés—. Creo que era usted amigo de mi madre, ¿no es así?

—Bueno, tanto como amigos... —Y al momento me arrepentí de haber dicho esto—: Sí, supongo que sí lo eramos.

—Sí, supongo que sí —repitió—. Por lo visto mi madre fue mujer de muchas excentricidades en sus últimos años.

El hijo de doña Isabel cargó de tanto desprecio este último comentario que yo no pude evitar traer a la memoria las palabras de mi amigo Bruno: «Guárdate de tener líos con Ascanio. Es un tipo peligroso.» Su señora, o quienquiera que fuese aquella tipa, ni tan siquiera se molestó en hacer ningún comentario, se limitó simplemente a observarme de arriba abajo, como quien examina a un insecto que se acaba de colar en su salón de té. Por supuesto, al no encontrarme más interesante que su abrigo de chinchilla, decidió volver a la contemplación de sus uñas. Ernest, ya instalado en la cabecera de la mesa, salió en mi rescate.

—Efectivamente, Xulio, Simón era amigo de doña Isabel, y tan bueno como también lo es ahora de mi persona. De cualquier modo, como todos sabéis no os he convocado para hablar de quién es amigo de quién. Esto no es una reunión de la clase del setenta y cinco, sino la lectura del testamento de vuestra madre. Así pues, señores, comencemos.

Me impresionó escuchar hablar al señor Rovira de ese modo, con esa dureza. Por un momento me pareció ver en él a un padre que da una llamada de atención ante alguna impertinencia por parte de un hijo adolescente. Bien se le notaba que ya tenía confianza de viejo con todas aquellas personas. Y así, sin más interrupciones ni impertinencias por parte de nadie, comenzó la lectura del testamento.

El secretario de doña Isabel Llobet, ejerciendo a partir de entonces como miembro del Colegio Oficial de Abogados de Barcelona, comenzó un largo relatorio en el que dio cuenta primero de cómo los capitales personales tanto de don Xulio Dafonte Llobet como sobre todo de doña Mariña Dafonte Llobet se iban a ver inmediatamente engordados a base de notorias cantidades de bonos, acciones y participaciones en infinidad de empresas de las que yo ni tan siquiera había oído hablar jamás. A continuación, dio paso al apartado inmobiliario, haciendo relación de varias propiedades lo largo de todo el país. De todas las que se nombraron, a mí solo me sonaron los terrenos de la Casa Grande, que a partir de ahora pasaban a ser de Mariña. Luego llegó el listado de los diferentes efectos personales, entre los que se contaban joyas, cuadros, muebles... Y, después, *el parné*, como le diría Carlito, en forma de una inmensa cantidad de dinero en diferentes tipos de moneda, esparcido en cuentas a lo largo de medio planeta. A cada palabra del señor Rovira yo me iba sintiendo más y más ajeno a todo aquel fasto y boato. Porque yo no tengo más que una cuenta corriente abierta en la caja, la misma que mi madre me abrió al nacer. Bueno, esa, y creo que otra en no sé que banco de internet. Pero esta última no cuenta, porque la hice por error una vez que fui a hacer la compra al súper y, al salir, una chica que estaba haciendo una promoción me ofreció una tarjeta Visa si me hacía miembro de no sé qué club de ahorro. Era muy guapa, y le dije que sí. Todavía hoy no sé demasiado bien a qué, pero sabiendo que mi administración en aquel momento corría de tal guisa, no es de extrañar que todos aquellos números de los que el señor Rovira hablaba ante la tranquilísima presencia de su auditorio, a mí me sonasen simplemente a pura ciencia-ficción.

Siguió aquella malhadada lista de reyes magos con dos menciones especiales a las dedicaciones permanentes por parte de los señores Rovira y Clarà. Al primero, la señora Llobet le dejaba para su merecido retiro una casita justo a la vera de la playa de El Masnou, al lado de Barcelona, de donde resultaba que el secretario provenía, junto con otra más que buena cuenta económica. Al señor Màxim Clarà, doña Isabel había dispuesto dejarle en herencia una colección de libros de medicina de siglo XVIII que se guardaban en la biblioteca de la Casa Grande, de los que, según se indicaba en el propio testamento, doña Isabel tenía buena constancia de que siempre habían sido de mucho interés para su amigo.

Así fue corriendo aquella interminable enumeración de posesiones que ahora cambiaban de manos, y de nuevo vinieron a mi recuerdo las palabras del comisario Rodés, aquello sobre las desavenencias entre Xulio Ascanio y su madre, ya que la herencia favorecía claramente a la hija frente a su hermano.

Así, hasta llegar al final, un anexo que había sido introducido por orden de doña Isabel en el último momento: una cajita de madera encontrada en unas reformas recientemente realizadas en los jardines de la Casa Grande.

En algún rincón de nuestro cerebro hay una especie de compuerta que nos impide actuar en base al primer impulso que nos venga en gana. Fue el funcionamiento correcto de ese mecanismo el que impidió que yo dijese nada en el momento en que el señor Rovira mencionó la caja que nosotros, Carlito y yo, habíamos encontrado en el interior de la cueva. ¿Cómo había podido incluir la señora Llobet aquella caja en su testamento, si yo no se la entregué al secretario hasta después de haber conocido la noticia del fallecimiento de doña Isabel? Distintas opciones se golpeaban a gritos en mi pensamiento, revelándose casi instantáneamente imposibles todas, mientras yo comenzaba a sentir algo parecido a una especie de vértigo interior. ¿Qué estaba pasando aquí? En algún momento de mi debate interno, mis ojos se cruzaron con los del señor Rovira, y por un instante tuve la sensación de que Ernest mantenía conmigo algo semejante a una mirada cómplice, un ademán imperceptible en el que parecía pedirme tranquilidad. Intenté disimular mi desasosiego del mejor modo posible, mientras el secretario proseguía con la lectura de este punto tan extraño en el testamento de la señora Llobet.

—«Es la voluntad de doña Isabel Llobet que la mencionada caja sea abierta durante la lectura de este testamento, en presencia de don Xulio Dafonte, doña Mariña Dafonte y don Simón Varela, y según las instrucciones dejadas en el siguiente apartado.»

Y en ese mismo momento, Ernest cogió un maletín que hasta entonces había estado apoyado en el suelo, al lado de su silla, y de su interior sacó una cajita de madera. Sí, era el mismo cofre que yo había encontrado justo una semana atrás, apenas unas pocas horas antes de que doña Isabel pasase a mejor vida.

Era imposible que esa caja apareciese en el testamento de doña Isabel.

No conseguía imaginar una explicación para todo aquello, tenía que ser un fraude, algún tipo de montaje ideado por parte del secretario. Ernest siguió con su lectura.

—«La caja guarda en su interior dos antiguas monedas de oro, y un sobre cerrado.»

Y, tal como hace el mago que va describiendo su truco, a continuación el señor Rovira abrió el mismo cierre que a mí ni tan siquiera se me había ocurrido tocar por respeto a doña Isabel, y descubrió el interior de aquella misteriosa caja. Dentro, la madera guardaba dos pequeñas sacas de terciopelo rojo, y un sobre doblado por la mitad. El secretario prosiguió con las voluntades de doña Isabel.

—«Es deseo de doña Isabel Llobet que cada uno de sus hijos

reciba en el momento de la lectura una de las dos monedas aquí guardadas. —Y con la misma, procedió a hacerles entrega a Xulio y a Mariña de su bolsa correspondiente, después de comprobar que dentro de cada una, efectivamente, se guardaba una moneda de oro—. Del mismo modo, se le hace entrega al señor Simón Varela del sobre que también guarda la caja.»

Ernest cruzó la sala para entregarme personalmente el sobre que venía doblado en el interior del cofre. Me lo dio, y yo intenté encontrar en sus ojos alguna señal de complicidad, pero fue en vano. En su rostro no había más que seriedad, arrugas y unas gafas muchos años atrás pasadas de moda. Nada, en definitiva, que me ofreciese un cabo al que agarrarme para intentar salir de aquel desconcierto. No tuve más opción que aceptar aquella entrega, y esperar.

El señor Rovira volvió a su asiento y, mientras comenzaba la lectura de las cláusulas finales del testamento de doña Isabel, yo pude contemplar una de aquellas viejas monedas gracias al Ascanio, como a él se refería el comisario Rodés. El hijo díscolo había sacado su pieza del interior de la bolsa de terciopelo. A primera vista la moneda parecía una moneda antigua, con un escudo de armas grabado por una de sus caras y un hermoso símbolo por la otra: un mapamundi bajo una corona, olas marinas bajo él y, flanqueándolo, dos columnas, cada una rodeada por una banda. Xulio observaba la moneda mientras jugaba con ella haciéndola pasar sobre los dedos de la mano izquierda, de esa manera que solo los viejos tahúres saben hacer, con una expresión a caballo entre la indiferencia del heredero millonario y la curiosidad tasadora del usurero. Instintivamente, busqué algún tipo de gesto semejante por el lado de Mariña, pero no obtuve la misma respuesta. Afortunadamente para la idea que de aquella mujer me había hecho, ella todavía mantenía la moneda en el interior de la saca roja, guardada entre sus manos. Observando su gesto, me di cuenta de que yo había hecho lo mismo con el sobre que se me había entregado. Lo contemplé. Se trataba de un sobre de papel de color carne, del tamaño de media cuartilla, doblado por la mitad. Lo desplegué, y pude ver que el cierre estaba protegido con un sello de lacre sobre el que había sido grabado otro extraño símbolo, la figura de un caballo bajo una gran «T». Desde luego, lo correcto no era abrirlo en aquel momento, así que opté por guardarlo en el bolsillo interior de mi americana, la prenda especial que utilizaba para las entrevistas importantes y lecturas de testamentos en general, y esperar a estar en la tranquilidad de mi estudio para descubrir el contenido de aquel extraño correo.

Casi al tiempo que yo hacía esto, el señor Rovira daba por finalizada la lectura del documento, mientras Mariña le daba vueltas entre sus manos a la pequeña caja de madera, ahora ya vacía. Ante la conformidad de todos los presentes, la sesión fue levantada. Poco a poco fuimos saliendo de la sala donde nos encontrábamos. Xulio, su silenciosa acompañante y Mariña iban delante de mí, hablando los dos hermanos sobre algo que yo no era capaz de percibir con claridad, pero que, por el tono y los gestos de Mariña, denotaba una tensión evidente. Un par de pasos por detrás caminaban en tranquila cháchara el señor Rovira y Max Clarà. Al llegar a la puerta principal, yo me detuve para esperar a Ernest. Xulio y Mariña ya habían pasado la puerta, y mientras la mujer sin identidad comenzaba a bajar por las escaleras, Mariña retuvo a su hermano en el descansillo del piso, ante la puerta de bufete. Esta vez, el tono que alcanzó su diálogo no dejó más remedio que escuchar la conversación. Xulio hablaba con hastío e incomodidad.

—Mira, hermanita, tanto la vieja como en su momento el viejo fueron dos personas extrañas, llenos de manías y de misterios estúpidos que nadie entendió nunca bien. Lo teníamos todo, todos los contactos, todas las posibilidades. Pero ellos prefirieron acabar estropeándolo, ella acabó por espantarlos a todos a su alrededor.

—Ya lo sé, Xulio, ya lo sé. Pero esto es extraño de más, incluso para una anciana maniática como ella. Y tú sabes bien que estas monedas no vienen de su mano. Esto es cosa de él. —Mariña hablaba con preocupación evidente en su rostro mientras mantenía a su hermano sujeto por el antebrazo, como si estuviese intentando retenerlo a su lado—. No podemos dejar pasar esto así, sin más...

—¡Bueno, ya está bien! —voceó de pronto el hombre—. Ahora eres tú la que me va a escuchar a mí —respondió sin dejar de apuntarla con el dedo—. Porque tú te fuiste cuando todo el asunto con mamá se puso feo. ¿Acaso lo has olvidado ya? Te fuiste, hermanita —señaló con rabia—. Escogiste el camino fácil, y preferiste poner tierra de por medio. Pero yo me quedé aquí, ¿entiendes? Fue a mí a quien le tocó tragar con toda esa mierda. ¡Y eso es así, y lo sabes, y punto, coño! De manera que ahora no tienes ningún derecho a venir aquí alborotando con todas esas historias del pasado. A mí nunca me dieron nada, nunca hubo nada para mí. ¿Por qué iba a tener que preocuparme ahora yo por nada de todo esto? Si quieres quédate tú también con las monedas —concluyó, cargando de desprecio sus palabras, afiladas como navajas—, que total a mí ya tanto me da. Nuestro padre era un viejo loco, un fascista de mierda, y nuestra madre, otra loca que, por fortuna, ahora ya es historia.

Pese a tanta dureza concentrada en una sola respuesta, reconozco que mi atención fue a centrarse casi por completo en una única palabra: ¿«Fascista»? Admito que aquello me cogió por sorpresa. Ajena a mi presencia, Mariña escuchaba a su hermano sin apartar la mirada del felpudo. Aun sin levantar los ojos, intentó una respuesta.

—Pero, Xulio...

—¡Ni Xulio ni hostias! —volvió a explotar el hombre—. Aquí ya no hay nada más que rascar, ¿es que no lo entiendes?

Por un instante, el tipo aquel se quedó mirando para Mariña, todavía con la rabia apretada en sus dientes.

—Y, mira, si quieres que te diga la verdad —añadió al cabo de un instante, acercándose un poco más a la mujer—, yo me alegro.

Esta vez sí, Mariña levantó la mirada hasta dejar sus ojos clavados en los de su hermano.

—¿Cómo puedes decir algo así?

—¡Diciéndolo! Me alegro, coño, me alegro —repitió el otro, indiferente al daño que estaba provocando—. A tomar por culo con todo eso... Así que qué, ¿qué me dices? ¿Quieres también mi puñetera moneda?

—No —respondió Mariña volviendo a apartar la mirada, a todas luces desolada por la reacción de su hermano—. Las monedas son una para cada uno, así lo dejó indicado mamá.

—Muy bien, pues yo me quedaré con la mía. Pero, por favor, no se te ocurra volver a tocarme los cojones con todas esas historias. Los muertos ya están muertos, y tú no tienes ningún derecho a venir a remover ahora toda esa mierda. ¡Adiós, hermanita!

Y con la misma, el hombre de los trajes caros dio media vuelta y deshizo el camino de bajada que minutos antes había hecho su acompañante. Mariña se quedó agarrada al pasamanos, viendo como su hermano bajaba furioso las escaleras. Dudando. Lo bastante como para un último intento.

—¡Xulio, escúchame! ¡Esas monedas no son un regalo sin más! ¡Yo no tengo la culpa de que ellos fuesen así!

Pero ya no tuvo más respuesta que el eco de los zapatos de Xulio Ascanio rebotando sobre los viejos escalones de mármol en el recibidor del edificio. Soltó el pasamanos para girar sobre sí misma, y sus ojos se encontraron con los míos. Y yo volví a tener la sensación de ser descubierto espiando el interior de un espacio al que nadie me hubiese invitado. Cambié bruscamente la dirección de mi mirada hacia el interior del bufete, y fingí no haber visto ni escuchado nada de aquella conversación privada. Sola, y con el desánimo instalado en su rostro, Mariña se decidió a emprender ella también por fin la bajada a la calle. Max y Ernest, quienes por cierto hacían bastante mejor que yo lo de aparentar mantenerse en sus propias órbitas, ajenos a la discusión en las escaleras, comenzaron también su propia despedida, convocándose para una nueva cita a no tardar demasiado. Por fin, el doctor Clarà y el señor Rovira sellaron su compromiso con un abrazo, y Max abandonó el bufete, ofreciéndome un simple «Buenas tardes» al pasar junto a mí, al lado de la puerta. Fue en ese momento cuando me acerqué al secretario.

—Ernest, por favor, disculpa mi torpeza, pero es que no entiendo absolutamente nada de lo que está pasando. ¿A qué ha venido el numerito este de la caja?

—¿«Numerito»? Perdona, Simón, pero creo que soy yo el que no entiende. —El secretario simulaba ahora una ignorancia, o incluso quizás una cierta distancia, que provocaba en mí un efecto todavía más desorientador.

—Oh, venga, Ernest, no te hagas ahora el bobo conmigo. Tú sabes perfectamente que es imposible que la señora Llobet incluyese esa caja en su testamento.

—¿Imposible?

Tanta repetición comenzaba a exasperarme.

—¡Imposible, sí! Tú y yo sabemos que cuando te entregué la caja Isabel ya estaba muerta. Y ahora además la historia esta del sobre sorpresa misterioso. Venga, Ernest, ¿qué demonios es lo que pasa aquí, de qué va todo esto?

Hice el ademán de llevar la mano al bolsillo interior para sacar el sobre, pero el secretario me detuvo antes de que pudiese hacerlo.

—Simón, hijo, tranquilízate un poco, y piensa. ¿Estás completamente seguro de la imposibilidad de la que me hablas? Quiero decir, ¿sabes realmente por qué doña Isabel te llamó precisamente a ti? —Ernest se quedó por un instante en silencio, sus ojos clavados en los míos a la espera de una respuesta que, en realidad, sabía que no le daría—. La señora Llobet te hizo un encargo, y lo describió con palabras muy concretas. Te aconsejo que te vuelvas a tu casa, y desde la tranquilidad de tu hogar intentes darle una vuelta más a lo que me estás preguntando, ¿sí?

—Pero, yo, el cofre...

El señor Rovira no me dejó continuar.

—Escúchame, Simón. Yo me tengo que ir. La muerte de doña Isabel supone el cierre de asuntos pendientes en medio mundo, y en todas esas citas se requiere mi presencia. Es por eso que estaré fuera una larga temporada. Pero volveré. En el improbable caso de que para entonces sigas sin comprender, entonces hablaremos, si todavía es lo que deseas. Pero no antes. Y, desde luego, no ahora.

—Pero, Ernest, yo...

Tampoco esta vez me dejó avanzar en mis lamentaciones.

—Simón, hijo, créeme: yo también necesito descansar de todo esto.

Y entonces comprendí: había fatiga, un cansancio inmenso en los ojos del viejo abogado.

—Ya, comprendo... Buenas tardes, Ernest.

—Buenas tardes, Simón.

Y, sin más, dio media vuelta y entró en uno de los despachos del bufete, cerrando la puerta tras de sí. Yo me quedé allí, plantado como un semáforo al lado de la puerta. Entre la discusión de Xulio y Mariña, y después de mi conversación con Ernest, ni me acordaba de la chica de las gafas de pasta. Seguía allí, sentada a su mesa, observándome fijamente. Ahora que la volvía a ver, la verdad es que tenía un aire a Buddy Holly, pero en chica, claro.

—¿Le puedo ayudar en algo? —preguntó por encima de sus gafas sin dejar de jugar con un lápiz entre los labios.

Buddy me estaba haciendo saber que yo allí ya estaba de más. Sutilmente, pero lo hacía. Lo capté al momento, y no sin cierta resignación, acepté la parte que me tocaba.

—No, supongo que no. Ya me voy, ya... Gracias.

Al igual que Ernest, también yo di mi propia media vuelta y salí de Rovira y Asociados.

Bajé las escaleras asumiendo una sensación de soledad e incertidumbre que se me presentaba agobiante de más. Todo pintaba demasiado extraño, demasiado desconocido para mí, y yo me sentía enormemente solo en medio de todo aquel jaleo.

Hasta que llegué al recibidor del edificio.

La descubrí al otro lado del portal, apenas con un pie en la calle. Mariña seguía todavía allí, de espaldas a la puerta entreabierta. Caminé con seguridad hasta la entrada y, al llegar a su altura, ella se volvió. Nos encontramos los dos frente a frente.

—Hola —saludé, ofreciendo mi sonrisa más amable—. ¿Todo bien?

—Ah, hola, Simón. —Me devolvió ella su sonrisa, con todo mucho más luminosa que la mía—. Sí, sí, supongo. Es que no sabía muy bien hacia dónde ir, y me he quedado aquí, plantada.

—Ya —dije yo—, supongo que después de una reunión como esta uno siempre se queda un poco descolocado, ¿no?

—Sí, bueno. Eso, entre otras cosas...

Con mi habilidad habitual, sentí que de nuevo acababa de hacer el comentario equivocado. Intenté arreglar la situación.

—Y qué, ¿tienes pensado seguir mucho tiempo aquí, en la contemplación del tráfico? Lo digo porque yo estaba pensando en ir a tomar un café, y, no sé, quizá te apetezca... —Me sentía tan torpe como un colegial ante una posible primera cita.

—¿Un café? —El rostro de Mariña pareció animarse con mi oferta—. Sí, claro. Por qué no.

8

Caminamos apenas unos pocos metros calle arriba, y dimos por bueno el primer café que nos encontramos, que resultó no ser otro sino el Nuevo Derby. Entramos y nos sentamos a una mesa al lado de la cristalera que daba a la calle. Tan pronto como estuvimos instalados tuve un poco la sensación de «escaparatista». A veces, cuando voy caminando y veo a las personas sentadas tras las cristaleras de los cafés, me los imagino como si fuesen los maniquís en el escaparate mostrando el género que el establecimiento ofrece. Daba igual, hoy, de repente, me consideraba lo bastante afortunado como para no darle importancia a esas cosas. La camarera, una chica bajita y regordeta de aire tremendamente aburrido, nos atendió al momento. Mientras tomaba nota de nuestro encargo, Mariña no dejaba de contemplar algo colgado a mis espaldas, en la pared de la izquierda, frente a la barra del bar. Cuando la camarera se marchó con el propósito en firme de prepararnos un café con leche y un té con limón, Mariña comentó:

—Yo conozco esta obra. Pero antes no estaba aquí.

Me giré para buscar la obra de la que ella hablaba. «¿Obra?», pensé.

La pieza en cuestión venía siendo una especie de artilugio de hierro retorcido, con partes de madera, ganchos en un lateral y un pequeño espejo en el centro. Así y todo, la «obra» estaba firmada, y colgada en la pared, por lo que supuse que debía de tener algún valor. Por lo menos para el dueño del local. La extrañeza en mi rostro me delató ante Mariña, que me regaló una explicación.

—Era el viejo colgador del Café Goya, en esta misma calle, un poco más abajo. Bueno —sonrió—, en realidad no se trata de un colgador, claro, pero como tiene esos ganchos —señaló tres piezas de hierro que salían de la escultura— y ese espejo, mis ojos de niña lo archivaron como tal. Mi padre se pasaba horas y horas de charla con sus amigos en ese café, y los domingos por la mañana siempre me llevaba con él —poco a poco un sonrisa nostálgica se fue formando en los labios de Mariña—. ¡Ni te imaginas la cantidad de coca-colas y de patatas fritas que me tomé debajo de este... chisme!

Las cosas son como son. La vida da vueltas, es una bailarina que, caprichosa, danza encajando sus piezas sin ninguna necesidad de permiso por nuestra parte, de manera que nosotros no podemos más que limitarnos a tomar asiento y contemplar el espectáculo por un tiempo reducido, llegando en el mejor de los casos a maravillarnos ante el descubrimiento esporádico de la hermosura oculta en sus movimientos perfectos. Era en el Café Goya donde mi amigo Lolo Díaz-Fernández acostumbraba impartir sus lecciones de historia local. Contaba que él era de los que se habían trasladado a este local justo luego del cierre del Derby, el verdadero café por excelencia de la ciudad.

Abiertas sus puertas en el año 1921, entre las paredes del Derby se escucharon las discusiones sobre arte, literatura, política o fútbol de hombres como Castelao, Otero Pedrayo, Blanco Amor, Cunqueiro... Estaba en los bajos de Edificio Escalera, al que toda la gente en la ciudad llamaba «El Globo» por cosa de una enorme esfera terráquea iluminada que coronaba una de sus esquinas, la de Príncipe con Ronda de Don Bosco. Duró más de cuarenta años, pero finalmente, en el año 1969, cayó presa de la especulación y supongo que de una buena remuneración económica. Los propietarios del Derby abrieron el Nuevo Derby, pero la cosa ya no fue la misma. La intelectualidad se mudó al por entonces moderno Café Goya, y en el Nuevo, hoy que ya casi nadie recuerda el valor de la palabra, las viejas tertulias dejaron paso a las excelencias de la hamburguesa completa y el plato combinado. «Adelgazamos la cabeza al tiempo que engordamos la tripa», pensé.

Con los años, muy al poco de volver yo a la ciudad, el Goya también acabó cerrando para convertirse el local en una inmensa perfumería, y hoy Mariña me hablaba de sus recuerdos sobre el café que se había llevado a los clientes del Derby mientras nuestros rostros se reflejaban en el espejo que colgaba de la pared del Nuevo Derby. Evidentemente, aquel extraño perchero, o lo que demonios fuese aquella cosa, era un trofeo de guerra, una venganza consumada muchos años después. O tal vez no, quizás no se tratara de nada de eso... Quién sabe. Desde luego, la vida danza para regalía de sí misma, y nosotros no somos nada más que espectadores desde el tercer anfiteatro.

La visita de la camarera, que por fin regresaba con nuestras comandas, me trajo de vuelta a la tierra. Perdido en mis memorias no me di cuenta, pero lo cierto era que ya llevábamos un buen rato en silencio, supongo que cada uno ocupado en navegar por sus recuerdos. Mientras la chica bajita y regordeta iba dejando las tazas, el plato con el limón y la tetera sobre nuestra mesa, yo aproveché para volver a observar a Mariña. Mantenía los ojos fijos en su taza, y por un momento su expresión me recordó nuevamente a la que había descubierto en su rostro cuando su hermano la abandonó ante la puerta del bufete. Sentí que le debía una explicación.

—Mira... Quería pedirte disculpas por lo de antes.

—¿Lo de antes?

—Sí. Sé que no era asunto mío, pero no pude evitar escuchar vuestra conversación.

—Ah, te refieres a eso. —Mariña arqueó sutilmente las cejas, dejando entrever que ella tampoco había disfrutado de esa situación—. Bueno, no te preocupes, tampoco tiene importancia. —Se le notaba bien que mentía—. No es culpa tuya, sino de mi hermano, que no quiere saber de nada más que no sea su mundo y su dinero.

—Ya, claro —afirmé, como si tuviese la más mínima idea de lo que me estaba diciendo—. Pero lo cierto es que no era mi intención meterme en vuestras cosas. Vaya, de hecho, y si quieres que te sea sincero, la verdad es que sigo sin tener ni idea de qué pinto yo en medio de toda esta historia...

—Bueno, pues supongo que pintarás, como tú dices, lo que mi madre haya considerado oportuno, ¿no? Al fin y al cabo, tú también eres su heredero.

El comentario de Mariña me recordó que aún llevaba en el bolsillo interior de la americana un sobre a mi nombre extraído de aquella misteriosa caja. Y también me recordó la convicción de que era imposible que fuese voluntad de su madre que yo estuviese hoy allí.

—Sí, bueno, eso es verdad —mentí yo esta vez—. Pero entiende que no lo acabe de comprender demasiado bien. No sé, Mariña, en ese fin y en ese cabo de los que tú hablas yo no soy más que un arquitecto corriente contratado por vuestra madre no hace ni un par de días, como quien dice. Y a ti, a vosotros, no os conocía de nada hasta la semana pasada. Y por si esto fuese poco, ahora el señor Rovira se me vuelve también misterioso... Pero vamos, que por eso estaba yo allí, al lado de la puerta. Solo estaba esperando por él. La verdad es que me sentía como un pez fuera de la agua, y no sabía dónde ponerme, pero mi intención no era la de escuchar vuestra conversación.

—Ya te he dicho que no te preocupes por eso. Pero dime una cosa, ¿qué quieres decir con lo de que ahora Ernest también se te vuelve misterioso? —Mariña parecía intrigada por mi comentario.

—Bueno, no sé. Es que he querido hablarle de esto mismo, de que no entendía demasiado bien por qué estaba yo allí —de nuevo volvía a mentirle a Mariña; pensé que no iba a ser muy buena idea hablarle así, de entrada, sobre mis sospechas acerca del secretario—. Pero de repente toda aquella amabilidad suya ha desaparecido. Me ha dicho que reflexione bien sobre el encargo de tu madre, y nos acaba de dejar allí a los dos.

—¿A los dos? —Mariña sabía que allí no había nadie más que yo—. ¿Cómo que a los dos?

Sonreí.

—Sí: a mí, y al palmo de narices con el que me ha dejado... No sé, a lo mejor es verdad que hay algo de lo que no me estoy dando cuenta... —En ese momento pensé en que quizás el sobre contuviese alguna explicación, algo de luz sobre este follón—. Pero lo cierto es que me siento bastante perdido en medio de toda esta historia.

Mariña se limitó a asentir, dándome a entender que seguía escuchándome mientras le daba un sorbo a su té con limón. Al acabar mi explicación, dejó correr una pequeña sonrisa, manteniendo aún la mirada fija en su taza.

—Bueno, oye, si es por eso no te preocupes demasiado. Si te sirve de consuelo, tampoco yo me siento mucho menos perdida que tú en todo esto.

Eso sí que no me lo esperaba. ¿Cómo se iba a sentir perdido en todo este circo uno de los dos principales herederos de la señora Llobet?

—Perdona, pero creo que no te entiendo. Tú eres la hija de doña Isabel...

—Claro que sí. Yo soy la hija de mi madre. Y la de mi padre también. Pero no todo es tan sencillo como ser el hijo de don fulano o de doña mengana y ya está, Simón. La mía no es lo que se dice una familia tradicional, precisamente. Mi madre y yo, por ejemplo: cuando Ernest me llamó para avisarme de su fallecimiento, hacía ya más de veinte años que apenas nos hablábamos. A decir verdad, creo que nunca entendí demasiado bien qué tipo de familia era la mía.

Mariña hizo una pausa larga, de nuevo con su mirada perdida en la profundidad de su té.

—Y después de este último legado, mucho menos. Por eso intentaba hablar con mi hermano.

—Te refieres a las monedas, ¿no?

—Sí. Pero ya has visto el resultado. Él no quiere saber nada de todo eso, y yo llevo demasiados años fuera como para poder poner orden en todo este jaleo sola.

—Bueno, también tienes a Ernest.

—Sí, el bueno de Ernest... —Mariña volvió a sonreír con cariño—. Pero es que él ya me ha contado todo lo que podía, que por cierto es prácticamente lo mismo que sé yo, y ya no tiene fuerzas para mucho más. El pobre se ha pasado al lado de mi madre más años de los que le correspondían, y si sabe algo más lo cierto es que no lo quiere decir. Ahora ya solo quiere cerrar un episodio de su vida que ya ha durado demasiado, regresar a su Masnou y olvidarse de una vez de todo esto. Y la verdad es que no lo culpo...

—¿Y el doctor Clarà?

—¿Max? —Mariña sonrió nuevamente, esta vez con una expresión más cercana a la sorpresa divertida—. No... —Rechazó con la mano—. Max es un viejo dandi que siempre ha estado coladito por mi madre. Por eso incluso se compró una casa al lado de la nuestra al poco de morir mi padre. ¡Ya sabes —sonrió—, supongo que por ver si entonces pillaba algo!

Yo también sonreí..

—Pero, lamentablemente para el buen doctor, mi madre nunca quiso saber nada de otros amores, por lo menos que yo sepa. Más allá de romances no correspondidos, Max no sabe nada de mi familia.

El silencio volvió a hacerse fuerte en nuestra mesa. Pensaba en todo lo que Mariña me contaba, y había algo en sus palabras que me atrapaba cada vez más. Efectivamente, ella también parecía otro náufrago perdido en la marea, y yo tampoco tenía mucho donde agarrarme en aquel océano sobre el que los dos flotábamos. Fue esa atracción, junto con mi propio atrevimiento, lo que me lanzó de cabeza a la propuesta, y, como siempre, casi sin que ni yo mismo me diese cuenta. Para cuando quise ser consciente, ya era mi voz la que rompía el silencio.

—Bueno, pues prueba conmigo.

A veces mi osadía me deja boquiabierto a mí mismo. O quizá sea mi propia insensatez. Bueno, fuese lo que fuese ahora ya era tarde para echarse atrás: al rostro de Mariña se asomaba una cierta curiosidad divertida. Una que, claramente, pedía más información.

—Mira, como te acabo de decir, tampoco yo tengo muy claro qué rayos pinto en toda esta historia, y por lo visto parece que ninguno de los dos tiene mucho más donde rascar. ¿Qué tal si tú me cuentas tu historia, y entre los dos intentamos buscarle un poco de luz a todo esto?

La mujer me observaba ahora con una expresión bastante más parecida al divertimento. No sabría decir muy bien si era por mi descaro, o simplemente porque la propuesta no le estaba pareciendo del todo mal.

—Vaya, Simón, a ver si ahora va a resultar que estoy hablando con todo un intrépido detective... ¿Y por dónde le parece que empiece, señor?

Nuestra pequeña empresa, los dos allí juntos, marchaba bien, y yo me sentí mejor al comprobar que Mariña también disfrutaba de mi compañía. Arrancarle una sonrisa a aquella mujer ya era un buen saldo de batalla. Y sobre su pregunta... Bueno, quizás ese aspecto de mi proposición no lo tuviese tan avanzado. Intenté hacer un breve trabajo de recapitulación, y al poco recordé uno de sus comentarios anteriores.

—Antes, en las escaleras, dijiste algo que me llamó la atención. Estabas hablando con tu hermano sobre tu padre, ¿no es cierto?

—Sí. Creo que este asunto de las monedas no es cosa de mi madre, sino de mi padre. Él era mucho más dado a este tipo de misterios.

En ese momento el recuerdo del hallazgo de la caja volvió a mi cabeza. Esta vez, me decidí a hablar.

—Yo estoy convencido de lo mismo, Mariña. La caja de donde salieron las monedas la encontré yo trabajando bajo la fuente del mirador.

—¿Bajo la fuente? —La sorpresa tomó al asalto el rostro de Mariña—. Lo sabía, esto es cosa suya. Dime, ¿encontraste algo más?

—No, allí abajo no hay nada más que agua, raíces y piedras. ¿Pero por qué crees que iba a hacer tu padre algo semejante?

—No lo sé. Era una persona extraña. No pude disfrutar de su compañía durante mucho tiempo, murió a principios de 1976, cuando yo tenía apenas ocho años. Poco tiempo, sí, pero el suficiente para que lo adorase, supongo que como cualquier niña adora a su padre. No tengo demasiados recuerdos de él, pero los que guardo son todos buenos.

Escuchando las palabras de Mariña no pude reprimir los envites de mis propios recuerdos sobre la relación que yo tenía con mi padre. O, mejor dicho, la falta de relación. Ya eran muchos los años de distancia contados, mi padre y yo no teníamos trato de ningún tipo desde la muerte de mi madre, muchos años atrás, cuando yo todavía estudiaba en Barcelona. Intenté arrojar esos recuerdos de nuevo a la oscuridad de la memoria. Intenté una huida hacia delante. E intenté acercarme un poco más a aquella mujer tan hermosa.

—Háblame de tu padre.

Se quedó mirándome, como si en ese justo momento, tras oír mi propuesta, su pensamiento hubiese salido volando hacia sus recuerdos más alejados, y solo su cuerpo fuera el que se hubiese quedado allí, conmigo. Poco a poco, un suave movimiento de su cabeza fue dirigiendo su mirada hacia la calle, y yo continué sin quitarle el ojo de encima. Estoy totalmente seguro de que durante todo el tiempo que permanecimos en silencio ella no vio ni uno solo de los hombres, mujeres, niños, coches, taxis, autobuses que pasaron por delante de la ventana del Nuevo Derby. Los ojos de Mariña estaban perdidos en recuerdos lejanos, en un mundo al que, probablemente, ya había perdido el hábito de visitar. No sé cuánto tiempo estuvimos así. Segundos, minutos, años... Ni me importaba. Me había ofrecido para aquel viaje, así que ahora no sería yo quien echase el freno.

—Mi padre no podía ser la bestia de la que todos hablaban —dijo de repente, todavía con la mirada perdida en las luces de una calle por la que la noche comenzaba a bajar.

SEGUNDO ACTO

MARIÑA

9

Retomó la consciencia del bar en el que nos encontrábamos. Cogió su taza y apuró el último trago de su té con limón. No me di cuenta hasta entonces de que yo aún ni siquiera había tocado la mía, que ya era un sorbete de café helado, cuando, como quien se prepara para contar una historia largamente olvidada, Mariña tomó aire hondamente, lo espiró con parsimonia, y se dispuso para la explicación.

—Murió siendo yo todavía muy niña. En aquellos años el país estaba cambiando por completo, y para cuando tuve edad para preguntar quién había sido mi padre, nadie tenía ganas ya de recordar un tiempo al que, por desgracia, su memoria había quedado amarrada. Cuando me quise dar cuenta, la década de los ochenta ya había llegado a su ecuador, y yo entendía que el país estuviese demasiado ocupado disfrutando el momento como para querer echar la vista atrás. Pero lo que nunca pude entender fue que, cuando le pregunté a mi propia madre, ella tampoco quisiera hablarme de él. De su propio marido. De mi padre. En la ciudad, los viejos lo recordaban como un fascista más, un colaborador. O, como a ellos les gustaba decir, un «adicto al régimen». ¿Pero qué clase de expresión era esa? ¿Qué se suponía que era mi padre, una especie de yonqui del Caudillo?

Entendí este comentario de Mariña, a caballo entre la broma y la indignación, como una invitación para participar en la conversación.

—Sí, es verdad —admití con una sonrisa—, hay expresiones que desde luego hoy no acaban de entenderse demasiado bien. Es como cuando alguien remata una carta a un pariente escribiendo «abrazos de tu primo que lo es, Fulanito». Nunca he sabido entender esa expresión. ¿Se trata de algo así como una especie de reafirmación parentelar?

—Sí, exacto. —Mariña se animaba con mis comentarios—. Es como decir «yo que soy yo», ¿no? Pues vaya, si ni siquiera tú mismo tienes claro que tú eres tú, amigo...

Los dos volvimos a sonreír, y yo aproveché que Mariña se mostraba un poco más relajada para confesarme.

—Bueno, supongo que ahora es cuando yo quedo fatal contigo, pero tengo que reconocer que, en realidad, yo no sé nada sobre la historia de tu familia. Honestamente, solo me suena de pasada lo poco que se ha hablado últimamente sobre tu hermano en los periódicos, y algo bastante de lejos sobre la empresa de tu padre. Troya, creo que era, ¿no? Alguna vez oí hablar a mi madre sobre ella. O puede que fuese a mi abuela, no sé... —Y de repente volví a recordar el sobre en mi bolsillo—. Pero nada más. Espero que no te moleste, pero lo cierto es que no tengo ni idea acerca de nada de lo que me estás contando.

Mariña me escuchaba en silencio, y lejos de parecerle mal lo que acababa de confesarle, hizo un ademán con las manos indicándome que no pasaba nada, y respondió.

—Tienes toda la razón. A veces yo misma me doy cuenta de que hablo como si mi propia historia fuese conocida por todos, porque de hecho, cuando yo me fui de la ciudad, esa era la percepción que a mí me llegaba. Me asfixiaba la sensación de que todo el mundo excepto yo lo sabía todo sobre mi padre. Me lo iba encontrando por todas partes, pero nunca se trataba de nada bueno. Eres tú quien tiene que disculparme a mí. Si todavía te apetece, puedo contarte la historia de mi padre.

—Me encantaría —asentí.

—De acuerdo, tú lo has querido —bromeó.

Volvió a quedarse por un instante en silencio hasta que, luego de tomar aire un par de segundos, Mariña comenzó con su relato.

—Mi padre se llamaba Eneas Dafonte Maristany...

10

A comienzos del siglo XXI, los autobuses urbanos de la empresa Vitrasa conectan el centro de la ciudad con la playa de Canido. Las líneas 11 y 12A te llevan en poco más de media hora desde el paseo de Alfonso XII hasta el Bar del Puerto. Si no tienes coche, puedes coger el bus a la una y cinco en la Puerta del Sol, y estar comiendo el pulpo en el bar de Fernando a las dos menos veinte. Hoy, Canido es una zona residencial, lujosa y tristemente superpoblada, donde buena parte de la burguesía acomodada de la ciudad descansa cada noche de espaldas al pasado propio de la aldea que fue, ignorante de su historia. Una historia rica, hermosa, hoy sepultada bajo hileras y más hileras de dúplex adosados. Un pequeño laberinto de nuevas calles urbanizadas sobre las que es necesario hacer un serio esfuerzo de comprensión inmobiliaria para aceptar el hecho de que un metro cuadrado de tierra pueda llegar a costar tantísimo dinero. Canido es una pequeña bahía artificial al refugio del puente que sujeta la isla de Toralla a la playa del Vao, y las pocas *gamelas*, pequeñas barcas de pesca tradicionales, que quedan en el puerto parecen puestas ahí por el departamento de Turismo del Ayuntamiento. Pero lo cierto es que no siempre fue así.

A finales del siglo XIX, Canido era poco más que cuatro casas de marineros levantadas directamente sobre las arenas de la playa de Toralla, la misma playa de la que toma su nombre la isla que ampara a la costa, y ni siquiera las conserveras, las fábricas de salazón de las que hoy apenas queda algún testimonio, en el abandono o en la ruina, eran todavía mucho más que una idea en las cabezas de los empresarios catalanes que, con el cambio de siglo, comenzarían a situar la aldea de marineros en el mapa de la incipiente economía viguesa.

Daniel Dafonte se encontró con la vida en el año 1882, y el tiempo no tardó demasiado en hacerle ver que el arenal en el que había nacido no era espacio suficiente para sus ansias de mundo. Con dieciocho años recién cumplidos, y como tantos otros en aquel tiempo, Daniel también se embarcó rumbo a la puesta del sol. En su caso, lo hizo en un paquebote de la Mala Real Inglesa llamado *Andes*. Corría el otoño de 1900, y un Daniel Dafonte todavía chaval salió del puerto de Vigo con rumbo al Mar del Plata.

En Buenos Aires, entre los caminos del colorido barrio de Boca, pasó el joven Dafonte el tiempo justo para aprender el oficio de limpiabotas y acabar de convertirse en el hombre que de ahora en adelante sería. Daniel comía todos los días en un mísero tugurio, en los bajos del edificio donde también estaba la pensión, todavía más miserable si cabe, en la que se alojaba, en compañía de un grupo de gente, todos, al igual que él, emigrados en algún momento de sus vidas. En cierto modo, Boca seguía siendo muy semejante a aquel espacio donde siglos atrás los colonizadores españoles habían levantado los barracones en los que recluir a los esclavos negros traídos de África. Por lo visto ahora ya no había esclavos, pero, en cierto modo, la parroquia seguía sintiéndose igual. De entre todos aquellos esclavos modernos, el hombre-muchacho sentía un especial afecto por uno de los más viejos del grupo, Ramón el Maravillas, un anciano llegado ya hacía más de medio siglo desde Xinzo de Limia siguiendo la llamada de las riquezas de ultramar, y que hoy sobrevivía trabajando como afilador.

—Daniel, pibe, todo esto es una mierda. Una gran mierda de miseria y envidia. Y nosotros, hijos todos de la pobreza, no somos más que un nido de ruindad. Los tesoros están más allá, hacia donde se pone el sol. ¿Acaso no lo sabes? Donde mueren los días hay montañas repletas de oro...

Ramón el Maravillas siempre acababa del mismo modo sus cenas —cuando las había, que eso era algo que tampoco ocurría las más de las noches—, con muchas historias de fortunas tras de las que él no había sido capaz de correr, y aun más aguardiente bajando por su garganta. Quizá fuesen demasiadas las historias, o quizá fuese demasiado el licor compartido, pero lo cierto fue que, para el Año Nuevo de 1901, Daniel ya había conseguido reunir el dinero justo para dejar atrás el barrio de Boca y dirigir sus pasos hacia aquellas montañas del oeste de las que tanto había oído hablar.

Era el joven Dafonte un muchacho decidido y atrevido, y, tras dos años de mucho trabajo, el destino decidió premiar su valentía concediéndole el éxito que con tanto ahínco había buscado para su empresa. Así, en la primavera de 1903, Daniel Dafonte encontraba oro al lado de San Fernando del Valle, capital de la provincia andina de Catamarca, muy cerca ya de la frontera con Chile. Poco tardó en descubrir, además, que el filón de la mina de La Alumbrera era uno de los más importantes de toda Argentina. Daniel, a punto de cumplir los veintiún años, era ya un hombre rico. Estableció la capital de la provincia como su centro de negocios, y así fue que comenzó a vivir a caballo entre San Fernando y Buenos Aires.

Y sería precisamente en una de esas ocasiones de ida a Buenos Aires, con motivo de la celebración del Año Nuevo de 1905, cuando conocería a Montserrat Maristany, heredera de la fortuna Maristany...

LLuis y Enric Maristany son dos hermanos y empresarios catalanes criados en la Bonanova barcelonesa, con experiencia en la industria de la perfumería, que a finales de siglo XIX deciden probar suerte al otro lado del Atlántico. La fortuna también les deja ver su lado más amable a estos dos jóvenes emprendedores, y su proyecto sale adelante con gran éxito. En 1904 fallece Enric, el mayor de los dos, y en el baile de Año Nuevo de 1905, Montserrat Maristany, de veintiún años de edad e hija única de LLuis Maristany, es presentada ante la flor y la nata de la sociedad porteña como heredera de las empresas «Perfumes del Plata», el pequeño gran imperio cosmético fundado por los hermanos Maristany. Montserrat es una chica irresistiblemente hermosa, y Daniel, presente en el baile, un atractivo joven de magnético carisma. La atracción mutua, como entre cualquier otra especie de la naturaleza, es inevitable.

Montserrat y Daniel comenzaron la relación formal responsable de los cada vez más frecuentes desplazamientos del joven desde San Fernando del Valle a Buenos Aires en la primavera de 1906, y, finalmente, para la Navidad de ese mismo año, la pareja anunció su compromiso matrimonial.

La boda se celebró con la llegada de la primavera de 1907, en un San Fernando del Valle engalanado con todas las flores de mundo. Toda la villa coincidió en echarse a la calle para recibir a la nueva señora de la casa del señorito Dafonte, el más rico y generoso vecino de la capital, y don LLuis Maristany entregó orgulloso a su hija al joven Daniel, uniendo así dos de las fortunas más importantes del país.

Montserrat y Daniel fijarían definitivamente San Fernando como su residencia permanente, poniendo así fin a los continuos viajes por parte de Daniel desde las montañas al Mar del Plata, quien de ahora en delante dejaría de ser el «señorito» para pasar a ser definitivamente el señor Dafonte.

La vida, imparable en su discurrir, incontenible en su esplendor, continúa abriendo sus caminos de perpetuación y, por fin, Eneas Dafonte Maristany respira por vez primera los aires de este mundo. Corre el verano de 1908, y los vecinos de la capital catamarqueña abren sus brazos para recibir con todo el cariño que les es posible al pequeño Eneas, quien será el primer y único hijo del matrimonio.

El pequeño de los Dafonte crecerá en un ambiente de lujo y riqueza, bajo la tutela directa de sus propios progenitores. De su padre aprenderá la disciplina del trabajo, duro y constante; de la madre el gusto por la cultura y la inquietud por buscar siempre la mejor de las formaciones. Cuando el muchacho cumple los diecisiete años, sus padres lo envían a formarse a los Estados Unidos, y cinco años más tarde Eneas retorna a San Fernando de Catamarca convertido en un brillante economista licenciado por la mismísima Universidad de Harvard, ya por aquel entonces una de las más prestigiosas del planeta.

Siguen los años corriendo. En 1930, con apenas veintidós años, Eneas Dafonte se coloca al lado de su padre en la dirección de la explotación minera de La Alumbrera. El trabajo del hijo se descubre cada vez más brillante, más audaz. Poco a poco, gracias a los esfuerzos y a la intuición del joven Eneas, el oro de La Alumbrera llega a toda América. Poco a poco, un año tras otro... Daniel, orgulloso del trabajo que su hijo está realizando, deja que sea este quien progresivamente vaya tomando el timón de la compañía. Finalmente, con la confianza depositada en la buena gestión que el joven está llevando a cabo, Daniel cree que ya es hora de descansar definitivamente. Junto con su esposa decide emprender un viaje de vuelta a las raíces de ambos. Montserrat ansía conocer la tierra de su padre, una Cataluña que lleva presente hasta en su propio nombre, pero que no conoce más que de haberle oído hablar sobre ella a su padre. Algo semejante es lo que le ocurre a Daniel. Casi cuarenta años han pasado ya desde que dejó atrás la tierra que lo vio nacer, y también siente fuerte ya eso que, con el tiempo, muchos años más tarde los físicos de la Universidad de Vigo darán en definir como el «síndrome de abstinencia experimentado en el cuerpo de los gallegos motivado por la ausencia de su exposición constante a la radiación generada por el macizo granítico galaico». O sea, la morriña.

Habiendo confiado pues definitivamente todo el trabajo en las manos de su único hijo, Montserrat Maristany y Daniel Dafonte dejan Argentina para iniciar el viaje ansiado. Un viaje del que nunca regresarán... Estamos en el año 1936, y su verano ya es más que un proyecto en firme recorriendo Europa.

A San Fernando del Valle son pocas las cosas que llegan a diario. La luz del sol, la dureza de la vida, y poco más. Las noticias lo hacen con dificultad, más cuanto de más lejos vengan. Y una de esas noticias que el sol no quiere traer con él es la de la guerra. Los habitantes de Catamarca poca idea tienen de que con la llegada del calor también ha llegado la desgracia a las tierras españolas. Porque, a finales de julio de 1936, nadie en San Fernando está informado de que el terror de la guerra entre hermanos parte España en dos desde el día 18. Ni siquiera el poderoso don Daniel. Así, el señor Dafonte y su esposa inician el viaje desde Buenos Aires a bordo del vapor *Augustus*, con escalas en Montevideo, Río de Janeiro y Santos, luego Dakar, para llegar a España por Barcelona. Día a día, ya desde la partida en Buenos Aires, los rumores sobre la guerra se van haciendo más presentes en las conversaciones entre los pasajeros del barco. Pero desde la altura de la primera clase nadie es capaz de calibrar en su verdadera proporción las dimensiones del desastre.

Por fin, en los últimos días de julio desembarcan Montserrat y Daniel en una Barcelona aparentemente en calma. Calma, porque de hecho, pasados los primeros días de conflicto, la guerra todavía tardará un par de años en volver a hacerse explícita en las calles de Barcelona. Pero mientras el coche que lleva a los señores Dafonte-Maristany asciende por las Ramblas en dirección a la plaza de Catalunya, un río de agitación subterránea recorre la ciudad, desde el Tibidabo hasta la Barceloneta. Un río de aguas terribles, oscuro, violento... Ajenos a ello, el matrimonio tendrá tiempo de instalarse en uno de los mejores hoteles de la ciudad, el Colón, en la esquina de la plaza con el paseo de Gràcia. En estos días, el hotel acaba de convertirse además en sede del Partido Socialista Unificado de Catalunya, por lo que el matrimonio encontrará algo más de agitación y trasiego de lo habitual antes de poder deshacer su equipaje y salir a dar un paseo. La primera toma de contacto de la señora Maristany con sus raíces. Y la última.

Ya de vuelta en la calle, la pareja se decidirá a deshacer el camino que el coche ha recorrido hasta el hotel. Bajarán tranquilamente por las Ramblas, radiantes de luz, vestidas de verano. Al llegar a la altura de Liceo querrán dejar atrás las luces de la gran calle y girarán a la derecha. Entrarán por la calle del Hospital, y ya se habrán perdido por las callejuelas del Raval cuando, de repente y sin casi ni siquiera tiempo para darse cuenta, se descubrirán a sí mismos atrapados en medio de un súbito cruce de disparos. Un ajuste de cuentas entre dos hombres que caminan por el centro de la calle y otros dos que los aguardan en un coche en marcha arrimado a la acera. Daniel y Montserrat estarán justo en medio del camino de la locura a la barbaridad, y la muerte actuará sin contemplaciones, recogiendo impasible cualquier vida latente a su vera. Sin aviso previo, sin tan siquiera detenerse un segundo a escuchar excusa de ningún tipo.

Alguien del consulado consiguió ponerse en contacto con Eneas unos cuantos días después.

—Sentimos mucho comunicarle que sus padres...

Una pelea entre anarquistas y socialistas, le dijeron...

O algo así.

El sonido llegaba con dificultad al teléfono de la hacienda, como si fuese la propia línea la que no quisiera saber de noticias tan tristes. Habían ido a conocer sus raíces, y cuando los cuerpos de sus padres retornaron a Catamarca, Daniel les dio sepultura en los jardines de la hacienda, y plantó dos cerezos sobre sus tumbas, para que fuesen sus dulces raíces las que por siempre abrazasen sus cuerpos y les diesen calor en el frío de la tierra honda.

Así fue como el joven Eneas, hecho hombre por la fuerza de los golpes de vida salvaje, se convirtió en el nuevo señor Dafonte. Guardó su propio corazón en una caja y se dispuso para seguir al frente de la explotación. No tardó en convertirse en un tipo duro, un gestor de cabeza fría, una mente brillante centrada únicamente en el crecimiento del negocio. Centrada en lo único que su cabeza podía ofrecer para darle alivio al dolor de su corazón... E, inevitablemente, el negocio creció de modo imparable.

Pero al tiempo que las riquezas crecían, también crecía en el interior de Eneas un vacío, una tristeza que le robaba el aire por momentos. Finalmente, Eneas comprendió que su lugar ya no estaba allá, en las montañas de aquel nuevo mundo que para él siempre había sido viejo. Necesitaba rematar el viaje emprendido por sus padres años atrás, cerrar ese círculo, darle algún sentido a aquellas muertes, a aquel sacrificio. Negoció bien la venta de La Alumbrera, y cerró mejor aún todas las ventanas y puertas de la hacienda de San Fernando del Valle de Catamarca.

Una mañana fría, una mañana de mucha lluvia en la ría, Eneas Dafonte Maristany puso sus pies sobre las losas del puerto de Vigo. Llegó cargado con apenas cuatro baúles, una fortuna inimaginable, y la decisión firme de no dar un paso atrás. Se instaló en el Hotel

Universal, justo al lado del puerto, todavía con la intención primera de pasar una temporada en Vigo y otra en Barcelona, y luego decidir. Pero lo cierto resultó ser que la temporada en Vigo se prolongaría tanto que, cuando finalmente llegó a Barcelona, muchos años más tarde, lo haría ya con la fama precedente de ser uno de los vigueses de pro más reconocidos y respetados del momento, un brillante empresario, y una de las verdaderas fuerzas vivas de la ciudad atlántica. Eneas llegó a Vigo a principios de febrero de 1940, y al momento, en apenas un par de días, supo que esa iba a ser su ciudad.

Bastaría para acabar de convencerse una pequeña excursión a la aldea marinera de la que un día había salido su padre. Eneas quiso hacer el recorrido en el tranvía que enlazaba Vigo con la por entonces alejada Baiona. Al llegar a la parroquia de San Miguel de Oia, el hombre bajó atravesando los campos desde la estación del tranvía hasta el mar, y fue suficiente un solo vistazo para reconocer la playa de la que tantas veces le había hablado su propio padre. Sentado en la arena, contemplando la isla que le daba refugio, comprendió que su sitio estaba allí.

El señor Dafonte tomó café en un pequeño bar justo encima de la playa, un establecimiento que, aunque sin ningún tipo de rótulo que lo anunciase, hacía las veces de bar, restaurante e incluso hotel de la villa. Intuyendo la importancia del nuevo cliente en la elegancia de su vestimenta, fue el propietario quien salió a atenderlo en persona. Jesús González era un tipo grande y corpulento, con gafas sin montura, y de aspecto afable. Un viejo falangista al que, según él mismo descubriría con el tiempo, todos en la aldea le decían *Cochón*. Según la versión explicada por González, el mote le venía dado por los constantes lamparones con los que el hostelero solía engalanar sus ropas en cada comilona. Pero en realidad no era por eso: Jesús González, alias *Cochón*, había sido precisamente eso, un *cochón*, un verdadero cerdo durante la guerra. Un asesino. Ignorante de su pasado, Eneas no tardó en entablar conversación con el tal Jesús, de manera que poco a poco las preguntas del recién llegado fueron encontrando algunas respuestas, encadenando un par de recuerdos de su familia con una lejana descripción de quien fuera la madre de su padre, fallecida ya muchos años atrás, poco tiempo después de que su hijo Daniel hubiese dejado el hogar, y sin tiempo para llegar a conocer noticias de quien sería su nieto, Eneas, hoy en la búsqueda de su propia historia.

Cada vez más interesado en el lugar, el visitante de ultramar preguntó por las posibilidades de instalarse en la aldea de modo permanente, y González le habló de un viejo pazo abandonado, el lugar que en la villa todos conocían por «la Casa Grande». A Eneas le pareció interesante lo que escuchaba, y el falangista se ofreció para mostrarle el pazo sobre el terreno. Tras un breve paseo desde el hotel, los dos hombres penetraron en el pequeño bosque que protegía la edificación de las miradas del mundo curioso. Y cuando Eneas volvió a salir de aquel bosque ya llevaba con él la convicción de que aquella sería su casa, y la ciudad su nuevo mundo.

Eneas Dafonte compró la Casa Grande, y de inmediato encargó su reforma. Mientras el terreno iba recuperando su habitabilidad a marchas forzadas, el señor Dafonte permaneció instalado en la mejor suite de Hotel Universal, desde donde podía gozar de una vista privilegiada del puerto. Así fue, precisamente en la contemplación de esa imagen, como decidió también la nueva orientación de su próximo negocio.

La idea de Troya nació observando los cargueros que entraban y salían del puerto de Vigo. Eneas concibió la posibilidad de una empresa de transportes marítimos con base en el puerto de la ciudad que uniese de modo permanente el continente americano con el europeo, entrando América en Europa por Vigo mediante una serie de líneas regulares con origen y destino en su nueva ciudad. El empresario se informó bien sobre la historia de la villa de los mil olivos, y así pudo saber que el fructífero impulso que la ciudad llevaba cogiendo desde finales del siglo XIX se había visto violentamente truncado por la Guerra Civil. Comprendió que era el momento de volver a inyectar energía, de volver a imprimirle esas fuerzas que reactivasen las ansias de crecimiento bruscamente frustradas unos años atrás. La ciudad, ansiosa de vida, no contaba todavía con ninguna empresa de la envergadura que el señor Dafonte se proponía, nuevas vías por las que explotar y expandir las capacidades que Vigo podía ofrecer. Las posibilidades estaban ahí, solo había que saber tomarlas. Y Eneas tenía la formación necesaria, el dinero y los contactos pertinentes al otro lado de mar. Y sobre todo, el coraje, la inteligencia y la energía necesarios para darle forma al proyecto.

El señor Dafonte Maristany no tardaría nada en hacer valer esos viejos contactos americanos, y menos todavía en conseguir los nuevos que necesitaba entre las fuerzas vivas de la ciudad a comienzos de la década de los cuarenta. El 1 de agosto de 1940, la Trans-Oceánica y Atlántica hace su primer viaje de mercancías con rumbo a Argentina. Para 1941, Troya es ya una de las más importantes empresas de transporte marítimo con base en Vigo, uniendo con regularidad España y Argentina. En 1945, la empresa es la primera española de su sector, con líneas permanentes que conectan toda América del Sur y el Caribe con los principales puertos europeos; sus barcos, bautizados todos ellos con nombres de ciudades o villas gallegas, tienen base o escala en el puerto de Vigo; y Eneas Dafonte es uno de los hombres mejor relacionados de la ciudad. Es en ese momento cuando el brillante empresario contrae matrimonio con doña Isabel Llobet, una hermosa muchacha sobrina de los señores de Curbera, industriales catalanes relacionados con las conserveras de pescado asentadas en la playa de Canido.

Estar bien relacionado en el año 1945 es tener fuertes contactos en la vida social y política del momento, y esa vida no es otra que la que es. Eneas se deja ver en todo cuanto acto de solidaridad con el Movimiento Nacional hay en la ciudad. El dueño de Troya es uno de los más fervientes colaboradores del Régimen, con amistades consolidadas en el Gobierno Militar, en las cúpulas falangistas, en la administración local, en la Sección Femenina... En todas partes. Incluso, en los años posteriores, no es nada extraño contemplar a don Eneas Dafonte paseando al lado del propio Caudillo en cada una de las visitas que el de Ferrol realiza a la ciudad, u ofreciéndole algún presente recién traído de ultramar a la señora del Generalísimo, o participando en banquetes de confraternización, o... Incluso llega a correr el rumor de que el nombre del señor Dafonte suena para ocupar algún cargo diplomático en Argentina, aunque en realidad se trate esta de una empresa siempre rechazada por el propio Eneas, quien, según explica, se debe única e ineludiblemente a su puesto al frente de Troya.

Y fuese verdad el rumor o no, lo cierto es que don Eneas Dafonte Maristany nunca abandonó la ciudad nada más que para sus obligados viajes de negocios, permaneciendo impasible en su puesto hasta su fallecimiento, en enero de 1976, víctima de un ataque al corazón, con apenas sesenta y ocho años, treinta y seis tras la llegada a la que él siempre llamaría «mi verdadera ciudad».

El tiempo había corrido al ritmo de los cafés que fueron pasando por nuestra mesa y los cigarros que colmaban el cenicero. Para cuando mi conocimiento de la historia de don Eneas llegó a este punto, la noche había pasado ya de ser promesa a hecho, y Mariña continuaba con su relato, una cadena donde sus recuerdos propios se confundían con aquellos otros heredados. Al final de su narración, la mujer se descubrió agotada, cansada por el esfuerzo de memoria hecho, pero también cansada de una vida larga que no había sido la suya. Tal como había prometido, me había contado la vida de su padre, pero como si no hubiera sido la suya, sino aquella otra escuchada una y mil veces alrededor de un fuego sagrado. Y hoy, nuevamente, las palabras habían sido eslabones de magia con los que convocar a los viejos espíritus, y ahora, tras el exorcismo, la hechicera se encontraba agotada. Y yo no acababa de comprender muy bien si aquella sensación de alejamiento era solo una impresión mía, o si era algo más.

—¿Y qué pintas tú en toda esta historia? —me atreví a interrumpir.

Mariña suspiró con la mirada perdida contra el mármol de nuestra mesa.

—Pues eso mismo quise saber yo durante mucho tiempo —respondió con cierto aire de tristeza en su rostro—. Y, si quieres que te diga la verdad, mucho me temo que ahora sea demasiado tarde...

—¿A qué te refieres?

Mariña chascó la lengua.

—A que ese fue el problema con mi madre. Quiénes somos nosotros realmente.

Fruncí el ceño.

—Perdona, pero creo que no te entiendo.

—Mi padre murió cuando yo tenía siete años, de manera que se podría decir que no lo conocí, en realidad. Yo pensaba que sí, pero lo cierto era que no. Yo recordaba a un hombre bueno, un hombre tierno y cariñoso que me llevaba a pasear de la mano por la playa, que me contaba historias de mares feroces y de piratas terribles, y que los domingos por la tarde siempre me sentaba en su regazo para hacer los dos juntos el crucigrama del periódico. Murió muy pronto, demasiado, y cuando yo comencé a tener consciencia de quién había sido verdaderamente mi padre en el tiempo que le tocó vivir, los datos que me iban llegando no se correspondían con la imagen que había guardado en mi recuerdo. Mi padre ya no era el hombre dulce que yo había conocido, sino una especie de monstruo, un fascista colaborador de un dictador terrible, de un asesino que destrozó a un país entero. Y la gente, los viejos, las fotos en los periódicos, todos decían que mi padre había sido uno de los espectadores de la debacle. Un adicto al Régimen. No daba crédito, Simón, y cada vez que entraba corriendo en casa, pidiendo por favor que nuestra madre nos dijera quién había sido realmente nuestro padre, cuál de las dos personas que yo conocía era realmente él, nunca obtenía más que evasivas, justificaciones absurdas sobre las complejidades de los tiempos, sobre las diferentes realidades. Silencio, en definitiva. A mi hermano no parecía interesarle nada de todo aquello que para mí era un drama, de manera que, con el tiempo, acabé encontrándome completamente sola en mi propia casa, a quilómetros de mi madre, una mujer hermética, de silencios absurdos que nunca fui capaz de comprender. Finalmente, el espacio entre ella, con aquella extraña vergüenza en la que encerraba su recuerdo de mi padre, y yo acabó convirtiéndose en una distancia totalmente insalvable. Por entonces yo había acabado el bachillerato, y la inminente llegada de mis estudios universitarios me ofrecía una puerta de huida por la que no dudé ni un momento en escabullirme, en dejarme caer. A finales de mil novecientos ochenta y cinco me fui de la que hasta entonces había sido mi casa para estudiar Historia del Arte en Barcelona, y ya nunca más volví. Hasta hoy. ¿Comprendes mejor ahora?

«Sí, supongo que sí», pensé. No pude reprimir el recuerdo de mi propio padre, y por un instante la sensación de tristeza, o quizá simplemente la nostalgia de pasados imperfectos, fue común.

Era tarde cuando por fin salimos del Nuevo Derby, y la principal ocupación de la ciudad ya no era otra sino la de recogerse. Intercambiamos nuestros números de teléfono, y nos despedimos en la misma acera, en la parada de autobuses que había justo delante del portal de Rovira y Asociados. Mariña echó a andar calle arriba, y yo me quedé sentado a la espera de un bus que me llevase hasta el paseo de Alfonso. No es que fuese demasiada distancia. Simplemente, no tenía ganas de caminar. O quizás, aun más simplemente, necesitaba una excusa para escapar sin posibilidad de contraorden de lo que en realidad me apetecía, nada que no fuese seguir en la compañía de Mariña. Contemplaba el tráfico que desfilaba frente a mí y solo podía pensar en cuándo nos volveríamos a encontrar.

Y entonces, sin que yo la hubiese visto venir, ella volvió a aparecer. Se acercó a mí, y me dio un beso en la mejilla.

—Gracias por escuchar.

Y volvió a desaparecer, de nuevo subiendo hacia la Gran Vía. Toda la tristeza que yo hubiese podido sentir hasta ese momento desapareció de golpe, y una gran sonrisa estúpida se instaló en mi rostro sin pedir antes ningún tipo de permiso. Me sentía bien, eufórico. Y de repente tuve la sensación de que todo el mundo me observaba. La mujer con las bolsas de las compras que aguardaba el bus a mi lado me observaba. La pareja de chavales que se besaban en la acera me observaba. Y los hombres que estaban dentro del coche negro parado al otro lado de la calle también me observaban.

11

Las sesiones de vigilancia son duras. Las famosas *imaginarias Rodés*, ya las conocen así en comisaria. Las noches son frías y húmedas, y el tiempo corre lento por la calle, no termina de pasar. A estas horas ya todo el mundo está en sus casas, y el que todavía no ha llegado es porque va de camino. Pero no por aquí. Por esta calle no pasa nadie, a nadie le coge de camino a ninguna parte. Como si de la hermana pobre se tratase, en la calle Jacinto Benavente, paralela a la luminosa avenida de Beiramar, solo hay viejísimos almacenes de sabe dios qué mercancías, o las inmensas naves frigoríficas de las empresas de congelados, con sus barcos amarrados justo al otro lado de la avenida. El mar está tan cerca, tan cerca, que parece querer meterse en nuestros propios cuerpos. Hasta los huesos... Se siente la humedad penetrante, el frío del mar que acecha en la oscuridad. Aquí solo hay viejos almacenes, y la escombrera que dicen que algún día será el auditorio de la ciudad. A estas horas, las luces del Toys'r'us que abre Jacinto Benavente ya están apagadas, y la calle nada más es amiga de las putas que la van rondando, de sus chulos y de aquellos otros que a lo largo de la noche vengan a comprar un poco de amor exprés. A estas horas, ya todos los trabajadores de los almacenes se han ido a sus hogares, ya todas las naves están cerradas, y ya solo queda luz en la ventana de la oficina de una de ellas, la que hace esquina con la calle de la Paz. Hay coches estacionados a los dos lados de la calle, pero solo en uno de ellos, en uno que está aparcado casi en frente de esa ventana por la que la luz se escapa, hay alguien en su interior. Se trata del viejo Opel Corsa del comisario Bruno Rodés. Un modelo tan viejo que Eladio Penedo, el detective del que se hace acompañar el comisario Rodés, siempre comenta que, de hecho, ese debió de ser el prototipo del que luego habrían de sacar todos los *corsitas*, como él llama al coche. Desde su puesto de copiloto, Eladio, un tipo joven recién llegado de Gondomar, alto y fuerte, protesta por el frío, por lo incómodo del vehículo, por el mar, y hasta por el nombre de la calle. Manda carajo, dice, pero si estamos en la esquina con la calle de la Paz, ¿qué demonios va a pasar aquí, comisario? Se revuelve en su asiento, no encuentra la postura. Va a decir algo más. No, se calla. Pero Bruno no presta apenas atención. El comisario Rodés mantiene sus ojos clavados en la única nave en la que todavía queda luz. Sabe que ahí dentro, en el interior de Aventino S. L., sigue todavía su propietario, Xulio Ascanio Dafonte. Bruno sabe que, si se mantiene firme en su vigilancia, tarde o temprano Ascanio cometerá un error, un despiste, algo que por fin le dé al comisario la oportunidad de echarle el guante, la oportunidad de acabar de una vez por todas con los negocios oscuros que se llevan a cabo tras las puertas de Aventino. Xulio Ascanio no es quien dice ser. Xulio Ascanio es un contrabandista. Un narcotraficante. El se define a sí mismo como un humilde y respetable empresario de la ciudad, pero Bruno sabe que Ascanio tiene un secreto. Un secreto que toda la ciudad grita en voz baja. Todo el mundo lo sabe, pero nadie lo demuestra. Porque los que pueden no quieren, y los que quieren no pueden. Pero lo cierto es que Ascanio es un delincuente, uno de los más activos y peligrosos narcotraficantes de las Rías Baixas.

Hasta hace poco más de un año, Breixo Negreira era el gran capo de la droga en las rías. Ese fue el primer caso importante del que Bruno se tuvo que hacer cargo nada más llegar a su nuevo puesto en la ciudad. En los entresijos de esa investigación fue donde el comisario comenzó a encontrarse cada vez con mayor frecuencia con el nombre de un tal Xulio Ascanio Dafonte, uno de los figurones que, de un modo u otro, siempre aparecía vinculado al del mafioso en casi todas las operaciones. Ascanio tenía que ser uno de los hombres de confianza de Negreira. O por lo menos hasta que este apareció flotando en medio de la ría de Vigo, su cuerpo amarrado a una batea justo debajo del puente de Rande. Alguien se había encargado de meterle un paquete de un kilo de coca entre los dientes, quizá para dejar bien claro que aquello no había sido cosa de un accidente de natación nocturna. Y, curiosamente, coincidiendo con la desaparición de quien se suponía había sido su mentor, las actividades de Xulio Dafonte comenzaron a dispararse, al igual que los comentarios sobre él en las peores barras de la ciudad. Su fama crecía por los callejones del inframundo por los que el comisario Bruno Rodés lo iba siguiendo de cerca. Y con ella también lo hacían sus señales de riqueza. Demasiado coche deportivo, demasiados Armanis y, sobre todo, demasiada beneficencia para quien no tenía declarado más que una pequeña empresa de efectos navales con sede en la calle Jacinto Benavente. Pero Xulio era un tipo listo. Nunca cometía un error, nunca tenía un despiste. Hasta ahora nunca se le había podido probar nada. Cuando no era en el Dadá Max era en el Tony's Guitars, donde a Bruno le llegaba un soplo, donde alguien dejaba que se escuchase algún comentario sobre alguna próxima jugada de alguien que podría ser Ascanio. Pero una y otra vez Xulio no estaba allí, él no era el hombre a la vista, no era él quien estaba en ese muelle, no era su nombre el que aparecía en los papeles comprometedores. Y, con todo, Bruno no desistía. Sabía que era cosa de tiempo, de paciencia. Bruno sabía que Xulio no tenía las manos limpias, lo intuía. Pillarlo era cosa de tiempo y constancia. Y vigilancia.

El comisario Bruno Rodés está pensando en la importancia de estar en el lugar apropiado en el momento apropiado, cuando repara en un bulto que se acerca por la acera. Un poco antes de llegar a donde los policías tienen el coche aparcado, el individuo cruza la calle, derecho a la puerta de Aventino. Al pasar por debajo de la farola que hay justo antes de la entrada a la nave, Bruno lo identifica con claridad.

—Eladio, atiende. Mira quién viene a cenar esta noche...

El detective, hasta ese momento entretenido con algo en su teléfono móvil, levanta la cabeza y se sorprende al reconocer al visitante. Se trata de un tipo de mediana estatura, más bien tirando a alto, bastante flaco y desgarbado, con el pelo corto y cubierto de canas.

—¡Mierda, comisario! —exclama Eladio—, ese tipo es el mejor piloto de planeadoras del mundo.

—Sí, y uno de los mejores de las Rías Baixas —añade Bruno—. No creo que haya venido hasta aquí a estas horas para comprarles juguetes a sus sobrinos.

No es necesario tener un olfato de sabueso demasiado desarrollado para darse cuenta de que algo está pasando. A Bruno le cuesta contener el entusiasmo.

—Xulio ha mandado llamar a su mejor piloto. Atiende, Eladio, porque aquí están pasando cosas.

El recién llegado cierra tras de sí la puerta pequeña de la nave al pasar por debajo de luminoso de Aventino S. L.

—Blanco. Me alegro de verte.

—No tanto como yo de verte a ti, Xulio. Si me llamas de este modo y me haces venir tan de inmediato solo puede ser porque debes tener algo muy bueno que pagarme. ¿Me equivoco?

En el interior de su despacho, Ascanio sonríe al tiempo que le pasa una mano por encima del hombro a su piloto.

—Me complace observar que sigues siendo un hombre generoso y lleno de buenos sentimientos, Blanco. Mejor. Quizá necesites echar mano de todas esas virtudes cuando oigas lo que te tengo que contar.

El despacho de Xulio Ascanio está en la parte posterior del edificio, y su ventana queda de cara al mar. Blanco contempla en silencio el espectáculo de la noche sobre la ría mientras Xulio prepara dos whiskys con hielo en vasos grandes. Las luces del puerto responden a los centelleos que llegan desde el otro lado de la ría, y el agua en el mar luce mansa, como una pista de hielo recién puesta, virgen, a la espera de la llegada de su bailarina. Así es como a Blanco le place encontrarse con el mar. El piloto permanece inmóvil, en silencio, hasta que Xulio le acerca su vaso. Blanco puede ver a través del reflejo en el cristal cómo su jefe se le acerca. Gira sobre sí mismo para coger la bebida y, sin que nadie pronuncie nada, los dos hombres ocupan sus posiciones. Xulio se sienta en su sillón de piel, de espaldas a la ventana, y Blanco se deja caer sobre una de las sillas frente a la mesa de Ascanio.

—Como ya te he dicho por teléfono, hace un par de días recibí la llamada de un tipo, alguien extraño que se identificó simplemente como Lucano. «Mi nombre es Zé Lucano», dijo, como si yo tuviese que saber de quién cojones se trataba... Tenía un acento extranjero, portugués, o tal vez brasileño, no sé, y decía hablar en nombre de alguien a quien le habían llegado muy buenas referencias sobre mí, y que por eso le gustaría mucho que pudiésemos hacer negocios juntos. Negocios de suministros navales, por supuesto, pero de «aquellos otros suministros navales» que él y yo sabíamos. Dijo que apelaba a mi experiencia en desembarcos, y a punto estuve de mandarlo a la mierda. Lo habría hecho de no ser porque él mismo me pidió que antes de colgar el teléfono hiciese el favor de tener en consideración que él solo me estaba hablando de un negocio más lucrativo que cualquiera de los que hubiésemos hecho hasta ahora. Pero yo no le entré al trapo. Le dije que, como comprendería, aquí no somos gente que se deje impresionar con ese tipo de promesas, y con la calma que todavía conservaba, le pregunté que por qué habríamos de seguir adelante con la conversación, si nuestros negocios estaban centrados en la importación y distribución de efectos navales, y que, si bien todo eso del lucro parecía un asunto fascinante, lo cierto era que su propuesta me cogía ahora un poco fuera de juego.

—¿Que te respondió? —pregunta Blanco, quien hasta entonces ha permanecido en silencio, contemplando únicamente cómo el hielo se iba fundiendo con el whisky.

—Pues eso es lo bueno, Blanco. —Ascanio deja correr una sonrisa sin levantar la vista de su escritorio—. Me comentó lo mucho que le sorprendía oírme decir esto, ya que cuando nos vio la semana pasada en la playa de Cova Balea, a mí y a mi piloto, no le pareció que lo que estuviésemos desembarcando fueran precisamente fardos de efectos navales.

Xulio vuelve a sonreír. Por un instante incluso parece como si le causase cierto divertimento el hecho de haberse visto descubierto en su propio juego por todavía no sabe quién. Pero al momento, como si se quisiese reprender a sí mismo, rectifica su expresión.

—No, no está para risas la cosa, Blanco. Este tipo, sea quien sea, sabe quiénes somos y a qué nos dedicamos.

Blanco arquea las cejas. Por fin parece afectado por algo de lo que escucha.

—¿Cómo que quiénes «somos»? —pregunta—. ¿Acaso te habló también de mí?

—No, no directamente. Solo habló de «mi piloto». Pero es a ti y a mí a quienes se nos ve con toda claridad en las fotos.

—¿Fotos? —ahora Blanco sí parece impresionado.

—Exacto, fotos. Este hijo de puta tiene fotos en las que tanto tú como yo salimos bien plantados.

—Pero, ¿cómo?

—No lo sé. El muy cabrón llamó a este teléfono —Xulio señala con desdén el aparato que descansa a un lado de escritorio—, directamente al número de mi despacho. No me preguntes de dónde lo había sacado, pero lo cierto es que sabía exactamente donde encontrarme. Y así como dijo lo de las fotos, el fax comenzó a recibir unos documentos.

Xulio abre uno de los cajones de su escritorio y arroja encima de la mesa unos cuantos folios para que Blanco los coja. Son impresiones borrosas de fotos hechas con teleobjetivo, imágenes oscuras y granuladas, sí, pero ninguna tan defectuosa como para que no se pueda distinguir con claridad tanto a Ascanio como a Blanco. Y no aparecen solos, sino en compañía de un grupo de personas con gesto apresurado. Para qué darle más vueltas, hasta el más idiota se daría cuenta de que se trata de diferentes momentos de una descarga nocturna en una playa de Cangas. Xulio sigue hablando.

—Sea quien sea el tal Lucano, el tipo tiene que estar muy bien relacionado. Tiene que estarlo para estar al tanto de lo de Cova Balea. Y tiene que estar muy bien preparado para habernos hecho este reportaje fotográfico. —Xulio hace una pausa—. Y sobre todo, Blanco, tiene que tener los cojones muy bien puestos para venirme a mí con esta mandanga.

—Eso seguro —asiente Blanco, aún con la mirada puesta en las fotografías—. ¿Y qué es lo que se supone que vamos hacer, entonces?

—Todavía no lo sé... No creo que tenga nada que ver con la policía. Esos no llaman para felicitarte por lo guapo que has salido en la foto. Y si el Zé este hubiese querido hacer algún trato con la pasma, simplemente ya los habría llamado a ellos, y no a nosotros. Además, a estas horas nadie en comisaría me ha soplado nada sobre la película esta.

—¿Crees que se trata de un chantaje?

—Pues tampoco lo sé, pero en principio no lo parece. —Nueva pausa—. No, no lo creo. O por lo menos él tampoco sugirió nada que apuntara en esa dirección. Simplemente dijo lo que te acabo de contar, que hablaba en nombre de alguien que quería hacer negocios con nosotros.

—¿Y entonces?

—Pues de momento vamos a tirar para delante. No sé quién es Zé Lucano, pero quiero saberlo. En el mejor de los casos quizá sea cierto lo que el cabrón este nos está contando. Quién sabe, tal vez estemos delante de un buen negocio. Y, a las malas, por lo menos conoceré el rostro del imbécil que se ha atrevido a hablarme de esta manera, para saber con certeza a quién vamos a dejar flotando en medio de la ría.

—Muy bien, muy diplomático por tu parte —responde Blanco con aire indiferente—. ¿Hay algo más?

—Sí... Hoy he tenido que ver al abogado de mi familia, teníamos la lectura del testamento de la vieja. Ha sido largo, más de lo que había pensado.

—¿Y eso?

—Bueno, por si toda esa mierda de la herencia no fuese bastante, a mi hermana le ha dado por ponerse melodramática, con lo que he perdido más tiempo del que tenía previsto. Pero eso no es lo importante. Lo curioso ha sido el teléfono...

Blanco frunce el ceño.

—¿El teléfono?

—Ahá —asiente Ascanio, pensativo—: tan pronto como he entrado de vuelta en el almacén el teléfono de mi despacho ha comenzado a sonar. ¿Y a que no adivinas quién era?

—El Hombre Tulipán.

—Casi. Era de nuevo él, el tal Lucano. Para felicitarme por la herencia.

Esta vez el piloto arquea las cejas.

—¿Cómo dices?

—Lo que oyes. Estoy seguro de que me siguen. Supongo que me observan, pero todavía no sé ni cómo ni desde dónde. Ahí fuera solo están los dos payasos de siempre, el Rodés y su caniche, que últimamente parecen mi sombra. Pero no creo que esos tengan nada que ver en esta historia. No, esos dos desgraciados no tienen nada que ver. Este fulano del que te hablo es de otro modo. Tiene otro estilo, tiene... Tiene estilo.

—¿Y qué más te ha dicho?

—Poco más, en realidad. Me preguntó si finalmente estaba interesado en lo que habíamos hablado en la conversación anterior. Yo le dije que lo que me interesaba era saber un poco más de qué iría la cosa, y me ha citado para hablar mañana con más detalle sobre toda esta historia.

—¿Dónde?

—En el Jonathan.

—¿En Samil? ¿Pero no acabas de decir que tiene estilo? ¿Y qué vas a hacer?

—Pues de momento ir, a ver qué pasa, de qué va todo esto.

—Muy bien —sentencia Blanco—. Llámame mañana, y dime qué hacemos. Necesito saber qué traje mando a la tintorería, si el de marinero o el de verdugo.

No dice más. Tampoco hay necesidad. El piloto se levanta y abandona el despacho. Xulio Ascanio gira sobre su propio sillón. Apura el whisky mientras ahora es él quien contempla la noche instalada sobre la ría de Vigo. Puta oscuridad. Zé Lucano... ¿Quién coño se esconde bajo un nombre tan ridículo?

12

Tardé en llegar al estudio. Al bajarme del bus, en la parada del paseo de Alfonso XII, tuve la sensación de que todavía estaba demasiado emocionado como para encerrarme en casa. Pensé que a Suso tal vez le quedaría algún pincho de tortilla a mi nombre, y decidí hacer un alto en el Sireno antes de retirarme a mis aposentos. No tengo ni la más mínima idea de fútbol, y me reconozco parte de esa minoría silenciosa que no sabría explicar con claridad lo que viene siendo exactamente un fuera de juego. Pero en lo que sí soy todo un maestro es en el deporte de hablar horas y horas en el bar sin tener absolutamente nada que decir. Así, tras un par de buenas horas discutiendo sobre lo increíble del juego del Celta —y todavía hoy no sé si hablábamos de lo increíble por lo bueno o por lo malo del juego de los celestes— y un resultado favorable de cuatro cañas apuntadas en mi marcador, Suso decidió que, por hoy, ya iba siendo hora de cerrar el negocio. Y el bar también. Suso siempre cierra, como muy tarde, a eso de la media noche, así que supongo que debía ser medianoche y un minuto cuando yo traspasaba las puertas de mi castillo.

Y supongo también que debe de quedar fatal por mi parte, pero lo cierto es que ya ni me acordaba de mi súbita y recién adquirida herencia. No fue hasta quitarme la americana para dejarla en el perchero de la entrada que, al notar nuevamente el contacto de algo en el bolsillo interior, recordé el sobre. Lo saqué de su refugio y me lo llevé conmigo. Me senté a la mesa de dibujo, encendí la luz y, con la misma mezcla de parsimonia e incertidumbre con la que un día abrí la carta que una admiradora secreta me había enviado en quinto curso de E.G.B. (y en realidad la única que he tenido en toda mi vida, triste balance), comencé la exhumación del misterioso documento.

El sobre contenía unos cuantos folios doblados por la mitad, numerados del 1 al 33, y un poco mayores que los A4 que todos empleamos habitualmente. De color carne, parecido al del mismo sobre que los contenía, estaban notablemente envejecidos por la humedad y el tiempo. Todas las hojas venían escritas a mano, y enseguida se reconocía un único trazo común a todo el documento. Una misma mano había redactado todo el escrito, si bien a lo largo de distintos momentos en el tiempo, tal como se podía deducir de las diferencias en el tono de las tintas. Incluso los diferentes grosores en los trazos hablaban de múltiples plumas empleadas. Insisto en estos detalles porque en aquel momento eso fue lo que mejor pude comprender de aquel primer encuentro con mi extraño legado. Y del texto propiamente dicho, poco pude sacar en claro...

Lo que aquellas hojas contenían venía siendo una especie de lista, una relación interminable de asientos organizada bajo un sistema cuya comprensión escapaba a mi entendimiento. Se trataba de una lista de varios cientos de entradas agrupadas bajo veintiún epígrafes diferentes. Cada uno de esos epígrafes aparecía tan solo señalado por un número. El primero era el 40, y los demás seguían correlativos hasta el último, que venía introducido por el número 60. Y, a continuación de cada número introductorio, siempre el mismo sistema. Una primera columna donde cada línea contenía una serie de tres o cuatro letras escritas en mayúscula, y una segunda columna, compuesta en cada línea por un nombre completo, con nombres y apellidos. Y nada más. El censo era enorme. En aquellos treinta y tres folios debía de haber cientos y cientos de entradas. Probablemente más de mil. Y en todas la misma historia: series de letras y nombres completos.

La única variación en el sistema se encontraba tan solo en el primer epígrafe. El primer bloque, que también era con diferencia el que menos entradas contenía, mantenía la primera columna, la de las letras. Pero a su lado no aparecía una segunda columna de nombres y apellidos. En su lugar, lo que aparecía era otra columna también de letras, con combinaciones todas diferentes a las de la primera.

DBR *EDM*
HKB *JHN*
LBA *ABR...*

Y así hasta siete entradas más. Las diez claves que había bajo el epígrafe 40. Las entradas del 41 eran ya más del triple de las que contenía el anterior, y más o menos del mismo modo seguían los restantes epígrafes. Infinidad de entradas, y ni una sola idea sobre qué podría significar todo aquello.

Comencé a recordar todo cuanto Mariña me había contado sobre la historia de su familia, y lo primero que me vino a la cabeza fue una posible lista de clientes de la vieja empresa familiar. O quizás una relación de negocios y proveedores de Troya. O tal vez las letras fuesen las abreviaturas de las empresas con las que trabajaba Troya, y los nombres los de sus personas de contacto. Podía ser. En ocasiones, algunas series de letras aparecían seguidas de modos muy semejantes, ICE y ACE, por ejemplo, por lo que quizá se tratase de entradas referentes a las mismas empresas, pero con sede en distintos países. No sé...

Pero no, todo eso no tenía sentido. ¿Por qué demonios me iban a mandar a mí una lista con los negocios de una empresa con la que yo no había tenido absolutamente nada que ver? Por lo que Ernest primero y Mariña después habían contado, para cuando Troya cerró yo todavía ni siquiera había pisado el parvulario. Todo esto era absurdo. Y más aún teniendo en cuenta que su dueño nunca tuvo ni la más remota relación conmigo.

No siendo su esposa...

Mi cabeza continuaba dándole vueltas a la historia de Mariña. Su madre. Intentaba recordar lo que ella me acababa de contar sobre el conflicto que la había alejado de su madre. ¿Por qué había sido? Por su padre. Mariña solo quería saber quién había sido realmente su padre. Un hombre bondadoso. Un viejo fascista.

Un viejo fascista...

De repente una idea surgió como un relámpago en mi interior.

Lo que descansaba sobre mi mesa de dibujo tenía que ser alguna suerte de lista negra. Quizás aquello que las memorias de la ciudad decían sobre el respetable señor Dafonte fuese cierto. Tal vez el viejo Eneas fuese algo más que un entusiasta, más que un simple adicto al Régimen. Quizá fuese un verdadero yonqui del Movimiento, como Mariña había dicho. Según su propio relato, los padres de Eneas habían muerto a manos de unos anarquistas. Rojos... Venganza. Quién sabe, quizá fuese una sed de venganza atroz lo que verdaderamente había impulsado al joven Dafonte, aquello que le había llevado a abandonar todo al otro lado del océano y, al fin, hubiese acabado por convertirse en un verdadero colaborador, un viejo fascista implicado en tantas desapariciones como entradas tenía yo ahora ante mis ojos. Asesinos.

De repente todo comenzó a cobrar sentido. Lo entendí todo. Los viejos Dafonte-Llobet habían tenido las manos manchadas de sangre durante demasiados años, y era ahora, por fin muertos ya los dos, cuando desde sus tumbas pretendían limpiar sus vergüenzas. ¿Pero por qué yo? Estaba claro: porque yo no tenía nada que ver con la familia. Yo era ajeno a todo ese círculo, mi nombre estaba completamente limpio de toda sospecha. Yo no era nadie, la persona perfecta para sacar a la luz su historia. Con toda seguridad, lo que tenía delante era nada más y nada menos que los nombres y apellidos de aquellos que habían sido víctimas de los Dafonte y sus amigos.

Pero todavía faltaban las series de letras. ¿De qué se trataba? Algún tipo de iniciales, tal vez. Me fijé en el segundo grupo. EDM. El padre de Mariña se llamaba Eneas, Eneas Dafonte Maristany. Coincidía. ¿Iniciales, entonces? O no. Quizás anagramas bajo los que se escondían los nombres de sus ejecutores... No, demasiados. Probablemente otro tipo de claves... Los emplazamientos de sus enterramientos. No, no. Esa gente no siempre les daba sepultura a sus víctimas. De hecho, y por lo que yo les había escuchado a los más viejos, las más de las veces simplemente los dejaban abandonados, tirados en las cunetas, en los campos, en cualquier parte. Como si fuesen animales. Que los viese la gente, que contemplasen los cuerpos de sus vecinos, de sus amigos, de su padre, de su hijo. Que viesen lo que les podía pasar a ellos. Miedo, mucho miedo. Como si fuesen animales.

Animales.

Volví a pensar en Mariña. Dios mío. Si ella descubre todo esto. Su padre no había sido el hombre bueno y generoso que ella recordaba. Tanto éxito en la vida de aquel hombre... Quién sabe, quizá todo ese éxito requería de favores, prestar ciertos favores. Quizá tanto éxito había sido fruto de haber pagado precios demasiado elevados. O quizá ni siquiera. Quizá todo esto no fuese más que una cuestión de ideales. ¿Ideales? ¿Qué ideales pueden justificar el asesinato de un hombre? Qué barbaridad. Pobre Mariña, si ella llegase a descubrir todo esto. Una mujer tan hermosa, unos ojos tan profundos. Y de repente me encuentro convertido en juez y parte. No, no podía hacerlo. No le contaría nada de mi hallazgo, de mis conclusiones. No sería yo quien destruyese lo que hubiera de bueno en los recuerdos que Mariña todavía conservaba de su padre. Aunque fuese realmente un monstruo. Decidí que no merecía tanto dolor. No.

Me convencía más y más en mis argumentos mientras seguía pensando en ella, y entonces el teléfono sonó. No tenía ni idea de qué hora era, pero por fuerza tenía que ser tarde. ¿Quién podía llamarme a estas horas? Inconscientemente mi padre me vino a la cabeza. Hace tanto que no hablamos, que de un tiempo a esta parte tengo miedo de que un día el teléfono suene para darme malas noticias. Vi la pantalla de mi móvil. No era él.

—¿Mariña?

—Simón, perdona que te llame a estas horas. ¿Dormías?

Su voz en el auricular me pilló a pie cambiado. Como tiempo atrás me había pasado con su madre, volví a tener la sensación de que tal vez desde la distancia ella hubiese sido capaz de leer mis pensamientos, y ahora llamaba para recriminarme por ellos. Intenté concentrarme en la conversación.

—No, no —respondí—, qué va. De hecho, ni siquiera tengo idea de qué horas son «estas horas».

—Pues algo más de la una y media.

¿La una y media? Por lo visto llevaba ya más de una hora rompiéndome la cabeza con la historia de la lista, de Mariña, de su padre...

—Vaya. Pues sí que es tarde. Pero no, no te preocupes, que no dormía. ¿Y tú?

—Pues igual, no consigo pegar ojo. Llevo todo el tiempo pensando en todo esto, dándole vueltas a lo que te conté antes, mi padre, ahora mi madre... Todo.

«Pues si te cuento yo...»

—Verás —siguió—, estaba pensando en una cosa. No sé si pudiste fijarte en ellas, pero hoy..., bueno, ayer ya, Ernest nos entregó a mi hermano y a mí una moneda de oro a cada uno.

—Sí, claro, sí que las vi.

—Claro... ¿Y pudiste ver cómo era el grabado que tenían por una de las caras?

¿Cómo? De repente me sentí bastante más desconcertado todavía con estas lecciones de numismática nocturna.

—Pues no sé... Un escudo, creo —respondí al tiempo que con calma me iba rascando el cogote—. Imagino que el escudo de Castilla, o tal vez el de España, ¿no?

—Sí, sí, por una de sus caras sí. Pero yo me refiero a la otra. Por la que yo te digo aparecen dos columnas flanqueando un globo terráqueo abierto y, bajo este, unas olas que representan el mar.

Sí, ahora que lo decía, sí, algo así recordaba haber visto. Pero bueno, ¿a dónde quería llegar Mariña con todo esto? Yo estaba intentando asimilar el terrible pasado de su padre, y ella me venía ahora con columnas, mapas y olas en el mar. No comprendía nada.

—Oye, Mariña, que no te parezca mal, pero... ¿qué tiene eso de especial ahora?

Tardó tiempo en responder. Yo ya estaba decidido a disculparme por la pregunta cuando ella comenzó su respuesta.

—Si es que no lo sé, Simón. A lo mejor no tiene nada que ver. Probablemente solo sea una coincidencia, o simplemente una estupidez. No podía dormir, jugaba con la moneda en las manos, intentaba acordarme de mi padre. Estaba observando cada uno de los detalles de la pieza cuando, al fijarme en esa representación del mar, recordé otro detalle al que hasta ese momento no le había prestado atención. Dime una cosa: ¿te fijaste en la caja?

—¿La caja?

—Sí, la caja. Me dijiste que la habías encontrado tú.

—Sí, fui yo. Pero tampoco le di demasiadas vueltas. Di por sentado que se trataba de algo perteneciente a tus padres, y no quise tocar nada.

—Ya, ya. Ya sé que no la abriste, y me parece algo muy digno por tu parte. Pero yo me refiero a si te fijaste en la caja por fuera. ¿Recuerdas la inscripción que tenía sobre la tapa?

La inscripción... Sí, me parecía recordar que había algo grabado sobre la cubierta de la caja, aunque ahora no conseguía verlo con exactitud.

—Yo la vi hoy en el despacho, mientras Ernest acababa con la lectura. Pero no le presté atención, simplemente estaba jugando con la caja. La verdad es que ya no aguantaba más, y lo único que quería era salir de allí lo antes posible. Pero ahora, viendo las olas en la moneda, recordé las palabras en la caja, y me vino a la memoria algo que mi padre siempre me preguntaba cuando estábamos los dos sentados en el mirador de la Casa Grande.

—Qué.

—De niña sabía que, estando mi padre en casa, siempre podría encontrarlo sentado en ese mirador. Se pasaba allí horas y horas, con la mirada perdida en el mar. Cuando se daba cuenta de mi presencia, me cogía en su regazo y, después de contemplar el mar los dos juntos durante otro buen rato, siempre acababa haciéndome la misma pregunta.

—¿Cuál?

Mariña guardó un breve silencio.

—De qué color es el mar —respondió al fin.

Y entonces yo también recordé. La inscripción en la caja que habíamos sacado de la cueva bajo la fuente: «Para mis hijos, el color del mar.» Ambos permanecimos en silencio por un instante. Yo no sabía cómo encajar todo esto en las conclusiones a las que acababa de llegar justo antes de recibir la llamada de Mariña, e imagino que ella tampoco era capaz de ver con claridad si todo aquello tenía relación con la historia de las monedas. Al momento recordé lo que Mariña le dijo a su hermano en las escaleras de Rovira y Asociados, aquello de que las monedas tenían que ser cosa de su padre.

—Curioso. ¿Y tú que le decías?

—Pues qué le iba a decir, Simón. Yo no era más que una niña, así que para mí el mar era azul. Mi padre sonreía, me pedía que me fijase mejor, y yo probaba con otro color: «Verde.» Pero tampoco acertaba. Al final mi padre me explicaba que el mar solo era agua, y que como tal no tenía ningún color. Entonces yo siempre protestaba, diciéndole que el mar era clarísimamente de color azul, y él me explicaba que no, que el que era azul era el cielo, y que el mar lo único que hacía era limitarse a reflejar los colores de aquello que se le acercaba. «Como casi todo en la vida, Mariña, el color del mar depende de la perspectiva, de los ojos con que lo veamos», me decía. A continuación siempre me abrazaba un poco más fuerte, y volvíamos a quedarnos en silencio, los dos contemplando aquel mar de todos y ningún color. Yo me esforzaba todos los días por no ver el color del mar, pero solo era una niña, y poco entendía. Y ahora todo eso acaba de volver a mí. Simón, no dejo de pensar en las palabras de mi padre: estoy segura de que esas monedas son una invitación a observar las cosas desde otra perspectiva. Una nueva, diferente.

Intentaba seguir las palabras de Mariña, pero al igual que a ella le sucedía de niña con su padre, yo tampoco conseguía comprender nada.

—¿Pero qué cosas, Mariña? ¿A qué crees que puede estar refiriéndose ahora tu padre?

El otro lado de la línea volvió a quedarse en silencio, esta vez por más tiempo.

—Eso es lo que todavía no sé.

Me di cuenta del esfuerzo que Mariña estaba haciendo. La pobre debía de estar devanándose los sesos, buscando la manera de arrojar luz de algún modo sobre tanta oscuridad.

—Bueno —retomó de golpe la conversación—, que también puede ser que no tengan nada que ver una cosa con la otra... Si te soy sincera, la verdad es que ya no sé qué pensar de todo esto. Tanto da.

De pronto, parecía como si ahora fuese ella quien se sintiese avergonzada de sus propias cábalas, o tal vez de haberlas compartido conmigo, y anduviese a la búsqueda de un cambio de tercio en la conversación.

—¿Qué me cuentas tú? —preguntó en un tono más distendido, menos íntimo—. ¿Has descubierto ya por qué estabas allí? ¿Qué era lo que había en tu sobre?

Un escalofrío. «Bueno, pues casi nada, tan solo indicios de que tu padre pudiese haber sido algo más que un fascista. A lo mejor el hombre era un asesino, pero a parte de eso nada más», pensé. Y mentí.

—Uff, no sé, Mariña. Un pequeño galimatías, una lista de asientos y nombres. Creo que se trata de algo relacionado con los viejos clientes de Troya.

—¿Troya? —Mariña se mostró sorprendida.

—Sí... O no, vaya. En realidad no lo sé. —Me estaba liando—. Nada importante, supongo. Mira, me imagino que, con lo repentino de la muerte de tu madre, el pobre Ernest debió de traspapelar algún documento sobre la reforma de la fuente en el que aparecía mi nombre, o mis datos, y los mezcló con cualquier otro papel del testamento de tu madre, ¡y alehop, yo aparezco en el bufete para reclamaros mi valiosísima herencia de papeles para reciclaje!

Me oía a mí mismo, y al punto me avergonzaba de lo patético de mi mentira. ¿Pero qué rayos estaba diciendo?, ¿los documentos de una chapuza cualquiera mezclados con los del testamento de doña Isabel? Sí, hombre. Si todavía iba a ser que Ernest guardaba los documentos importantes de la señora Llobet con los recibos del Telepizza. Mis dotes para la mentira siempre habían dejado mucho que desear, pero es que en aquel momento no sabría decir si lo que pretendía era, al igual que antes ella, desviar nuevamente la conversación o, simplemente, hacerle reír. Fuera cual fuese mi opción, lo segundo funcionaba.

—Vaya, pues será... —me la imaginé sonriendo al otro lado de la línea, donde quiera que eso fuese—. Aun va a ser que, al final, el pobre Ernest empieza a no ser tan infalible como pensábamos.

—Será. —Mi historieta había colado.

—De cualquier modo, a mí me gustaría aclarar el asunto de las monedas. No sé si tú también te habrás fijado en ese detalle, pero en la bolsita de terciopelo que la contenía viene impreso un nombre.

Pues no, lo cierto es que en ese detalle sí que no me había fijado. Mariña siguió con su descripción.

—Según la inscripción de la bolsa, las monedas vienen de Jackob Neumann Antigüedades. No sé si te sonará, pero después de haber buscado un poco de información resulta que se trata de un vecino tuyo.

—¿Mío? —El nombre no me sonaba ni de lejos.

—Sí. Efectivamente, hay una tienda de antigüedades en la plaza de Compostela a nombre de un tal Jackob Neumann, en la esquina de la calle Velázquez Moreno.

Volví a quedarme en silencio. La esquina de Velázquez Moreno con la Alameda, que es como en Vigo siempre hemos llamado a la plaza de Compostela, me era un lugar conocido, pero no precisamente por ir a buscar antigüedades de ningún tipo.

—Estaba pensando en pasarme mañana por la mañana por la tienda, y me preguntaba si quizá te apetecería acompañarme. No sé, al fin y al cabo llevo mucho tiempo fuera, y no es que tenga muchos amigos aquí. No sé, si tal vez tú...

—¡Sí!

Otra vez tuve la misma sensación que cuando ella reapareció en la calle, después de que nos hubiésemos despedido al salir del café. Otra vez esa sensación de estúpida felicidad. ¿Qué leches me estaba pasando?

—O sea, quiero decir, sí, vamos, que sí claro... ¡Mierda! No, perdona. —Parezco idiota, no consigo hablar—. Quiero decir que sí, que a mí también me apetece mucho ir contigo. —Si es que aún no había quedado suficientemente claro—. ¿A qué hora te va bien?

—Mira, podemos hacer una cosa: te invito a desayunar. ¿Conoces el Don Gregorio, en la Puerta del Sol?

—¿El café? Sí, lo conozco.

—Vale. Pues qué te parece si quedamos allí, no sé, ¿a las diez?

—Me parece perfecto.

—Bien. Pues así entonces. Hasta mañana, Simón.

—Claro. Hasta mañana.

Estaba a punto de colgar cuando volví a oír su voz llamándome al otro lado del aparato.

—¡Hey, hey, Simón!

—Aquí estoy, dime.

—Nada, que muchas gracias por escuchar, otra vez.

—No hay de qué, Mariña.

Cuando colgué el teléfono, el reloj sobre mi mesa de dibujo marcaba las dos y diez de la madrugada. Y habría bajado ya a la calle en ese mismo momento si eso hubiese hecho que el tiempo pasase más rápido.

13

Las vueltas en mi cama pusieron en evidencia la longitud de una noche interminable en la que se produjo toda una batalla terrible entre mis pensamientos y mi sueño. Mis ideas luchaban todas entre ellas, Mariña, su padre, la lista..., y todas ellas al mismo tiempo juntas contra mi propio cansancio. Pero finalmente, y contra todo pronóstico, el día acabó llegando. No sé en qué momento me quedé dormido, pero recuerdo la sensación agradable de despertar con la luz del sol entrando en mi dormitorio.

Eran casi las nueve de la mañana. El tiempo justo para un café, una ducha rápida, otro café, y a la calle. Instintivamente pensé en tomar un café en el bar de Suso antes de bajar para el Don Gregorio, pero al momento me di cuenta de que ya estaba lo bastante nervioso. El plus de cafeína no era necesario, así que decidí seguir mi camino hasta la Puerta del Sol. Al entrar en la plaza descubrí dos cosas: que el sol, efectivamente, ya había entrado por la puerta de la plaza para sorprendernos a todos con una cálida mañana otoñal, y que Mariña ya había tomado posesión de su plaza particular en la terraza del café. Estaba sentada a una de las mesas, gozando del regalo que eran aquel sol y su calor, extraño una mañana de otoño. Me saludó tan pronto como me vio doblando la esquina de la calle Elduayen, al mismo tiempo que la camarera le servía un café con leche y tostadas.

—Olvidé todo eso de la cortesía cuando me expulsaron del Club de Polo, así que, como puedes comprobar, no he esperado ni medio minuto por ti —bromeó al acercarme a su mesa.

—¿Te expulsaron de un club de polo? —pregunté al tiempo que tomaba asiento.

—Sí —respondió con gesto indiferente—, del de mis padres.

—Vaya, ¿y eso?

—Nada —respondió indiferente—, una chiquillada: subir el coche del director hasta el tejado del club y dejarlo aparcado en la azotea.

Sentí cómo las cejas se me arqueaban.

—¿Que hiciste qué?

—Bueno, a ver, que tampoco lo hice yo sola —aclaró—. Fue con la ayuda de unos amigos... y de una grúa de obra. Pero la verdad es que nos quedó muy bien.

—Ya me lo imagino. A ver quién es el guapo que se atreve a ponerle una multa allá arriba...

—Eso mismo pensé yo. Pero, mira, al bobo del director no le hizo tanta gracia. Boh —resolvió—, desde luego, Simón, hay personas que no tienen sentido del humor —explicó, y reforzó su indiferencia esparciendo tranquilamente la mermelada sobre el pan.

—Oye, pues si es por esa razón —respondí, fingiendo participar de su misma lógica—, bien hecho entonces. A todo esto, buenos días.

—Buenos días, Simón. —Y su gesto indiferente mudó en una amplia y sincera sonrisa que conquistó la totalidad de su rostro.

Almorzamos sin prisa, charlando tranquilamente sobre asuntos sin importancia, como clubes de polo y cosas así. Tan solo al concluir el matinal banquete retomamos la conversación de la noche anterior.

—¿Qué tal has dormido? —preguntó—. Espero que al final no acabase robándote el sueño...

—Pues lo cierto es que sí. Bueno, no tú, sino todo este galimatías... Todo este asunto me llama muchísimo la atención. Sobre todo después de tu llamada. —Y, una vez más, volví a tener la sensación de mentir más que hablar.

No era cierto eso de que me llamase mucho la atención. La verdad, la terrible verdad, era que me tenía totalmente preocupado. Por una banda, cada vez comprendía menos mi papel dentro de la historia. Y por la otra, el desarrollo de mis sospechas sobre el pasado del señor Dafonte constituía una amenaza directa a los recuerdos de Mariña. Por eso lo dije así, «todo este asunto me llama muchísimo la atención», porque supuse que de este modo protegería a Mariña de saber nada acerca de mis verdaderas tribulaciones.

—Bueno, pues de momento qué menos iba a poder hacer yo sino recompensarte reponiendo tus fuerzas con este suculento almuerzo. Y ni se te ocurra contemplar la posibilidad de pagar tú ni un euro —atajó ella al detectar el movimiento de aproximación a la cartera por parte de mi mano—. Esta invitación es mía.

Dejó un billete prendido en la pinza plástica del platillo sobre el que descansaba nuestra cuenta, y nos perdimos calle abajo.

Bajamos por Policarpo Sanz sorteando como podíamos a los peatones que sorteaban a su vez las obras de la calle. No sé qué pasa en Vigo, que siempre hay obras por algo. A veces pienso que el único objeto de finalizar una obra y dejar la calle bien bonita no es otro que dejarla más acogedora para que los trabajadores de la siguiente empresa la encuentren de su agrado cuando lleguen para levantar el asfalto. En esta ciudad vivimos en un círculo vicioso de obras, asfaltos como trincheras, y nuevos aparcamientos carísimos que nadie utiliza pero siempre están hasta los topes. Eso sí, un círculo en obras. Pasamos el teatro García Barbón y continuamos hasta el cruce con Velázquez Moreno, donde giramos a la izquierda para bajar hacia la Alameda. Hasta Jackob Neumann Antigüedades. La tienda del anticuario era el último local antes de la esquina con la plaza de Compostela. Nunca antes me había fijado en ese local, pero sí en el edificio en el que se encontraba.

La tienda estaba en uno de los bajos del edificio Yáñez, otra de las joyas que el arquitecto Michel Pacewicz había dejado en la ciudad. Su galería principal, en la esquina que hacía chaflán sobre la Alameda, era una de las piezas arquitectónicas más hermosas de la ciudad, un capricho neogótico arrancado de un cuento de hadas. Y, con todo, no fui capaz de contarle nada de todo esto a Mariña. Pensé que en ese momento ya ella debía de tener bastantes cosas en la cabeza sin que yo le viniese con asuntos en los que ya nadie se fijaba. Ya habría tiempo en otra ocasión más apropiada. Ojalá.

La tienda estaba abierta, y entramos en ella sin que nadie saliese a recibirnos. Caminamos hasta el mostrador, y solo al llegar a nuestro destino apareció un muchacho desde la trastienda.

—Buenos días. ¿Puedo ayudarles en algo?

Se trataba de un chaval alto y flaco, de pelo corto, rubio. No debía de pasar de los veinte y muy pocos años. Llevaba puesta una bata de trabajo de color azul oscuro y tenía toda la pinta de ser el mozo de la tienda, o quizás el ayudante en prácticas.

—¿El señor Jackob Neumann?

El tono de la pregunta hecha por Mariña flotó sin compromiso entre el *eres tú el...* y el *está el...*

—El señor Neumann todavía no ha venido hoy por la tienda. Supongo que lo hará más tarde. Yo soy su restaurador. Si les puedo ayudar...

De entrada pensé que aquel chaval no tenía acento de apellidarse Neumann. Luego me arrepentí de mi torpeza mental. El chico bien podía ser el hijo del tal Jackob, o quien fuese. Mientras yo pululaba por la ascendencia del restaurador, Mariña parecía no tener muy claro si aceptar el ofrecimiento del muchacho o no. Se ve que finalmente ganó el sí.

—Verá —comenzó a hablar al tiempo que sacaba del interior de su bolso el mismo cofre que unos días atrás yo había arrancado del interior de la cueva—, quisiera saber si me podrían dar algún tipo de información sobre esta pieza. Sé que es de oro, y creo que bastante antigua, pero no mucho más.

Sacó la moneda de la bolsa y la dejó sobre un pequeño tapete de terciopelo que había sobre el mostrador. Me llamó la atención algo que yo interpreté como la intención por parte de Mariña de no dejar a la vista la inscripción con el nombre del anticuario en la bolsa de la moneda.

—Si me permite.

El chaval se puso unos guantes recién sacados de un cajón en su lado del mostrador y, echando mano de una lupa que guardaba en uno de los bolsillos superiores de su bata, cogió la moneda y se dispuso para su estudio. La observó en silencio, con calma, durante poco más de un minuto. Por fin, luego de haberle dado una vuelta, y otra, y todavía otra más, acabó devolviéndola al lugar en que Mariña la había dejado, sobre el mostrador, y nos ofreció su explicación.

—Bueno, de entrada parece que se trate de una moneda española, un real de a ocho, probablemente acuñado en la segunda mitad del siglo diecisiete.

—¿Del diecisiete? —quiso confirmar Mariña.

—Sí. En la pieza que me traen, el año grabado ya no se puede apreciar con claridad. Tendría que confirmarlo con el catálogo. A lo largo de los años el trazo del grabado en las piezas de a ocho fue cambiando, pero yo diría que sí, que se trata de una pieza de la segunda mitad del diecisiete. Y teniendo en cuenta el oro, incluso me aventuraría a decir que se trata de una moneda acuñada en América.

—¿Por qué América? —volvió a preguntar ella.

—Pues porque, si nos fiamos de nuestros libros de historia, en esa época todavía era de América de donde venía la práctica totalidad del oro español. ¿Recuerdan aquello de que el sol no se ponía en nuestro imperio, y todo eso? La frase es del emperador Carlos I de España, quien en 1519 hereda un imperio en el que, efectivamente, el sol no se pone. Pero en tiempos de Carlos II, algo menos de dos siglos más tarde, la frase todavía tenía validez, y una de las principales razones de ser, si no la única, de la América de entonces era la de proveer de riquezas a la Corona española.

—¿Y qué tipo de moneda has dicho que era esta? —interrumpí con toda la solemnidad de la que fui capaz, intentando disimular aquella sensación tan incómoda, la de ser el único no erudito en alguna materia presente en el local.

—Un real de a ocho —me respondió el muchacho—. ¿Conoce usted algo sobre este tipo de moneda?

«¿Acaso conoces tú algo sobre Eisenman y la arquitectura estructuralista, mocoso?», tuve ganas de responderle al entendidillo aquel. Preferí no hacerlo. Por los pelos.

—No, no. Sobre esta en concreto, no...

—El real de a ocho fue una moneda puesta en circulación por los Reyes Católicos tras la reforma monetaria de 1497, y continuaría su evolución hasta bien entrado el siglo XIX. En principio, las piezas más conocidas son las de plata, pero lo cierto es que esta moneda también se acuñó tanto en cobre como en oro, estas últimas especialmente en las cecas americanas.

—¿Cecas? —volví a interrumpir.

—Una casa de moneda —me respondió el pollo-pera aquel en un tono tan sospechosamente cordial que a punto estuve de gritarle «¡arquitectura estructuralista!»—. Se empleó de tal manera que incluso llegó a ser la primera divisa de uso mundial. Algo así como hoy el propio dólar. De hecho, no sé si lo sabréis. —El chico seguía haciendo gala de sus conocimientos, emocionándose por momentos hasta el punto de dejar de lado el «ustedes»—. Pero hay incluso quien defiende la teoría de que el símbolo de dólar, ese que hoy todos reconocemos, una S atravesada por dos barras, tiene su origen en esta misma moneda.

—¿Cómo? —preguntó Mariña mostrando su sorpresa ante este último comentario.

—Sí, veréis. Fijaos aquí. —El restaurador volvió a coger la moneda—. ¿Veis estos pilares grabados a los lados del mapamundi? Son las Columnas de Hércules, sobre las que descansa el «Plus Ultra».

—El lema de la Corona española —apostilló Mariña.

—Efectivamente. Bien, pues si cogéis la curva que hace la banda en la que se recoge el «Plus», y el perfil de la columna que la soporta, ¿qué tenéis?

La verdad es que yo seguía como estaba antes de la explicación, sin ver nada de lo que allí se nos estaba contando, pero Mariña dejó escapar un sonrisa. Sí, ella lo había visto. De repente parecía la niña a la que el mago le descubre su truco.

—Una S atravesada por dos barras —respondió lentamente, al tiempo que su sonrisa se iba haciendo mayor.

—Ahí está —afirmó el muchacho, satisfecho con su demostración.

No sabría decir muy bien por qué, quizá no fuese más que mi propia envidia ante tanta erudición, pero lo cierto es que había algo en aquel chaval que no me agradaba.

—De cualquier modo, y volviendo con lo que ustedes me piden —recuperamos las formas—, ya les digo que tendría que consultar los catálogos para poder ofrecerles algo con mayor seguridad, pero, por lo de ahora, yo les diría que se trata de un real de a ocho de finales del siglo XVII, si no de comienzos del XVIII, y acuñado en América, probablemente en las cecas de Bogotá o Cartagena.

—Ya...

Mariña pronunció aquel «ya» con la mirada perdida en la pieza de oro que descansaba sobre el tapete de terciopelo, al tiempo que se esforzaba por intentar asimilar no solo toda la información que acababa de recibir, sino por cuadrarla con lo que sabía sobre su padre.

Ajeno a los pensamientos que llenaban el silencio de mi amiga, el restaurador decidió volver por su cuenta a la conversación.

—De cualquier modo, si les parece bien también le puedo tomar un par de fotos a la moneda. Así podríamos estudiar la pieza con un poco más de detalle, y ofrecerles después un informe mucho más pormenorizado que el que ahora les puedo dar. De hecho, la verdadera autoridad en la materia es el señor Neumann.

Mariña se lo pensó durante unos segundos, sin que pareciese encontrar ninguna objeción, ya que casi al momento asintió.

—Claro, claro, no hay problema. Todo lo que me puedan decir me será de gran ayuda.

El restaurador desapareció en la trastienda para volver a aparecer casi al momento con una pequeña cámara digital. Cogió de nuevo la moneda para hacerle cuatro fotos, una de cada cara y otras dos de canto. Luego de todo este proceso nos pidió un teléfono de contacto, y Mariña le ofreció su número. Quedó en llamar tan pronto como tuviese alguna noticia, y con la misma nos tendió la mano. Mariña volvió a guardar la moneda en la bolsa, y después de habernos despedido una última vez del muchacho de la bata azul, salimos de la tienda de antigüedades.

Ya en la calle, apenas caminamos un par de pasos en dirección a la esquina con la Alameda. Mariña se detuvo con la confusión instalada en su rostro.

—Simón, no entiendo nada. ¿Una moneda española del siglo diecisiete traída de América? ¿Qué pretendían decirme mis padres, mi padre, con todo esto? No entiendo nada. —Y el rostro de la mujer se convirtió en la viva imagen de la desesperación.

Yo escuchaba a Mariña en silencio. La contemplaba, y a mis ojos parecía una niña pequeña, perdida. La escuchaba en silencio, porque en realidad yo tampoco era capaz de añadir nada que arrojase luz sobre todas aquellas dudas. Busqué en otra dirección, como si la respuesta fuese a bajar caminando por la calle. Y entonces los vi.

Había un coche parado, aparcado en la acera de enfrente, justo delante de la cafetería Alameda. Yo conocía ese coche, pero no lo sabía todavía. Y al hombre que ocupaba el asiento del copiloto, a él también lo conocía. Una décima de segundo, y lo supe. Aquel era el tipo del paraguas, el que sujetaba el paraguas en el cementerio el día del entierro de doña Isabel. Y, como si por fin alguna puerta hasta entonces cerrada se hubiese abierto, continué sabiendo. Ese tipo era también uno de los que la noche anterior, apenas doce horas atrás, me observaban en la calle mientras yo aguardaba en la parada de bus urbano luego de que Mariña volviese para besarme. Y el coche, claro, el coche. Un Mercedes negro, antiguo. Ese era el mismo coche desde el que la pasada noche me observaban. El coche aparcado en el cementerio. Una décima de segundo, y todo estaba ahí. Eran ellos.

—Mariña...

Mientras pronunciaba su nombre no dejaba de contemplar al tipo en el asiento de copiloto. Y comprendí que él también me estaba observando a mí. Y que él también se acababa de percatar de mi descubrimiento.

—¡Corre!

Cogí a Mariña de la mano y eché a correr, arrastrándola tras de mí sin tiempo para ninguna explicación.

—¡Eh, qué pasa! —protestó—. ¡Que me haces daño, Simón!

Pero yo no podía hablar. Instintivamente eché a correr calle arriba por Velázquez Moreno. Pensé que el sentido único de bajada para los vehículos les impediría seguirnos con su coche, pero todavía pude ver de reojo como tanto el copiloto, aquel tipo alto y fuerte del cementerio, como otro más bajo y corpulento que el anterior, el conductor del Mercedes, abrían las puertas para echar a correr detrás de nosotros. Al llegar al primer cruce giramos a la derecha, de nuevo buscando el tráfico en sentido contrario de Marqués de Valladares. Mi endeble estrategia ya no servía de mucho, nuestros perseguidores corrían también con paso bien ligero apenas unos pocos metros por detrás de nosotros. Mariña no paraba de preguntar qué era lo que estaba pasando. Giramos por detrás del teatro García Barbón, y doblamos ahora a la izquierda, subiendo por Darío Álvarez Blázquez. Tal vez mi propósito, siguiendo un impulso intuitivo, fuese llegar hasta la calle Policarpo Sanz, la gran arteria de la ciudad, para protegernos camuflándonos entre el jaleo de los coches, los transeúntes y los obreros de la calle. No era mala idea. Pero, como siempre, lo eché todo a perder.

Justo antes de llegar a Policarpo Sanz, apenas a unos metros, decidí girar bruscamente a la derecha, y tiré de Mariña por el callejón de Los Caños. Quizá pensase que metiéndonos por allí despistaríamos a nuestros perseguidores, pero ellos no lo vieron como nosotros, y no se dieron por despistados. Doblamos la esquina al final del callejón para descubrir que, como todos los callejones sin salida ciegas, este tampoco tenía salida. Tan solo una subestación eléctrica convertida en muro y unas viejas escaleras metálicas, oxidadas, de acceso al antiguo edificio del Gran Hotel. Estábamos justo debajo de la Puerta del Sol. Para cuando quisimos dar la vuelta, yo ya tenía al copiloto agarrándome por las solapas de la chaqueta. El tipo gordo, el conductor, sujetaba a Mariña.

—¡No le pongas la mano encima, hijo de puta!

Y aquella fanfarronada por mi parte me valió el primer puñetazo. El tipo alto me lanzó al suelo con tanta fuerza que del golpe no perdí la consciencia de puro milagro.

—Estate calladito, campeón, que aquí el que habla soy yo.

Conmigo anulado —ya he dicho que no es que me caracterice precisamente por lo atlético de mi complexión— se dirigió a Mariña. Sin el más mínimo miramiento, le arrancó el bolso de las manos y comenzó a revolver en él. No tardó en encontrar la caja de madera. En los ojos de Mariña había una mezcla de susto y rabia. El hombre alto abrió la caja y, con la seguridad de quien sabe exactamente con qué se va a encontrar en la siguiente viñeta, cogió la bolsa de terciopelo y, sin comprobar su contenido, la guardó en uno de los bolsillos de su chaqueta negra. Con la arrogancia en el rostro de quien acaba de resolver sin dificultad su trabajo, nos habló.

—A veces vienen a nosotros regalos inesperados. A veces, como en mi caso, es mejor aceptarlos. —Sonreía al tiempo que daba un par de palmadas sobre el bolsillo donde acababa de guardar la pieza de oro—. Pero a veces, como en vuestro caso, lo mejor es dejarlo correr. ¿O acaso es que no sabéis lo que les sucedió a los troyanos con el caballo aquel? Sed inteligentes, dejad las cosas tal como están, y no os busquéis más problemas, si no queréis que ellos os encuentren a vosotros. Ah, y por supuesto, de esta... llamémosle «conversación», ni una palabra a nadie, no vaya a ser que todavía tengáis algún disgusto de verdad, vosotros ya me entendéis, *garotos*.

Y con la misma, como quien acaba de hablar con el aire, como si en aquel callejón nadie le hubiera partido los morros a nadie, dio media vuelta y deshizo tranquilamente el camino por el que había venido, andando sin prisa, como quien viene de coger margaritas por el prado. Su compañero, el tipo gordo con pinta de luchador de sumo embutido en Armani, aún se quedó allí, observándonos durante un buen rato. Finalmente se decidió a seguir el camino de su colega, no sin antes acercarse hasta mi altura, todavía en el suelo, para regalarme un segundo sopapo. «Ya me había quedado claro con el primero, mamonazo.» Decirlo en voz alta ya iba a ser mucho para una diferencia de músculos tan abultada, así que me di por satisfecho solo con pensarlo. Al desaparecer los dos orangutanes, Mariña, que hasta entonces había permanecido agarrada a la escalera de hierro, dejó su refugio para acercarse a mí y echarme una mano.

—¿Estás bien?

—No sé por qué lo preguntas —respondí yo haciéndome el duro al tiempo que me llevaba una mano a la mejilla en la que los dos animales habían coincidido en dejarme sus arrumacos—. ¿Y tú, estás bien tú?

—Sería bueno que te echase un ojo un médico —dijo ella por respuesta—. Estás sangrando un poco.

—No, no. No es necesario, esto solo es un arañazo, casi ni lo siento. —Mentira: me dolía la cara como si acabara de pasarme una apisonadora por encima.

—Ya, claro... Pues deja que por lo menos te acompañe a tu casa y te eche una mano limpiando esa herida. ¿Tienes café en tu piso? —No aguardó a mi respuesta—. Nos vendrá bien meternos algo caliente para ayudarnos a sacar el susto del cuerpo.

Aun con dolor, no pude dejar de pensar en lo agradable de la imagen de Mariña en mi casa. Me pareció una idea inmejorable.

Salimos por fin a la calle, y a mí me dio la sensación de que todo el mundo se fijaba en mi cara machacada. Con toda la discreción que el susto y los golpes nos dejaban, nos dirigimos al paseo de Alfonso XII, número 2.

Cuando entramos en mi apartamento, el pensamiento que me había ido dando vueltas en la cabeza a lo largo de todo el trayecto ya no aguantaba más en su silencio. Pasamos la puerta y, al tiempo que ella colgaba su abrigo en el perchero del recibidor, yo comencé con mi confesión.

—Mariña, tengo que decirte algo. Hay una cosa que me preocupa, algo que tiene que ver con la lista de tu padre.

—¿Los papeles de Troya? —preguntó.

—Sí. Bueno, quizá no. —No había hecho otra cosa que pensar en ello desde que salimos del callejón, pero aun no sabía como contárselo—. Lo cierto es que ayer no te dije toda la verdad, y ahora espero que me perdones, pero creo que no se trata de papeles de la empresa de tu padre. O, por lo menos, no de esa empresa.

Mariña no se había movido de su sitio, quieta al lado del perchero, y me observaba fijamente, inmóvil de espaldas a la entrada del estudio, con el desconcierto y la preocupación instalados en su mirada.

—Creo que no entiendo lo que me dices, Simón. ¿Cómo que «no de esa empresa»? Si no había otra...

—Ya...

De repente tuve la sensación de que era ahora, ya en casa, en la protección de mi hogar, cuando había comenzado a sentirme asustado. Justo ahora. Las cavilaciones de la noche anterior, la carrera de hoy, los golpes, todo comenzaba a pasar una factura con la que en ningún momento había contado.

—Verás —me decidí—, creo que se trata de una lista negra.

Al desconcierto y la preocupación anteriores vino a sumárseles ahora el asombro en el rostro de Mariña.

—¿Cómo?

—Vale, vayamos a por esos cafés.

Nos sentamos en el sofá azul de mi estudio, y allí, al tiempo que íbamos tomando café ante los viejos papeles de su padre, le expliqué a Mariña paso a paso las conclusiones a las que había llegado. Nuevamente, las emociones volvieron a desfilar por su cara, pero esta vez con orden, no todas a un tiempo. Se mostró desorientada al principio, y llena de asombro después ante el inesperado giro de mis razonamientos. Sus ojos dejaron entrever algo parecido a la tristeza cuando se asomaron a la posibilidad de que su padre fuese un fascista, pero ante lo que se cerraron de lleno fue ante la posibilidad de que aquel hombre pudiese ser un asesino.

—No —atajó mi exposición—, eso es imposible. Puede que yo no conozca la historia completa de mi padre. Puede que fuese un fascista, e incluso puede que fuese el mejor amigo de Franco. Pero de ahí a aceptar que fuese un asesino hay un mundo. No, Simón, ni mucho menos. Yo pasé muchas horas sentada en su regazo, y, si me esfuerzo, creo que todavía podría sentir el tacto de sus caricias en mi cara. Aquellas manos no eran las de un asesino. No, de ninguna manera.

Mariña hablaba con rotundidad. ¿Pero cuánto de certeza objetiva, y cuánto de devoción filial había en sus palabras? En cualquier caso, lo cierto es que tampoco quise forzar más la situación. Si para mí ya había sido duro contarlo, no alcanzaba a imaginar lo que estaría suponiendo para ella. Y no tanto oírlo sino, sobre todo, intentar encajar algo como aquello. Ya era suficiente. Para los dos.

Nos quedamos en silencio un buen rato. Uno muy incómodo.

—Simón —resolvió al fin—, revisa bien esos papeles, porque lo que me estás diciendo no puede ser verdad. No sufras tanto, yo no tengo dudas sobre tus buenos propósitos, pero tus conclusiones tienen que ser erróneas.

De pronto sentí sobre mí el peso inmenso de mis conclusiones. Hasta ese momento no había reparado en ello, pero el punto al que habían llegado mis reflexiones implicaba también una gran responsabilidad, la de demostrarlas. Volví a sentirme atrapado en un nuevo callejón sin salida. Dos veces en un mismo día.

—Pero, Mariña, ¿qué puedo hacer yo? Si ni siquiera soy capaz de comprender aún qué demonios pinta un don nadie como yo en medio de todo este asunto. Todo esto tiene que ser un error descomunal.

—No, no hay tal error. No puede haberlo —insistió al tiempo que clavaba su mirada en mí—. Mira, no sé si lo poco que pudiste tratar con ella fue suficiente para que lo vieras, pero lo cierto es que mi madre era una de las personas más racionales que he conocido jamás. Su obsesión por el control de las situaciones llegaba a extremos casi enfermizos. Nunca dejaba nada al azar, y todo cuanto hacía lo hacía siempre por alguna razón. Nada era aleatorio entonces, y no puede, por lo tanto, serlo ahora. Busca, Simón, porque no puede ser casualidad que ese sobre haya llegado a ti. Tiene que haber una razón, por pequeña o absurda que te pueda parecer.

En silencio, ambos nos mantuvimos la mirada.

—Además —añadió de repente—, si no hay lógica en todo esto, ¿a qué ha venido la advertencia del neandertal del callejón?

—¿Cómo? —Mariña me cogía fuera de juego. Francamente, lo único que yo recordaba ahora mismo del callejón aquel era la paliza que me había llevado. Todavía sentía el fuego en mi mejilla golpeada.

—«O acaso es que no sabéis lo que les ocurrió a los troyanos con el caballo aquel», dijo. ¿Es que no lo ves? Se estaba refiriendo al Caballo de Troya.

Entorné los ojos.

—El Caballo de Troya... —repetí.

—Pues claro, Simón, el Caballo de Troya —insistió Mariña—. La Antigüedad está llena de historias como para que el animal ese, que tenía pinta de cualquier cosa menos de profesor de Literatura Clásica, nos fuese a meter una parábola precisamente sobre la guerra de Troya. Hay muchas cosas que nosotros no sabemos sobre los negocios de mi padre. Tiene que haberlas, de acuerdo. Pero lo que no puedo aceptar es nada de lo que tú sugieres.

Me quedé en silencio sin saber por dónde comenzar una posible respuesta a aquel aluvión de seguridad por parte de Mariña, de modo que fue ella, una vez más, quien se decidió a resolver la situación.

—Me voy. Todavía queda medio día por delante, y teniendo en cuenta cómo ha ido la primera mitad del partido, creo que voy a necesitar fuerzas para lo que pueda venir.

Se levantó, y volvió a acercarse a mí para darme un nuevo beso en mi mejilla mazada.

—No te levantes, yo sola encontraré la salida.

Lo dijo como si yo viviese en un palacio inmenso. Dio media vuelta, y desde mi sofá vi cómo, luego de apenas cuatro pasos, ella recuperaba su abrigo y su bolso. Abrió la puerta y, efectivamente, se fue. En el interior del estudio solo quedábamos yo, los papeles del sobre y un montón de dudas.

Y todo un día por delante.

14

—Todavía está dentro, *senhor* Wessler.

Una berlina antigua, un viejo Mercedes de color negro, se detiene en medio de la calle. Un hombre alto y fuerte, de traje negro, sale del lugar del copiloto y, atento a cada rincón a su alrededor, abre la puerta trasera que da a la acera. Del interior del habitáculo otro hombre emerge a la oscuridad de la noche. Mayor, ligeramente más bajo que el primero. Viste de manera impecable. Su abrigo de paño negro se abre lo justo para que se vea un exquisito traje de seda de color azul marino cortado a medida. Chaqueta cruzada, camisa blanca y pañuelo, también de seda, alrededor del cuello. El hombre camina apoyado en un bastón, pero su paso firme deja bien claro que el cayado no es más que un complemento, otra pieza de su atrezo. Lleva el pelo del color de la nieve, peinadísimo hacia atrás. Podría tener cualquier edad entre los setenta y los ochenta años, aunque su aspecto habla de fortalezas conservadas. Tiene la piel bronceada, pero se le nota que es cosa del tiempo, nada de solárium. Sus ojos son de un azul tan claro que no parecen de este mundo. Se detiene ante la puerta del local frente al que acaban de aparcar el Mercedes, y comprueba que el comentario de su secretario es correcto. En la puerta se pueden leer, finamente grabadas en su cristal, tres palabras. Jackob Neumann Antigüedades.

No son pocos los minutos que ya pasan de la hora de cierre, pero el anticuario, también anciano aunque de aspecto bastante menos sobrio, sigue todavía en el interior de la tienda ocupándose de alguna tarea de última hora. El visitante lo observa, ocupado tras el mostrador, y se fija en que está limpiando con mimo algún objeto, algo semejante a una vieja copa de plata. El anticuario es ya un hombre mayor, de mucha más edad que el visitante. O quizá no tanto. Tal vez simplemente sea cuestión de un porte menos elegante, con peor vida encima. El recién llegado entra en el local, haciendo sonar al abrir la puerta unas campanillas japonesas que cuelgan sobre el marco. Su tintinear atrae la atención del anticuario.

—Estamos cerrados —apunta sin dejar de frotar la copa, observando al hombre con un sutil movimiento de ojos por encima de unas gafas de pasta que le resbalan por la nariz.

El aviso no parece tener efecto sobre el visitante. El hombre de traje y bastón avanza desfilando tranquilamente por la tienda, observando las mercancías a uno y otro lado, como el jefe de estado que, soberbio, pasa revista a sus tropas. Avanza con rumbo fijo. Cuando por fin llega a su destino, posa ambas manos sobre el mostrador y, como si hablase para sí mismo, comienza su monólogo con aparente indiferencia, sin tan siquiera fijar la vista en su único interlocutor posible.

—Creo que alguien debería de una vez por todas hablar alto y claro sobre el gran valor que las tiendas de antigüedades tienen en nuestra sociedad, ¿no es así? Mantener abierto un negocio de antiguo en estos días atroces en que nos toca vivir, en estos tiempos afinados al son de un consumismo inmediato, feroz, en una cultura de usar y tirar, donde todo es apariencia y falsa calidad traída de China, es desde luego no solo una tarea terriblemente admirable, sino incluso un gesto de altruismo, de generosidad para con nuestra memoria digna de los más altos elogios. Personalmente, opino que las buenas tiendas de antigüedades como esta, incluso las almonedas de toda la vida, son las más valiosas cruzadas contra el olvido que sin piedad nos devora. No le parece, señor Neumann?

Ahora, por fin, el que acaba de llegar posa sus ojos azules sobre los del anticuario. Este, efectivamente, se llama Neumann, Jackob Neumann, y no deja de contemplar con incertidumbre esos ojos de otro planeta que con tanta elocuencia le hablan.

—Sí, supongo que en cierto modo así es —responde, desconcertado por el panegírico que acaba de recibir—. En cierto modo, a mí me gusta pensar que nosotros somos algo así como el viejo álbum de fotos familiares que todos tenemos en nuestra casa, ese rincón al que volvemos alguna vez para recordar de dónde venimos. Pero tampoco me atrevería a jurar mucho más allá. De cualquier modo, señor, no creo que haya venido usted a estas horas solo para que hablemos de todo esto. ¿Está interesado en alguna antigüedad en particular?

El visitante deja escapar un sonrisa a modo de aceptación. «De acuerdo —parece decir—, cambiemos de tercio.»

—Pues sí, la verdad es que sí. Permita que le explique. Soy yo el que tiene que disculparse por entrar en su negocio de este modo y a estas horas, pero lo cierto es que vengo desde muy lejos.

—¿Muy lejos?

—Ajá —asiente el visitante—. Desde el otro lado del océano. Ya sabe, de su Nuevo Mundo.

—Vaya, pues tiene usted razón, eso es mucha distancia, señor... —pero el otro no responde con ningún nombre—. ¿Y qué es lo que lo ha traído hasta aquí?

—Una vieja leyenda, señor Neumann. Una de la que siempre hablaba mi padre.

—¿Una leyenda, dice? Vaya. —Sonríe el anticuario, ahora ya algo más relajado—. Pues espero poder ayudar a hacer meritorio tanto esfuerzo.

—Estoy seguro de que podrá, señor Neumann. Su fama no cabe dentro de su establecimiento. No imaginaría usted lo lejos que ha llegado su nombre.

—Caramba, me abruma usted. —El halago relaja un poco más la conversación del anticuario—. ¿Y de qué trata, pues, esa leyenda de su padre? Si es que tiene a bien compartirla conmigo, claro está.

—Por supuesto, amigo Neumann. Según he podido averiguar, parece que ya lleva usted establecido en esta ciudad unos cuantos años, ¿no es así?

Neumann responde con un gesto vago.

—Unos cuantos, así es.

—Los suficientes para conocer la historia del lugar, me imagino...

—Bueno, para eso nunca son todos suficientes, en realidad. Pero dígame, ¿de qué se trata?

—¿Ha oído usted hablar del tesoro de los galeones de Rande, señor Neumann?

Ha sido un pequeño gesto, nada más. Algo que cualquiera habría confundido con un tic nervioso. O que probablemente ni siquiera habría percibido. Pero ahí ha estado: por una milésima de segundo, un movimiento rápido, un gesto sutil, la sombra de algo semejante a la desconfianza se ha asomado al rostro del anticuario.

—¿Los galeones de Rande, dice usted?

—El oro de los galeones de Rande, señor Neumann. No me diga que no sabe de qué le hablo...

Jackob Neumann ha dejado de encontrarse a gusto con la nueva dirección que la conversación ha tomado. La escasa relajación con que había aceptado la charla con su tardío visitante desaparece por momentos. Incluso la postura que había ido adoptando a lo largo del diálogo, los codos sobre el mostrador, le resulta ahora incómoda. Poco a poco, su cuerpo va dando muestras de que el tema de diálogo propuesto por el extraño visitante no le interesa.

—Verá, si ese es el motivo de su viaje, creo que no le voy a poder ofrecer muy buenas noticias. Efectivamente, aquí se produjo una batalla terrible a principios del siglo XVIII, y por la misma es cierto que en el fondo de la ría descansan los pecios de decenas de viejos galeones españoles, franceses y, tal vez, alguno inglés. Sí, es cierto, eso es historia. Como cierto es que de esos galeones poco más queda bajo el lodo que cubre el fondo de la ría que sus cuadernas y algún ancla olvidada, como las que mañana podrá visitar en el monumento a los galeones que hace años el Ayuntamiento levantó en el parque de O Castro. Pero lo demás es, como le decía su padre, pura leyenda. No hay tal oro. Y permítame que le apunte que no fue por no buscarlo.

El extranjero permanece en silencio, si bien su actitud se parece más a la de quien deja hablar que a la de quien realmente escucha; sea como sea, en ningún momento interrumpe la explicación del viejo Neumann.

—Casi desde el día siguiente a los hundimientos hubo quien fue a la búsqueda de ese oro. Y las expediciones de busca llegan incluso hasta nuestros días, pero lo cierto es que nunca nadie encontró nada. Porque, de hecho, como ya le he dicho, el oro nunca estuvo ahí, en el fondo del mar. Para cuando la batalla comenzó, los españoles ya habían tenido la precaución de evacuar los cargamentos.

Neumann intenta concluir la conversación aclarándole a su visitante de ultramar que, lamentablemente para el negocio, esa parte de la historia tiene mucho de leyenda, sí, pero muy poco de práctico, especialmente para la venta de antigüedades.

—Siento comunicarle, señor, que se trata de un episodio en la historia de la ciudad con mucho de imaginario popular, y poco de realidad que vender en una tienda seria.

El visitante asume que es su turno. Asiente, dice que conoce y está de acuerdo en casi todo lo que acaba de escuchar, pero añade que en este caso la leyenda tiene mucho de historia, e incluso algo de materialidad. Habiendo dicho esto, posa algo, un objeto envuelto en un paño de terciopelo rojo sobre el mostrador, y empujándolo con una mano, lo aproxima hasta dejarlo entre las de Jackob. El anticuario, luego de contemplar con recelo el bulto que acaban de dejar frente a él, finalmente acaba cogiéndolo y, lentamente, comienza a desdoblar el paño. Observa su contenido con cierta mezcla de seriedad y asombro.

—Lo que sostiene entre sus manos, amigo Jackob, es, como imagino que ya sabrá, un real de a ocho de oro, uno de los muchos que hace poco más de tres siglos llegaron aquí sin otro fin que el de financiar las luchas del nuevo y joven monarca contra la alianza europea, aquella que no veía con buenos ojos la idea de que la corona española descansase sobre la cabeza de Felipe V ni, mucho menos, que de entonces en adelante el trono de tan vasto imperio quedase bajo las posaderas de los Borbones. Una pieza, en definitiva, como aquellas otras que, misteriosamente, desaparecieron tras la batalla de Rande, el 22 de octubre de 1702.

Jackob Neumann todavía permanece con la mirada puesta en la pieza de oro por un par de segundos.

—Bueno, señor —responde al fin—, como ya le he dicho, usted sabrá que en todo eso hay efectivamente muchísimo más de leyenda que de historia. De hecho, las crónicas oficiales hablan de un desembarco masivo de oro y plata rumbo a Compostela, Lugo y Castilla antes de la previsible llegada de la flota anglo-holandesa enviada por la Alianza. Tanto es así que, si busca usted con atención, podrá encontrar hasta los datos más precisos acerca de cuántas carretas se trajeron desde Tui para transportarlo, según se recoge en el Archivo del propio Ayuntamiento.

Neumann habla como quien sienta cátedra.

—Le ruego, pues, que disculpe usted mi insistencia, pero lo cierto es que, como ya le he dicho, todas esas historias de fastuosos tesoros hundidos en el fondo de la ría no son, por desgracia, más que eso: historias y cuentos de viejas.

El visitante deja correr una sonrisa suficiente.

—Sí —responde—, así es según esas crónicas de las que usted me habla y que también yo he leído. Pero también sabrá usted, amigo Jackob, que si en lugar de prestarles atención solo a esas orgullosas y arrogantes crónicas españolas, o incluso a esas otras de origen francés, llenas de chauvinismo y autobombo, en las que se dan hasta los más ridículos detalles para garantizar que del cargamento no se perdieron más que unos cuantos sacos de canela en rama, si, como le decía, nos fijamos también en esas otras más próximas a las perspectivas de historiadores ingleses, quizás esas «historias», como usted dice, puedan ser consideradas un poco más «historia», ¿no le parece?

Tanta insistencia comienza a desbordar al anticuario.

—Vaya, muestra usted tanta convicción que lo cierto es que ya no sé muy bien qué más decirle, señor...

—¡Oh!, todavía no me he presentado, ¿verdad? Tendrá que disculpar usted mi torpeza. Mi nombre es Otto, Otto Wessler.

«Wessler». Un escalofrío atraviesa la espalda del anticuario, que observa con ojos llenos de recelo a su interlocutor. Wessler. No puede ser...

—Bien —responde Neumann dubitativo, de nuevo desconcertado—, pues es verdad que puede ser como usted sugiere, señor... señor Wessler. Pero lo cierto es que, como usted mismo ha dicho al principio de nuestra conversación, cuando se refería usted a su...

Neumann se queda en silencio, la mirada perdida en la moneda.

—¿A mi padre?

—Sí, sí, a su padre, todo eso tiene mucho de antigua leyenda marinera. Una leyenda hoy ya tan olvidada en los viejos lodos de la ría que ya casi nadie presta atención aquí a esas historias.

Neumann parece ahora tener cierta prisa por ir acabando la conversación.

—Pues permítame que le cuente que, en cierta ocasión, mi padre sí se la prestó, señor Neumann, y convirtió la leyenda en esta pieza de oro que ahora yo le muestro.

—¿Su padre, dice usted?

—Sí, mi padre, digo yo. Su nombre era Fausto, Fausto Wessler. ¿Acaso ha oído usted hablar de él, señor Neumann? Tal vez por algún casual...

El anticuario se queda en silencio por segunda vez, con los ojos fijos en los de su visitante y la cabeza muy lejos de la tienda.

—No, no —responde al fin—. Lo cierto es que no. —Neumann tiene que hacer ahora un esfuerzo por no delatar su incomodidad—. Pero de cualquier modo, señor Wessler, no se me ocurre cómo le podría ayudar yo en toda esta historia...

—¿Ah, no? Vaya, pues yo creo que es evidente, amigo Jackob. —El tal señor Wessler deja escapar una sonrisa antes de proseguir; una sonrisa como la del zorro que, sigiloso, entra en el gallinero—: Me consta que es usted el mejor y más serio anticuario de la ciudad, y yo he dado por sentado que, desde luego, no habría persona más indicada que la suya para orientarme en la busca de más piezas como esta. ¿Me equivoco, tal vez?

—Le agradezco el cumplido, Herr Wessler —Jackob se atreve a recalcar el *Herr*—. Pero como le he dicho ya varias veces, no se trata más que una leyenda sobre la que yo no tengo mayor conocimiento que la conciencia de su existencia como tal. Ya se lo he dicho, señor: una leyenda, nada más.

—Vaya, pues no se imagina cómo lamento oírle decir esto —responde Wessler, levantando las manos en el aire, como si ahora de repente sí aceptase lo que escucha—. Así y todo, permítame que insista una vez más en mi altísimo interés por todo este asunto. Yo solo tengo una moneda como esta, pero me agradaría enormemente poder hacerme con unas cuantas más. No sabe lo mucho que se lo agradecería si usted se pusiese en contacto conmigo en el caso de tener alguna información que pudiese ser de mi interés. —Sonríe—. Por favor, le ruego que a tal efecto se quede con mi tarjeta.

Otto Wessler saca una tarjeta de visita del bolsillo interior de su abrigo, una de color crudo, y la deja boca abajo sobre el mostrador del anticuario. En silencio, con apenas una ligera inclinación de cabeza, da al mismo tiempo por concluido y despedido el encuentro. Mientras el visitante de allende el mar camina tranquilamente, de vuelta hacia la salida, el anticuario Jackob Neumann recoge la tarjeta del mostrador. Cuando las campanas de la puerta repiquetean anunciando la marcha del señor Wessler, Jackob no descubre nada más que un único nombre impreso en la tarjeta: Hugo Brauner.

15

Me había pasado toda la tarde en el estudio, sin ganas de salir a la calle después de que Mariña me dejase allí plantado, y ahora ya era la noche la que me había atrapado. El dolor en la mejilla izquierda se había ido convirtiendo, poco a poco, en escozor, tanto en la cara como en el orgullo. Mi vida siempre ha tenido un mucho de desastre a las espaldas, pero por lo menos nadie me había puesto nunca la mano encima. Hasta hoy. Tremendo par de guantazos. ¿Y a qué había venido tanta brutalidad? ¿En qué nos estábamos metiendo? Desde luego lo que sí estaba claro era que, fuera lo que fuese, aquel tipo ya estaba involucrado desde el principio. No tenía ninguna duda. Era el fulano del cementerio, y el de la parada de bus del día anterior. Y, de hecho, no estaba solo. Había alguien más, aparte del mandril del que le acompañaba en la carrera. Había alguien más. El día del entierro era él quien resguardaba de la lluvia a otro hombre. Y tenía que tratarse de alguien más importante que él, aunque nada más fuera por cómo le sujetaba el paraguas. Probablemente esa fuese la persona para la que mi contrincante pugilístico trabajaba. Pero en qué. ¿Cuál era ese trabajo que les obligaba a seguirnos por toda la ciudad? Y el asunto de Troya. ¿Acaso guardaba todo esto alguna relación con la lista que tenía sobre mi mesa de dibujo? La lista... Escuchaba una y otra vez las palabras de Mariña repitiéndose en mi cabeza. Busca, Simón, busca, había dicho, porque tiene que haber alguna razón. Sí, una razón. Pero cuál. Yo no le encontraba lógica por ninguna parte.

Decidí levantarme por fin del sofá azul, donde había permanecido todo este tiempo dándole vueltas a todo con las manos vacías. Me acerqué hasta la mesa de dibujo y, de nuevo, volví a sacar los folios del sobre, a la búsqueda de algo, tal vez un detalle al que la madrugada anterior no le hubiese prestado la atención debida. Pero allí no había nada nuevo. No sé, quizá mi actitud no fuese la mejor, o tal vez estuviese demasiado obcecado en el «no». Tal vez pretendiese sacar las hojas y encontrarme con un anuncio luminoso que me indicase la clave. Un *«your attention, please»*, o un «mira aquí», «chaval», o yo qué sé. Pero allí no había nada. Las letras no se habían recolocado mágicamente durante la noche para formar ningún mensaje secreto, y todo seguía exactamente igual. Una lista interminable de letras y nombres, desde el epígrafe 40 hasta el 60. ¿Qué era entonces, qué era lo que debía ver?

Quizá mi relación con la historia estuviese en alguno de esos nombres. Hice acopio de paciencia, y decidí leerlos todos. Desde el primero, Tomás Hermida Comesaña (que aparecía en el epígrafe 41, ya que en el 40 no había ningún nombre) hasta el último, Luis Soto Dávila, al final del epígrafe 60. Todos. Y ninguno. Ninguno de aquellos más de mil nombres me decía absolutamente nada. Ninguno traía a mi pensamiento ningún recuerdo, ningún vínculo, ninguna conexión, ni conmigo ni con nada que me fuese familiar.

Conseguí reunir aliento, y todavía le volví a dar una segunda lectura, en esta ocasión desde atrás hacia delante, del 60 al 40. Pensé que tal vez el cansancio, por no decir el aburrimiento, me hubiese hecho perder la concentración necesaria en los detalles tras los primeros cientos de nombres. Del final hasta el principio, pues, y el éxito fue el mismo. Allí no había nada, por mucho que Mariña dijese que sí. Yo no tenía nada que ver con todos aquellos fantasmas. Ni siquiera tenía la más mínima idea de quién era toda esa gente, todos nombres sin hombres, sin un solo rostro que colocarles en mi cabeza.

Y no obstante ella había dicho que sí.

Según la propia Mariña, su madre jamás había sido mujer de hacer por hacer. Para su hija, con doña Isabel siempre había una razón para todo. Levanté la cabeza de los papeles en los que sin darme cuenta la había ido enterrando para comprobar que la noche ya era dueña del mundo. La oscuridad de la que a los pocos se había ido llenando el estudio hablaba del tiempo que llevaba sentado a mi mesa, buscando una respuesta para aquel jeroglífico. La seguridad con la que había hablado Mariña me obligaba ahora a echar mano de nuevos alientos para intentarlo una vez más. Me froté la cara con las manos, respiré hondo, y ataqué de nuevo. Pero esta vez desde el verdadero comienzo. El epígrafe 40.

En las dos ocasiones anteriores lo había hecho desde o hasta el 41, ya que, frente a las combinaciones de letras, los nombres completos eran lo único que, de entrada, era capaz de leer, de comprender, bajo cierta lógica. Pero el epígrafe 40 no contenía ningún nombre. Tan solo aquellas combinaciones. Desde el principio no le había encontrado sentido aparente como para prestarle atención, y no pensé en que quizás esa fuese la pieza que yo realmente necesitaba.

Comencé a repasar las series de letras una a una, pero con el mismo éxito. Ya no sabía qué más hacer. Estaba empezando a sentirme agobiado, atrapado con poco aire en un viejo panteón de trazos antiguos, restos de tinta secos desde hacía demasiados años como para que yo los sintiese frescos. Volví a frotarme la cara. Con fuerza, como si quisiese arrancarme lo que quiera que fuese que no me dejaba ver, y decidí hacerlos míos. Llevar esas anotaciones a mi terreno, a mi mano.

Cogí un folio limpio de mi cajón de papelería y un rotulador permanente, y copié en él las series una a una con letras bien grandes. Cuando tuve la secuencia completa clavé la hoja en un tablero colgado en una de las paredes del estudio, entre planos, bocetos y otros dibujos pertenecientes a mi vida de arquitecto. Una vida que, en los últimos días, había olvidado que era la mía. Luego de haber puesto el folio en el tablero di dos pasos atrás, con la esperanza de que, vistas desde cierta distancia, aquellas letras me dijesen finalmente algo.

40.

DBR	*EDM*
HKB	*JHN*

LBA	*ABR*
PMFB	*MMRM*
ERS	*PGM*
BBT	*ALG*
LMT	*OBH*
FRJ	*DFU*
FJRA	*TBR*
NCSB	*ARA*

Pero no.

Tampoco así encontré luz por ningún sitio. No se oía ninguna voz que sirviese de guía en la oscuridad. Otra vez más estaba a punto de dejarlo. Y entonces se me ocurrió algo.

Me acerqué nuevamente al folio. Aun tenía en la mano el rotulador que había empleado para escribir las letras. Una vieja idea, una que ya había venido a rondarme la noche anterior, volvió a mi cabeza. Utilicé nuevamente el rotulador para colocar puntos a la derecha de cada una de ellas. Estaba convirtiendo las secuencias en grupos de iniciales. Y algo acudió a mi recuerdo.

Si al fin todas aquellas letras no eran más que iniciales, y EDM podía ser Eneas Dafonte Maristany, entonces yo tenía otro nombre que darle a uno de esos grupos. ABR. A. B. R. podrían ser, por ejemplo, las iniciales de Antón Berasategui Rodríguez.

Sabía que si le daba un par de vueltas más en la cabeza, mi sentido de la lógica no tardaría ni un suspiro en desechar tremendo disparate, así que, casi al tiempo que me aferraba a esa posibilidad, cogí el teléfono y marqué de nuevo la última llamada entrante.

—Mariña, creo que tengo algo. No sé, quizá fuese buena idea que nos volviéramos a ver...

Ni siquiera la había saludado. Y le hablé a toda velocidad, supongo que para no darme tiempo a mí mismo de pensar en lo que estaba diciendo. Continué.

—Ahora soy yo el que igual no tiene más que una coincidencia sin importancia, quizás una estupidez, como tú misma me dijiste ayer, pero es que ya no sé qué pensar. Tal vez si tú le echases un ojo, no sé. ¿Te va bien mañana?

Silencio. Probablemente ella estuviese pensando que soy imbécil. O quizá se hubiese cortado la línea. ¿Me habría equivocado de número?

—¿Sigues ahí?

—Sí, sí, Simón. Solo es que no contaba ahora con esta llamada...

Pude oír con claridad como paraba para tomar aire con fuerza. Estaba llorando, Mariña lloraba cuando yo la llamé.

—Hey... Discúlpame si te he molestado. Llevo todo el día aquí metido a vueltas con esto, y no pensé para nada en el mundo exterior. Oye, ¿estás bien? Si no es un buen momento puedo llamar en cualquier otro...

—No, no te preocupes, no tiene nada que ver contigo. Sí, creo que estaría bien que nos viésemos. Pero si crees que es importante quizá no deberíamos esperar a mañana. ¿Qué te parece si nos vemos ahora?

Con eso sí que no contaba yo.

—¿Ahora? —«¿ahora?», parezco estúpido.

—Sí. Bueno, si no tienes planes, claro.

—No, no, qué voy a tener. —Lo más parecido a un plan que había tenido últimamente fue una extraña proposición de una rica anciana, y, para colmo, ahora ya estaba muerta—. Si a ti te va bien...

De nuevo un pequeño silencio.

—Me va bien tu compañía, Simón. Yo tampoco sé muy bien por dónde tirar con todo esto.

Me sentí como si por fin hubiera acabado de encenderse esa luz que andaba buscando.

—Dime dónde estás y en cinco minutos estoy ahí.

—En Barcelona.

Un frío de hielo me subió por la espalda. ¿Cómo? ¿Al final resulta que se había marchado?

No me lo podía creer.

—Que no, que es broma... Es que me ha hecho gracia eso de los cinco minutos. Perdona. —«Qué simpática la niña», pensé. Bueno, por lo menos estaba bien ver que las lágrimas dejaban paso a un poco de humor—. Estoy en el piso de mis padres, ¿lo conoces?

—No.

—Gran Vía número 2, octavo A. Mira, son las nueve. ¿Por qué no te pasas sobre las diez? Te invito a cenar.

—Venga, pues sesenta minutos entonces, y estoy ahí.

—Hasta luego, Simón.

—Hasta ahora.

Esta vez sí, el silencio se hizo al otro lado tras las despedidas.

El número 2 de Gran Vía era el edificio Albo, en su momento uno de los edificios más altos de la ciudad, una torre de diez plantas inaugurada en el año 1949 como espacio para importantes despachos y hogar de familias *bien*. En la esquina de la calle Gran Vía con Urzaiz, su cima la coronaba una imponente reproducción de la Victoria de Samotracia que, todavía hoy, les da majestuosa la bienvenida a los viajeros que llegan desde la estación de tren por la calle Lepanto. A las diez en punto yo pulsaba el timbre del octavo A. Mariña abrió la puerta y me invitó a pasar. La puerta del apartamento daba directamente a un saloncito, pequeño pero muy acogedor, desde donde se contemplaba una vista espectacular de la ría bajo la noche.

—Te pregunté antes si ya conocías el piso porque no sabía si mi madre te había citado aquí en algún momento.

—Ah, ya. Pues no. Siempre hablamos en Canido, en la Casa Grande. Así que este piso también es de tus padres...

—Sí. Bueno... En realidad me imagino que ya no. Supongo que ahora debo decir que es mío. —Se le notaba una gran carga de tristeza en ese comentario—. Este era el piso que tenía mi padre en la ciudad. Lo empleaba como segunda residencia, quizá fuese su refugio. O qué sé yo. —Mariña calló por unos segundos—. Parece que mi padre comienza a tener una cuenta considerable de *quizás*... Bueno, el caso es que aquí también fue donde yo me refugié cuando mi madre y yo comenzamos a distanciarnos. Mi hermano ya no vivía con nosotras, y la Casa Grande era un lugar demasiado pequeño para las dos. Me instalé aquí hasta que me fui a estudiar a Barcelona. Y después ya me quedé allí. Pero siempre que volvía a la ciudad era aquí donde me escondía.

—Pero hoy la Casa Grande también ha quedado para ti, ¿no?

—Sí, también es mía... Pero, bueno, supongo que, después de tanto tiempo, ya tengo mi hogar mucho más identificado con este apartamento que con la Casa Grande.

Mariña me explicaba todo esto al tiempo que en el horno se iban haciendo un par de pizzas congeladas. Cuando estuvieron sobre la mesita del salón, un pequeño mueble de madera y cristal frente al sofá, yo comencé con mi turno de explicaciones. Le hablé de mi atasco, de mis cavilaciones, hasta llegar al asunto de las iniciales A. B. R.

—Verás, mi abuela, la madre de mi madre, mantuvo durante casi toda su vida correspondencia con un hombre llamado Antón Berasategui Rodríguez, A. B. R. Rara era la semana que en casa no se recibía una carta del señor Berasategui a nombre de la abuela. Todas llegaban igual, con la misma regularidad, y todas con el mismo remite, Dunboyne Road 3, Camden Town, London NW3; tantos sobres a lo largo de tantos años, que la dirección acabó por quedárseme grabada en la memoria. Desde que he hablado contigo llevo todo el tiempo intentando recordar algo más sobre el compañero epistolar de mi abuela, algo que le diese un poco de sentido a su presencia en el listado de tus padres, pero la verdad es que no me ha venido nada mejor al pensamiento. Le he dado vueltas, Mariña, le he dado un millón de vueltas, y con todas acabo llegando siempre a la conclusión de que esto no tiene ni pies ni cabeza, pues el señor Berasategui, o el tío Antón, que así era como mi abuela se refería a él cuando yo le preguntaba quién era esa persona que escribía desde tan lejos, no tenía ninguna relación con tu padre, y mucho menos con tu madre, ya que poco antes de morir mi abuela sus cartas dejaron de llegar. Pero es que, si te digo la verdad, ya no sé qué más pensar...

—¿Y quién era entonces el señor Berasategui?

—Pues no te podría decir mucho sobre él, la verdad. Apenas recuerdo dos o tres conversaciones con mi abuela sobre su identidad. Por lo poco que recuerdo, según ella misma me dijo, el tío Antón no era más que un pariente lejano, uno que como tantos otros había emigrado en busca de mejores aires que los que por aquí corrían. Unos se iban a América, otros a Alemania o a «la Suiza», como ellos mismos decían, y el señor Berasategui tiró hacia la Pérfida Albión.

—¿Y se carteaba todas las semanas con tu abuela? Un poco raro, ¿no te parece?

—Bueno, según ella misma decía, creo que era porque no tenía más familia que mi abuela, o algo así. Yo qué sé, Mariña. Yo me oigo hablar, y a mí también me parece rarísimo. Pero ya te digo que es lo único semejante a una relación que ha sido capaz de encontrar.

Apenas probé mi pizza. Hablaba a todo correr, y estoy seguro de que por momentos la emoción se hizo más evidente que la certeza en mi discurso. Pero lo cierto era que, a esas alturas, aquel pequeño agujero, por ridículo o absurdo que tal como me había advertido Mariña me pudiese parecer, constituía la única grieta por la que un muerto de hambre como yo podía entrar en un armazón como aquel. No era mucho, pero, con todo, era lo único que tenía.

—¿Y estás seguro de que no había relación entre ellos?

—¿Entre Berasategui y tus padres?

—Sí. O entre cualquiera de ellos.

—A estas alturas ya no estoy seguro de nada. Pero no, yo creo que no. Yo no leí ninguna de aquellas cartas, pero desde luego el nombre de tu padre nunca sonó en nuestra casa. O cuando menos no delante de mí.

—Pues podría ser una buena pista, Simón. Quizá por ahí haya alguna relación que nosotros no conozcamos. ¿Y no podríamos echarle un ojo a las cartas? Quizás a la luz de hoy descubramos algo que nos aclare un poco la situación.

El viejo problema...

—Creo que eso no va a ser posible. Mi abuela murió siendo yo apenas un chaval, y sus cosas quedaron todas metidas dentro de un baúl en el trastero de la casa de mis padres. Años después, cuando yo ya estaba estudiando fuera, mi madre también murió, y mi padre decidió de repente vender la casa. Fue algo fulminante, todo muy rápido. Malvendió la casa con todo lo que tenía dentro por cuatro perras, y se fue.

—¿Así, sin más?

—Así, sin más. Ya han pasado más de diez años, y todavía es hoy que no consigo entender por qué lo hizo. —Intenté imponer un poco de orden en los recuerdos que se precipitaban sobre mí—. Solo sé que ya van más de diez años desde que mi padre y yo no nos hablamos.

Mariña dejó su trozo de pizza sobre el plato, y posó su mano sobre la mía.

—Vaya, lo siento mucho.

Y yo también, maldita sea... Llevo sintiéndolo mucho cada día desde aquella mañana en que nos dijimos tantas barbaridades. Llevo extrañándolo muchísimo ya no sé cuánto tiempo, sin que nada haya cambiado desde entonces.

—No te preocupes, yo ya casi ni me acuerdo de aquello —mentí—. Lo malo es que las cartas de mi abuela, como todo lo demás, se quedaron allí dentro, para ir a parar dios sabe dónde. Por eso no podemos verlas.

Mariña me observaba en silencio. Apretó mi mano entre las suyas.

—Lo siento mucho.

No podría jurarlo, pero tuve la sensación de que lo que Mariña sentía mucho no tenía nada que ver con las cartas. Nos quedamos durante otro buen rato sin decir nada, hasta que de nuevo el sonido quebró el silencio. Alguien llamaba a la puerta.

—Vaya, parece que tienes más visitas —comenté al tiempo que retiraba la mano.

—Sí —respondió Mariña con gesto extrañado, la mirada puesta en la puerta a nuestras espaldas—, qué raro... No espero a nadie, y menos tan tarde. ¿Qué hora es ya?

—Casi medianoche...

Se levantó del sofá en el que nos habíamos instalado para cenar y fue hasta la entrada. Abrió sin preguntar quién era el que llamaba, y por un instante el recuerdo de los dos gorilas de la mañana volvió a mí.

Pero no eran ellos. En la penumbra del descansillo un hombre mayor, un hombre muy mayor, de sombrero y traje viejos. Su altura se veía disimulada por su curvatura, apoyado sobre un bastón, y ofrecía su rostro amable por saludo.

—Buenas noches, Mariña. ¿Puedo pasar?

Desconcertada, Mariña se le quedó mirando. No comprendía la situación.

Y, curiosamente, aquello pareció divertir al visitante.

—Oh, claro —asintió —, tú ya no me conoces. Soy un viejo

estúpido —añadió desde una sonrisa tímida—. Por favor, permite que me presente.

Se quitó el sombrero para dejar al descubierto sus cabellos blancos, peinados hacia atrás, y dibujó una sonrisa aún mayor al tiempo que clavaba sus ojos en los de la mujer.

—Soy Jackob Neumann.

16

Mariña permaneció en silencio, observando desconcertada a aquel hombre como si de su rostro fuese a surgir la explicación a sus palabras. Él interpretó ese silencio como una invitación a entrar en el apartamento, y, con paso corto y alegre, avanzó por el salón hasta detenerse frente a un sillón al lado de nuestro sofá. Con un sutil gesto de la mano con la que sujetaba el sombrero pidió permiso para sentarse. Mariña, que todavía seguía de pie junto a la entrada, concedió. Finalmente, al tiempo que el anciano tomaba asiento, ella cerró la puerta y volvió a ocupar su lugar en el sofá, a mi lado.

—Tendrá que disculparme, pero creo que no comprendo. ¿Dice que es usted el señor Neumann?

—Sí, eso digo —respondió el visitante sin dejar de acomodarse en el sillón—. Y vosotros sois la pareja que esta mañana ha venido a mi tienda buscando información sobre una moneda antigua, ¿verdad?

El viejo nos hablaba con una sonrisa amable, desde la más inocente de las apariencias.

—Pues sí, somos nosotros. Los mismos que no le hemos dejado ninguna dirección de contacto a su ayudante. ¿Cómo ha dado usted con nosotros?

—Oh. —El viejo sonrió al tiempo que hacía un gesto con las manos como el de quien le quita importancia al asunto—. Eso ahora es lo de menos. Pero decidme... —Hizo una pausa mientras buscaba algo palpando su chaqueta de *tweed*—. Esa moneda vuestra... ¿Es una como esta?

El señor Neumann, según él mismo se había presentado, sacó de uno de sus bolsillos una pequeña saca de terciopelo rojo con una inscripción en uno de los laterales que ya nos era conocida. Sujetó la bolsa por el fondo y, dándole la vuelta, dejó caer sobre la palma de la mano una moneda de oro. Si no la misma, era una moneda muy semejante a la que apenas doce horas atrás nos habían robado en el callejón. Muy semejante... Yo no conseguía comprender lo que veía. ¿Qué estaba sucediendo? ¿Había sido el viejo el responsable del robo y ahora, movido por unos terribles remordimientos de conciencia, venía a devolverle a Mariña su moneda? Venga ya, aquello sí que no tenía sentido ninguno. Como nada en todo este follón. Me sentí todavía más intranquilo de lo que ya me encontraba desde que el viejo había entrado en el apartamento. Y Mariña debía de sentirse igual que yo, porque nada más ver la moneda sus ojos se abrieron como platos.

—¡Esa es mi moneda! —exclamó clavando su mirada en los ojos del viejo—. Oiga, no sé quién es usted ni qué busca viniendo a mi casa, pero si lo que pretende es asustarnos, sepa que no le tenemos ningún miedo.

A punto estuve de decirle que yo, que todavía recordaba el escozor de las heridas en la mejilla, un poquito de miedo sí que tenía, pero aguanté el órdago de mi amiga. La dureza de sus palabras hizo que la sonrisa desapareciese del rostro del anciano.

—Vaya, Mariña. Vas a tener que perdonarme, pero creo que no entiendo de qué me hablas.

—¿Que no entiende, dice? —Mariña se alteró todavía más—. Nosotros estuvimos esta mañana en su tienda, sí. Y después de que saliésemos, su ayudante, o usted, o quienquiera que haya sido, envió a dos matones detrás de nosotros con el único fin de robarnos la moneda y amenazarnos para meternos el miedo en el cuerpo. ¿Y ahora se presenta con la moneda de mi padre en mi casa? —Los nervios de Mariña ya eran más que evidentes en su tono de voz—. ¿Quién rayos es usted, qué es lo que quiere de nosotros?

Pero Mariña se equivocaba, porque no conocía la historia desde la misma perspectiva que yo. Ella no había podido ver a los hombres saliendo del coche. Pero yo sí. Yo sabía que los gorilas ya estaban fuera esperando por nosotros antes de que saliésemos de la tienda.

Del mismo modo, también comprendí que incluso nos habían estado rondando desde el día anterior. Pero todo eso era algo que hasta entonces solo sabía yo. Mariña no conocía todos estos aspectos. Con todo, lo cierto era que yo tampoco habría podido ofrecer ninguna explicación mejor a la visita del hombre aquel a su apartamento. Neumann seguía observando a la mujer con cara de preocupación. O era un actor muy bueno, o aquel pobre viejo tampoco estaba comprendiendo nada de lo que Mariña le decía. O, mejor dicho, le gritaba.

—A ver, vayamos por partes —respondió el anciano en el más conciliador de los tonos—. Antes de nada, te ruego que te tranquilices, querida.

—¿Que me tranquilice? —repitió ella, todavía enojada.

—Sí —insistió Neumann, más cordial aún—, eso es. Por favor. Como ya te he dicho, sé que, efectivamente, esta mañana habéis estado en mi tienda porque Damián, mi restaurador, me lo ha contado. De hecho, lo cierto es que ya hace días que te esperaba. Pero de todo eso que me dices a mayores no sé nada. Nada —remarcó—. No sé quién os ha quitado vuestra moneda, aunque, teniendo en cuenta cierta visita que acabo de recibir, puedo hacerme una idea. Pero esta moneda, Mariña, esta moneda es mía.

Ella seguía observando al viejo con gesto desconfiado. La suya parecía la voz de un hombre sincero, pero después de todo lo que llevábamos vivido en los últimos días lo normal ya era no confiar demasiado en nadie.

—¿Y cómo sé yo que esa moneda es suya? ¿Cómo sé que no me está engañando?

El viejo contempló con cariño a la mujer.

—Porque yo no te engañaría jamás, mi niña. Y porque esta moneda lleva conmigo más de media vida. Más de cuarenta años van allá desde que tu padre me la regaló.

De repente, como si alguien acabase de pronunciar cualquier viejo conjuro para convocar al silencio, todos nos callamos. Los dos, Mariña y yo nos quedamos inmóviles, sin decir nada, hasta que por fin, con verbo lento, como si un mundo entero le pesase en los labios, Mariña preguntó.

—¿Usted... conoció a mi padre?

Hizo la pregunta con parsimonia, muy lentamente, como si tuviese miedo de la respuesta que pudiese recibir.

—Lo conocí, sí. Conocí a tu padre y a tu madre, que en gloria estén... —Silencio—. Los conocí a los dos, y no solo eso. Hubo un tiempo en que tu padre y yo estuvimos muy unidos. Como si fuésemos una sola persona. Juntos hicimos lo que nunca se hizo. Lo que nunca sucedió.

El anciano giró lentamente la cabeza y se quedó callado, su mirada perdida en la contemplación del hermoso espectáculo que era la noche sobre la bahía de Vigo. El mar se había convertido en un lienzo negro sobre el que la luna reflejaba su estela, despedazada en el agua a los pies del monte de la Guía, dejando que la oscuridad corriese en dirección al estrecho, donde solo las luces rojas en lo alto de los pilares descubrían la presencia del puente de Rande. Mariña permaneció sin quitarle el ojo de encima al viejo. Lo observaba en silencio, intentando comprender lo que acababa de escuchar. Finalmente, el señor Neumann volvió con nosotros y, como si no hubiese dicho nada antes, habló.

—Siento mucho que os hayan robado vuestra moneda. Esas marcas en tu cara dicen que no debió de ser un momento agradable —apuntó, señalando mis mejillas todavía coloradas—. Pero no sufráis por eso. Las monedas solo han salido ahora a la luz porque, tal como tu madre me advirtió unos días atrás, por fin había llegado el momento de que así lo hiciesen. Al fin y al cabo, Mariña, esa solo era una moneda, y una moneda sola no hace un tesoro. Si la quieres, aquí tienes ahora la mía.

Jackob posó con suavidad la moneda, que durante todo aquel tiempo había mantenido en su mano, sobre la mesita baja que había frente al sofá, al lado de los restos de nuestra cena. Yo observaba el cuadro y no pude evitar dejar escapar una pequeña sonrisa ante lo singular de la composición. Restos de pizza y una moneda de oro del siglo XVII. Curioso bodegón. Mariña hizo un gesto con la mano para desestimar la oferta del anticuario. Todavía mantenía cierta desconfianza en su rostro, pero ya se la veía un poco más relajada.

—¿Dice que mi madre habló con usted hace unos días?

—Habló, sí. Me llamó por teléfono. Supe que había llegado el momento.

«El momento», pensé. Recordé que Rovira también se había referido a algo semejante cuando le entregamos la caja que habíamos encontrado bajo la fuente. A mi lado Mariña intentaba encajar todos los datos que estaba recibiendo.

—No puedo aceptarlo, señor Neumann. Si es cierto lo que usted cuenta, mi padre le dio a usted esa moneda. Es suya. Si él se la entregó debió ser para que usted la tuviese, no yo.

—Oh, no, no, *mein lieber*, no te preocupes por eso. Como te acabo de decir, una moneda solo es eso, una moneda. Y además, si esta en particular tuvo algún día una misión, nunca podría haber sido otra más apropiada que esta. Y ahora está completa.

A todo esto, yo seguía sin comprender ni una sola palabra de lo que el viejo estaba diciendo. Observé de reojo a Mariña, y tuve la sensación de que a ella le sucedía tres cuartos de lo mismo. Pero el señor Neumann no pareció percatarse de nuestro desconcierto. O hacía como si no se percatase.

—De todos modos, amigos, decidme algo. Vosotros acudisteis a mí buscando información sobre estas monedas. ¿Habéis conseguido descubrir algo más?

Ahora era el viejo quien nos observaba a nosotros con una expresión divertida en su cara, como si nos estuviera haciendo una pregunta de la que él ya conociese la respuesta. Tuve la sensación de que nos estuviese poniendo a prueba.

—Pues como ya le ha adelantado Mariña, los dos animales que tan amablemente nos han perseguido, empujado, golpeado y atracado esta mañana no nos han dado tiempo para hacer muchas más indagaciones, así que solo sabemos lo que tan diligentemente nos ha contado su amigo Damián: que se trata de un real de a ocho traído de América.

Jackob echó la cabeza atrás al tiempo que hacía un gesto como de saber de qué le estaba hablando.

—Ay, sí. Damián, ese pequeño monstruo resabidillo, todo cerebro... ¡Estos jóvenes de hoy en día se piensan que ya lo saben todo! —respondió intentando quitarle mérito a los comentarios de su ayudante, aún sin dejar de sonreír—. Aunque, vaya, lo que os ha dicho es cierto: se trata de un real español de a ocho acuñado a finales del siglo XVII. Pero decidme. —Sonrió—. ¿Sabéis ya cómo acabó llegando aquí?

No respondimos. El señor Neumann inclinó su cuerpo hacia delante, hacia nosotros.

—¿No os preguntáis cómo es que una pieza de oro recogida en América, en los mares del Caribe, viene a parar aquí, a este mar de Vigo?

Mariña se activó como si viniese de escuchar la pregunta del millón.

—Llevo todo el día preguntándome eso mismo —respondió sin prisa.

El viejo volvió a reclinarse sobre el respaldo del sillón. Fuera, el repicar de las primeras gotas contra los cristales del ventanal advertían el inicio de una madrugada de lluvia, y Jackob Neumann volvió a sonreír.

—Queridos míos —dijo—, os ruego que me prestéis toda vuestra atención, porque esta será una de esas veces en que la realidad supere a la ficción. ¿Alguna vez habéis oído hablar de los galeones de Rande?

17

Por lo que yo sabía, los galeones de Rande eran unos barcos hundidos en la ría hacía cosa de, aproximadamente, mucho tiempo atrás, y habían servido para que muchos años más tarde alguien recuperase sus anclas, para que alguien diferente a ese «alguien» anterior hiciese todavía más tarde un bonito monumento con ellas en el Parque del Castro, para que muchos *álguienes* distintos mucho tiempo después pudiesen hacerse, apoyados en ese monumento, sus fotos de bautizo, boda o comunión, desde entonces hasta hoy. Así, a grandes rasgos. Lo poco que tengo de atrevido me viene por lo mucho que tengo de ignorante, así que preferí no compartir mi pobre perspectiva histórica ni con Mariña ni mucho menos con el señor Neumann, ya que, por lo que acababa de decir, comprendí que los famosos galeones de Rande tenían que ser algo más que un hermoso fondo para recordatorios de sociedad. De cualquier modo, lo cierto era que, frente a mi silencio, Mariña tampoco ofrecía ninguna otra alternativa, de manera que al señor Neumann le quedó el camino despejado para ofrecernos su explicación.

—Veréis, esta moneda está hoy aquí, en vuestro apartamento, porque en el año 1700 Carlos II murió sin dejar descendencia que ocupase su trono —nos respondió con una nueva sonrisa.

—¿Perdón?

El asombro y el desconcierto ante semejante relación causa-efecto eran los que hablaban ahora por mi boca. Yo habré hecho muchas cosas mal en mi vida pero, que yo sepa, ninguna de ellas tuvo nada que ver con la ausencia de prole por parte del último de los Austrias españoles.

—Calma, calma —nos tranquilizó el anciano—. No sé como andaréis de Historia. Sé que tú, Mariña, tienes que tener buen fondo, por tu formación como licenciada en Historia del Arte...

El viejo anticuario hablaba de Mariña como si la conociese de toda la vida. Que estaba al tanto de su dirección era obvio, y ahora también demostraba saber de su formación. El entrecejo arrugado de Mariña dejaba bien claro que a ella también le sorprendían los conocimientos del viejo sobre su vida. Y era imposible que su padre le hubiese contado ese último detalle.

—... Pero desconozco cuánto de Historia puede saber un arquitecto, Simón.

Vale, eso ya era demasiado.

—Disculpe, pero yo no recuerdo haberle hablado de mi profesión. Es más —observé en ese momento, estúpido de mí—, ¿cómo sabe usted mi nombre?

El viejo sonrió con tranquilidad.

—Yo sé muchas cosas de ti, de vosotros. Pero todavía no es el momento para hablar de ello. Todavía no. Para que ese momento pueda llegar, lo que debemos hacer ahora es conocer la Historia. Y, de nuestras cosas... Bueno, de eso ya hablaremos luego.

Jackob Neumann, fuese este quienquiera que fuese, hablaba con seguridad, pero también con una mezcla de calma y familiaridad que, pese a todo, provocaba en nosotros una sensación de algo difusamente parecido a la tranquilidad. Quizás incluso semejante a la confianza. Y esa sensación, después del día que habíamos pasado, podía considerarse un lujo que nosotros no estábamos dispuestos a desaprovechar.

—Veréis —explicó—, la cosa va más o menos así...

Echó la cabeza ligeramente hacia atrás, carraspeó, y se tomó un par de segundos, supuse que para poner en orden lo que fuera que estuviera a punto de contarnos.

—La muerte sin descendencia de Carlos II —dijo al fin— dejó abiertas las puertas de Madrid a las pretensiones europeas. El pujador mejor posicionado resultó ser Luis XIV, el famoso Rey Sol francés, quien, tras reclamar sus derechos como heredero al trono por ser hijo y esposo de infantas españolas, consiguió colocar en la regia silla a su nieto, el adolescente Felipe de Anjou, quien de entonces en adelante pasaría a ser conocido como Felipe V, iniciando así en España una línea real, la de los Borbones, que, con breves paréntesis históricos de todos conocidos, es la que llega hasta nuestros días.

»Pero lo cierto fue que nada más llegar al trono comenzaron los problemas para el nuevo y joven rey. La alianza europea formada por Inglaterra, Holanda, Dinamarca, Suecia, Portugal y Saboya no ve con buenos ojos este cambio en la Corona española, ya que, tal como la alianza lo entiende, el ya decadente pero todavía gran imperio español quedará de este modo sometido a la influencia francesa. La tensión causada por esta alteración en el siempre frágil equilibrio europeo daría en lo que se conoció como la Guerra de Sucesión. En Madrid saben que este va a ser un conflicto largo (no en vano la guerra no acabará hasta el año 1713, con la firma del Tratado de Utrecht), por lo que la Corona procede a reforzar sus medios, comenzando por incrementar al máximo posible sus capacidades económicas. Cuanto mayores sean los ingresos, mayores serán los recursos financieros para la guerra. El joven Felipe conocía perfectamente los canales de entrada de la riqueza americana, ya que desde la muerte del emperador Carlos I de España cada año se hacían a la mar dos flotas, la de Nueva España, que recorría el Caribe hasta llegar a México, y la de Tierra Firme, con rumbo a América del Sur y a las Antillas. El monarca español sabía que ese era el modo más rápido y efectivo de conseguir la liquidez económica que su guerra necesitaba, por lo que a finales del año 1700 da la orden de regreso para la primera de las flotas que había salido desde Cádiz ya en 1699, y que en ese momento se encuentra fondeada en La Habana.

»Sucedió, no obstante, que, al parecer, cuando la Corona solicitó el regreso, las mareas no eran las propicias para iniciar el viaje. Se ve que en aquella época los marineros ya le tenían respeto al posteriormente tan mediático Triángulo de las Bermudas. O, quizá más bien, a la cantidad de piratas que rondaban la zona. Fuera por lo que fuese, el inicio del viaje de retorno tuvo que ser aplazado. ¿Y qué creéis que sucedió, entonces?

Ninguno de los dos respondimos.

—Pues que, de tanto esperar —continuó el señor Neumann—,

la primera de las flotas acabó juntándose con la segunda, que había llegado desde Veracruz. La carga acumulada entre ambas constituía la mayor riqueza traída nunca de una sola vez desde el Nuevo Mundo. Mientras tanto, en Madrid el tiempo seguía corriendo, y en la Corte se impacientaban ante la tardanza en la llegada del oro, por lo que aumentaron la presión sobre don Manuel de Velasco, almirante al cargo de la nueva flota única, la llamada Flota del Oro, para que no demorase más su partida rumbo a España.

»Corre el año 1701, y en América son conocidas ya las noticias sobre la guerra. Por eso, ante lo previsible de un ataque a la flota mercante española por parte de los piratas con patente de corso que infestaban el Caribe, Velasco envía una nave a Cádiz explicando los motivos del retraso y solicitando la ayuda de una nueva flota que amparase a la expedición española. Como respuesta a esta demanda, remitida desde España a Versalles, Luis XIV decide enviar una flota de guerra francesa que proteja los intereses de su nietecito querido. Al frente de esta dotación va el mariscal François Louis Rousseland, conde de Château-Renault y vicealmirante de la Armada francesa. Finalmente, después de tres años desde su partida, y de dos de retraso, el 11 de junio de 1702 la Flota del Oro zarpa desde el puerto de La Habana con rumbo a España. El convoy está compuesto por veinte navíos españoles y otros tantos franceses, y transporta un cargamento de más de ciento veinte millones de piezas de a ocho de oro y de plata.

—Pero hay algo que no entiendo —interrumpió Mariña—. Intuyo que esos barcos son los mismos a los que usted se refiere cuando nos habla de los galeones de Rande, ¿no es así?

—Pues sí, así es.

—Pero usted ha dicho que habían partido de Cádiz.

—Eso he dicho, sí.

—Entonces me imagino que es ahí a donde tendrían orden de regresar. Así pues, ¿cómo es que acabaron aquí, a más de 700 millas náuticas de donde se suponía que tenían que haber llegado?

El viejo anticuario dejó escapar una nueva sonrisa, satisfecho ante la atención que su relato estaba captando en el auditorio presente.

—Pues por la propia guerra, Mariña. La guerra *de facto* había empezado en Italia, pero pronto pasaría a España. Y fue precisamente en Cádiz donde tuvo lugar el primer enfrentamiento. La flota anglo-holandesa, capitaneada por el almirante sir George Rooke, asaltó los puertos de Cádiz y El Puerto de Santa María, donde permanecerían a la espera de la llegada de la Flota del Oro, sabedores de que era a Cádiz a donde esta se dirigía.

»Pero sucedió que la Flota, todavía en alta mar pero ya a poco de llegar a aguas españolas, tuvo conocimiento de esta amenaza, por lo que sus responsables decidieron variar su destino, poniendo ahora rumbo norte. La idea del conde de Château-Renault no era otra que la de buscar un puerto seguro lejos de los enemigos, donde poder atracar y deshacerse del cargamento lo antes posible, y hacer así que el oro acabase de llegar a su destino por tierra al tiempo que ellos, Château-Renault y Velasco, se quitaban de encima semejante responsabilidad. Oportunamente para los intereses de todos, resultó que a bordo del convoy viajaba también don José Sarmiento de Valladares y Meira, a la sazón conde de Moctezuma, virrey de México, y natural de la parroquia redondelana de Saxamonde, detalle este último que inevitablemente lo convertía en buen conocedor de la ría de Vigo. Además, don José viajaba en compañía de su propia fortuna personal, por lo que, intuyendo la proximidad del lobo, probablemente fuera él mismo quien sugiriese aquel destino como el refugio idóneo no solo para llevar a cabo el plan de Rousseland y Velasco, sino incluso para desembarcar sus riquezas bien cerquita de casa. Esa es la razón por la que el 22 de septiembre de 1702, poco más de tres meses después de iniciado el viaje, la Flota del Oro entró en la bahía de Vigo. El mariscal Rousseland decidió que sería buena idea aprovechar el viento que soplaba del océano, y dio orden de que todo el convoy penetrase hasta el fondo de la ría. La flota española fondeó en el arenal de San Simón, en la parte más oriental de la ría, mientras que la francesa lo hizo un poco más al oeste, pasado el estrecho de Rande, formando la segunda línea de defensa.

—¿La segunda? —preguntó Mariña—. ¿Y cuál se supone que era la primera, entonces?

—Como primera línea se mandaría construir una barrera de troncos, estacas, piezas de madera y pequeñas embarcaciones amarradas por cadenas que bloqueasen el paso por el estrecho. Justo ahí por donde hoy cruzáis sobre vuestro orgulloso puente colgante.

Yo intentaba componer en mi cabeza la imagen que Neumann iba describiendo para nosotros. Estaba acostumbrado a pasar por el puente de Rande, y siempre me gustaba echarle un ojo a la ría desde aquella altura, tranquila allá abajo. Pero imaginar todos esos galeones allí fondeados en lugar de las bateas que hay en la actualidad era algo que jamás se me habría pasado por la cabeza.

—Pero claro —continuó el anciano—, ya se sabe cómo van las cosas de palacio. A los funcionarios de la Casa de Contratación de Sevilla, el organismo que llevaba todo cuanto tuviese que ver con las Américas, especialmente con el transporte de sus riquezas, no les hacía ninguna gracia que la descarga de semejante fortuna, la más grande traída nunca desde el continente allende el mar, se hiciese en un puerto que no era el habitual. Uno en el que no se había hecho nunca antes nada semejante, muy lejos de su control y, encima, a manos de las gentes de una tierra que, por aquel entonces, ya tenían fama de no ser de confianza. El recelo de los funcionarios se convirtió en un largo retraso en la realización de la descarga.

»Pero lo que desde luego no se demoró ni un instante fue el buen hacer en el trabajo del espionaje inglés. Rooke supo pronto que los barcos que tanto tiempo llevaba esperando ya habían llegado, si bien un poco más al norte. De manera que, mientras la Casa de Contratación seguía con sus desconfianzas, el almirante inglés decidió poner rumbo a Vigo.

»Y a partir de aquí depende de a qué historiadores leáis. Hay quien dice que, entre tanto, la Flota del Oro consiguió vaciar todas sus bodegas, y hay quien dice que no fue así, que españoles y franceses no llegaron a ponerse de acuerdo. Sea como sea, lo que sí es cierto es que el 22 de octubre de 1702 la flota anglo-holandesa, con el *Royal Sovereign* capitaneado por sir George Rooke al frente, y compuesta por más de ciento cincuenta navíos, entró en la ría de Vigo. Lo hizo bien arrimada a la margen septentrional de la ría, la de la península del Morrazo, por cosa de evitar así el fuego procedente de los fuertes vigueses del Castro y de San Sebastián. Ría adentro, Rooke dio orden de desembarco para un contingente de cuatro mil hombres en la ensenada de Teis, con el fin de anular todas las baterías de tierra. Por fin, con el fuego de los fuertes de Rande en el sur y de Corbeiro en el norte neutralizados, el paso para la escuadra aliada quedaba despejado. Al acabar el día 22, y al amparo de las nieblas que cubrían la ría, la flota enemiga se fue situando para el combate. Con la llegada de las luces del nuevo día comenzó el ataque inglés. Fue una lucha totalmente desproporcionada, más de ciento cincuenta buques de combate entre los ingleses y los holandeses, contra veinte barcos de guerra franceses y otros tantos mercantes españoles, de modo que para el día 24 ya estaba todo liquidado. A la escuadra anglo-holandesa apenas le costó esfuerzo acabar por completo con la famosa Flota del Oro.

—¿Consiguieron hundir todas las naves españolas? —preguntó Mariña.

—No. Pero lo cierto es que no todas las que se fueron a pique lo hicieron por causa del fuego enemigo. Fue el propio Manuel de Velasco quien, viendo que la batalla estaba perdida, a gritos dio la orden de hundir las naves propias para evitar así que ni los barcos, ni sobre todo sus cargamentos, cayesen en manos de los enemigos.

—¿Y lo consiguieron? Quiero decir, ¿consiguieron los ingleses hacerse con alguna de estas embarcaciones? —pregunté yo, convertido ya en el niño curioso al que le cuentan un cuento antes de irse a dormir.

Por un instante, Jackob volvió a dirigir su mirada hacia la ventana, como si esperase que la ría, presentida en silencio a lo lejos, le fuese a lanzar algún gesto cómplice desde el otro lado del cristal.

—Pues lo cierto es que sí, lograron hacerse con tres. Pero solo uno es el importante para nosotros.

—¿Nosotros? —preguntó Mariña.

Jackob no ofreció más respuesta que un suave gesto de sus manos señalando la moneda sobre la mesa del salón.

—Los españoles aún dicen hoy que allí no se perdió nada de toda aquella riqueza. Pero eso no es cierto. ¿Por qué si no la orden dada por Velasco? No eran los navíos españoles lo que el comandante español pretendía proteger de caer en manos inglesas, sino sus cargamentos. No se había realizado el tal desembarco, o desde luego no en su totalidad. Todos se hicieron con su parte del botín. Españoles y franceses incluidos. Se sabe que incluso el conde de Château-

Renault moriría años después, en 1716, sospechosamente rico. Y los ingleses, desde luego, no iban a ser menos. Se hicieron con varios buques, pero solo emplearon uno para cargar y transportar en él lo más valioso del tesoro robado. Todo el oro y la plata que consiguieron capturar fue subido a bordo de uno de esos galeones que los españoles no lograron hundir: el *Santo Cristo de Maracaibo*, uno de los buques más importantes de la Flota del Oro. Armado con más de cuarenta cañones de bronce, se trataba de una fortaleza flotante, ahora repleta de oro y plata.

—Increíble...

—Pero cierto, muchacho. Cuatro días después de la victoria inglesa en el combate, una nueva flota formada por veinte embarcaciones al mando de sir Cloudesley Shovell llegaba a la ría para sustituir a George Rooke, quien, victorioso, abandonaba el lugar de la batalla para tomar nuevamente rumbo sur.

»Shovell tenía orden de asumir todos los trabajos de «recogida» entre tanta debacle, y fue él quien dio la orden de amarrar el *Santo Cristo de Maracaibo* para que fuese remolcado por el *Montmouth*, un barco de tercera categoría, de dos puentes y sesenta y seis cañones al mando del capitán John Baker. Hasta ahí, todo parecía sencillo. Lo malo, amigos, es que, por lo general, aquello que parece sencillo siempre acaba siendo cualquier cosa excepto sencillo.

Neumann hizo una nueva pausa.

—Así —continuó—, una de las tareas que quedaron a cargo del almirante Shovell fue la negociación del intercambio de prisioneros capturados por ambos bandos durante la batalla. Con ese fin se organizó un encuentro en Baiona, ya cerca de la salida de la ría, a donde Shovell se dirigió el día 5 de noviembre. Acudió al encuentro con toda su flota, ya que en el interior de la ría, una vez saqueadas la villa de Redondela y la isla de San Simón, ya no quedaba mucho que hacer. De camino, los ingleses también intentaron entrar en Vigo, pero tanto las murallas de la ciudad como sobre todo la brava resistencia ofrecida por sus habitantes les hicieron cambiar de opinión.

»Así pues, una vez realizado el trueque, los ingleses salieron de Baiona con rumbo norte, de regreso a sus hogares. Justo a tiempo para que todo se torciese.

—¿Cómo, que todo se torciese? —pregunté—. Si ya todo estaba perdido por la parte española, con los prisioneros entregados, sin el oro y con los ingleses regresando a Gran Bretaña. ¿Qué más se podía perder?

Jackob se quedó observándome, y a mí me pareció ver cierto centelleo de curiosidad en su mirada. Supuse que estaría calibrando hasta dónde podría llegar mi ignorancia. Finalmente debió de decidir no tener en cuenta sus propias conclusiones al respecto.

—No sé si sabréis algo de navegación, pero lo cierto es que esta ría tiene dos rutas de acceso y salida, según la Boca que se utilice.

—¿La qué? —volví a preguntar.

—La boca —repitió, Neumann—. O, mejor dicho, las Bocas, que así es como se les llama a los espacios de mar que quedan a los extremos de las islas Cíes. La Boca Norte, o la Puerta Grande, como también le llaman aquí los marineros, es el corredor que hay entre la isla de Monteagudo, al norte del archipiélago, y el Cabo Home, en el extremo occidental de la península del Morrazo. Se trata de un estrecho de fortísimas corrientes, solo menos peligroso que la Puerta Pequeña, el paso que hay en las Cíes entre la isla del Faro y la de San Martiño. La Boca Sur es el espacio comprendido entre la isla de San Martiño y el cabo Silleiro, al suroeste de Baiona. La ruta natural para los ingleses, evidentemente, era la de la Boca Norte, de manera que hacia ella se dirigieron.

—Deduzco que algo salió mal —me atreví a aventurar.

Neumann me dedicó una sonrisa resignada.

—En efecto, muchacho... Sucedió que el 5 de noviembre, cuando ya el convoy tenía iniciada su maniobra de salida, una fuerte tormenta se desató sobre la ría. La Boca Norte es mucho más pequeña que la Sur, formando en sí misma otro estrecho. Así pues, el encuentro de sus fuertes corrientes con unas condiciones meteorológicas terriblemente adversas fue lo que motivó que la salida por esa ruta resultara de todo punto imposible.

—¿Y qué fue lo que hicieron, entonces?

El anticuario volvió a sonreírme.

—Pues tomar la peor decisión posible, la verdad... En lugar de aguardar un tiempo más favorable, los impacientes ingleses dieron la vuelta y reorganizaron la maniobra sobre la marcha, con la intención de salir esta vez por la Boca Sur.

—¿Pero qué hay de malo en eso? —preguntó Mariña—. Al fin y al cabo se trata del corredor más amplio.

—Sí —confirmó Neumann—. Pero también el que ellos menos conocían. Y, entre los muchos aspectos de ese corredor con los que los ingleses no estaban familiarizados, un detalle no poco importante destacaba sobre todos los demás: la existencia de una cadena de arrecifes al sur de la isla de San Martín.

Como si de pronto hubiera advertido algún detalle que a mí se me escapaba, Mariña entornó los ojos.

—La escollera...

—En efecto —asintió el anciano, satisfecho al ver que por lo menos unos de nosotros dos comenzaba a comprender algo—, la escollera. Así y todo, lo cierto es que, a pesar de la dificultad, los ingleses consiguieron pasar con todos sus buques sin problemas. Con todos... excepto uno. El destino quiso que el *Santo Cristo de Maracaibo* tocase en uno de los arrecifes, en el conocido como el de Carrumeiros. El contacto acabaría siendo letal para el galeón español, que pocas horas después de la colisión, y sin que nadie, ni desde el *Montmouth* ni desde ninguna otra embarcación inglesa, pudiese hacer nada por impedirlo, se hundiría para siempre en las aguas del Atlántico, llevándose consigo todo cuanto oro y plata cargaba en su interior.

Neumann hizo una nueva pausa. Una más larga que las anteriores. Tal vez solo fuese para tomar aliento. O tal vez incluso para darnos tiempo a nosotros dos para asimilar todo cuanto acabábamos de escuchar. Yo contemplaba al viejo con la boca entreabierta, y Mariña hacía lo mismo acurrucada sobre uno de los brazos del sofá, con una expresión de concentración absoluta en su mirada. Por fin, el anticuario concluyó su relato.

—Todo esto que os cuento ya es parte de la Historia. La misma Historia que dice que, ahí fuera, en algún lugar desconocido entre las islas Cíes y el cabo Fisterra, hay hundido un viejo galeón español de finales del siglo XVII, con un tesoro en su interior valorado por los ingleses en solo dios sabe cuantos cientos de millones de libras.

—¿Cientos de millones de libras? —A mí eso me sonaba a muchísimo dinero de nuestro señor—. Pero eso es una barbaridad, ya no solo para la época sino incluso para hoy.

—Ya os he dicho que se trataba del mayor cargamento de oro y plata jamás traído desde América, y aunque al fin y al cabo lo cargado en el *Santo Cristo de Maracaibo* no podía ser más que una pequeña parte de aquella fortuna, por fuerza tenía que constituir una suma más que importante...

—Pero hay otra cosa que tampoco entiendo —intervino ella—. ¿Por qué dice usted «en algún lugar entre las Cíes y Fisterra»? Si el arrecife contra el que colisionó se encuentra al sur de las islas Cíes, lo normal es que el barco esté ahí, ¿no?

Neumann volvió a sonreír.

—Pues sí, eso fue lo que se dio por sentado durante mucho tiempo y por no pocas expediciones posteriores en la busca de semejantes riquezas. Pero hoy se sabe que no, que no tiene por qué serlo. Debemos tener en cuenta que estamos hablando de un barco de un tamaño más que considerable, incluso para nuestros días. Hablamos de una embarcación de más de cuarenta metros de eslora, diez de manga y un calado de cinco metros y medio, quizá seis, teniendo en cuenta lo cargado que por fuerza tenía que ir. Dije que la herida abierta por el arrecife fue letal, pero no que le provocase un hundimiento inmediato. Una nave como esa, aunque abocada al naufragio, todavía podría no solo mantenerse a flote sino incluso haber continuado su travesía durante unas pocas horas más tras su contacto con el arrecife.

Yo no entiendo absolutamente nada de náutica, así que para mí seguía siendo chino todo cuanto Jackob decía. Pero por la atención con la que Mariña seguía la conversación pensé que ella si debía de estar entendiendo algo. Posteriormente me confirmaría mis sospechas, contándome que a bordo de los pequeños veleros *optimists* del Club Náutico había tenido ocasión de aprender que la eslora era la longitud desde la proa hasta la popa del barco, que la manga era la distancia entre los lados en el punto más ancho de la cubierta y que el calado era la parte del barco que quedaba sumergida. O algo así.

—Entonces... —Mariña comenzaba a hablar muy lentamente—, lo que usted sugiere es que tanto esta moneda como la nuestra —me gustaba eso de referirse como «la nuestra» a aquella moneda que nos habían robado y que, en realidad, era solamente suya— y la que se le entregó a mi hermano son parte de aquel tesoro hundido en 1702.

En silencio, el anticuario no hizo más que dibujar una fina sonrisa, sutil, apenas perceptible, y se limitó a asentir lentamente con la cabeza.

—Pero eso es imposible —replicó Mariña—. Usted mismo acaba de decirnos que todo aquello que no había sido descargado antes de la batalla fue apresado posteriormente por los ingleses y cargado en un barco para hundirse luego en algún punto que nadie conoce. ¿Cómo es posible entonces que esta moneda esté sobre mi mesa? Si tengo que creer lo que usted dice, esta moneda está ahora mismo en algún lugar bajo el Atlántico.

El señor Neumann continuaba escuchando con tranquilidad a Mariña. Cuando mi amiga acabó de hablar, Jackob volvió a sonreír.

—No, *mein lieber*, yo nunca he dicho eso, sino que es la Historia la que cuenta que estas monedas duermen el sueño de los justos en el fondo del mar. La Historia —remarcó—, no yo.

Y entonces comprendí el juego del anticuario. Había algo más en todo esto que todavía no nos había sido revelado. Algo que nosotros no sabíamos y el señor Neumann sí. Esa era la verdadera razón por la que aquel hombre había venido a vernos. Tenía que serlo.

—De acuerdo, señor Neumann, eso es lo que la Historia dice. Ahora, la pregunta es: ¿qué es lo que dice usted? ¿Cuál es su historia, señor Neumann?

El viejo anticuario clavó sus ojos azules en los míos, y ambos compartimos una sonrisa en silencio.

—La mía, hijo, es otra historia...

Sé que es tarde ya. Estáis cansados, bien se os ve en los ojos. Ha sido un día difícil. Un día largo y difícil, y ya van siendo horas para que por fin se acabe. Pero yo apenas tengo tiempo. Quizá para mañana sea ya demasiado tarde, y yo tengo una historia que contaros. Ya lo sé, estáis cansados. Pero necesito abusar un poco más de vuestra hospitalidad. Es la maldición que arrastramos los viejos, tenemos mucho que contar, y muy poco tiempo para hacerlo. Escuchad mi historia, porque aquellos años fueron los más salvajes de todos. La propia vida, seguir vivo, se había convertido en un lujo, y la única elección posible estaba entre morir, o luchar por seguir adelante. Y nosotros... Bueno, supongo que nosotros escogimos la segunda opción. Escuchad.

TERCER ACTO

DANIEL

18

Daniel tenía un brillo especial en los ojos. Llamaba la atención, no era lo habitual. Allá por donde íbamos pasando, en ningún sitio encontrábamos esa luz, en nadie. No, no era lo normal. Aquel chaval desprendía una luz diferente a la de cualquier otra persona. O quizá fuese, simplemente, que él sí irradiaba luz. Al principio de la primavera de 1939, el fin de la guerra era ya algo inminente, y la vida una ruina pendiente de reconstrucción. Hoy veo las fotos en blanco y negro de aquellos años, y todavía tengo que hacer un esfuerzo para recordar que el mundo no era realmente así, en blanco y negro. Tengo que hacer un esfuerzo para recordar los colores de la vida. Allá por donde pasábamos solo encontrábamos edificios grises a medio caer. El rojo había desaparecido de los labios de las mujeres, y en los ojos de la gente no había color de ningún tipo. Ojos sin vida en cuerpos demasiado expuestos a la proximidad de la muerte. Excepto en los de Daniel. Aquel chaval tenía los ojos del color de la miel, y cuando te los clavaba no eras capaz de soportar tanta ansia como había en aquel mirar. Aquella luz era vida en estado puro luchando por salir adelante, por no dejarse enterrar bajo aquella paleta de grises que lo cubría todo. Pienso en aquellos días, y solo recuerdo el color de dos cosas. Una eran los ojos de Daniel, del color de la miel a la luz de sol. La otra era la propia ría, tan azul como si toda la primavera, justo acabada de llegar, estuviese presa en sí misma. Una primavera esperada, luego de tres años de largo invierno.

—Herr Wessler, está aquí el muchacho del que le hablé.

—¿Quién?

—Daniel, señor, el joven del puerto.

—¡Ah, sí!, el tal Daniel. Dile que pase, Hugo.

La luz de la mañana entraba en el salón a través de las ventanas abiertas al puerto. Los alemanes habíamos ocupado una planta entera del Hotel Universal, y Daniel, un chaval alto y flaco, quizá flaco de más, aguardaba en el pasillo ante la entrada de la mejor suite del hotel. Se abrió la puerta, y Hugo, el secretario del señor Wessler, le hizo un gesto con la mano para que pasase al interior. Hugo se situó a la vera de un escritorio tras el que permanecía sentado otro hombre, uno mayor. El señor Wessler. Fue él quien se encargó de recibir a Daniel con una amplia sonrisa.

Wessler andaba ya cerca de los sesenta, aunque su complexión no dejaba entrever ni la más remota señal de vejez. Más bien todo lo contrario. Aquel hombre estaba en forma. Vestía un traje negro de chaqueta cruzada, y en la solapa de la chaqueta lucía una insignia de oro. Fue él quien le ofreció asiento al chaval.

—Pasa, hijo, pasa. Deja que me presente. Mi nombre es Fausto Wessler, y soy el director del Instituto Alemán de Estudios Arqueológicos. Y según me han dicho, tú debes ser ese muchacho tan importante para nuestra expedición, ¿me equivoco?

—Bueno, yo no diría tanto, señor. Para mí, importantes son otras cosas. Pero sí, creo que tengo algo que les puede ser de mucha ayuda. Quizás incluso de toda la ayuda necesaria para que puedan alcanzar el propósito que los ha traído hasta aquí.

—Vaya. ¿Y cuál te parece a ti que pueda ser ese propósito nuestro, jovencito?

Daniel se quedó mirando en silencio los dos hombres durante unos pocos segundos. Sonrió y, por fin, respondió.

—¿Cuál va a ser, sino? Ustedes están aquí por el oro de los galeones.

La seguridad con la que habló Daniel hizo que el señor Wessler y su secretario cruzasen al momento sus miradas. El hombre del traje negro parecía buscar una explicación a la seguridad del chaval en los ojos de su secretario, pero este se limitó a encogerse de hombros, dejando claro que él no había tenido nada que ver en eso. Wessler volvió sobre Daniel.

—Verás, hijo. Sucede que el objeto de nuestro viaje no es lo que se dice de dominio público, precisamente. Si alguien me preguntase, no obstante, yo le respondería que nuestro trabajo aquí se centra en la búsqueda y recogida de ciertas piezas de valor histórico con las que ampliar los fondos del Museo Alemán de las Expediciones. Así pues, ¿de dónde sacas tus conclusiones, muchacho?

—Pues de mis ojos, señor. Yo, mis amigos en el puerto, cualquiera que se fije un poco comprenderá cuál es la razón de que ustedes estén aquí. Esta ciudad es muy pequeña como para no reparar en un grupo de extranjeros tan numeroso, hospedados en las mejores habitaciones del Universal. Demasiado altos, demasiado rubios, y de ojos demasiado azules como para no llamar la atención por estas tierras, si me permite que se lo mencione, señor. Desde que llegaron aquí, sus hombres no han dejado de encargar un día sí y otro también todo tipo de equipos de buceo y submarinismo en Casa Roses, el despacho de efectos navales del Berbés, mientras que su secretario —Daniel hizo aquí un pequeño ademán en dirección al hombre que seguía de pie al lado del escritorio—, paseador incansable arriba y abajo por los muelles, pantalanes y tinglados del puerto, tampoco deja de hacerles preguntas a los marineros más viejos, por si alguien conoce algo sobre algún hundimiento famoso en la ría. ¿*Algo* sobre *algún* hundimiento? No hay que ser muy listo, señor, para saber que lo que a ustedes les interesa es el único hundimiento verdaderamente interesante que se produjo en la ría. El *único* para cualquiera que no sea marinero, claro.

—Ya veo... Comprendo, entonces, que no hemos sido tan discretos como debiéramos.

Herr Wessler comenzó su respuesta mientras contemplaba la ría a través de la ventana que tenía a su lado, y la finalizó clavando los ojos en los de su secretario, dándole a entender sin lugar a equivocación que aquello no se trataba de una reflexión, sino más bien de una reprimenda. Daniel observaba en silencio, complacido ante el efecto que su discurso estaba provocando en su interlocutor, hasta que volvió a hablar.

—Eso, y que ustedes no son los primeros.

Wessler recuperó la sonrisa al tiempo que se dirigía nuevamente a Daniel.

—¿Debo entender por lo que dices que aquí ya estáis acostumbrados a este tipo de expediciones, pues? —sus palabras venían cargadas de no disimulada ironía.

—Según los viejos cuentan, como imagino que ya estarán ustedes informados —el chaval había sintonizado con la ironía del alemán, y aceptaba participar de ese juego—, parece que ya son varias las expediciones que como ahora la suya han ido llegando a la ciudad. Por lo que yo les he oído contar tantas veces a los mismos viejos con los que su secretario ha estado hablando sin descanso, ese oro se busca ya desde el primer día después de la batalla. Así que sí —concluyó—, nosotros ya estamos acostumbrados a ver llegar a gente con la misma empresa que a ustedes les trae por aquí.

Hizo una pequeña pausa, lo justo para mantener la expectación de su interlocutor.

—Y, la verdad —apostilló—, también estamos acostumbrados a verlos marchar a todos con el mismo éxito en sus misiones.

—Que imagino que será ninguno, ¿me equivoco?

—Bueno... —Se encogió de hombros—. De no ser así ustedes no estarían aquí, ¿no le parece?

Wessler volvió a sonreír.

—Por supuesto... Y supongo que ahí es donde entras tú, ¿verdad?

Daniel sonrió al tiempo que posaba ahora las manos sobre sus piernas, como el niño satisfecho que, orgulloso de sí mismo, acabase de responder con acierto a las preguntas del maestro.

—Verá, señor, si todo el mundo se ha ido siempre con las manos vacías es porque nadie ha sabido realmente dónde buscar el famoso tesoro. Todos vienen con la misma historia sabida, como ustedes mismos, en realidad, y todos acaban buscando en el mismo sitio.

—¿Y cuál es ese sitio, hijo?

—Por favor, no tiene ni que preguntarlo, señor, usted ya sabe la respuesta. Todos buscan al sur de la isla de San Martiño, porque creen que allí fue donde se hundió el barco que cargaba el tesoro.

—El *Santo Cristo de Maracaibo*.

—El mismo. Pero el oro no está ahí.

Lentamente, Wessler inclinó su cuerpo sobre el escritorio, acercándose a Daniel.

—Según me ha comentado Hugo, mi secretario aquí presente —hizo tranquilamente un gesto con la mano izquierda señalando al hombre que permanecía inmóvil al lado de la mesa—, parece ser que tú le habías dicho que tenías algo que contarnos, algo tan importante como para evitar que nuestra misión no fuese otro fracaso. Tengo que confesar que, de primeras, no le concedí mucho crédito a tu historia. Me imaginé que no serías más que otro raterillo buscavidas a la caza de sus cuatro monedas.

Wessler hizo una pequeña pausa, la mirada perdida en los papeles sobre su mesa.

—Pero si lo que me estás diciendo —continuó— es que tú sabes dónde está verdaderamente el oro hundido, no me va a quedar otro remedio que reconocer mi error al juzgarte. Así que, por favor, te ruego que me saques de dudas: dime, muchacho, ¿me he equivocado contigo?

Todavía con la mirada fija en el suelo bajo sus pies, Daniel volvió a sonreír.

—Pues sí, no, sí, no, y depende.

Con el ceño fruncido, Fausto Wessler se quedó observando al joven, desconcertado ante tan extraña respuesta.

—Perdona, pero creo que no te entiendo...

Daniel levantó la mirada y, ahora sí, clavó sus ojos en los del alemán.

—Sí, se equivocó usted al juzgarme. No, yo no soy ningún buscavidas, soy marinero, vivo de ir a la sardina cada día, que no me hace rico pero por lo menos no engaño a nadie. Sí, puedo decirle algo acerca de dónde creo que está el oro realmente. No, el oro no está hundido. O por lo menos no como usted piensa. Y sobre si está equivocado o no, eso depende, depende de la idea que usted se haya hecho de mí. Pero en todo caso, señor, eso no es de ningún modo responsabilidad mía.

Wessler no había contado con ninguna de las partes de aquella respuesta múltiple, pero desde luego la seguridad con la que nuevamente había vuelto a hablar Daniel mostraba bien a las claras lo evidente en la respuesta a la última pregunta: el hombre de la insignia se había equivocado al juzgar al muchacho. Esa seguridad con la que Daniel había respondido era la misma que solo la honestidad le da a aquel que habla. Y para más, lo que Daniel había dejado colgado casi al final de su respuesta era algo que, desde luego, Wessler no había oído nunca: ¿cómo que el oro no estaba hundido como él pensaba? Decidió tirar un poco más.

—¿Qué significa eso de que el oro no está hundido como yo pienso? ¿A qué te refieres con eso?

—A que el oro no siempre está hundido. —Ahora era Daniel el que miraba por la ventana. Observaba las piedras del muelle de A Laxe, todavía nuevas por arriba, del color de las recién sacadas de la cantera, pero ya oscurecidas por el mar las más próximas al agua—. De hecho, ahora mismo no lo está.

—Tendrás que disculparme, hijo, pero creo que sigo sin poder entenderte.

—Ya... Usted creció en una ciudad sin mar, ¿verdad?

El secretario comenzaba a parecer nervioso. Las diferencias aparentes entre ambos, entre el secretario y el marinero, eran muchas. Acorde con la descripción que Daniel había hecho del grupo, el secretario también era alto, rubio, de ojos azules, perfectamente peinados sus cabellos y mejor vestido todavía por su traje. Daniel también era alto, pero no tanto. Su pelo ondulado, oscuro, estaba peinado por el viento del mar, y sus ropas, ajadas, olían a pescado, a salitre y sudor. Parecían tan diferentes que casi ni se notaba que en realidad eran prácticamente de la misma edad, los dos alrededor de la veintena. Y al secretario jamás se le habría ocurrido hablarle a su jefe del modo en que ahora lo estaba haciendo aquel desconocido. Se estaba poniendo nervioso, él era quien le había recomendado que escuchase a este muchacho que ahora pretendía dejarlo en evidencia. ¿Que si había mar en la ciudad del señor Wessler? ¿Qué significaba todo aquello?

Pero así y todo Herr Wessler no pareció molestarse. Más al contrario, daba la sensación de que le placiese entrar en el juego. Intrigado, todavía dejó correr una sonrisa desconcertada antes de responder.

—Pues no, lo cierto es que no hay mar en Berlín. Pero sigo sin ver qué tiene eso que ver con lo que tú me dices sobre lo de no estar siempre hundido.

Daniel le devolvió la sonrisa.

—Sí tiene que ver, señor, y mucho. Por lo que yo sé, el oro no está en el fondo del mar, pero sí es el mar el que lo guarda.

El señor Wessler, el hombre fuerte del traje cruzado con una insignia de oro en la solapa, volvió a sonreír, esta vez como el contrincante que finalmente reconoce la superioridad de su rival. Levantó las manos en el aire, y el berlinés mostró a Daniel las palmas en señal de rendición, al tiempo que se echaba hacia atrás, de nuevo dejándose caer contra el respaldo de su asiento.

—De acuerdo, Daniel. Tú ganas, tienes toda mi atención. Cuéntame lo que sepas.

19

Ustedes vienen a buscar el oro hundido. Y van a ir a buscarlo al sur de la isla de San Martiño, a los arrecifes, porque ahí fue donde el *Santo Cristo de Maracaibo* se encontró con las escolleras. Ustedes creen que el oro está ahí, porque si no fue ahí donde se hundió poco más al norte pudo haber sido. Ahí es donde tiene que estar. Pero si ustedes están en lo cierto y el oro está ahí... ¿cómo es que ninguna de las expediciones anteriores ha conseguido encontrarlo nunca? Quizá también tengan respuesta para esto. A lo mejor es porque antes eran otros tiempos, la gente no estaba tan bien preparada, y ustedes cuentan con mejores medios. Con los mejores, probablemente. Pero no es así. Ustedes tampoco encontrarán el oro. Porque el oro no está ahí. ¿Pero cómo es posible?, pensarán ustedes, si según nuestros cálculos... Y para cuando revisen sus cálculos, comprobarán con asombro y desesperación que sus resultados son correctos. Tan correctos como los de aquellos que los hicieron antes que ustedes. Se lo he dicho, aquí estamos acostumbrados a ver llegar de cuando en cuando expediciones como la suya. Pero nadie encuentra nada. Y si ustedes, con sus medios, con su preparación y sus cálculos reajustados encuentran algo nuevo, no será más que los restos de un viejo galeón hundido hace más de dos siglos, con sus bodegas completamente vacías. Y volverán a preguntarse pero cómo, si nosotros pensamos... No. Ustedes solo pensaron lo mismo que otros antes que ustedes. Lo mismo que un grupo de hombres, muchos años atrás, ya más de dos siglos allá, quisieron que todo el mundo pensase. Justo antes de que se vieran atrapados en la tormenta.

Fue una noche horrible. Dicen que aquella tormenta había sido enviada directamente desde el mismísimo infierno para remover todo el agua y toda la piedra de la Costa da Morte. Nadie en la aldea recordaba otra igual en toda su vida. Ni tan siquiera desde los tiempos de los padres de sus padres. Era el mismo diablo el que maldecía en el rugido de cada uno de aquellos truenos, y el capellán de la aldea tuvo que pasarse la noche entera esforzándose por bendecir cada uno de los relámpagos que alumbraban los tejados del pueblo. Cuando por fin llegó la mañana y los primeros vecinos salieron de sus casas para comprobar si el mundo seguía en su sitio, encontraron un cuerpo tendido sobre la arena de la playa. Arou se arrojaba al mar abierto, en pleno corazón de la Costa da Morte. Todos los marineros sabemos que el mar es un animal salvaje, una bestia terrible que, de igual modo que nos da alimento, también a veces se cobra sus diezmos. El mar es un monstruo que ofrece vida a cambio de vida, así que encontrarse con los restos de una cobranza sobre la arena no era cosa nueva. No, lo extraño era el momento. ¿Qué marinero de la zona habría sido tan insensato como para haberse hecho a la mar en una noche como aquella? Todos en aquel recoveco del mundo sabían que había que estar muy loco de nuestro Señor para hacer una cosa tal. O muy necesitado. Uno de los vecinos se acercó al cuerpo. Tendido boca abajo, no se le podía ver el rostro. Se acercaron unos cuantos más, y entre varios le dieron la vuelta para intentar reconocer al marinero ahogado. Pero no, nadie lo conocía. Aquel hombre no era del pueblo. Ni de la comarca. Allí todo el mundo se conocía, y aquel hombre no era de por allí. Alguien más se acercó nuevamente a él, quiso rebuscar en los bolsillos de su casaca. Quizás hubiese algo de valor. Y entonces el cadáver tosió. Pero los muertos no tosen. Este hombre está vivo, gritó uno. Sí, está vivo. El ahogado volvió a toser, intentaba decir algo. Nadie le entendió. Débil hasta la extenuación, hablaba con gran dificultad. Quizás incluso lo hiciese en otra lengua. O quizá no dijese nada. Alguien entendió la palabra Cristo. Está pidiendo confesión, explicó otro. Decidieron cogerlo, y entre cuatro se lo llevaron a la iglesia. Cuando el viejo sacerdote, aun no bien recuperado de la noche del Juicio Final, vio entrar aquella extraña procesión de gritos y golpes en su pequeña capilla comprendió que el hombre al que portaban necesitaba ayuda urgente. *Ecce homo!*, exclamó. Les ordenó pasar directamente por la sacristía hasta la rectoral. Lo condujeron a la única alcoba de la casa, y allí lo tumbaron sobre la cama. El sacerdote intentó comunicarse con el hombre, pero este había vuelto a caer en la inconsciencia. El cura dio orden de quitarle todas aquellas ropas empapadas, con la intención de aliviarle el frío. Al desnudarlo, los cuatro hombres de la aldea que lo habían traído descubrieron el pecho del náufrago hundido sobre sí mismo. Había recibido un golpe terrible en el torso, tenía las costillas deshechas, y ahora la sangre bullía derramándose bajo la piel de aquel cuerpo mazado, formando una mancha negruzca que le cubría todo el pecho. Aquel hombre estaba perdido, todo era cosa de horas. Quizá ni eso. El sacerdote llamó a su sacristán, les pidió a los hombres que los dejasen solos, y se dispuso para atender al marinero en sus horas últimas.

Los hombres obedecieron y, sin que nadie dijese nada, todos acordaron esperar en el atrio de la iglesia. Estaban en silencio cuando alguien llegó contando que en la noche, entre los relámpagos y los truenos, había podido oír un gran estruendo en el mar. Contó cómo al abrir la ventana pudo ver las luces de un barco grande, quizás un galeón, por las rocas del Baixo do Negro, un poco más al norte de Cabo Vilán. Había oído el ruido del barco hundiéndose en el mar. Después, bajo el bullicio de la lluvia que lo inundaba todo, los gritos desesperados de la gente. La tripulación se ahogaba sin remedio. Gritos y lluvia.

Y después, nada.

Los hombres hablaban en el atrio, explicándose a sí mismos cómo las corrientes de la noche habrían arrastrado al náufrago desde las rocas del Negro hasta la playa de Arou, cuando el clérigo volvió a abrir las puertas del templo. El náufrago acababa de morir en la paz de Dios. Uno de los vecinos se atrevió y le preguntó al párroco si el desgraciado había dicho alguna cosa antes de morir. El sacerdote se quedó pensando algo durante unos segundos, y al fin respondió que no. No, nada. Tan solo pidió confesión, y murió en paz. Pero el sacristán, que había salido justo detrás del párroco, no era tan hombre de dios como el sacerdote. El único dios ante el cual el viejo sacristán caía de verdad no era otro sino el vino. Y eso era algo que todos en la aldea sabían. Todos los hombres del pueblo marcharon de la iglesia para la fonda, llevándose al sacristán con ellos. Y allí, ante una larga procesión de tazas de vino tinto, el sacristán, que nunca había acreditado demasiado en la cosa del secreto de confesión, le contó a la parroquia en pleno aquello que el ahogado había confesado antes de morir.

La avaricia había sido su pecado capital. El suyo y el de toda la tripulación del *Montmouth*. Y por eso dios los mandó al fondo del mar. El ahogado habló, y contó que aunque sus ropas eran las de la Armada inglesa, él y sus compañeros no eran más que piratas sirviendo ahora a la Corona de Inglaterra. Corsarios americanos reclutados en el Caribe. Su barco había recibido la orden de unirse a la flota del almirante Cloudesley Shovell y entrar en un puerto al norte de España para recoger el botín de la batalla que el almirante Rooke acababa de vencer. Al llegar a su destino, se encontraron con que ese botín era en realidad la mayor cantidad de oro de la que jamás nadie hubiese tenido noticia. El almirante Shovell le pasó la orden a su capitán, el viejo John Baker, de amarrar el galeón en el que se transportaría el grueso del botín a su barco, el *Montmouth*, para su remolque hasta puerto inglés. Baker se debía ahora a la Corona de Inglaterra. Un súbdito fiel de la reina Ana, quien no solo le había conmutado sus muchos delitos después de toda una vida ejerciendo la piratería en el Caribe, sino que incluso le había otorgado ahora patente de corso. Sí, Baker se debía a la Corona.

Pero en el fondo era un pirata...

Siempre lo había sido. El día en que por fin partieron de vuelta a Inglaterra, una fuerte tormenta se desató sobre la ría. Los veinte barcos ingleses que componían la flota más los tres galeones españoles apresados intentaron una maniobra de salida que finalmente no se pudo llevar a cabo. El mal tiempo imposibilitaba la ruta escogida. La vanguardia de la flota tuvo que dar la vuelta, cruzándose en su viraje con la parte de la flota que venía detrás, todo bajo una fuerte tormenta. Las órdenes y las contraórdenes iban y venían rápidamente de un barco a otro, y bajo la lluvia todo era confusión. Al comprender finalmente la orden definitiva, a John Baker, todavía preso en sus tribulaciones, se le ocurrió una idea. Todo cuadraba, el tiempo, el lugar, la tormenta, la marea. En medio del caos, mandó reunir a toda su tripulación, más de trescientos hombres, sobre la cubierta del *Montmouth*. Bajo el mar de agua que sin ninguna piedad estaba cayendo del cielo les habló a sus hombres. Nosotros no le debemos nada a la Corona de Inglaterra, les dijo. Esta es la guerra de la reina Ana, no la nuestra. Nosotros no somos corsarios, ¡somos piratas! ¡¿Quién está conmigo?! La tripulación gritó como una sola garganta, y Baker puso su plan en marcha. Bajo el temporal, y con las tripulaciones de los otros barcos más preocupadas por salir sin problemas de una ría embravecida a través de una ruta alternativa que no les era conocida, nadie le prestó demasiada atención al pequeño grupo de hombres que pasaba en un bote auxiliar desde el *Montmouth* al *Santo Cristo de Maracaibo*. Entre tanto, el capitán John Baker, en la cola del convoy, dirigía su barco por la ruta marcada desde el navío del almirante Shovell, pero acercándose más que los otros barcos a los arrecifes al sur de San Martiño. Cuando llegó el momento, dio la orden de avisar al barco que iba por delante de ellos de que el *Santo Cristo* había tocado contra una de las agujas submarinas, abriendo una vía de agua en la barriga del galeón. Sabedor de que el aviso todavía tardaría en llegar al almirante Shovell, Baker informó de que el agua que entraba en el barco lo iría hundiendo poco a poco, ralentizando tanto su travesía como la del propio *Montmouth*, el barco remolcador. Así, poco a poco, mientras la flota inglesa luchaba más preocupada por salir adelante bajo la tormenta que por transmitir cualquier informe, el *Montmouth* se fue quedando atrás, demarrando poco a poco, derivando su ruta. A la altura de las islas Ons, el barco inglés ya estaba lo suficientemente alejado de los demás como para poder realizar una parada sin que el resto de la flota llegase tan siquiera a percibirlo. El temporal seguía haciendo complicada la navegación para todos. John Baker echó el ancla del *Montmouth* al suroeste de la isla de Ons, en la boca ya de la ría de Pontevedra, alineando el *Santo Cristo de Maracaibo* con la vía de entrada a una de las grutas que abundaban en la cara exterior de la isla. Eso que tenéis ahí es el Buraco do Inferno, les gritó el capitán a sus hombres. Cargadlo todo en los botes y seguidme. Aprovechando la bajamar, los hombres del pirata Baker fueron entrando todo lo rápidamente que lo complicado de la maniobra les permitía por el mar hasta el interior de la gruta. Una vez dentro avanzaron por una de las galerías de la cueva para, luego de varios viajes rápidos como el primero, dejar todo el oro español al recaudo de las mareas que protegían con fiereza la entrada al Buraco do Inferno. De vuelta al fin en los dos barcos, el pequeño grupo que se había dirigido al *Santo Cristo* abrió, ahora sí de verdad, una brecha en la carena del inmenso galeón, y volvió al *Montmouth* para continuar con el arrastre del navío español. Volvieron a salir a la línea de navegación marcada por la flota inglesa para que si alguno de los vigías los echaba en falta todavía los pudiese ver en la distancia, atareados en remolcar a aquel mastodonte herido de muerte.

Los hombres de la aldea, reunidos en la taberna alrededor de la mesa del sacristán, se encargaban de ir engrasando la lengua del viejo borracho con una jarra de vino tras otra, asegurándose de que la maquinaria no se detuviese, y poder así acabar de conocer los secretos revelados por el difunto.

El plan era arrastrar el barco hasta que todos pudiesen contemplar lo inevitable de su hundimiento, sin que nada se pudiese hacer por impedirlo. John Baker volvería a Inglaterra para dar explicaciones por lo ocurrido ante el consejo de guerra que previsiblemente se le formaría. Él intentaría desviar las acusaciones descargándolas sobre lo arriesgado de la maniobra impuesta en el último momento y de cualquier manera por el almirante sir Cloudesley Shovell, obligando a la flota a atravesar una ruta que a todos les resultaba desconocida. A todos, sí. Porque nadie en Inglaterra tenía por qué saber que el capitán John Baker había sido grumete en sus años de juventud en un bergantín mercante de pabellón holandés con el que ya había navegado por esas mismas rutas muchos años atrás. Ni mucho menos que, en realidad, el capitán John Baker conocía perfectamente los arrecifes al sur de San Martiño, las agujas de Castros, de Carrumeiros, las formas de la ría de Vigo, todo. Pero, ¿quién lo iba a saber? En Inglaterra desde luego nadie. Baker sabía que, por mucho que explicase, el consejo acabaría por expulsarlo de la Armada. Pero nada más. Ni siquiera habría prisión, era mucho lo que John Baker había hecho en nombre de Inglaterra, mucho lo entregado a la Corona, y aun mucho más lo guardado por su silencio.

No, Inglaterra nunca presionaría tanto al viejo Baker. Le retirarían su patente de corso, sí, pero y qué. Él era un pirata, no un perro de presa para unos señores que ni siquiera estaban allí para saber lo que era realmente el fuego enemigo. La idea era sencilla, retornar después a las islas para, con todas las aguas ya más calmadas, recuperar el botín. Pero John Baker nunca volvería a las islas. Ni él, ni ninguno de sus hombres.

Como era de esperar, finalmente el *Santo Cristo de Maracaibo* acabó hundiéndose. Lo hizo frente al arenal de Carnota. Pero lo que no llegó fue la mejoría del tiempo. Más al contrario. Una vez pasado el cabo Fisterra el temporal arreció, y la tormenta se hizo todavía más fuerte. Contra todo pronóstico por parte de Baker, al llegar la noche del día seis, el *Montmouth*, ya inevitable y definitivamente alejado del convoy formado por la flota de Shovell quedó a la merced del viento y el mar frente a la Costa da Morte, de donde nunca llegaría a salir.

Eso era lo que había ocurrido. O, por lo menos, eso era lo que el sacristán les contó a sus vecinos: cómo el viejo náufrago había entendido en el momento de morir que aquella terrible tormenta había sido el justo castigo de Dios a la codicia de los piratas del capitán John Baker.

Cuando la narración del sacristán llegó a su fin, todos los hombres de la aldea comenzaron a cruzar miradas cómplices, confirmando sin mediar palabra entre ellos que nadie daba crédito a las fantasías del viejo borrachón. Porque todo aquello era demasiado... Además, alguien recordó por lo bajo que el propio párroco había dicho que el náufrago apenas había dicho nada, solo en la confesión, y todo lo que el sacristán acababa de contar distaba mucho de «nada» que hubiese dicho el cura. En el fondo, y a decir verdad, nadie creía ya en los cuentos que contaba el viejo, y su voz nada más servía para entretener a la parroquia en las horas muertas. La vida que daba el mar ya era lo bastante dura como para acreditar ahora en historias de oros perdidos escondidos sabe Dios dónde. De manera que, en realidad, nadie llegó nunca a creer realmente ni una sola palabra de lo que aquel día se oyó contar en la taberna, y la historia del *Montmouth* quedaría para siempre en la memoria de la aldea como un cuento de piratas, otro más de los muchos que las viejas les contarían por las noches a sus nietos, años y años a través del tiempo...

—Mi hermano llegó a la ciudad siendo todavía un niño. Antes, la tuberculosis se había llevado por delante a su familia, de manera que, sin nadie que se hiciera cargo de él, el pequeño León decidió probar suerte lejos de Arou. Y así fue como se coló en un atunero cántabro que hacía escala en el puerto de Muros, al sur de Fisterra. No lo encontraron hasta que el barco hubo zarpado, de manera que, al ser descubierto, el capitán le explicó que tendría que desembarcar en la siguiente escala, ya en el puerto de Vigo. Esa fue la razón de que un grupo de marineros se encontrase al muchacho, perdido en el muelle del Berbés, hambriento, y sin ningún lugar a donde ir. Al conocer su situación, mi padre, que en gloria esté, sintió lástima del chiquillo y se lo trajo con nosotros. De todo esto hace ya casi veinte años, por lo que se puede decir que realmente León es como un hermano para mí. Él fue quien me contó esta historia, una más de las muchas leyendas que se escuchan al calor del fuego en la que fuera su tierra. Y, la verdad, no hay que ser muy listo para darse cuenta de que el tesoro del que habla no puede ser otro que el oro de Rande. León y yo vivimos en el barrio de Pobladores, en un sótano en el número 3 de la Bajada al Fuerte. Todos los días, cuando regresamos del puerto, paramos un momento en el Lobo do Mar, el bar de la señora Olga. Ayer alguien estaba hablando de unos extranjeros que desde que llegaron no habían hecho otra cosa que preguntar sobre los naufragios de la ría. Los dos comprendimos que no podían ir buscando otra cosa. Por la tarde volví al puerto, y me encontré con su secretario ahí mismo, en el muelle de A Laxe. No se preocupe, fui yo quien se dirigió a él. Estos tiempos son muy duros, señor, y ya sabrá usted que por aquí no lo estamos pasando precisamente bien. La sardina no es lo único que falta estos días. Apenas tenemos para comer. Ahora ustedes ya conocen la historia. Yo puedo ayudarles a conseguir lo que buscan, y ustedes pueden ayudarnos a nosotros.

En silencio, por completo concentrado, Wessler todavía tardó un buen rato en responder, sus ojos penetrantemente clavados en los del muchacho.

—Ya veo... —dijo al fin—. Pero hay algo que no entiendo, Daniel.

—¿El qué, señor?

—Si, como tú dices, por aquí todo el mundo sabe dónde está el oro..., ¿cómo es que nadie ha ido antes en su busca?

Daniel sonrió al comprender.

—Pues porque por aquí el mundo está lleno de oro, señor.

Fausto Wessler frunció el ceño.

—Me vas a tener que perdonar, hijo, pero creo que eso lo entiendo todavía menos.

El joven asintió en silencio.

—Verá. Aquí casi todas las aldeas tienen su propio tesoro perdido, su gruta bajo tierra repleta de oro y joyas, todas siempre guardadas por alguna terrible bestia, o por una hermosa mora que las custodia mientras peina sus cabellos con una peine de oro y piedras preciosas. Aquí todos hemos oído cientos de cuentos sobre el oro perdido de los moros, de los celtas e incluso del mago Merlín. Pero hoy nos toca vivir tiempos salvajes, señor, y ya bastante tenemos con encontrar algo que llevar a la boca como para ponernos a buscar todos los tesoros de los que hablan los cuentos de las viejas.

—Y qué me dices de ti, amigo Daniel, ¿tú crees en lo que nos cuentas?

—Bueno, tengo que confesarle que, la verdad, yo tampoco le di mucho crédito a la historia. Nunca. Hasta que me hablaron de ustedes. Cuando oí lo que la gente cuenta sobre todo el material que ustedes traen, sobre su barco, y sobre lo que están comprando aquí... Además, dicen por ahí abajo que incluso ofrecen dinero por cualquier información que se les dé sobre dónde está hundido el galeón de las maravillas, ¿no es así?

—Tal vez.

—Pues eso fue lo que me hizo pensar.

—¡Acabáramos! —exclamó Wessler al tiempo que daba una sonora palmada en el aire—. Conque de eso se trataba, ¿no es así? ¿Has venido hasta aquí inventándote toda esta historia solo por el dinero? Vaya, muchacho, no sabes cuánto lo lamento... Porque, debo confesarlo, lo cierto es que había llegado a sentirme interesado por tu relato.

—No, señor —lo atajó Daniel sin perder un ápice de calma—. No se trata de eso. En absoluto. Lo que quiero decir es que, cuando alguien viene decidido a hacer una inversión tan grande como la que ustedes están haciendo, es porque quizás en las viejas historias haya algo de verdad al lado de la leyenda. Y no, señor, permítame que le diga que yo no me he inventado nada, ni una sola palabra, si es eso lo que a usted le preocupa. Porque yo no quiero que usted me dé su dinero a cambio de mis cuentos. Yo lo que quiero es que usted me dé trabajo.

Wessler arqueó las cejas.

—¿Trabajo?

—Sí, trabajo. Porque ahora tiene usted dos opciones. Creer en lo que acabo de contarle, o no creer. Si se decide por esto último, puede gastar usted todo el esfuerzo y dinero que le dé la gana en sumergirse al sur de San Martiño. Tarde o temprano, como tantos otros antes, descubrirá que allí abajo no hay nada, y tendrá que volver a su casa con un fracaso en las bodegas. Pero si, por el contrario, decide creerme, entonces tendrá que encontrar a alguien tan loco de remate como para atreverse a meter el cuerpo por el Buraco do Inferno adentro.

—¿Y por qué tiene que ser alguien loco del todo como tú dices, Daniel? ¿Qué tiene ese lugar, aparte de un nombre tan estremecedor?

—El Buraco, señor, es una gruta abocada al mar abierto. Fue el propio océano el que la fue abriendo en la tierra a fuerza de las más violentas embestidas. Las olas que lo golpean destrozarían a cualquier hombre sin remedio, arrastrándolo violentamente contra las rocas que protegen su entrada. La marea alta ahoga su nave central, donde las corrientes hacen imposible cualquier tentativa de nado o buceo, por lo que solo se puede nadar hasta su interior aprovechando la bajamar. Y todavía así, una vez dentro, dicen que la gruta es un laberinto de galerías que corren hacia el interior de la isla, por las que lo más sencillo es perderse, despeñarse por algún pozo, o no encontrar la salida antes de que la marea vuelva a subir.

—¿Y cómo es que conoces tú todos esos datos?

—Bueno, ya sabe, los viejos hablan, yo escucho...

—¿Los viejos, Daniel? ¿Me estás pidiendo que arriesgue mi expedición, que la meta en la boca de un lobo que solo conocemos por los cuentos de viejos marineros?

—No, señor.

—Te lo pregunto, pues, otra vez. ¿Cómo es que sabes todo eso acerca del Buraco do Inferno, Daniel?

El joven se quedó en silencio por unos segundos, dudando por primera vez. Finalmente, se decidió a hablar.

—Hace unos meses me caí al mar. Habían dado alerta de temporal y se prohibió que ningún barco saliese a faenar. Pero la necesidad es mucha, señor, así que León y yo decidimos salir igualmente. Al sur de Ons nos sorprendió un golpe de mar, y yo me caí al agua. La corriente me arrastró contra una de las grutas, una grieta inmensa en uno de los acantilados de la isla, una boca negra en forma de columna abierta en la roca viva. Las olas me arrastraban hacia el interior de su garganta, y me habrían engullido de no ser por la marea. Cuando estaba a punto de perderme, descubrí que la bajamar había dejado a la vista un conjunto de rocas a las que me pude agarrar. Aferrado a ellas, esperé como pude a que el temporal amainase para poder salir a nado hasta donde León me aguardaba. Fueron casi dos horas las que estuve allí, empapado, muerto de frío y esperando a que el momento fuese el propicio para salir de mi refugio. Pero durante todo ese tiempo pude estudiar el movimiento del agua entrando y saliendo de la gruta. Así fue como aprendí lo que sé sobre el Buraco do Inferno.

—Ya entiendo. ¿Y estarías dispuesto entonces a volver a meterte en esa boca tan oscura?

—Bueno, por lo que yo pude ver, más parecería cosa de locos, señor.

Wessler le mantuvo la mirada.

—De acuerdo, pues deja que te lo pregunte de otra manera: dime, muchacho, ¿tú estás loco?

Daniel apenas se lo pensó un instante, el tiempo que le llevó esbozar una sonrisa confiada.

—Señor, yo estoy loco por vivir.

20

El señor Wessler permaneció observando al joven marinero por un buen tiempo. En silencio, sopesando alguna decisión aun por tomar. Al cabo, como si por fin hubiese llegado a alguna conclusión, comenzó a asentir lentamente para sí. Despachó con discreción una serie de órdenes con Hugo ante las que el secretario se limitó a asentir, y finalmente volvió a dirigirse a Daniel para confirmarle que a partir del día siguiente pasaría a formar parte de la expedición en calidad de guía.

—Bienvenido a bordo, muchacho.

Con la convicción de quien da por resuelto el encuentro, Fausto Wessler se levantó de su asiento y se acercó a Daniel. Satisfecho con la decisión que acababa de tomar, posó su mano sobre el hombro del chaval a modo de saludo, y volvió a dirigirse a su secretario.

—Hugo, que todo esté listo para mañana.

Y con las mismas dio media vuelta y desapareció por una de las puertas de la suite, dejando a Hugo y a Daniel solos en el despacho.

—Bien, pues como ha dicho el doctor Wessler, bienvenido a bordo —lo felicitó el secretario, ofreciéndole la mano—. Mi nombre es Hugo, Hugo Konrad Brauner.

—Pues yo soy Daniel, Daniel Beiroa Rodríguez, para servirte. Oye, perdona, ¿has dicho *doctor*?

—Sí. Herr Wessler es doctor en Historia Contemporánea por la universidad de Friburgo, además de haber sido recientemente nombrado nuevo director del Instituto de Estudios Arqueológicos de Berlín.

—Vaya... Pues yo soy Daniel, doctor en supervivencia por la universidad de la vida, ¿qué te parece?

Y los dos muchachos volvieron a sacudirse las manos, divertidos con la situación.

Al día siguiente, cuando llegamos al muelle a primera hora de la mañana, Daniel ya estaba al lado de la rampa del *Meeresadler*, nuestro barco. Aunque no dijo nada al respecto, yo estoy totalmente seguro de que él ya estaba allí desde antes de que el sol saliese. Y pese a todo, su aspecto era el de un chaval fresco, lozano, recién levantado tras un cómodo y placentero sueño reparador.

Sonreía, y sus ojos eran puros vórtices de energía. No tardamos en levar anclas, poco más de las nueve de la mañana debían de ser cuando salimos de puerto, y a pesar de que Wessler impuso su deseo de comenzar nuestra ruta acercándonos a la Boca Sur de la ría, como iba a ser en un principio y no teniendo en cuenta todavía lo referido por Daniel, a este no pareció importarle ni lo más mínimo. Bien al contrario, todavía le sobró buen ánimo para expresar su acuerdo con el doctor, añadiendo que a todos nos sentaría bien comenzar el día gozando de un relajante paseo en barco por la ría.

Durante toda la travesía permaneció Daniel firme en el vértice de proa, toda la ruta apoyado en la baranda sobre el pañol del buque. Por momentos cerraba los ojos sin dejar de sonreír, sintiendo cómo el viento le revolvía los cabellos y se los llevaba hacia atrás. Yo lo observaba desde el puente de mando, y me maravillaba ante la energía que el chaval irradiaba. Daniel era la viva imagen de un hombre feliz, seguro de sí mismo. Por aquel entonces yo aun era un inexperto estudiante de Historia del Arte, uno más en la expedición, otro de los becarios del Instituto Arqueológico viajando en calidad de ayudante. Aun sentía en mí el corsé de la rigidez académica berlinesa. Todo era rectitud, precisión, meticulosidad, no conocía otro modo de ser. Frente a esto, la fuerza desprendida por Daniel produjo un efecto magnético instantáneo sobre mí. A todos nos fascinaba el aura de aquel muchacho, y a él le ocurría algo semejante. Sabía que esa era su oportunidad para conseguir algo más.

En aquella época cualquier cosa podía convertirse en más. Más que la miseria, más que la ferocidad que gobernaba cada nuevo día. No había qué comer, y el principal objetivo cotidiano era conseguir algo que llevarse a la boca, una manta para protegerse del frío y un techo bajo el que intentar llegar con vida al día siguiente. Y no morir por el camino. Cualquier opción de poder alejarse de aquella vida se convertía al momento en el mejor plan del mundo, y eso era algo que Daniel sabía a la perfección. Apenas cinco minutos de charla con él bastaban para percibir las ganas de vivir que había en el corazón de aquel muchacho. De sus ansias de vida sacaba aquel pequeño hombre las fuerzas para enfrentarse a lo imposible si fuese necesario con tal de salir adelante. Y con ese objetivo estaba allí, en la proa de nuestro barco, muy por delante de todos nosotros...

—Oiga —interrumpió ella—, disculpe un momento, señor Neumann. Por favor, que no le parezca mal lo que le voy a decir, pero... ¿Qué demonios tiene que ver este chaval con nosotros, señor?

Las palabras de Mariña me devolvieron a la realidad. Me había quedado cómodamente hundido en mi rincón del sofá escuchando las palabras del anticuario, olvidando relajado que ese mismo día me habían golpeado dos gorilas en un callejón del centro; olvidando que estaba envuelto en una extraña historia sin apenas saber el porqué; olvidando que ahí fuera, bajo la lluvia que no dejaba de caer, la noche fría ya llevaba tiempo cerrada sobre nosotros.

—A ver, no se ofenda, pero es que es muy tarde ya. Hace más de una hora que ha entrado en mi casa, nos ha contado siglos y siglos de historia, y yo sigo sin comprender a dónde pretende llegar usted. Y, sinceramente, comienzo a sentirme agotada, señor Neumann.

El viejo anticuario se quedó mirando para Mariña. El cansancio también asomaba a su rostro, se le notaba el esfuerzo que el anciano estaba haciendo por seguir hablándonos. Un pequeño gesto de desesperación asomó a su rostro justo antes de dar una respuesta.

—Mariña, por favor... Es muy necesario que conozcas bien la historia de Daniel.

—¿Pero por qué? Usted habla y habla y habla, ¡pero yo no consigo entender nada!

Neumann volvió a quedarse en silencio, con sus ojos, viejos y agotados, clavados en los de Mariña. Incómodo, apretó los labios, tomó aire, y al exhalar el último suspiro comprendió que el momento había llegado.

—Porque, Mariña —respondió al fin—, Daniel era tu padre.

No sé si fue ella la que tardó demasiado en reaccionar, o si por el contrario, congelado en el tiempo ante esta última respuesta, fui yo quien se retrasó a la hora de buscar la expresión correspondiente en el rostro de Mariña. Lo cierto es que el primer recuerdo que tengo tras haber escuchado semejante revelación es el de ella moviendo lentamente su cabeza, llevándola de un lado a otro. Negando en silencio. O quizá simplemente estuviese intentando asegurarse de que había oído bien.

—Perdón, ¿cómo ha dicho?

—Debes creerme, hija. Entiendo que esto te resulte complicado ahora mismo, pero tienes que confiar en lo que te estoy diciendo: Daniel era tu padre.

Durante tres o cuatro segundos que a mí se me hicieron eternos nadie dijo nada.

—¿Pero qué diablos está diciendo? —respondió de pronto Mariña, todavía incrédula—. ¿Cree usted que soy estúpida? Mi padre se llamaba Eneas, Eneas Dafonte Maristany.

Se podía palpar la violencia en las palabras de la mujer.

—No, hija. Todavía no.

Mariña confirmó con un movimiento de cabeza su rechazo ante lo que estaba escuchando. ¿«Todavía»? Ya antes no comprendía nada, y ahora esto. Demasiado para las horas que ya eran de la madrugada.

—Mire, no tengo ni idea de qué es a lo que se refiere usted con eso. Es más, simplemente no tengo ni idea de qué demonios quiere usted. Por favor, le pido que salga de mi casa ahora mismo.

—Pero Mariña, yo...

—¡No! —atajó ella—. Esto ya es demasiado, señor Neumann, ha ido usted demasiado lejos. Por favor, le ruego que se vaya. Déjeme, déjenos en paz.

La preocupación en el rostro del anciano ante el arranque de Mariña era evidente, pero todavía reaccionó con comprensión.

—De acuerdo, Mariña, de acuerdo. Entiendo que esto que te acabo de decir no es de digestión fácil, y mucho menos rápida. Comprendo tu malestar, y ya me voy, pues. Vuestro esfuerzo ha sido grande, y para mí más que demasiado —dijo al tiempo que se apoyaba con dificultad en los dos brazos para levantarse del sillón—. Pero, por favor, te ruego que pienses sobre lo que te he dicho. Es necesario que me prestes atención. Que me escuches y que creas en lo que te digo. Porque todavía es mucho más lo que tienes que saber, y es imprescindible que confíes en mí. Los viejos siempre tenemos mucho que contar, pero nunca demasiado tiempo para hacerlo. Tienes que confiar en mí, Mariña.

—De acuerdo, muy bien. Pero por favor, ahora...

Hizo un gesto con la mano, señalando hacia la puerta.

—No te preocupes. Sé bien donde queda la salida, no es necesario que te levantes. Buenas noches, hija. Buenas noches, Simón.

Neumann volvió a ponerse el sombrero y, sin esperar más despedidas, salió del apartamento.

Mariña permaneció sentada a mi lado, con su cuerpo echado hacia delante. El entrecejo arrugado y la mirada perdida en algún punto más allá de la ventana. Seguía lloviendo con fuerza fuera, y la mujer parecía buscar alguna explicación para lo que acababa de escuchar entre el laberinto de agua que las gotas de lluvia formaban al estrellarse contra el cristal.

—Oye, ¿te encuentras bien?

Tardó en responder.

—No —dijo al fin—. Perdida, Simón, así es cómo me encuentro —respondió con rabia—. Ya no sé qué pensar, o a quién creer. ¿Qué voy a hacer? Me he pasado media vida intentando descubrir quién había sido realmente mi padre, y otra media intentando encajar las dos opciones posibles, conciliándolas. Y ahora aparece en mi casa un completo desconocido, que habla de mí como si me conociese de toda la vida, y me pide que confíe en que mi padre no solo no es ninguna de las dos opciones posibles, sino una tercera. Una persona completamente diferente... Si ni tan siquiera mi propio padre existió realmente, ¿entonces qué voy a hacer yo, Simón? ¿Qué puedo hacer?

Hablaba y al tiempo luchaba por no llorar. Para cuando pronunció la última palabra ya había perdido la batalla, y las lágrimas corrían por sus mejillas. Me dolía verla así, me dolía verla sintiéndose tan sola. Pasé un brazo por detrás de ella, y la abracé contra mí.

—Venga, Mariña, no te preocupes. —Intenté animarla apretándola contra mí—. Escucha, ya es tarde. ¿Por qué no te acuestas y descansas un poco? Intenta dormir, que ya verás como mañana lo vemos todo de otro modo. Además, está una noche horrible como para encima pasarla llorando. Ya está bien de agua...

Mis payasadas volvieron a surtir efecto, y a Mariña se le escapó una sonrisa furtiva. Le di un beso en la mejilla, y todavía nos quedamos un instante en silencio. Con toda la que estaba cayendo, fuera y dentro del apartamento, aquel sofá se había convertido en el refugio perfecto. Permanecimos un buen rato en silencio, los dos abrazados viendo la lluvia caer sobre la ciudad. Mariña parecía un poco más tranquila, y yo un algo más feliz. Ojalá la vida entera se hubiese podido vivir en aquel sofá. Pero no, y había que seguirla. Dejé a Mariña en su apartamento, con una firme promesa de descanso por su parte, y un compromiso mutuo de hablar al día siguiente.

Salí del ascensor, caminé lentamente hasta el portal, y aún me quedé unos segundos bajo su amparo. El agua golpeaba con fuerza al mundo. Hacía frío. Cómo me gustaría no haber salido a la calle esa noche.

21

Miércoles. Me desperté con el sonido del teléfono. En mi cama, solo. Me había pasado la noche extrañando algo en la oscuridad de mi cuarto, pero sin saber demasiado bien el qué. Qué difícil es echar de menos cuando no sabes con certeza si lo que te falta es lo que ya ha pasado o lo que todavía no ha sido... Me desperté asfixiado por mis propios sueños, y el teléfono ya llevaba un buen rato sonando. Vi el despertador, las diez de la mañana. Todavía con la angustia que una mala pesadilla te deja en el cuerpo, cogí el móvil de la mesita de noche y respondí sin mirar.

—¿Diga?

—Hola, Simón, buenos días. Hoy sí que te he despertado, ¿eh?

—Mmm... —Un momento para localizar las babas entre mis labios—. Hola, Mariña. Sí, me has despertado. Pero no te preocupes, que no fue de un buen sueño del que me sacaste.

—Vaya, bien que lo siento. ¿Y con qué soñabas, entonces?

«Soñaba con que todas las noches soñaba contigo...»

—Pues estaba soñando que era una especie de pirata parado en la tormenta, luchando contra las olas de un mar con muy malas ideas, ya ves. Supongo que mi cabeza todavía sigue intentando digerir todo lo que nos contó el señor Neumann. ¿Y tú qué tal, a qué andas? No me digas que tampoco has pegado ojo esta vez...

—No, no. Esta vez sí que he dormido. De hecho, seguro que tú todavía no habías llegado a la calle y yo ya estaba roncando como un búfalo.

—Vaya, nunca hubiera imaginado que las señoritas del Club de Polo roncasen. Mucho menos como búfalos.

—Pues esta que te habla sí, ya ves.

Me agradaba sentir que Mariña recuperaba su buen humor.

—Lo cierto es que ya era bastante tarde cuando me fui.

—Sí, lo sé, y no creas que no me di cuenta. La verdad es que todavía me dio tiempo para sentir un poco de cargo de conciencia. Yo durmiendo calentita y tú fuera, bajo el chaparrón.

—Ya sabes, los héroes somos así...

—¿Ah, si? —rio ella.

—Sí.

—Bueno, pues oye, entonces nada.

—¿Nada qué?

—Nada. Yo te iba a decir que la próxima vez te quedases aquí. Aunque fuese en el sofá. Pero vaya, que si tu código de súper-héroe te dice lo contrario, pues oye...

«Si yo te cuento...»

—Vale, la próxima vez lo discutimos. Pero dime, que tú no me llamas para limpiar tu conciencia, ¿a que no?

—Veo que ya me vas conociendo, me gusta... Por una parte sí, pero no del todo. —Mariña adoptaba ahora un tono un poco más serio—. Es que yo también le estoy dando vueltas a todo lo que nos ha contado el viejo Neumann.

—Bueno, tampoco es para menos.

—Ya, pero es que me cuesta mucho creerme nada de lo que nos ha dicho. Me siento como si también yo acabase de despertarme de un sueño, de uno de esos que tienes después de que te cuenten un cuento, y al despertar no sabes muy bien cuánto es real y cuánto es sueño, no sé si me explico.

—Perfectamente. Todo esa historia suya parece sacada de una *peli* de piratas, todo demasiado lejano, irreal.

—Justo, eso es. Todo parece sacado de otro mundo. Si por lo menos pudiésemos tocar algo de lo que nos dijo. Porque por no tener, ya no tenemos ni nuestra moneda, que mucho ofrecer, pero bien que la cogió antes de marchar.

Yo ni había caído en la cuenta de eso, pero volver a oír hablar de aquella moneda como «nuestra» me espoleó el ánimo. Y claro, como ya empezaba a ser habitual, mi ánimo decidió tomar la iniciativa y salir por donde yo ni tan siquiera hubiera sospechado.

—Bueno, ahora que lo pienso, no todo es tan intangible, ¿no?

—¿A qué te refieres?

Había cogido a Mariña por sorpresa. De hecho, creo que ni yo mismo habría podido jurar qué era lo que estaba a punto de salir por mi boca.

—Según nos ha contado Jackob, Daniel les dijo a los alemanes que los piratas habían escondido el tesoro en algún rincón de la isla de Ons, ¿no?

—En el Buraco do Inferno, sí.

—Eso, eso es. Bueno, pues exista o no exista el tal Daniel, los que sí existen son Ons y su Buraco. ¿Qué te parece si nos acercamos hasta allí?

—¿A Ons? —preguntó Mariña con la misma entonación con la que en su momento San José debió dirigirse a la Virgen María: «¿Embarazada, has dicho?»

—¿Y por qué no? ¿Acaso tienes algún plan mejor para hoy?

—Bueno —respondió ella luego de un breve silencio—, lo cierto es que no.

—Pues ya está, no se hable más —sentencié yo con esa seguridad que solo el insensato conoce y gasta—. Pero Mariña, por favor, si en realidad sabes que tú me has llamado para que yo te proponga una locura como esta, no me dirás que no...

La sonrisa de Mariña se dejó descubrir al otro lado de la línea.

—Vaya, pues sí, supongo que sí.

—Pues venga, ya está, y no hay más que hablar. Ve vistiéndote de marinera, que en media hora paso a recogerte.

Colgué el teléfono y me reí con la chorrada que yo mismo acababa de soltar. Mariña marinera, seré bobo...

Apuré para llegar lo más rápido posible a su edificio, pero ella ya me aguardaba en el portal. Se subió a mi coche, y con ella todo el habitáculo se llenó de primavera. Doblamos la esquina, tiramos por Lepanto y cogimos la entrada a la autopista que hay al final de la calle.

En los veranos de mis años más jóvenes, como casi todos los chavales de Vigo, yo había sido más de acampar en las islas Cíes que en las Ons, así que estaba acostumbrado a coger los barcos de la empresa Vapores de Pasaje en la antigua estación marítima de la ría, al amparo de la vieja piscina del Club Náutico. Pero, a pesar de mi inexperiencia en ese asunto, algo me sonaba acerca de que el barco de Ons se cogía en Bueu, en plena ría de Pontevedra, así que para allí tiramos nosotros. Apenas media hora más tarde, mi deportivo detenía su marcha en el puerto de Bueu.

La caseta de la naviera que despachaba los billetes para las islas estaba al comienzo del muelle desde el que salían sus barcos pero, extrañamente, nos la encontramos cerrada y sin ninguna tabla de horarios a la vista. No teníamos información, y por el muelle no se veía a nadie a quien preguntar. Al otro lado de la calle que atravesaba el puerto vimos un bar, el Gran Sol, y decidimos preguntar en él. Entramos para que, al tiempo que nos servían dos cafés con leche calientes, el camarero nos informase de que los pasajes regulares a Ons solo funcionaban durante el verano.

—Hasta el mes de mayo nada, compañeros —nos sentenciaba desde el otro lado de la barra el dueño del bar, un hombre gordo y calvo de mostacho tupido.

—Pero entonces, ¿cómo hace la gente que vive regularmente en la isla?

—Oh, esos tienen todos sus propios medios, y entre ellos se van poniendo de acuerdo para moverse, ¿no es así, Yago Ray?

La pregunta retórica formulada por el bigotudo hostelero buscaba su correspondiente confirmación en otro tipo en el que en realidad yo ya me había fijado nada más entrar en el local por lo peculiar de su aspecto. Estábamos en noviembre, fuera hacía frío, y, no obstante, aquel individuo iba en bermudas y camisa de manga corta. Era alto, flaco, de melena rubia muy revuelta. Su piel era morena, cuarteada por el sol y el mar, y sobre ella, alrededor del cuello, brillaba un collar de conchas. A pesar de que estábamos dentro del bar en una mañana plena de grises otoñales, el tipo llevaba puestas las gafas de sol, unas lentes de espejo enormes, como aquellas de aviador tan de moda en los ochenta. Cualquiera hubiese pensado que estaba leyendo tranquilamente el libro que sujetaba con las dos manos, una edición inglesa de *El Principito*, totalmente derramado sobre su silla, con las piernas estiradas y los pies cruzados sobre la silla de enfrente. Cualquiera hubiese podido pensar que leía, de no ser porque el libro estaba del revés, con las letras para arriba.

—¡Yago! —gritó con más fuerza todavía el dueño del bar—. ¡Que estamos hablando contigo!

En lugar de sobresaltarse con el grito, el amigo Yago no hizo más que llevarse poco a poco las manos a la cara, ajustándose un poco más las gafas sobre la nariz.

—Carajo, Bernardo... ¿No ves que estoy reflexionando?

—Reflexionando, dice el muy sinvergüenza... Pero si hace un momento llamaron los de la otra banda de la ría a ver si es que había tormenta por el sur, de tanto que roncabas.

—Bueno, si empezamos con indirectas... Ya será menos, Bernardo.

Yago se levantó y, con gran parsimonia, caminó hasta la barra. Se trataba definitivamente de un tipo alto. Al llegar a nuestro lado se quitó las gafas y las guardó en el bolsillo de la camisa. Tenía los ojos azules, tan claros como las aguas de ese Caribe del que la noche anterior nos había hablado el señor Neumann, y debía de andar por los cincuenta. Aquel tipo era la viva imagen de un viejo surfista recién caído de una postal enviada desde Maui.

—A ver, mesonero, qué es lo que se te ofrece ahora...

—Pues nada, *vuesa mercé*. Que aquí estos amigos y yo estábamos hablando de cómo os organizáis los isleños para desplazaros cuando os decidís a honrarnos con vuestra presencia por las tierras firmes.

—Ahm, ya —Yago hablaba con mucha calma, como si aquello que le decía Bernardo no le mereciese ni la más mínima atención—. No le hagáis mucho caso a este desgraciado. Aquí donde me veis, he perdido la cuenta de los años que llevo viniendo a desayunar cada día desde la isla hasta esta parte de la tierra. Me atrevería a decir que soy el cliente más fiel que tiene este figonero y, sin embargo, todavía no parece que esté satisfecho el muy ingrato.

El tal Bernardo abrió los brazos en el aire.

—¡Y aún me llama desgraciado, el tipo!

—E ingrato —apuntó Yagó.

—Pero bueno, ¡esto es el colmo! ¿Cómo demonios voy a estar satisfecho de nada, rufián, si ni por despiste pagas lo que consumes?

—Boh —indiferente, Yago despreció la protesta del hostelero con un gesto rápido de la mano—, los hay que nunca están contentos. Pero decidme —inquirió de pronto risueño, dirigiéndose ahora a nosotros—, ¿qué es lo que se os ofrece, alegre pareja?

Un surfista perdido en Bueu en pleno mes de noviembre. A mí me parecía un tipo de lo más curioso...

—Pues nada, hombre, que queríamos ir a visitar la isla.

—¿Mi isla?

Mariña se sorprendió con el matiz introducido por el surfista.

—¿Es tuya?

—¿Ons? Por supuesto —sentenció—. Toda ella.

—Vaya —me sorprendí esta vez yo—, es la primera vez que conozco al propietario de una isla... El caso es que contábamos con coger el barco aquí, pero resulta que no hay. O, mejor dicho, que *todavía* no lo hay, según nos acaba de aclarar aquí su amigo Bernardo.

—Ya, esos malditos mercaderes de turistas...

Yago se refería a los de la naviera aparentando una afectación a todas luces falsa.

—Pues sí —continué—, esos mismos. Así que parece que vamos a tener que quedarnos en tierra.

—¡Pero cómo! —exclamó súbitamente nuestro interlocutor—. ¿Me estáis diciendo que vosotros dos, pececillos, queréis ir a mi isla, y todavía no sabéis quién os va a llevar? ¿Pero con quién os pensáis que estáis hablando? ¡Faltaría más! Mi nave es vuestra nave —sentenció el surfista.

—¿Tienes un barco? —preguntó Mariña.

—Una chalana, más bien —rezongó con sorna Bernardo sin levantar los ojos del fregadero donde lavaba los platos de los desayunos.

—¡Cállate tú, envidioso!, a ver si te vas a morder la lengua y aún tenemos que llevarte al puesto de la Cruz Roja afectado de envenenamiento masivo. No le hagáis caso a este pobre infiel. Llegó hace muchos años desde los desiertos de Zamora, y todavía hoy no sabe bien lo que es el mar. ¡Pues claro que tengo un barco, princesa! El más hermoso bergantín a esta parte de los siete mares de las Galicias. Yo —pronunció cerrando los ojos— soy su capitán, y vosotros —añadió—, mis convidados.

Y con la misma solemnidad con la que había descrito los papeles de todos y cada uno de nosotros en semejante travesía, tomó la mano de Mariña y le plantó un más que sonoro beso a tal velocidad que ninguno de los dos tuvimos tiempo de reaccionar más que con una sonrisa.

—Si vosotros queréis ir a mi isla, yo soy vuestro hombre. Y hale, no se hable más. Vamos allá, que para luego es tarde.

—Pero escucha —atajé yo—, que todavía no nos has dicho cuánto nos vas a cobrar por el viaje.

De un tipo con aquellas pintas, al que el camarero acababa de recriminarle el hecho de que nunca pagase nada de lo consumido, supuse que lo más natural era desconfiar. A saber cuánto dinero pretendía sacarnos por sus servicios. «Mejor preguntar antes», pensé. Y, otra vez, nuevo error. Yago se quedó observándome fijamente, como alucinado ante el descaro de mi comentario.

—Pero, por favor, insisto: ¿con quién os pensáis que estáis hablando? —respondió llevándose la mano derecha al pecho, esta vez con una afectación todavía más dramática que la anterior—. Escucha, licencioso —dijo dirigiéndose a mí—: quizás a ti te cobrase un virreinato, amigo. Pero a usted —para Mariña ahora—, hermosísima señora... Déjeme decirle que hasta estaría dispuesto a pagar por engalanar mi navío con tal de hacerlo un poco más digno de acogeros a bordo. ¡Mástiles trenzados de rosales en flor y velas perfumadas de azahar para saludar vuestra presencia, mi señora! —Abrumada, la sonrisa de Mariña desbordaba por completo los límites naturales de su rostro—. Qué, ¿nos vamos de una vez, o todavía no?

—¡Nos vamos! —le confirmó Mariña sin dejar de sonreír.

—Pues venga, ¡arreando!

Dicho esto, Yago y Mariña tomaron con tanta decisión el rumbo de la puerta que yo no pude hacer otra cosa que seguirlos tan pronto como me fue posible, luego de haber rebuscado en mis bolsillos una moneda de dos euros para dejarla bailando sobre la barra del bar.

—¡Eh, tú, berberecho! —gritó el camarero—, ¡y tu almuerzo qué!

—Pardiez, Bernardo —respondió el otro fingiendo no comprender la pregunta—, ¿acaso no ves que ya me lo he tomado?

—Pues claro que lo veo. ¡Lo que te estoy preguntando es si esta vez me lo vas a pagar o no!

—¡Apúntalo en mi cuenta, grumete! —respondió Yago al tiempo que, terriblemente cortés, cedía el paso a Mariña en la puerta del bar.

Bernardo se quedó viendo por la ventana del bar, observando cómo nuestra procesión, ya al otro lado de la calle, avanzaba muelle adentro. Y, entonces, cuando por fin nos perdió de vista, el camarero siguió fregando las tazas de café. Sonrió, y no apuntó nada en ninguna cuenta.

El barco de nuestro capitán no era exactamente el bergantín del que nos había hablado. Se trataba de una planeadora con motor fueraborda de unos ocho metros de eslora, y estaba atracada en el mismo muelle por el que media hora atrás habíamos comenzado nuestras pesquisas. Yo no entiendo mucho de náutica (como me imagino que ya habrá quedado más que claro), pero el tamaño de aquel motor me pareció descomunal. En uno de los costados se podía leer «Yamaha 50CV». Supuse que debía de ser una pieza bien potente con la que empujar a aquel barquito a toda velocidad por la ría de Pontevedra, y no pude evitar sentir curiosidad sobre cuál sería la ocupación de aquel isleño tan extraño. Todavía seguía contemplando con asombro aquel motor, impresionado por su tamaño, cuando Yago se percató de mi curiosidad.

—¡No se deje usted engañar por los adhesivos, amigo: ahí debajo se esconde un motor cuatro tiempos de cien caballos! —me gritó justo antes de prorrumpir en una sonorosísima carcajada.

De entrada recordé las palabras de Bernardo al otro lado de la barra, y tuve que confesarme a mí mismo que sí, que de estar más próxima a alguna de las descripciones dadas, el barco de Yago Ray se parecía más a la chalana de la que había hablado el hostelero que al bergantín del que su propio dueño presumía. No siendo por aquel motor. ¿Y para qué demonios era aquello de ocultar un motor tan potente bajo los adhesivos de otro con la mitad de potencia? Como no fuese para engañar a alguien... Tuve la sensación de que él hubiese detectado mis dudas, porque, tan pronto como nuestra embarcación salió de puerto, el patrón hizo rugir con orgullo todos y cada uno de los caballos que guardaba en aquel motor tan grande, borrando de un solo golpe cualquier duda sobre el poderío de su embarcación.

—¡Agarraos! —nos gritó al tiempo que espoleaba todavía más a la manada.

Mariña, según me había descubierto la noche anterior, ya estaba acostumbrada a esto de la navegación desde pequeñita, por lo que no solo no le importó la bravuconada del piloto, sino que incluso parecía estar disfrutando de la travesía. Justo al contrario que yo. Lo que yo tuve que agarrar fueron mis tripas, por aquello de no hacer un estropicio en el bote.

Navegábamos a toda velocidad sobre las olas de la ría de Pontevedra, entregados a las manos de un extraño personaje del que apenas sabíamos nada. Quizás él también se diese cuenta de lo indefenso de nuestra posición, y para nivelar un poco más la contienda se decidió a presentarse contándonos su historia.

—¡Espero que no os asuste la velocidad! —gritó—. ¡Hoy hay un poco de mar, pero no os preocupéis, está todo controlado! ¡Yo ya estoy más que acostumbrado a este recorrido, llevo tantos años haciéndolo que creo que incluso podría atravesar la ría de punta a punta con los ojos cerrados!

—¿Y entonces, cuánto tiempo llevas por aquí? —le preguntó Mariña—. Porque tú de aquí no eres, ¿verdad?

—¡Vaya, señorita, veo que es usted observadora! ¡Pues no, la verdad es que no soy de aquí!

Yago Ray debió considerar entonces que la conversación podría ser lo bastante interesante como para ser escuchada con claridad, y con ese fin relajó un poco el trote de sus caballos, para que el ruido del motor no tapara el sonido de su voz. Y yo lo agradecí tanto...

—Yo llegué aquí hace ya más de un cuarto de siglo. Soy de Londres, de la mismísima Camden Town, no sé si la conoceréis. Crecí entre Camden, Portobello y Chelsea, donde a finales de los setenta estaba pasando todo. ¿Os gusta la música? Yo era muy amigo de Joe Strummer. Sabréis quién era Joe Strummer, ¿no? Yo lo conocí ya antes de que montara lo de los Clash, y después estuve viajando con ellos durante todo el tiempo que el grupo existió. Pobrecito Joe, qué buen tipo era... Dejé Inglaterra cuando la cosa del punk ya se iba de madre. Teníais que haberlo visto, toda aquella gente disfrazada,

¡mamá, aquello parecía un circo! Y llegué a Madrid. A comienzos de los ochenta también allí estaban pasando cosas muy divertidas. ¿Vosotros conocéis a Pedro?

—A... ¿Pedro? —pregunté, encogiéndome de hombros.

—Almodóvar —tuvo a bien puntualizar—. Ahora es un coñazo, pero cuando salía medio en bolas con aquel otro tipo... ¿Cómo se llamaba?

—McNamara —apuntó al momento Mariña para claridad de Yago y mayor sorpresa mía.

—¡Sí, eso es! ¡Almodóvar y McNamara, aquello sí que era divertido! Yo conseguí colar un puesto en el Rastro, y ahí vendía chapas, camisetas y todo tipo de historias que mis socios me iban mandando desde la City. Así me pasé unos cuantos años, ya os digo, hasta que mediada la década la cosa empezó a bajar. Fue más o menos entonces cuando la gente empezó a hablar de aquella otra «Movida». Todos los días escuchabas a uno hablar sobre una ciudad al noroeste que se llamaba Vigo, o a otro sobre lo importante de ir o no ir a Cangas do Morrazo, o sobre otras historias de las que yo no tenía ni idea de que existiesen, pero que tenían muy buena pinta. Todo el mundo hablaba de lo mismo, hasta que al final acabaron por liar al mismísimo alcalde, que por lo visto era un tipo muy *enrollao*, el tal Tierno Galván, para que pusiera un tren en el que los de la «Movida» madrileña pudiese viajar a la «Movida» viguesa, ¡y por el morro! Mi madre, cuánta payasada junta... Pero el caso fue que, en aquel momento, yo tenía mucha curiosidad y poco que me atase a Madrid, así que hice como los cursis aquellos de Mecano, y «en tu fiesta me colé». Me subí al tren, y entre artistillas, intelectualoides, coca y empanada, tiramos todos para Vigo. *Oh, my god!*, ¡menudo viaje, ya sabéis lo que quiero decir!

Yo asentí en silencio, sin entender en realidad ni una sola palabra.

—Pero al llegar a Vigo —continuó Yago— me pasó que no encontraba la movida aquella por ningún lado. Me subía a los taxis en el Corte Inglés y les decía a los taxistas «¡a la Movida, por favor!» Pero nadie sabía dónde quedaba eso. Como mucho me dejaban en El Manco, en la calle Lepanto, pero nada más.

—Solía pasar —afirmó Mariña, condescendiente.

—Y claro, como todo el mundo seguía hablando de la movida

por aquí, de la movida por allá, me dije: nada, en algún sitio tiene que estar, y me decidí a buscarla por otros lados. Primero probé en las Cíes, pero aquello estaba lleno de gente buscando hippies. Fracaso total. Entonces probé un poco más al norte. Y así fue como di con Ons. Me enamoré de la isla nada más llegar, y desde entonces ahí estoy. Y, si os digo la verdad, lo cierto es que ya no creo que me vaya a marchar. No sé, el sitio es muy bonito, y la gente... Yo qué sé, tienen un *feeling* especial, conectamos bien. A mí ellos me enseñaron lo que es la morriña, y ellos parece que se divierten con mis cigarritos de orégano, ¡vosotros ya me entendéis!

Dijo lo de los «cigarritos de orégano», y dejó de mirar al frente para ofrecernos un guiño de complicidad y una nueva carcajada honda, perlada de un amplio muestrario de caries, ausencias, y todo tipo de desastres dentales. Mi madre, ¿pero con qué clase de loco estábamos viajando?

—No sé, ya os digo, igual es que, al fin y al cabo, todos, ellos y yo, somos isleños, y entonces los isleños nos entendemos bien.

—Puede ser —asintió Mariña—. Tal vez en realidad todos seamos un poco isleños, ¿no te parece? A lo mejor todos llevamos una isla en nuestro interior...

Yago Ray se quedó mirando a Mariña como si el tercer misterio de Fátima acabase de serle revelado.

—Hey, sí, mi señora, qué bueno eso que dices... Todos somos un poco islas —«mi madre...»—. Pero bueno, ¿y vosotros qué? ¿Qué me contáis, también andáis a la búsqueda de vuestra movida en Ons?

La verdad es que también a mí me había dejado un poco sorprendido la respuesta de Mariña sobre las islas-persona, así que, por si acaso, decidí responder yo, no fuera a ser que le diese por sufrir otro ataque de honestidad filosófica, que yo todavía no tenía muy claro si nuestro compañero de crucero era muy de fiar.

—Pues nada, que nos han hablado muy bien de tu isla, y nos hemos dicho «Qué, vamos a hacer un poco de turisteo?» Y eso, que aquí estamos.

Yago Ray me observó de reojo, dibujando esta vez una media sonrisa.

—Turistas en noviembre, qué cosa más curiosa... —El extraño

capitán me dejó bien claro que no se había tragado ni una sola de mis palabras, aunque tampoco pareció importarle demasiado—. Y decidme una cosa, veraneantes de otoño, ¿ya tenéis pensado cómo vais a regresar a tierra?

Vaya, esa sí que era buena... Nos habíamos subido a la lancha tan fascinados por el énfasis de nuestro capitán que nos olvidamos de contemplar ningún plan de retirada. Ahora sí que la habíamos hecho buena.

—Os lo pregunto porque yo todavía he de hacer otro viaje a Bueu después de comer. Bernardo no sabe tomar el café si no es conmigo al lado. Así que ya sabéis, si queréis volver a surcar los océanos a bordo del *Quijote Wilson*, ahí estamos.

Mariña frunció el ceño.

—Perdón, ¿del qué?

Yago volvió a soltar otra carcajada.

—Del *Quijote Wilson*, mi bergantín —respondió al tiempo que daba un golpe con orgullo sobre el timón de la lancha.

—Hombre, pues no sé qué decirte —respondí yo... Sin saber, efectivamente, qué decir—. Igual ya estamos abusando de más.

—Pues como vosotros veáis, pero como no abuséis igual os quedáis en la isla para siempre. —Y volvió a reírse como un loco. Por el amor de dios, qué tipo más raro...

—Pues claro que vamos a abusar, Yago —respondió Mariña con su sonrisa tranquila instalada en los labios—. Pero esta vez sí que nos dices cuánto te pagamos, ¿de acuerdo?

—¡Por favor, princesa! —rugió nuestro capitán—. ¡Antes que cobrar nada por el placer de llevarte a bordo, hundo mi bergantín y lo mando a hacerle compañía a los pulpos y a los calamares gigantes de los mares del sur!

«Mi madre, ¡qué labia!», pensé desde el asombro que el estrepitoso arranque del surfista loco me había producido.

—De acuerdo —se rindió Mariña—, supongo que no voy a ganar nada discutiendo contigo, ¿verdad? ¿Cómo hacemos para quedar, pues?

—¡Claro que sí! —respondió con satisfacción nuestro capitán—. Mirad, ya estamos llegando a puerto. ¿Veis esa casa grande y blanca justo encima del muelle, a la izquierda?

—La vemos —respondió ella.

—Bien, pues eso es Casa Checho, el mejor tugurio de la isla. Y más a la derecha, al otro lado del camino, Casa Acuña, el otro mejor tugurio de la isla. ¿Os parece bien que quedemos ahí hacia eso de las tres?

—¿Pero en cuál de ellos? —pregunté yo, todavía intentando comprender cómo podía ser que los dos sitios fuesen «el mejor de la isla».

—¡Pues en cualquiera —respondió en otra carcajada—, los dos son fenomenales!

Mariña volvió a sonreír.

—Nos va perfecto, Yago.

Y los dos volvieron a reír mientras yo los observaba en silencio. Parecían entenderse a la perfección, como si ambos se conociesen de hacía años, mientras yo seguía sin saber qué pensar. No podría decir si el tipo aquel estaba loco de remate, o solo de comienzo, y no obstante ella parecía la mujer más tranquila del mundo a su lado...

Nos despedimos en el muelle, y comenzamos nuestra excursión por el Curro, el mayor núcleo de casas de la isla, hacia arriba. Le preguntamos por el Buraco al primer isleño, como el propio Yago les decía, con el que dimos en cruzarnos. Nos observó con recelo, no le debía de resultar nada habitual ver terrícolas por la isla en aquella época del año. Luego de habernos examinado de arriba abajo nos dio unas cuantas explicaciones no demasiado generosas en palabras, de las que yo solo conseguí comprender que las pistas de tierra que llevaban al Buraco do Inferno estaban todas perfectamente señalizadas con indicadores.

—Y tengan cuidado, que no serían los primeros que se cayesen dentro —rezongó por toda despedida. No me gustó nada su tono, seco, parco. Nada.

Comenzamos a subir por el camino de tierra negra sin que yo consiguiese entender cómo podía ser que una isla que desde el mar se veía tan plana pudiese tener unas pendientes tan abruptas. Madre de Dios. Pasamos por un indicador que señalaba el camping de la isla, todavía más lejos.

—¿Pero por qué carajo lo pondrán tan alto?

—¿El qué?

—El camping, digo. Mira dónde lo fueron a colocar, en lo más alto de la isla. ¿Te imaginas a los pobres turistas, cargando con sus inmensas mochilas por esta cuesta arriba? Bueno, así se entrenan para cuando les toque ir al Purgatorio.

—No, que ha dicho el Papa que ahora ya no hay Purgatorio.

—¿Ah, no? ¿Y eso?

—Pues no sé, será que no tienen personal para atender a tanto penitente...

—Sí, eso, o que algún cardenal pasó un día por aquí. ¡Esto ya es castigo de sobra!

Todavía sacamos fuerzas para reírnos mientras íbamos dejando el Curro atrás, adentrándonos en la isla. Y supongo que ella, la isla, me cogió por sorpresa.

Ya llevaba mucho tiempo sin visitarlas, pero en mis recuerdos guardaba vivas las imágenes de mis estadías de juventud en las islas Cíes. Cuando volvía a casa, entre uno y otro curso en Barcelona, mis amigos y yo siempre encontrábamos tiempo para pasar unos cuantos días en las islas. Recuerdo las excursiones al faro, a grabar nuestros nombres en la puerta para volver a buscarlos de un año para otro, las caminatas hasta el mirador de Monteagudo, los paseos atravesando el bosque... Las islas Cíes caen abruptamente sobre el Atlántico por su costado exterior, pero cuentan con un bosque frondoso de pinos, acacias y eucaliptos que, a pesar de estos últimos, ofrece un hermoso descenso hacia la ría de Vigo. Recordaba los rayos de sol colándose por entre las ramas de los árboles de camino a la playa que llamaban «de los alemanes». Y supongo que esas mismas sensaciones eran con las que contaba encontrarme en Ons. Pero no fue así. En Ons no hay árboles. Bueno, cuando menos no tantos como en las Cíes. Avanzábamos con calma por pistas abiertas bravamente entre el mar bajo de silvas y tojos que cubre toda la isla. Extrañaba los árboles, pero poco a poco me fui empapando de esa otra belleza que escondía la isla, envolviéndolo todo en un hermoso ambiente de nostalgia. Nuestro camino pasaba al lado de dos playas, la del Canexol, primero, y la playa de Pereiró, después. Intenté imaginármelas en verano. Estarían llenas de turistas, gente venida de toda Galicia. De todo el mundo. Me imaginé a toda esa gente a la luz fuerte del sol de agosto, los gritos de los niños, la estridencia de la canción del verano. Pero ahora no había nadie. No había sol abrasador, no había niños, ni canciones en radiocasetes de pilas, y el único sonido que se oía era el de las olas del mar rompiendo en la arena de la playa y el viento de noviembre silbando entre los cañaverales. Y entonces tomé consciencia de mi propia sorpresa. No contaba con que todo eso estuviese ahí. Supongo que, sin querer, había asumido que todas esas cosas, el sol, la playa, las bicicletas, eran para el verano, y que, si los turistas no estaban, los paisajes tampoco estarían. Como el alumbrado de Navidad, que vive todo el año guardado en una caja de sabe dios qué departamento de qué almacén de qué compañía.

—No sé como serán Torremolinos o Benidorm bajo un día de lluvia. Pero nunca hubiese imaginado lo hermosa que podía ser esta isla a la luz del otoño.

Mariña se me quedó mirando sin dejar de caminar. Caí en la cuenta de mi propia expresión de alucinado, en el sentido más literal de la palabra, y al momento sentí cierta vergüenza de mi propia reacción. «Vale, campeón. Ahora debe pensar que eres imbécil», le oí decir a mi subconsciente. Pero otra vez más me estaba equivocando.

—Sí que lo es, sí.

Sonrió de nuevo con la vista al frente, y continuamos nuestro camino. Tomamos la última bifurcación, y llegamos por fin a nuestro destino.

El Buraco do Inferno es un lugar sobrecogedor. Un pozo abierto en el suelo por la propia naturaleza, con una boca escarpada de unos cinco o seis metros de diámetro por su parte más amplia, y nada más que unas rudimentarias barandas de piedra de no más de medio metro de altura para disuadir al visitante que llega por el camino de asomarse a los más de cuarenta metros que, según nos habían contado, el Buraco tiene de caída. La suma de la distancia a la que la baranda se encuentra de la boca, más lo irregular de la propia abertura, hace que sea imposible comprobar la verdadera profundidad del pozo, cuando menos de modo visual. Desde donde nosotros estábamos tan solo se podían divisar los seis o quizás ocho primeros metros de la garganta. Lo cierto es que aquella abertura negra ya nos impresionaba por sí misma, intimidándonos lo bastante como para que no nos acercásemos más para asomarnos a ver si al fondo se veía brillar el oro de los piratas. Intentamos otros métodos para descubrir su profundidad. Cogí un guijarro del camino y lo arrojé a su interior, intentando escuchar algo al fondo de aquel intestino. No se oyó nada. Mariña fue más expeditiva que yo, y lo que ella cogió fue directamente un pedrusco de dimensiones considerables. Lo lanzó al interior, pero el resultado fue muy semejante: cloc cloc cloc, y cada vez el cloc se iba haciendo más remoto e inaudible. Lo intentamos un par de veces más, como dos niños que lanzan piedras al mar por ver si lo rompen, pero el éxito siempre fue el mismo. No oíamos el final del viaje de la piedra, porque desde donde nosotros estábamos lo único que se oía era una cosa: el sonido del mar entrando con fuerza, revolviéndose incómodo y constante en el fondo de aquella garganta negra. Desconocíamos dónde quedaba aquel estómago salado, pero sabíamos que estaba ahí, lo oíamos allá abajo. Bravo, fiero.

Instintivamente, pasamos a buscarlo a nuestras espaldas, bajo el cielo abierto. La isla todavía continuaba unos metros más allá al otro lado del camino, y luego el precipicio. Y el mar, inmenso, allá abajo. Probamos a asomarnos, pero la mera intención sirvió para comprobar que aquello era una temeridad. Al mismo ritmo que el suelo incrementaba su pendiente, su firme se iba volviendo más y más irregular. Un par de pasos más se podían convertir en el comienzo de un buen susto. En un principio yo no lo había visto, pero después de un buen rato de observación, Mariña cayó en la cuenta de que algo más abajo, quizás a unos quince o veinte metros por debajo de donde nosotros estábamos, alguien había construido un rudimentario balcón de piedra justo antes de que el precipicio se convirtiese en caída vertical. La bajada no parecía cosa segura, pero para cuando lo quise comentar, mi compañera de excursión ya había iniciado el descenso. Finalmente conseguimos llegar a nuestro destino, aunque no sin esfuerzo.

Una vez allí, asomados, descubrimos una nueva vista, aún más impresionante que la anterior. Se trataba de un mirador sostenido a unos veinte metros sobre el nivel del mar. A nuestra derecha, las olas rompían con fuerza en una ensenada salvaje de rocas y espuma blanca. Bajo nuestros pies, el agua se abría paso al fondo de una imponente garganta de roca viva. Y, a nuestra izquierda, el pórtico majestuoso del Buraco do Inferno, una herida abierta en el costado de la isla, una grieta negra de más de veinte metros de altura. La naturaleza nos abrumaba en su colosal grandeza.

Retrocedimos hasta recuperar nuestra posición segura en lo alto. Atravesamos el camino y volvimos a asomarnos una vez más sobre la baranda de piedra que protegía a los visitantes de una caída al aparente abismo sin fin del Buraco. Lo observábamos en silencio, y el pozo no nos dio más respuesta que la voz del mar rompiendo con furia desde el interior de su profundidad. Mariña sacó su teléfono móvil, y se dispuso para hacer un par de fotos de aquella gran boca.

—¡Ponte, que te saco una!

—¿Quieres que pose delante del Buraco? —pregunté.

—Sí. Como si fuésemos turistas. ¡Veraneantes de otoño! —rio ella.

Me apoyé sobre las piedras de la baranda intentando que una gran dosis de arrogancia fuese suficiente para encubrir lo abundante de mi vértigo.

—¡Sácala rápido, no vaya a ser que aparezca trepando por la pared el fantasma del pirata Baker y se me lleve a hacerle compañía a su oro!

Mariña volvió a reírse, y yo aguanté la pose y los nervios, contento de que ella quisiese tener un recuerdo mío.

De vuelta al Curro, deshicimos nuestro camino andando ahora más tranquilamente, con el reposo que en realidad no habíamos utilizado durante la ida. Nos parábamos en cada rincón que a Mariña le llamaba la atención, y ella iba tomando fotos de todo. Al pasar por el mirador de Fedorentos, Mariña se detuvo a contemplar el paisaje, la ría de Pontevedra fundiéndose en el magnífico océano Atlántico con la isla de Onza al fondo. Mantenía la mirada fija en el mar, pensativa. Me acerqué un poco más a ella para preguntarle si se encontraba bien. Sin apartar sus ojos del océano abierto frente a ella, me preguntó.

—Simón, ¿tú sabes de qué color es el mar?

Comprendí al momento.

—Del color del cielo, Mariña —respondí al tiempo que la abrazaba contra mi costado.

Así, a los pocos, con la prisa de los turistas a los que no les importa tener ya perdidos todos sus barcos, fuimos llegando por fin de vuelta a la aldea. Comimos en Casa Acuña una riquísima caldereta de pulpo, y ya estábamos con los cafés cuando Yago Ray volvió a aparecer.

—*Hi, little fishes!* Qué, ¿cómo os ha ido el paseo? ¿Ya os habéis enamorado de mi isla?

—*Hello, my captain!* —Mariña seguía divirtiéndose con el juego del surfista loco—. Pues lo cierto es que sí. Hemos de confesarte que tienes una isla que bien vale un reino. Siéntate con nosotros, que ya que no nos aceptas ningún tipo de pago por sus servicios, por lo menos deja que te invitemos a un café.

—Así que te ha gustado, ¿eh? —respondió satisfecho al tiempo que se sentaba a nuestra mesa—. ¡Pues que sepas entonces que, a partir de ahora, mi isla ahora también es la tuya! Si es que te parece bien, claro...

—¡Vaya, pues mira! —exclamé yo dirigiéndome a Mariña—, ya es la segunda persona que conozco dueña de una isla. Y todos en el mismo día, qué casualidad. Y yo que pensaba que eso solo era cosa de futbolistas excéntricos y músicos locos...

—Ai, Simón, Simón, que tampoco tiene por qué ponerse usted así.

—Vaya, ¿y eso? ¿Es que también me la regalas a mí? —me animé.

—Por supuesto que no. ¡Pero podrá venir a visitarnos siempre que lo desee! —Y volvió a soltar esa carcajada suya tan estrepitosa con la que ya nos había obsequiado varias veces en su barco.

Decidí valerme del rumbo que el Capitán Pescanova le acababa de dar a la conversación.

—Oye, Yago, mira una cosa... Puestos a aceptar el convite, ¿por dónde me recomendarías que comenzase la visita?

—Caramba, pues no sabría qué decirle —respondió pensativo, al tiempo que se rascaba el mentón mal afeitado—. Hay tantos rincones por aquí... Supongo que por las playas —dijo al fin—. ¡Si es usted de tirarse al sol, por aquí tenemos alguna de esas que quitan el sentido!

—Ya, las playas... —repetí—. ¿Y qué me dices de un chapuzón en el Buraco do Inferno?

Extrañado, Yago frunció el ceño.

—¿En el Buraco?

Desconcertado, aún tardó un par de segundos en recuperar la sonrisa, dando por sentado que lo mío no había sido más que una broma.

—Hombre, pues qué quiere que le diga, me parece un poco complicado. Pero si el Toro se lo permite...

—¿El toro? ¿Qué toro?

—El toro de los cuernos de oro.

Oír hablar de oro, aunque fuese en los cuernos de un toro, activó nuestras alarmas. Mariña y yo cruzamos una rápida mirada cómplice que Yago no detectó. Fue ella la que preguntó.

—¿Qué es eso del toro de los cuernos de oro, Yago?

Misterioso, el marinero acercó su cuerpo un poco más a la mesa.

—El toro es una leyenda, amigos... Al parecer, una de la que ya hablaban en sus historias los viejos de la isla mucho antes de que yo apareciese por aquí. Y es... —Dejó correr un par de segundos de silencio, no sé si para darle más misterio o simplemente más teatralidad a su explicación—: ¡Es el mismísimo portero del Infierno!

Yago reforzó la aclaración con un gesto de sus brazos para acentuar lo grandioso del animal. Y, vaya, reconozco que me impresionó, no contaba yo con aquello...

—¿El portero del Infierno, has dicho?

—Sí, eso he dicho —me confirmó, de pronto británicamente flemático—. Según cuentan por aquí, mis queridos amigos, el Buraco do Inferno es una de las puertas de entrada a los dominios de Lucifer. Parece ser que las ánimas de los condenados por esta banda del mundo a los que para la otra vida les hubiese tocado sufrimiento, tenían por ahí su puerta de entrada a los infiernos. Pero claro, es de suponer que no todas estarían de acuerdo con el laudo judicial que las condenaba a una vida de eterno penar, así que, para evitar que ninguna intentase huir, al diablo no se le ocurrió mejor cosa que colocar en esa puerta a una terrible bestia en forma de feroz toro colosal.

—¿Y con los cuernos de oro?

—Exacto —volvió a responder con la mayor de las convicciones, como si él mismo hubiera sido el encargado de engarzarle los cuernos al puñetero bicho—. Aunque, vaya —añadió casi al momento, de pronto dubitativo—, la verdad es que esa parte no la acabo de entender demasiado bien... Pero bueno —resolvió, recuperando la sonrisa—, el caso es que así es el cuento. No sé cómo andará el asunto de toros, vacas o bueyes dorados por allí abajo, pero ya sabéis: si os encontráis con un bicho con los cuernos de oro, mejor no os acerquéis demasiado, no vaya ser el demonio... ¡nunca mejor dicho!

Yago volvió a reírse como un poseso con su propio chiste, y en esta ocasión también nosotros le acompañamos. Y entonces, todavía entre sus propias carcajadas, añadió.

—Bueno, digo yo que será para evitar que huyan, o también para impedir que alguien más bravo decida entrar a buscar a alguno de los condenados. ¡Que ya sabéis lo que pasó con el tal Eneas aquel!

Fue ese y no otro el momento justo en que a Mariña se le congeló la sonrisa en la cara.

—¿A qué te refieres?

—Sí, mujer —le respondió el isleño, aún con los restos de la carcajada en su voz—. Aquel troyano que se atrevió a bajar a los infiernos a la búsqueda de la hermosa Dido, la chica que le había robado el sueño —continuó Yago, que todavía no se había percatado del cambio en la expresión de mi compañera—. ¿O no era ese? —se preguntó a sí mismo, rascándose el cogote—. Bueno, en fin, que sea como sea, por aquí cuentan que si os asomáis a la boca del Buraco do Inferno, lo que se oye venir de su profundidad no es el batir del mar, sino el llanto de las almas de los condenados, los cuales, abatidos por el castigo de sus pecados, lloran en su entrada a los infiernos. Y aún os puedo decir más...

—¿Todavía más? —A mí ya me parecía más que suficiente para tan poca conversación.

—Pues sí. Porque si sois tan valientes como para asomaros en un día de temporal, dicen que es al mismísimo toro al que oiréis bramar en su interior... Qué, ¿impresiona mi isla o no? —concluyó, dejando caer un golpe orgulloso sobre la mesa, completamente ajeno a nuestras preocupaciones.

—Impresiona, impresiona...

Fui yo quien respondió, ya que Mariña se había quedado en silencio desde la aparición en la historia de Eneas, el héroe descrito por el poeta Virgilio.

—Pues claro que impresiona, pececillos —presumió Yago Ray—. ¡Pero si hasta tenemos línea directa con el mismísimo diablo! —Y de nuevo esa tormenta que nuestro extraño compañero tenía por carcajada.

—Y mira una cosa —Mariña reaparecía en escena, ajena a aquellas risas—, aparte de todas esas almas de las que nos hablas, y de sus valientes rescatadores... ¿Alguien más podría entrar en el Buraco desde el mar? Me refiero a alguien un poco más real. No sé, Simón, yo, tú... ¿Qué me dices?

Yago volvió a observar a Mariña de nuevo con esa expresión de desconcierto que ya no nos era nueva.

—¿Entrar en el Buraco do Inferno?

—Sí.

—¿Desde el mar?

—Eso he dicho.

El surfista de Camden Town se quedó callado por un momento. Seguía observando a Mariña a la busca de algún gesto que aliviase su incertidumbre. Pero el rostro de la mujer no dejaba lugar a dudas sobre la seguridad de su pregunta. Entonces pasó a buscar la alternativa en mí, y al comprobar que por aquí tampoco estaba la salida, simplemente respondió:

—¿Pero vosotros estáis locos?

22

—Se me hace un poco tarde. Pero si salimos ahora todavía nos da tiempo a que veáis algo. Venid conmigo, por favor.

Salimos los tres del bar para dirigirnos hacia el muelle, donde el *Quijote Wilson* nos aguardaba atracado en el mismo sitio donde su patrón lo había dejado amarrado al llegar a la isla. Una vez a bordo, no tardamos en dejar el puerto atrás. Pero en lugar de poner rumbo a la ría, a Bueu, Yago Ray tomó rumbo sur, bordeando siempre la isla. Los dos comprendimos su intención. Apenas un par de minutos después, el capitán aminoraba la marcha de la embarcación, señalando un recodo en la costa de la isla, a unos cien metros de donde ahora nos encontrábamos detenidos.

—¿Veis esa columna negra de ahí delante? Al fondo, entre las rocas, donde se ven romper las olas. Eso es el Buraco do Inferno, la única entrada que la gruta tiene desde el mar. Y donde nosotros estamos ahora es lo más que yo me haya aproximado nunca, más o menos.

Entre el pórtico del Buraco y nosotros hay toda una escollera de rocas afiladas como agujas. Cualquier lancha es muy difícil de gobernar ahí dentro. Un mal golpe de mar y la corriente nos llevaría a toda velocidad contra las rocas de la costa. ¿Lo comprendéis ahora? Por eso os decía que es una locura. ¡Hay que estar muy mal de la azotea para hacer una cosa así!

El mar estaba en calma, y, así y todo, las olas que se producían en aquel recodo le imprimían a nuestro barco el movimiento suficiente como para comprender que Yago no estaba exagerando. Entonces recordé otro detalle.

—Oye, antes nos preguntaste si pretendíamos entrar desde el mar. ¿Acaso es que hay otras opciones?

—¿Te refieres a si es posible hacerlo desde arriba?

—Sí.

—Bueno, creo que hay una gente de un club de espeleología que consiguió hacerlo en alguna ocasión. «Aradelas», creo que se llamaba. Pero por lo visto fue algo bastante complicado. Hay que tener mucho ojo con el tiempo, con los movimientos, con el propio peso, o incluso con el rozamiento de las cuerdas contra las rocas, ya que no hay una línea de pendiente directa al fondo. En su momento, aquellos muchachos tuvieron que montar una especie de andamiaje especial. Y eso por no hablar de los miles de permisos que tuvieron que solicitar. Bueno, no sé, en realidad no creo que ellos estuviesen menos locos que vosotros...

—Comprendo.

—Como podéis ver, mi isla es una belleza, pero no olvidéis que también hay bellezas que matan.

Con mucho cuidado fue realizando la maniobra para sacarnos de allí y poner, ahora sí, rumbo al interior de la ría. Volvimos tranquilamente a Bueu, casi toda la travesía en silencio, apenas roto por algún que otro comentario sobre los estados del mar y las velocidades que una lancha como aquella podía alcanzar. Desde luego, Yago Ray era un piloto orgulloso de su barco. Ya en el puerto, cuando nos íbamos a despedir, Yago le ofreció a Mariña un papel sucio y arrugado, con algo escrito a lápiz.

—Llévate mi tarjeta, princesa. Ahí te va mi número, quédate con él por si algún día quieres volver a visitar mi isla, que ahora también es tuya, y no tenéis quien os lleve.

—Muchas gracias, mi capitán.

Mariña le ofreció una amplia sonrisa a Yago Ray, y los dos salimos del barco mientras el patrón seguía con los trabajos de amarre. Ya estábamos en tierra cuando Mariña dio media vuelta para dirigirse de nuevo a su capitán.

—Yago, ¿puedo preguntarte algo?

—Por supuesto que sí, mi reina. ¿De qué se trata?

—¿Por qué... —Mariña volvió a quedar en silencio, como si todavía estuviese dándole vueltas en la cabeza a su pregunta. Al final sonrió al tiempo que hacía un gesto con las manos como si alejase de sí alguna idea absurda—. Es igual, tanto da. Hasta luego, Yago Ray.

—¡Hasta más ver entonces, mi señora!

Allí quedó Yago Ray, sonriendo y amarrando su bergantín al puerto de Bueu.

Ya en el coche, de regreso a Vigo, esta vez por las olas de la Autopista del Atlántico, Mariña y yo intentamos sacar algunas conclusiones conjuntas.

—Bueno, ¿qué te ha parecido tu capitán, mi capitán?

—¡Hey —se rio ella—, no te burles!

—¿Que no me burle, yo? ¡Pero cómo! —fingí sorprenderme—, ¿acaso no tienes tú la sensación de que ha sido él quien ha estado tomándonos el pelo todo el tiempo?

Mariña me observaba con una mezcla de asombro y diversión en la cara.

—¿Eso te ha parecido?

—Vaya, pues no sé, no sabría qué decirte a ciencia cierta... Lo que sí que me ha parecido es desde luego un tipo rarísimo. Cuando menos es la primera vez que conozco a un londinense con un acento tan de Beluso como este.

—¿De dónde?

—De Beluso, la parroquia de Bueu a la que originalmente pertenecía la isla de Ons.

—¿Y qué quieres decir con eso? ¿Crees que era todo mentira?

—Pues mira, sí. O no. —Hablaba con una mano al volante y sin dejar de pasarme la otra por el pelo, como si entre lo revuelto de mis mechones fuese a encontrar un poco de claridad para mi propia confusión—. No sé, Mariña. No sé si todo lo que nos dijo era mentira, si era verdad o si no era más que de todo la mitad.

—¿Cómo que de todo la mitad?

—Pues que a lo mejor todo esto solo es verdad para él. Con lo que, ahora que lo pienso, tampoco nos estaría mintiendo...

—¿Pero qué dices, Simón, que nuestro amigo está loco?

—Oye, ¿y por qué no? ¿Tú has oído todo lo que nos ha contado? Londres, Madrid, Vigo... Eso sí que fue una película, y no las de su amigo Pedro. ¿Los Clash? ¡Por favor, Mariña!

Ella se rio con mi veredicto. Se ve que, o bien no me estaba tomando demasiado en serio, o bien tampoco era que le importase demasiado si así hubiese sido.

—No sé qué decirte... Hombre, reconozco que peculiar lo era un rato, sí...

—¡¿Peculiar?! Venga, Mariña. Creo que estás siendo demasiado generosa.

—Bueno, quizá. Yo lo que sé es que, desde luego, me lo he pasado muy bien con él.

—Que te lo has pasado muy bien, dices... Ya lo he visto, ya. Yo preocupadísimo por si nos estaba secuestrando un narco perturbado, y tú allí, hablando de islas humanas con el loco de la montaña.

Mariña volvió a reírse.

—¡Pero qué dices tú! ¿Un narco perturbado? Me da a mí que ahora uno de los dos está siendo un poquito paranoide. Y no soy yo.

—Sí, pues tú métete ahora conmigo, pero ya me dirás entonces para qué crees que necesita un tipo como este una lancha con un motor como ese. Porque nada más que para llegar en hora a tomarse el café con Bernardo no creo que sea.

—Pero Simón, por favor, ¿cuando has visto tú a un narcotraficante que vaya por ahí dejando tarjetas de visita?

—¿Le llamas «tarjeta de visita» a ese papel de envolver el bocadillo?

—Bueno, no sé si eso es verdaderamente importante o no, Simón. Pero lo que sí sé es que, desde luego, su conversación ha sido de lo más ilustrativo en según qué aspectos, ¿no te parece?

Tal vez fuese por mi comentario anterior, pero de repente tuve la sensación de que el tono jocoso de la conversación se hubiese diluido ligeramente.

—¿A qué te refieres?

—Pues hombre, al asunto este del toro con los cuernos de oro, por ejemplo. O no me dirás ahora que eso no te ha llamado la atención.

Tuve que reconocer que en eso si estábamos de acuerdo.

—Ya, lo del oro. Ni que estuviera esperando por nosotros...

—Pues si eso te llamó la atención, imagínate como me quedé yo con lo de Eneas y Dido.

—Lo dices por tu padre.

—Caramba, Simón, qué observador... Pues claro que lo digo por mi padre.

—Pero, por qué, ¿acaso no conocías la *Eneida*?

—A ver, Simón. Soy historiadora del arte, pues claro que conozco la historia de Eneas. Pero eso tampoco quiere decir nada. Todos los nombres tienen su propia historia. ¿O acaso te crees tú que el nombre de Simón lo inventaron ayer por la tarde? Simón, tú eres la piedra sobre la que yo levantaré mi iglesia y toda esa historia, y no creo que por eso tengas tú ninguna pretensión apostólica. ¿Es o no es?

La elocuencia de Mariña me abrumaba al tiempo que cruzábamos el puente de Rande. No pude evitar volver a echar una mirada a la profundidad de la ría, preparándose para el atardecer. Intenté lo imposible, ver más allá del mar azul. ¿Dónde estaban todos aquellos barcos hundidos?

—Tienes razón. Yo también conozco un par de cosas sobre la mitología clásica, pero la verdad es que en ningún momento se me hubiera ocurrido relacionar a tu padre con el héroe de la *Eneida* hasta que Ray lo comentó.

—Ya, tampoco yo. Pero lo malo es que...

No dijo nada. De pronto, Mariña se quedó en silencio.

—¿Qué —pregunté—, qué ocurre?

Todavía tardó un poco más en responder, ocupada en morderse el labio mientras mantenía la mirada perdida en la vista al otro lado de la ventanilla.

—Pues que ese es el problema, Simón.

«¿Problema?»

—¿A qué te refieres?

—Pues a lo que tú mismo acabas de decir. Mi padre se llamaba Eneas. A mí siempre me gustó mucho su nombre, y siempre di por sentado que esa había sido la elección de su propio padre, o sea, mi abuelo. El rico empresario Daniel Dafonte. Pero, ¿y si el nombre de mi padre no hubiese sido el seleccionado por mi abuelo? Quiero decir, ¿qué pasa si el héroe y mi padre están realmente relacionados, como tú dices?

—Ya veo... Entonces quizás el nombre de tu padre fuese algo más que una afortunada selección por parte de tu abuelo.

—¿Abuelo? —Incómoda, como si acabara de escuchar alguna sandez por mi parte, Mariña se revolvió en su asiento—. ¡¿Pero de qué abuelo me estás hablando, Simón?!

Confieso que, de entrada, no comprendí aquella reacción.

—Yo...

Pero no me dejó continuar.

—Escucha, ¿qué ocurre si todo esto es como parece ser, si alguna vez mi padre se vio vivo tras haber salido de algún infierno?

No supe qué contestar.

—Pues está claro, Simón: que entonces fue él y no otro quien escogió ese nombre. Mi padre, ¿entiendes?, él fue quien escogió llamarse así, y no mi abuelo.

Y, entonces sí, comencé a comprender.

—Pero, si eso es así...

—Entonces ese nombre no lo pudo escoger mi abuelo porque, simplemente, nunca habría habido tal abuelo.

—Santo Dios...

Mariña negaba con la cabeza en el aire, atando cabos a más velocidad que yo.

—Las cosas empiezan a encajar, Simón. Porque si la historia es como nos la contó ayer Neumann, entonces nunca existió ningún Daniel Dafonte, ni nadie semejante que hubiera emigrado a América. Ni mucho menos nadie que conociese a ninguna Montserrat Maristany. Pero, ¡por favor! —Rio cínica al seguir comprendiendo—. ¡Lo más probable es que ni tan siquiera existiese nunca ninguna mujer con ese nombre! Nunca —repitió—, nunca. Nada de nada, porque todo era mentira, Simón.

Para, para, para. Todo aquello era demasiado deducir, demasiadas conclusiones a demasiada velocidad.

—Pero Mariña, para un poco. Eso tampoco es exactamente lo que nos contó el viejo Neumann...

—¿Ah, no? —preguntó ella con extrañada sorpresa.

Me preocupé ante la evidencia de que Mariña estaba comenzando a alterarse, y yo a no poder ver con demasiada claridad. O por lo menos no a tanta velocidad como ella lo hacía.

—A ver, a ver. Tranquilicémonos un poco. Una cosa es hacer una escapada, salir de excursión para meter un poco de aire fresco en la cabeza entre tanta historia de piratas, y otra muy distinta renunciar de golpe a toda tu propia ascendencia solo porque un viejo te haya contado una cosa y, justo a continuación, aparezca un loco con una lancha que, de casualidad, cita a un héroe griego que se llama como tu padre. A ver, Mariña, yo creo que una cosa no tiene que ver con la otra...

Los dos permanecimos en silencio un buen rato. Tanto que, cuando el coche entró en la ciudad por la calle Cervantes, ya muy cerca del edificio de Mariña, yo estaba casi seguro de haber convencido a Mariña con mis razonamientos. O por lo menos de haberla tranquilizado un poco. Por supuesto, estaba equivocado.

—Pero seré idiota... —dijo de repente.

—¿Cómo?

—Pues claro que tiene que ver, Simón, ¡todo tiene que ver!

—¿A qué te refieres?

—Por favor... ¿Cómo dijo Jackob que se llamaba el chaval del puerto?

—Quién, ¿Daniel?

—Daniel —corroboró ella, como si los dos estuviésemos ante una evidencia que yo todavía no era capaz de vislumbrar—. Ahí lo tienes, Simón. Según la historia familiar que yo conozco, Eneas siempre dijo que su padre, mi abuelo, se llamaba Daniel. ¿No lo ves, Simón? Eneas es hijo de Daniel. O lo que es lo mismo: Eneas viene de Daniel.

Dios mío. Por un momento mi cerebro superficial sintió la tentación de responder «venga, Mariña, se trata de una casualidad». Pero no. Aquello comenzaba a convertirse en demasiadas casualidades juntas como para no empezar a sospechar. No encontré mejor opción que quedarme callado. Al doblar la esquina de Urzaiz con Gran Vía detuve el coche, y Mariña se preparó para apearse.

—Voy a volver a hablar con Neumann. Es necesario que termine de contarnos la historia de Daniel y el oro de Rande. Ahí tienen que estar nuestras claves. No sé, Simón, pero creo que nuestra excursión de aireaciones mentales acaba de convertirse en el nuevo eslabón de esta cadena tan extraña. En cuanto sepa algo te cuento.

No dije nada. Tampoco tuve tiempo. Mariña cerró fuertemente la puerta del coche tras de sí, y yo volví a incorporarme al tráfico de la tarde en la ciudad.

Aparqué en las laderas del Castro y bajé paseando por el parque. Caminaba tranquilamente, sin prisa ninguna. Mis pensamientos eran demasiados y todos demasiado caóticos como para poder ponerles orden en poco tiempo. Atravesé la plaza del Rey mientras intentaba centrarme en alguna de las ideas que pedían paso en mi cabeza. Pero todas hablaban a gritos, y todas a un mismo tiempo. Casi sin darme cuenta, al llegar al paseo de Alfonso mis pies despistaron su camino hacia el bar de Suso. Me senté en la primera mesa al lado de la ventana, y creo que no debí de decir ni «hola». Menos mal que Suso ya me conoce bien. Mientras él dejaba una cerveza fría y un pincho de tortilla sobre mi mesa, yo pensaba en el desencadenante del ciclón de conclusiones al que Mariña había llegado. El viejo Neumann. ¿O quizá no había sido él? No, no había sido él. Había sido otra persona.

Yago Ray.

¿Y quién demonios era este tipo? ¿Cuánto de verdad había en sus historias? ¿Estaría loco? Los Clash... La lancha.

Para qué carajo necesitaba un isleño una lancha como aquella... Los narcotraficantes. Y entonces recordé otro nombre. Bruno.

Bruno, o, mejor dicho para esta ciudad, el comisario Rodés. Según él mismo me había contado, él era el responsable de la investigación que se estaba llevando a cabo sobre el hermano de Mariña, el famoso Xulio Ascanio de los periódicos, por algo que tenía que ver precisamente con eso, historias entre narcos. ¿Y si él sabía algo sobre este otro tipo?

Y entonces hice como solo yo sé hacer las cosas: sin ton ni son. Eché mano de mi cartera. Un montón de papeles viejos, un billete de cinco, un par de diez, algo anotado en una servilleta, un cupón de los ciegos de hace más de medio año, la tarjeta. La tarjeta que apenas unos días atrás me había dado en la puerta del cementerio. Bruno me había apuntado en ella el número de su móvil personal. Sin pensármelo ni media vez cogí mi teléfono y marqué. Oía el sonido de la línea intentando la conexión, y a cada tono mi sentido común me recordaba lo disparatado de lo que estaba a punto de hacer. Ya iba a colgar cuando alguien respondió al otro lado.

—Dígame.

Era una voz extraña, una seca y dura que no reconocí.

—¿Bruno?

—¿Quién llama?

—Soy yo, Simón Varela. ¿Eres tú, Bruno?

—¡Hombre, *malparit*! —vale, era él—. ¡Vaya sorpresa! ¿Qué pasa entonces, que ya estás en algún follón, o qué?

—No me atrevería a jurar lo contrario. Ya sabes, los marginales y nuestras cosas...

—¿Marginal tú? Tú no tienes ni puta idea de lo que es un marginal. Qué, ¿qué te cuentas, chaval?

—Pues tampoco mucho, Bruno. Verás, es que tengo una amiga que... —«¿Tengo una amiga?» Mi «amiga» era la hermana de su objetivo. No, mejor no tirar por ahí—. Bueno, mira, que por teléfono es muy largo. Qué te parece si quedamos para tomar algo, y ya te cuento.

—Hombre, pues me parece muy bien. Anda que no tenemos para ponernos al día tú y yo, ¿sí o no? A ver, yo ahora estoy todavía en comisaría, pero para las diez estoy fuera. ¿Cómo lo tienes tú?

—¿Hoy?

—Sí, claro, hoy, ¿por qué no? La última vez que lo dejamos para un poco después pasaron, cuántos, ¿diez años?

—Ya, y alguno más también...

—Pues que no se hable más. Te invito a cenar. ¿Todavía te gusta ir a conciertos? Pues claro que te gusta, eso nunca deja de agradarle a uno. Vuelve a llamarme a las diez, y paso a recogerte donde tú me digas. Venga.

Y colgó. Colgó justo a tiempo para que yo me quedase con la mirada perdida en la contemplación de las burbujas de mi cerveza, en eterna persecución una tras otra. Una, otra, sin parar hasta la superficie espumosa de mi vaso. A ninguna parte. ¿Qué carajo estaba haciendo?

23

El Jonathan. Karina Falagan le puso ese nombre a su bar sobre la playa de Samil en recuerdo de un novio marinero que había tenido muchos años atrás, cuando el mar todavía era joven. Una ola trajo a Jonathan Seagull a tierra, y otra se lo llevó, y solo Karina quedó aquí, en la playa, sobreviviendo entre un escándalo y otro más. Aquella fiera mujer, para bien o quizá para mal brava e impulsiva como pocas, se había ido consumiendo en el roce con los años, y ahora ya solo es un recuerdo sentado a la barra de su propio bar, por completo ajena a la mesa que tiene a su lado, donde dos hombres de trajes a cada cual más caro contemplan la oscuridad sobre el mar y la playa.

—El mar es un gran misterio, señor Dafonte. ¿Puedo llamarle Ascanio? Tanto da. El mar es un animal feroz, una grandísima ballena con la tripa repleta de riquezas, que lo mismo nos trae la vida como nos la quita, ¿no le parece?

El hombre del traje negro habla con tranquilidad, como el que reflexiona en voz alta sobre el cuadro que está contemplando. A su lado, Xulio Ascanio Dafonte escucha sin demasiado interés las meditaciones de su acompañante. Revuelve con impaciencia las piedras de hielo de su *gin-tonic*, y deja ver con claridad que él no ha acudido a la cita para perder el tiempo hablando de las ballenas del capitán Cousteau.

—Sí, sí, todo un misterio, señor Lucano. ¿Pero qué le parece si mejor vamos concretando un poco el motivo de nuestro encuentro?

El hombre del traje negro, Zé Lucano, sonríe al tiempo que

dibuja un arco con sus cejas, sin dejar de observar la playa, el mar al fondo escondido en la oscuridad de la noche.

—Por supuesto, señor Dafonte. Ascanio... Como ya habrá podido deducir de nuestras conversaciones previas, estamos en total conocimiento de sus actividades, ¿cómo les podríamos decir?..., llamémosles «furtivas», ¿le parece? Bueno, tanto da. Basta con que comprenda que si hago hincapié en este asunto, nada más es para que ambos nos podamos ahorrar un tiempo precioso: usted no tiene que contarme esa historia de sus efectos navales, y yo podré hablarle con más detalle sobre el contenido de nuestra propuesta. ¿Estamos de acuerdo?

Pero Zé Lucano no aguarda ningún tipo de respuesta.

—Su fama le precede, amigo Ascanio. Sabemos que es usted el amo y señor de las rías, y que no pasa absolutamente nada en estas aguas sin su conocimiento y autorización. No pierda el tiempo preguntando cómo lo sabemos. Lo importante es que lo sabemos y punto. Y otra cosa que también sabemos es que para llevar a cabo sus trabajos siempre se rodea de los mejores. Como, por ejemplo, el señor Blanco. No hay otro piloto como él, ¿verdad? Le ruego que le felicite de mi parte por la maniobra que hizo la otra noche para entrar en la playa de Cova Balea. Tengo que confesar que por un momento pensé que no lo conseguiría, planeando en silencio a tanta velocidad, a oscuras y sin rozar ni media roca. ¿Cómo lo hace? Lleva los motores a la máxima potencia y luego los apaga y levanta para aprovechar la inercia antes de aproximarse a la playa, ¿no es así? Impresionante. Ah, por cierto: el detalle de las fotos. Espero que no les haya parecido mal, y confío que ustedes entiendan su necesidad, por aquello de lograr un entendimiento entre todas las partes. Bueno, tanto...

Un gesto súbito de la mano de Xulio Ascanio hace que Lucano interrumpa su discurso.

—Ya, ya sé, *tanto da*, ¿no? Mira, payaso, no acabo de ver con qué clase de gente estás acostumbrado a tratar, pero desde luego conmigo no es de ese modo como van las cosas. Así que ahora me vas a escuchar tú a mí.

Xulio Ascanio hace una pausa, lo justo para acercar su cara a la del hombre del traje negro, y sin dejar de observarle fijamente a los ojos, prosigue:

—Si vuelves a decirme «tanto da» una sola vez más te mato aquí mismo. Te meto mi revólver por el culo y aprieto hasta que el cañón te salga por la garganta. ¿Te queda claro? Bien. Pues ahora te vas a dejar de tanta hostia con el mar, las ballenas y su puta madre, y me vas a aclarar de una puta vez qué carajo es lo que queréis de mí. Pero, y esto que te quede muy clarito, si vuelves a decir una sola vez más la palabra «tanto» te dejo seco sin que tengas tiempo a pronunciar «da», ¿estamos?

Pero Zé Lucano no contesta. Se limita a observar a Ascanio en silencio, sin más respuesta que el esbozo de una media sonrisa descreída.

—¿Acaso no le parece evidente, ya? —dice al fin—. Necesitamos que usted y su piloto hagan uno de esos trabajos suyos para nosotros.

—Bien, de acuerdo. —Xulio retoma su postura inicial, como si por fin la conversación estuviese en un punto que a él le resulta cómodo—. Ahora ya nos vamos entendiendo. ¿Y de qué clase de trabajo estamos hablando? ¿De una entrega, tal vez?

Lucano vuelve a sonreír ante el eufemismo empleado por Xulio Ascanio.

—No, creo que no. Digamos que se trataría más bien de una recogida... Sí, eso es, de una recogida a domicilio. El problema, señor Dafonte, es que creemos que nuestro domicilio podría tener un acceso, digamos, complicado.

—¿Creen? ¿Y entonces cuál es el problema, tan despistados andan que no saben donde está su propia casa?

—Bueno, podríamos decir que acabamos de mudarnos a la ciudad, y sabemos cuál es el barrio, pero todavía no el domicilio exacto. Pero lo que sí podemos ir adelantándole es que no será fácil. Si ustedes aceptan nuestro encargo deberán estar preparados para caminar por sendas complicadas. Dicen que los caminos del Señor son inescrutables, ¿no es así? Pues estos de los que le hablo son además los más peligrosos por los que, con total seguridad, habrán navegado jamás su piloto y usted.

Xulio lo medita durante un trago de *gin-tonic*.

—Lucano, o como coño se llame usted —responde con tranquilidad, sin mirar a su vecino a la cara—, sepa que, como dicen por aquí, nosotros *non temos medo, temos fame*. No tenemos miedo —traduce—, tenemos hambre. Y, ya puestos, ¿podría decirme qué tipo de ingredientes son los que llevaría nuestra pizza para recoger?

—Bueno, mucho me temo que eso todavía no sea de su incumbencia. Pero no se preocupe, en su momento le será revelado. Otra cosa: el hermoso ciclomotor que su hombre, el amigo Blanco, acostumbra a pilotar habitualmente está muy bien, una pequeña lancha rápida con la que hacer un fulgurante asalto en mar abierto y regreso a tierra. Pero creo que para esta ocasión vamos a necesitar algo un poco mayor...

—¿A qué se refiere?

—Piense que la carga que pretendemos mover es..., «voluminosa», probablemente muy pesada, y el tiempo para hacerlo más bien escaso, por lo que vamos a necesitar bastante velocidad, no sé si me comprende usted...

Impasible, Xulio mantiene la mirada de su acompañante.

—Dieciocho metros de eslora —responde—, semirígida, capacidad para hasta diez mil kilos de carga, siete motores V6 fueraborda y 2.100 caballos de potencia para alcanzar una punta constante de unos setenta nudos, que, por si no lo sabe, vienen siendo unos 130 quilómetros por hora. Una bestia de cuando los tiempos de la guerra del tabaco. ¿Le parece suficiente, *vecino*?

Lentamente, Lucano dibuja sobre su rostro una amplia sonrisa de satisfacción.

—Me abruma usted, señor Dafonte.

—Ya lo veo. E imagino que saber para quién estoy trabajando tampoco es cosa de mi incumbencia, ¿no es así?

Zé Lucano vuelve a sonreír.

—Efectivamente. Mi patrón ya se dará a conocer cuando él lo considere oportuno. Pero lo que sí me ha pedido para hoy es que yo le haga llegar a usted sus credenciales. Le ruega que las acepte a modo de adelanto.

El hombre del traje negro hace un gesto con la mano, y desde el fondo de la barra un tipo enorme con aspecto de luchador de sumo se acerca hasta la mesa llevando consigo un maletín de piel marrón. Lucano lo coge, y, discretamente, lo sitúa entre su silla y la de Xulio.

—Aquí le dejo esto. En concreto son sesenta mil credenciales, todas firmadas por el señor Euro y en billete pequeño. Confío en que sean de su agrado.

—¿Sesenta, ha dicho?

—Exacto. Son sesenta ahora, y otras tantas a trabajo hecho. ¿Le parece?

Ahora es Xulio el que sonríe.

—Me parece.

—Estupendo, entonces. Permanezca a la espera de noticias, pronto contactaremos con usted. Excuso comentarle que, desde este momento, ya no hay vuelta atrás.

—Por supuesto.

Lucano deja correr otra de esas muecas suyas, algo parecido a una media sonrisa, al tiempo que se pone en pie.

—Muy bien. Pues, hasta entonces, intente no meterse en ningún lío. Y sea bueno.

—Siempre lo soy —responde Ascanio, con la mirada perdida en la playa.

Zé Lucano vuelve a sonreír. Se ajusta el nudo de la corbata y, tranquilamente, comienza a caminar hacia la puerta, perdiéndose rápidamente en la penumbra del paseo. Apenas unos pasos tras él, el luchador de sumo sigue el mismo camino. Y Xulio Ascanio permanece en silencio, viendo cómo aquella extraña pareja se pierde bajo la luz de las farolas que tiñen de naranja el paseo sobre la playa de Samil. Sigue observándolos hasta que los pierde de vista y, entonces, cambia de objetivo: ahora contempla el bulto que su acompañante ha dejado junto a su silla. «Gente extraña», piensa. Apura su copa, deja un billete de cincuenta sobre la mesa y, tranquilamente, sale del Jonathan con el maletín de piel marrón en la mano.

Desde la barra, viendo el billete que el hombre acaba de dejar sobre la mesa, el camarero todavía le dice algo sobre su cambio, pero Xulio ni siquiera le presta más atención que la justa para hacerle un gesto de desinterés con la mano que le queda libre.

—Tanto da —responde sin mirar atrás, ya desde la puerta.

24

A las diez y cinco Bruno detenía su coche justo delante de mi portal. Para mi alivio, no se trataba del vehículo que se me había pasado por la cabeza, uno de esos con luces y sirenas sobre el techo y la palabra POLICÍA escrita en las puertas. No. Era un coche viejo, creo que un Opel Corsa. Me recordó al mío. Mi madre, aquel coche parecía tan viejo que bien podría haber sido el prototipo del que hubiesen sacado todos los demás...

—Mimá, chaval. Mucho comisario y mucha historia, pero vaya mierda de coche que gastas. Si este es el coche oficial que le ponen al comisario, entonces los patrulleros qué hacen, ¿van en patinete? Sí que tienen que estar mal nuestras fuerzas de la ley y el orden...

—Oye tú, desgraciado. ¿Qué coche oficial ni que gaitas, mamón? Este es mi coche, y no sé en qué limusinas estarás acostumbrado a moverte tú, pero si este no te parece de tu agrado, ya te puedes ir bajando, que a cenar conmigo vas a ir a pie, soplapollas.

—Vale, vale —claudiqué yo—. Tú relájate un poco, que yo haré una excepción. ¿Qué, para dónde tiramos?

—¿Conoces el Clandestino?

—¿El qué?

—¡Andando!

Tomamos rumbo sur y salimos de la ciudad. Rodamos los kilómetros aprovechando para ir poniéndonos al día en nuestras cosas menos comprometedoras, en lo más trivial. Él me contó cómo había llegado a comisario, y yo le confesé que mi coche no era una limusina. Dejamos atrás la ciudad por la carretera vieja de Baiona. Pasamos Nigrán y, al llegar a la rotonda de A Ramallosa, giramos a la izquierda justo antes de cruzar el río Miñor, en dirección a Gondomar. Nada más pasar la plaza de abastos Bruno aparcó su coche.

—Hemos llegado, chaval. Verás qué sitio más chulo.

Clandestino era el nombre del bar al que el comisario me había llevado.

«Las reparaciones se pagan al contado», rezaba un viejo cartel de madera colgado en una de las paredes. Se trataba de un viejo taller de motos, reconvertido ahora en bar de conciertos, y sobre su escenario una banda de rock, Telma y los Luises, tocaba una versión de los Pretenders. Nos sentamos a una de las mesas que había en la parte superior, y al momento apareció la camarera, una mujer de unos cincuenta y pico, con una sonrisa enorme, tan grande como tristes sus ojos.

—Buenas noches, Anabel. ¿Qué, cómo anda la parroquia hoy?

—Buenas noches, comisario. Pues ya sabes, cuando hay luna llena todo el gallinero se revuelve... Decidme, ¿qué os pongo?

Estaba claro que Bruno era uno de los habituales del bar. Pidió por los dos sin ningún tipo de consulta. Una de nachos, un par de burritos y guacamole para los dos. ¿Tenéis frijoles? Pues tráenos un par de raciones también. ¿Y de beber? Un par de cervezas con tequila. Mamasita...

—Vaya, pues sí que tenías razón. Es bien bonito el sitio este —admití.

—Sí, muy bonito. Pero venga, que los dos sabemos que tú no me has llamado para que yo te enseñe este bar tan bonito. ¿Qué ocurre, Simón?

Vale, era la hora de la verdad, y yo había tenido tiempo de sobra para preparar mi discurso. Lo malo era que, como siempre, esta vez tampoco lo había hecho.

—La culpa fue de una moneda, Bruno. Una moneda de oro que no tenía que estar aquí.

Me oí hablar a mí mismo y al punto sentí vergüenza ante lo absurdo de mi propio encabezamiento, si bien Bruno seguía observándome con rostro impertérrito. Me alivié pensando que, dada su condición de policía, mi amigo debía de estar acostumbrado a escuchar todo tipo de declaraciones probablemente mucho más increíbles, ridículas o disparatadas que cualquiera que yo le pudiese ofrecer, así que intenté ordenar mis ideas, la cadena de acontecimientos al completo, y encontrar el mejor modo de resumirle nuestra extraña situación, pero intentando del mismo modo dejar al margen ciertos nombres.

—Verás, la cosa es que hace un par de días tomé café con una mujer guapísima a la que apenas conocía, pero que hoy podría decir que es mi amiga. Anteayer vi cómo ella y su hermano heredaban mucho dinero y dos monedas de oro. Ayer fuimos a buscar información sobre esas monedas en un viejo anticuario de la ciudad, pero casi no obtuvimos ningún éxito. Encima, al salir de la tienda dos tipos como dos gorilas nos persiguieron por la calle. Nos cogieron, nos atracaron, me dieron una paliza y nos robaron la moneda. Por si eso fuese poco, por la noche apareció el propio anticuario para contarnos una historia de piratas rarísima, luego otra sobre la guerra, y al fin otra más rara todavía sobre alguien que, según esta historia, no era quien llevaba toda la vida diciendo que era sino otra persona muy diferente. ¿Me sigues? Pues prepárate, que ahora viene lo mejor. Resulta que, hoy, un tipo muy raro llamado Yago Ray nos ha llevado en su lancha hasta la isla de Ons, y allí nos ha enseñado la entrada de esta zona del mundo al infierno. ¡Oye, al mismísimo infierno, nada menos! Y ahora estamos tú y yo aquí sentados tomando tequila luego de casi doce años. Tú debes pensar que todo esto es una locura, y yo... Bueno, mira, yo simplemente ya no sé ni qué pensar... Qué, ¿cómo lo ves?

Bruno seguía observándome en silencio. Esperaba que en cualquier momento comenzase a reír. De hecho, lo que realmente temía era que explotase en una carcajada salvaje ante lo absurdo de mi situación así descrita.

Pero no, no lo hizo...

En lugar de echarse a reír, apuró su tequila y, por fin, me respondió.

—Bueno, verás. Te voy a decir un par de cosas.

Pero, curiosamente, no dijo ninguna.

Volvió a quedarse en silencio por un instante, jugando con su vaso de tequila, haciéndolo rodar entre los dedos mientras buscaba las palabras con las que decirme ese par de cosas.

—Tu amiga guapísima —arrancó por fin— se llama Mariña Dafonte, hermana de mi no tan guapísimo amigo Xulio Ascanio Dafonte. Y ese es en realidad uno de los motivos por los que estás preocupado, sí, pero no el que te quita el sueño. De hecho, ahora lo que realmente te está rompiendo la cabeza es averiguar quién es este tal Yago Rayo del que me hablas. Pero yo te pregunto otra cosa: ¿quién es el anticuario? Porque, tal como yo lo veo, quizá sea de este del que te deberías preocupar, ¿no te parece?

No sabía qué decir. Observaba con asombro a mi viejo amigo sin comprender nada. Me di cuenta de que tenía la boca abierta. La cerré lentamente.

—Pero... ¿Se puede saber cómo es que sabes tú todo eso?

—Elemental, querido Varela, elemental.

Sonrió al tiempo que le hacía una señal a la camarera para que nos trajese otras dos cervezas con tequila. Y ya podía ser todo para él, porque mi tequila seguía intacto, aún virgen en mi vaso.

—A ver, Simón, piensa un poco. Esta ciudad no es tan grande como para que los dueños de sus mayores fortunas se mueran a diario. Tú y yo nos encontramos el otro día en las puertas del entierro de la señora Llobet. Ahí fue donde te dije que estábamos investigando al indeseable este del Ascanio. ¿Acaso has pensado que no íbamos a saber que anteayer se pasó toda la tarde en el despacho del abogado de su madre? De donde, por cierto, también se vio salir a la misma hora que al resto de los participantes en la reunión a un desconocido que, sorprendentemente, se parece mucho a ti, si bien eso es algo que de momento no viene al caso.

Aprovechó mi perplejidad para darle un trago a uno de los dos tequilas que Anabel, la camarera, acababa de dejar sobre nuestra mesa.

—Y ahora —siguió, clavándome su mirada— vienes tú contándome todo esto. Pues blanco y en botella, el hermano del que me hablas no puede ser otro. Y este «otro» no tiene «otra» hermana con la que compartir una herencia. Una hermana sobre la que también, por cierto, tengo que darte la razón: es guapísima. Así pues, ha sido Ascanio quien te ha llevado a pensar en mí, ¿me equivoco?

Asentí abrumado por el manejo de la lógica por parte de mi amigo, en igual proporción a mi falta de cabeza, al tiempo que acabé de entender perfectamente su nombramiento como comisario jefe. Y eso que todavía no había acabado.

—Pero sé que, de todas formas, quien más te preocupa es ese tal Yago, ya que su nombre ha sido el único que has dado en tu historia. Así que dime: ¿por qué te preocupa tanto?

Tanta elocuencia y tanta lógica me pillaron por sorpresa.

—Bueno, no sé, Bruno... Tendrías que conocerlo. Es un tipo muy extraño. Por lo visto se desplaza todos los días de Ons a Bueu en una lancha muy rápida, una planeadora de esas con un motor enorme como las que tienen los narcos.

Esta vez sí que Bruno rompió a reír sin el más mínimo disimulo.

—«¿De esas como las que tienen los narcos?» Pero bueno, y eso de dónde te lo has sacado, ¿de la revista *Narco Total*? —El comentario de Bruno hizo que al instante me sintiese ridículo—. Pero hombre, Simón...

—Bueno, oye, que sé yo... Mira, yo no soy más que un pobre arquitecto de segunda, un desgraciado, un... Un *malparit*, Bruno, y ya me llega con todo eso como para que encima venga nadie a sacudirme los morros así, *de gratis*. ¿Y qué es lo que quieres que piense? Con que me partan la cara una vez ya tengo bastante. Más allá de eso, comienzo a desconfiar de todo el mundo.

—Ya, Simón, ya, te entiendo. —Parecía que Bruno se apiadase de mí; de mi susto y de lo indefenso de mi posición—. Pero no. A mí no me suena de nada ese tal Yago Rayo.

—Yago Ray.

—Como sea, no me suena. Lo investigaré de todas formas, si así te quedas más tranquilo. Pero si el individuo este tuviese algo que ver con Ascanio no solo ya lo sabríamos nosotros. Lo más probable es que también tú lo supieses ya...

—¿Yo? ¿A qué te refieres?

—De sobra sabes a qué me refiero —sentenció Bruno—. Ascanio no es de los que pierden el tiempo dando sustos. Él prefiere dar ejemplos, tú ya me entiendes. Pero ya te digo que no va por ahí la cosa. Por eso te lo voy a preguntar una vez más: ¿quién es el anticuario ese?

Una vez más volví a no entender nada. ¿Qué importancia tenía eso ahora?

—¿Pero por qué te preocupa tanto el viejo?

—Pues porque mientras de los otros sí me has hablado de cosas concretas, de este no me has dicho nada, tan solo que se limitó a contaros cosas, cada una más extraña que la anterior según tú mismo me acabas de decir, ¿no?

Lo cierto era que sí. Una guerra, piratas, otra guerra, Daniel...

—Pues tal vez sean este tipo y sus películas los que os estén metiendo en los verdaderos problemas, ¿no te parece?

—Neumann —respondí de modo automático, como si la palabra problemas hubiese activado algún tipo de resorte de seguridad en mí—, Jackob Neumann. ¿Lo conoces?

Bruno volvió a juguetear con el vaso del segundo tequila, ahora ya vacío entre las manos. Lo movía y arrugaba el entrecejo.

—No, la verdad es que no me suena. Pero estoy seguro de que es por ahí por donde tenemos que tirar. Vamos a hacer una cosa: deja que mañana haga unas cuantas preguntas en comisaría, sé con quién puedo hablar en el departamento. A primera hora te doy una llamada y te digo algo... —Hizo una pausa—. Bueno, eso si sigues vivo, claro, porque al paso que vas... ¿Te has fijado en la guitarrista del grupo? —Bruno miraba ahora para el escenario—. *Està bona, eh, malparit*?

¿La guitarrista del grupo? Yo todavía le estaba dando vueltas a lo que acababa de escuchar, ¿y Bruno me preguntaba si me había fijado en la guitarrista del grupo? ¡Pero si yo ni siquiera me había enterado de que la banda siguiese tocando en el escenario! Tanto daba. Comprendí que esa era la manera de dar el tema por zanjado, y que el cambio de tercio venía anunciado de ese modo. Ya no habría más que hablar por hoy. Bruno sonreía mientras escuchaba la música. *I love Rock and Roll*, la banda cantaba la canción de Joan Jett. Bruno todavía pidió más tequilas de lo que yo habría considerado prudente, y cuando por fin salimos del bar me fijé en el escenario. En efecto, la guitarrista era muy guapa. O eso creo recordar...

25

Lo de despertar con el sonido del teléfono estaba comenzando a convertirse en un hábito. Esta vez, la gran diferencia estaba en que no me encontraba solo. Me acompañaba la resaca por la que habíamos estado llamando a gritos todos los tequilas de la noche anterior y yo. ¿Cuántos habían sido al final? Pues no lo sé, pero seguro que demasiados, a la vista de la ferocidad con la que el timbre de mi móvil sonaba en mi cabeza. Recordé las últimas palabras de Mariña al salir del coche el día anterior, y supuse que sería ella con alguna novedad sobre el viejo Neumann. Me equivoqué, pero solo en parte.

—¡Simón, *bon dia, malparit*!

—Bruno... ¿Qué hora es?

—¿Cómo que qué hora es? La hora perfecta para que saques de paseo a ese perro muerto que se te ha metido en la garganta...

—Ya, muy simpático tú... Pero que sepas que este chucho lleva tu nombre en su chapa, así que ya te pasaré la factura del veterinario, ya. Gracias a ti tengo una resaca infernal, desgraciado, así que ya pueden ser buenas las noticias que me tengas que dar.

—Vaya, pues no sabría muy bien qué decirte... A ver. He estado investigando sobre lo que me contaste ayer. Ya puedes navegar tranquilo: tu amigo Yago Ray, en realidad Jason Ryan, nacido en Londres, 1960, en España desde 1982, hoy está limpio como una patena.

Capté el matiz.

—«¿Hoy?» —repetí—. ¿Y qué pasa con «ayer»? ¿Acaso no estaba tan limpio, o qué?

—Bueno, ya sabes. «Ayer» unos más y otros menos, pero casi todo el mundo tuvo algo que ver con el contrabando de tabaco. Dinero fácil para casi cualquiera que anduviese por ahí. La cosa estaba por todas partes, y la tentación era muy grande. Por lo visto vuestro amigo estuvo en alguna que otra historieta, pero todo cosas muy puntuales y sin demasiada importancia, en realidad.

Claro, eso explicaba lo del motor camuflado. Demasiada potencia para la planeadora de un ocioso...

—Pues muy bien —respondí al tiempo que me desincrustaba las legañas de los ojos—. ¿Cuál es el problema, entonces?

—Pues que a lo mejor el que no está tan limpio es vuestro viejo cuenta-cuentos...

Neumann, lo sabía.

—¿Qué es lo que has descubierto?

—No mucho, la verdad. Aquí no tiene ficha, nada de antecedentes, y por ahí también parece limpio.

—¿Entonces?

—Entonces —repitió el comisario—, sucede que en comisaría tenemos al sargento Costas, uno de los más veteranos. El hombre lleva tanto en esta casa que creo que si buscas en la enciclopedia la palabra «policía» sale su foto. En el cuerpo es toda una institución, y siempre que tenemos alguna duda recurrimos a él. Así que al no encontrar nada sobre tu amigo en el ordenador se me ocurrió preguntarle a él. Y oye, bingo.

—No me jodas...

—No, yo no —respondió Bruno—. Pero él igual sí, muchacho. Costas recuerda haber leído algo sobre vuestro fulano. Hoy todos esos asuntos no son más que expedientes que ya llevan años y años almacenados: casos sobreseídos, papeles convertidos en polvo, telas de araña y comida para ratones. Pero en su momento él se los papó todos. Y, por lo que recuerda el viejo, parece ser que vuestro anticuario apareció en la ciudad a mediados de los años cuarenta. O por lo menos es entonces cuando en el archivo aparecen las primeras noticias sobre ese individuo. No está muy claro su origen, al parecer viene directamente para montar la misma tienda de antigüedades que aún hoy tiene.

—En la Alameda.

—En el mismo sitio, y desde entonces no se le conoce más historia.

—Pero no entiendo, Bruno. ¿Cuál es el problema, pues?

—Un asesinato.

—¿Qué? —para, para, para... «Asesinato» era una palabra demasiado fuerte para digerir a esas horas y con esa resaca. Yo desconfiaba del viejo anticuario, sí, pero aquello era demasiado.

—Costas no recuerda con exactitud el año, pero le suena que fue allá por el sesenta y ocho, tal vez el sesenta y nueve. El caso es que, sea el año que sea, una noche se lo llevan detenido por escándalo público. El tal Neumann, por entonces ya un conocido comerciante de la ciudad muy cerca de la cincuentena, viene atravesando la calle del Príncipe borracho hasta las trancas y gritando como un loco. El sereno avisa a los grises, y estos, al no conseguir entenderse con el individuo, quien al parecer solo habla en otro idioma, se lo llevan para el calabozo con la idea de que pasen allí la noche los dos juntos.

—¿Los dos? ¿Qué dos, Bruno?

—Pues quiénes iban a ser, *nen*: él y la mona que el tipo trae con él. Pero la cosa es que allí no pega ojo ni el gato, porque el tipo se pasa la noche entera lloriqueando en su celda. El oficial de guardia sabe un poco de alemán, de manera que se da cuenta de que eso que el hombre repite sin descanso no es precisamente *peccata minuta*, como dicen los curas.

—¿Y qué era lo que decía, pues?

—«¡A todos —grita Bruno—, los maté a todos!»

—¡Joder!

—Como lo oyes, muchacho. Por lo visto, la única variación en el discurso es para hablar de un tal Hugo, al que, según dice, también se ha cargado.

Arrugué la frente.

—¿Hugo, has dicho? —pregunté, recordando la historia que el anticuario nos había contado.

—Exacto —confirmó el comisario—. Finalmente, el tipo acaba cayendo rendido de puro agotamiento, y por la mañana, cuando por fin se le ha pasado el pedo, el preso recupera el habla en castellano.

—Qué oportuno...

—Dese luego, porque así es como por fin lo pueden identificar.

—¿Y cómo acaba la historia?

—Pues más o menos así, la verdad... A esas alturas de la historia el oficial del turno de noche ya había informado de lo sucedido y, sobre todo, de las extrañas confesiones del alemán, de manera que todavía lo mantuvieron retenido un tiempo. Le preguntaron por aquellas penas suyas, pero el detenido negó recordar ninguno de sus delirios. Con el fin de hacer algunas indagaciones al respecto, aun se le retuvo todo el día en los calabozos, pero lo cierto es que nadie logró sacar nada en claro. Al final alguien pagó su fianza y no quedó otra que soltarlo.

—Comprendo...

—Con el alemán ya en libertad la cosa todavía se investigó un poco más, pero al final la falta de evidencias en torno a ninguna muerte acabó arrojando al asunto en el olvido.

—¿Y entonces?

—Nada —respondió secamente Bruno—. No siendo por ese episodio, el tipo no ha dado más problemas. Un tipo discreto, siempre metido en su negocio, solo pendiente de la llegada y salida de sus pedidos en el puerto, y sin ningún jaleo con nadie. Hasta ahora, que tú lo has vuelto a traer a la memoria.

—Ya... ¿Y a ti qué te parece todo esto?

Esta vez el comisario tardó en responder.

—No sé qué decirte, chaval. Todo lo que tú me dijiste ayer me pareció bastante extraño. Pero, si quieres que te diga la verdad... Mira, si algo me dice la experiencia acerca de todo esto es que, cuando alguien atraviesa una calle de la ciudad llorando a gritos, algo le hierve en el pecho. Eso es seguro, chaval.

—Ya... —asentí, sin saber demasiado bien qué decir, en realidad.

—Solo una cosa más —añadió Bruno—. Hubo un último detalle que al sargento Costas le llamó la atención...

—Dime.

—Un nombre.

Fruncí el ceño.

—¿Un... nombre? ¿Cuál?

—El de quien figuraba en el informe como pagador de la fianza del anticuario.

—¿De quién se trataba?

Pude sentir cómo el comisario sonreía al otro lado de la línea.

—Jackob Neumann salió a la calle porque Eneas Dafonte pagó su fianza.

No podía ser otro.

—El padre de Mariña...

—O el padre de Ascanio, según se mire. Mira, muchacho. No tengo ni idea de qué va todo esto. Pero una cosa sí os puedo decir: tened mucho cuidado, Simón. Tú, y Mariña.

Colgué el teléfono con mucho más que preocupación instalada en el cuerpo. Jackob y Eneas. Entonces sí había una relación entre ellos. ¿Entre asesinos? Neumann era un asesino. Lo sabía, sabía que había algo turbio en aquel viejo. Y el asunto de doña Isabel... Rovira había dejado claro que la muerte de doña Isabel Llobet no había sido un accidente. Bruno acababa de decirme que Neumann podría ser un asesino. Y fue el propio Jackob quien nos contó que la viuda del señor Dafonte y el anticuario se habían puesto en contacto días atrás. Recordé la conversación que había escuchado desde la biblioteca, doña Isabel gritándole a alguien al otro lado del teléfono. ¿Estaba él, Neumann, detrás del asesinato de la madre de Mariña? Mariña... ¡Mariña! Lo último que había dicho el día anterior era que volvería a hablar con él, que quería volver a quedar con el anticuario para que este le aclarase la historia de su padre. ¡Mariña estaba en peligro! Volví a coger el teléfono, y esta vez fui yo el que llamó.

—¡Mariña, Neumann está mintiéndonos! ¿Estás con él? ¡Sal de ahí, sal de ahí ya mismo!

—Sí, sí, claro. Buenos días a ti también, Simón. ¿Se puede saber de qué rayos me estás hablando? ¿Qué puñetas dices, que salga de mi casa? A ver, Simón, ¿qué es lo que pasa?

Vale, estaba en su casa.

—Ya, sí, perdona. Buenos días, ¿estás con Neumann?

—Pues no, todavía no. ¿Por qué?

—Pero has hablado con él, ¿verdad? ¿Qué es lo que te ha dicho?

—Sí, hablé ayer con él. Le dije que quería que nos volviésemos a ver, que necesitaba que me aclarase toda la historia de anteayer.

—Bien, ¿y él qué te dijo?

—Pues que le parecía muy bien, y quedamos para hoy.

—¿Para cuándo?

—¡Mierda, Simón!, ¿qué te pasa, estás sordo o qué? ¡Acabo de decírtelo, hombre, para hoy!

—¡Eso ya lo sé! ¡Lo que te estoy preguntando es a qué hora!

—Pues para dentro de un rato, a las dos...

Vi el reloj por primera vez desde que me desperté. Pasaban unos minutos de las doce y media.

—¿Y dónde habéis quedado?

—En su casa, encima de la tienda.

¿En su casa? ¡Aquello era meterse directamente en la boca del lobo!

—Mariña, espérame. En veinte minutos estoy ahí.

—Pero Simón, ¿qué dices, qué es lo que está pasando?

—Es una trampa, Mariña, Jackob nos está ocultando algo. Se trata de un asesino.

—¿Cómo dices? ¿Un asesino ese viejo? ¡Pero Simón, si casi no se puede ni mover!

—Sí, claro, él no. Pero sus esbirros sí que lo pueden hacer.

—¿Sus esbirros? Pero... Simón, ¿qué demonios estás diciendo?

—A ver, Mariña, luego te lo explico todo, pero ahora no te muevas de ahí. ¡Veinte minutos!

Tardé treinta en llegar. Salí a la calle ya corriendo, aunque en realidad las energías para mantener la carrera no me alcanzasen más que para llegar a la acera de enfrente. Aun así caminé tan rápido como me fue posible. Subí por Urzaiz, la gran vena cava de la ciudad, como alma que lleva el diablo en el cuerpo, y doblé su cruce con Gran Vía con toda la decisión de meterme ya derecho en el portal de Mariña, justo en la esquina de las dos calles. No fue necesario.

Ella ya estaba allí fuera, en la calle. Contemplaba con tranquilidad el escaparate de la zapatería que ocupa toda la esquina. Yo había subido la cuesta de la calle Urzaiz echando los hígados por la boca, con la preocupación tirando por mí, y ahora casi me daba de narices con Mariña, que observaba las muestras de calzado expuestas con toda la calma de mundo. Me sorprendió, no contaba con encontrármela allí, y mucho menos con tanta tranquilidad en su cuerpo. ¿Pero qué leches le pasaba a esta mujer, qué parte de la palabra «asesino» era la que no había comprendido?

Me llevó dos minutos ponerla al día de mis descubrimientos, y un mundo aparentar que la intervención ahora de la mismísima policía, aunque hubiese sido a través de un viejo amigo mío, no tenía nada que ver ni con ella ni con su hermano. El más grande de los esfuerzos por mi parte fue el de reprimir mis sospechas sobre el vínculo que pudiese haber entre el viejo Neumann y el asesinato de su madre. La cara de Mariña ante lo que yo le estaba contando ya era de absoluta incredulidad como para darle una vuelta de más.

—A ver, Simón. Primero lees unos papeles viejos y me dices que estás convencido de que mi padre no solo es un fascista, sino que además es un asesino. Ahora me vienes con que un viejo que casi ni se tiene en pie también es un asesino. Caramba, muchacho, qué vida más emocionante la tuya, que últimamente nada más te rodeas de asesinos... ¿Y qué, con este qué pasa?

—¿Cómo que qué pasa con este?

—Hombre, Simón. Pues pasa que Jackob es alemán. Y si mi padre era un fascista, entonces con este cómo va a ir la cosa, será también un nazi, ¿no? Y oye, quién sabe, ¡a lo mejor resulta que estamos ante el mismísimo Führer reconvertido en anticuario!

Vale, Mariña no me estaba tomando en serio.

—Venga, Mariña, yo no he dicho nada sobre ningún nazi. Lo que digo es que hay una posibilidad de que Neumann esté metido en algo escuro.

—¿Y eso por qué? ¿Porque un viejo policía guarda milagrosamente un recuerdo *de algo* que leyó sobre *algo* que sucedió hace casi cuánto, cuarenta años? Venga, Simón...

—No es así, Mariña. Lo que Bruno dijo fue que... ¡Bueno, que me da igual! Lo que importa es que, quizás, y observa que digo «quizás», exista la posibilidad de que este tipo no sea trigo limpio. Acabas de ver que, cuando menos, su pasado no está muy claro. Anteayer te viene con toda la historia esta de tu padre, y ahora quiere que vayas a su piso. Yo solo digo que tenemos que andar con ojo, que no sabemos si este tipo puede ser peligroso.

—Vale, de acuerdo. Quizás en sus años más jóvenes estuviese metido en asuntos oscuros. Pero Simón, ¿ahora por qué va a ser peligroso?

—Ya. ¿Y qué pasa con sus amigos?

—¿Qué amigos?

—¡¿Como que qué amigos?! ¿Es que ya has olvidado lo bien que nos lo pasamos el otro día en el callejón, justo después de salir de la tienda de Neumann?

—¡Pero Simón, si no tenemos ni idea de quiénes eran en realidad esos tipos!

Ahí llevaba razón. Tuve que reconocer que quizá mi nerviosa imaginación estaba preocupándose más de lo que era sensato razonar.

—Bueno, no sé, puede que tengas razón —rezongué—. Perdóname. Pero es que ya no sé qué pensar. Todo esto, absolutamente todo esto, es muy extraño, y cada día que pasa parece que todo se complique un poco más y todos sean un poco menos de fiar.

—¿«Todos», Simón?

Yo hablaba desde el agobio, gesticulando a uno y otro lado de la acera, sin ver que Mariña solo me miraba a mí. La oí y, de repente, descubrí sus ojos. Y sonreí.

—Todos, excepto tú y yo.

—Así mejor.

Y entonces Mariña también sonrió. Abrió sus brazos hacia mí, y yo aproveché para descansar en aquel abrazo. Cielo santo, qué demonios estaba sucediendo... Fue ella quien concluyó la conversación.

—Venga, bajemos los dos juntos a hablar con el viejo, y así vemos qué es lo que nos tiene que decir. A ver qué nos cuenta él de todo esto.

Caminamos tranquilamente calle abajo hasta llegar a la Alameda, y gozamos de otro mediodía de primavera otoñal. El tiempo está loco, y ya tampoco él es capaz de mantener sus propias promesas de años anteriores. Pero ese momento era perfecto. El sol, el paseo, la luz. Quizá fuese la calma antes de la tempestad, la hermosura del cielo que espera por el rayo. O quizá simplemente fuese que Mariña se había cogido de mi brazo y los dos caminábamos en un microcosmos de medio metro cuadrado. No lo sé. Cuando llegamos a la altura de la tienda de antigüedades los dos apenas habíamos cruzado tres o cuatro palabras. Y qué más daba. Yo habría caminado de esa misma manera hasta la puerta del mismísimo infierno, estuviese este en Ons o donde el diablo la hubiese querido poner. Pero ya habíamos llegado al portal del edificio, y Mariña pulsó el botón del primer piso para que el portero automático nos devolviese por toda respuesta el zumbido eléctrico con el que se abría el cierre del portal. Subimos por las escaleras hasta el primer piso, y encontramos entreabierta la única puerta que había en todo el descansillo. Nos acercamos a ella con precaución.

—¿Señor Neumann? —preguntó Mariña asomándose tímidamente a un interior oscuro.

—Pasad, pasad —nos respondió una voz conocida desde el fondo del corredor.

Avanzamos hacia la claridad que llegaba desde el otro extremo del pasillo para entrar en una pequeña sala. La claridad se filtraba a través de una abertura que yo identifiqué al momento, la galería con la que Pacewicz, otra vez el genio llegado de París, había recubierto magistralmente la esquina de la Casa Yáñez. Frente a la entrada a la galería, sentado en un gran sillón orejero de terciopelo marrón, el señor Jackob Neumann contemplaba nuestra entrada.

—Desde aquí hay una vista bellísima con la que ir ocupando el tiempo en los días en que las fuerzas no son suficientes para bajar a la tienda. Os he visto llegar por la calle —dijo en un tono diferente al anterior, como si le quisiese quitar solemnidad a sus propias palabras—. Por favor, tomad asiento y sed bienvenidos a mi castillo.

Razón no le faltaba. Todo el edificio en el que nos encontrábamos parecía un viejo castillo, una fortaleza neogótica enclavada en pleno corazón de la ciudad. La bienvenida parecía amable. Extraña, y amable. Tan amable y tan extraña como la que el conde Drácula le da a Jonathan Harker al entrar el pobre desgraciado por vez primera en la morada transilvana. Recordé a Gary Oldman caracterizado como el vampiro de infinita melena blanca en la película de Francis Ford Coppola, «entre por su propia voluntad y deje en esta triste casa un poco del amor que con usted trae», y un escalofrío sacudió mi cuerpo desde lo alto de mi coronilla hasta la planta de los pies cuando el viejo Neumann nos hizo un ademán con su mano de huesos y pellejos para que tomásemos asiento.

—Por favor, Mariña, te ruego me disculpes la descortesía de haberte pedido que, en esta ocasión, bajases hasta mi casa. Pero es que, como ya os he dicho, el banco de mis fuerzas ya no siempre concede todos los créditos que le solicito.

—No se preocupe por eso, señor Neumann. No es ninguna molestia. Y si de pedir disculpas va la cosa, entonces temo que yo también se las tenga que pedir a usted. Sé que mi reacción de anteayer no fue la más correcta. Pero es que, como ya le dije por teléfono, tampoco contaba con su historia, y mucho menos con su revelación final.

Mariña hablaba, y el anticuario se limitaba a escucharla y sonreír, solo asintiendo de vez en cuando. Mariña seguía hablando.

—Por eso creo que es bueno que continuemos con nuestra conversación. Necesitamos que todo esto se aclare, señor Neumann. Entienda usted que hay cierta complicación en pasar de creer de la noche a la mañana que la vida que tenías por tuya quizá no sea tal.

El viejo dejó escapar un suspiro mientras miraba por la ventana. Se tomó su tiempo, y al fin respondió.

—Lo entiendo perfectamente, Mariña, perfectamente. Puedes creerme. Yo me pasé una vida entera dándole vueltas a algo muy semejante. A lo que hicimos, a lo que dejamos de hacer... Y, la verdad, aún hoy me cuesta recordar si todo aquello sucedió realmente o si solo fue un mal sueño.

—¿Se refiere al asesinato que cometió usted?

Una vez más, yo volvía a hablar antes de pensar tan siquiera sobre lo que estaba diciendo. Pero esta vez no me importó. Supuse que de un modo u otro aquello tenía que salir. El anciano me clavó su mirada, y yo pude leer en el fondo de sus viejísimos ojos un centelleo de algo muy parecido a la rabia, a la furia.

—Sabemos que usted tampoco nos lo ha contado, señor Neumann, y que hay lagunas en su historia. Tenemos amigos en la policía, ¿sabe? Gente que nos ha advertido para que nos andemos con mucho ojo con usted. —Mariña me observaba con incomodidad evidente en sus ojos, pero a pesar de ello dejó proseguir la conversación—. Dígame, Jackob, ¿por qué habríamos de confiar en lo que nos tenga que contar?

—Simón... —Ahora sí, ella intentó frenar lo airado de mis palabras, pero el viejo la detuvo con un gesto de su mano.

—No, no. No te preocupes, Mariña. Tu amigo tiene razón.

«¿Tengo razón?», pensé. Y tragué saliva.

—Es cierto, Simón —siguió hablando Neumann—. Lo que te hayan dicho, es cierto. Y aún te diré más, porque no hubo solo un asesinato. No... Hubo muchos, muchos de una sola vez. Y sí, he matado. Maté a un pobre muchacho. Sí, Simón, son muchas las cosas que no sabéis. Y no solo sobre mí...

Se quedó durante unos segundos en silencio, la mirada de nuevo perdida en la vista al otro lado de la galería.

—Por ejemplo —continuó, contemplando ahora a mi amiga—, ¿qué sabes tú realmente sobre los negocios de tu familia, Mariña? Ya, ya. Sabes que tu padre, heredero de una gran fortuna, acabó siendo todo lo rico que un hombre puede ser gracias a Troya, ¿no es así? Pero dime, ¿qué es lo que sabes realmente sobre Troya?

Mariña no respondió nada, y el anticuario pasó a fijar su mirada en mí.

—Y tú, muchacho, ¿qué me dices de ti? ¿Sabes ya por qué estás metido en todo esto? ¿Todavía no? Deja que te lo pregunte de otra manera, Simón: ¿Acaso no tuviste una sensación extraña cuando bajaste a la cueva? Ya sabes a qué me refiero, hijo: a esa sensación incómoda, la de que en realidad aquella caja tan solo estaba allí aguardando a que alguien la encontrase. O, mejor dicho, aguardando a que tú la recogieses...

Neumann dejó la sugerencia, incómoda, flotando en el aire. Pero no respondió. Se limitó a sonreír, a dibujar una sonrisa cargada de algo que a mí me pareció resignación.

—Yo sé por qué estaban esas monedas allá abajo —dijo al fin—, del mismo modo que también sé por qué te llamas así, Mariña. ¿Acaso lo sabes tú? —Volvió a sonreír—. No, ¿verdad?

Tampoco esta vez se atrevió Mariña a interrumpir al anciano.

—Porque tu padre tenía muy claro que los grandes tesoros venían del mar, querida. La mayor riqueza estaba allí, en el mar, y tú, mi niña, eras su mayor tesoro, aquel que él siempre más amó. Tú eras su tesoro, Mariña.

Yo le había llamado asesino a la cara, pero me equivoqué al leer sus ojos. Porque no había el más pequeño indicio de furia en él, en sus palabras. Mas al contrario, hablaba desde la serenidad, con tranquilidad, como si ya él supiese de nuestras ideas, de nuestros miedos, y caminase un paso por delante de nuestros temores y prejuicios. O quizá fuesen cien los pasos que aquel hombre llevaba por delante de nosotros.

—Es cierto, yo soy el responsable de muertes que aquí nadie supo ver. Pero también conozco más cosas. Cosas que vosotros necesitáis conocer, comprender. Confiad en mí, y dejad que ahora os cuente.

26

Daniel tenía razón, un paseo por la ría en aquella mañana de primavera nos sentaría bien a todos. En principio, no estaba previsto que nuestra primera salida en barco supusiese más que una simple aproximación, una suerte de toma de contacto a través de la que conocer ya más de primera mano el terreno por el que nos íbamos a mover. Como ya os conté el otro día en tu apartamento, si bien Herr Wessler sí había tenido en consideración las palabras de Daniel, mantuvo su intención primera de comenzar la exploración por lo que, en teoría, iba ser nuestro destino original. Las islas Cíes.

Llegamos al archipiélago sobre las diez de la mañana, y a medio camino entre la marea baja y la alta echamos el ancla por primera vez al este de la Agoeira, un pequeño islote al sur de la gran isla de San Martiño. Herr Fausto Wessler había sido nombrado director del Instituto de Estudios Arqueológicos de Berlín poco tiempo antes de que saliésemos de Alemania, y en calidad de tal había llegado hasta aquí, dispuesto a demostrar por qué había sido él, y no otro, el escogido para este puesto. Se había preparado a conciencia para ese trabajo, y venía con los deberes bien hechos. O cuando menos con los que él pensaba que eran los buenos. Mucha gente a lo largo de su vida se había querido aprovechar de su buena posición, y sabía bien que en este mundo no se puede fiar uno de nadie más que de sí mismo. Escuchamos todo lo que haya que escuchar. Pero fiarse, de nadie más que de uno mismo. Por eso no se iba a precipitar como un colegial en las palabras de aquel muchacho. Quizá dijese la verdad, pero..., ¿y si no era así? Sí, él sabía que todo lo que había insinuado Daniel era cierto. Muchos habían venido antes que ellos. Pero nadie tan bien preparado como él. Y, además, ahora ya había mejores cartas de navegación, y él tenía las últimas, elaboradas y confirmadas por la mismísima Marina alemana durante su estancia en apoyo a las tropas del general Franco. Fausto Wessler sí conocía con precisión la situación y calado de cada uno de los arrecifes que rodeaban la isla de San Martiño. Sabía la posición exacta del arrecife de Castros, del de Gabotos, del de Forcados. Y del de Carrumeiros, aquel en el que de un modo u otro todas las voces coincidían en situar el paso del *Santo Cristo de Maracaibo*.

Echamos el ancla frente a la llamada Punta da Concela, en una zona segura entre los picos de Leixón da Pedra Morta y Xibarte, y aún permanecimos un buen tiempo observando la superficie. Por fin, Herr Wessler dio orden de que uno de los equipos de buceo se preparase para una serie de inmersiones rápidas. Tras varias inmersiones de reconocimiento en torno a los diques, todas ellas sin nada significativo que comentar en la superficie, el director mandó aproximar el barco al arrecife de Carrumeiros, y volvió a ordenar que se echase el ancla.

Porque, en realidad, ese era el sitio. Ese, y no otro... Durante años había estado preparándose para ese momento, para encontrarse consigo mismo en ese lugar. Carrumeiros, el lugar donde la historia dejaba paso a la leyenda.

Cuando por fin todo volvió a estar dispuesto, cuatro buzos bajaron hasta el fondo del mar. Subieron al agotarse el oxígeno de sus bombonas. Volvieron a bajar. Subieron otra vez más. Hablaron entre ellos, y hablaron con Herr Wessler. Las horas habían ido pasando y, por lo pronto, allí no había nada. Las corrientes eran fuertes allá abajo, y el buceo entre los arrecifes comenzaba a resultar peligroso. Pero es que, de todos modos, allí abajo no se veía nada. Por supuesto que sería necesaria una prospección más detallada, acotando bien las zonas de inmersión. Sí, por supuesto. Pero, de entrada, nada.

—La verdad es que esta zona, para lo que es muy buena, es para la cosa de los percebes.

Apoyado sobre la barandilla de la cubierta, Daniel hablaba con la vista fija en el mar, manteniendo un tono indiferente en su voz, como si nada de lo que estaba sucediendo a su alrededor tuviese que ver con él.

—Y para las lubinas, también. Incluso, ahora que hago memoria, recuerdo que alguna vez llegamos León y yo a apañar buenas cuentas de sargos. ¡Ah!, y también fanecas, que se me olvidaba... Mucho pescado, sí —concluyó por fin, al tiempo que se iba incorporando para acabar clavando sus ojos en los de Fausto Wessler—, pero oro más bien poco. Poco tirando a ninguno, diría yo... —sentenció al tiempo que arrugaba la nariz en fingido mohín.

Herr Wessler también observaba fijamente al muchacho. Daniel, apoyado ahora de espaldas contra la barandilla, cruzaba los brazos sobre el pecho y una pierna sobre la otra, cómodamente instalado en la mayor de las tranquilidades posibles. Sonreía, y al tiempo sus ojos parecían insinuar algo parecido a un «te lo dije». Wessler también sonrió.

—De acuerdo, chaval, es tu momento. ¡Capitán, ponga rumbo norte!

Poco faltaba para las cuatro de la tarde cuando la proa de nuestro barco enfiló el archipiélago formado por las islas de Ons y Onza. Y, esta vez, Daniel no se alejó del puente de mando. Se pasó toda la travesía dándole instrucciones al piloto, las cuales se volvieron especialmente minuciosas en las maniobras de acercamiento. Tal como había sucedido con la estación anterior, entrando por el sur de la isla de Ons la aproximación también se hacía más complicada, si bien en este caso la orografía de la costa presentaba dificultades notablemente mayores.

Daniel continuó guiando al timonel hasta que el propio capitán consideró que una cercanía mayor a la costa supondría ya un peligro más que considerable para una navegación segura. Pararon máquinas, y el barco fondeó nuevamente a no menos de unos trescientos metros de la costa, al sur-sudoeste de la isla.

—Vaya, vaya, vaya... Impresionante paisaje —comentó Herr Wessler sin apartar la mirada de la línea de costa que se extendía frente a ellos—. E imagino que el Buraco do Inferno será ese lobo negro que tenemos ahí delante, ¿no es así, amigo Daniel?

—Ese mismo —se limitó a responder el muchacho al tiempo que volvía a sonreír—. Esa boca negra es el Buraco do Inferno.

El capitán, quien en absoluto estaba al tanto de las conversaciones mantenidas entre Daniel y el director del Instituto de Estudios Arqueológicos, no entendía por que estábamos allí, y mucho menos nada de diálogo entre el hombre y el marinero local. Pero al señor Wessler no parecía importarle demasiado. Ensimismado, el director simplemente se limitó a contemplar la columna negra que la gruta del Buraco do Inferno era.

—¿Estás ahí? —preguntó al paisaje, al tiempo que una sonrisa afilada se dibujaba en su rostro.

De repente, como si por fin hubiese regresado a la realidad en la que nos había dejado olvidados a los demás, Fausto Wessler giró sobre sí mismo para, por fin, dirigirse a nuestro capitán.

—Escuche, Herr Schoepps, ¿qué le parecería a usted si yo le sugiriese esa gruta como destino prioritario?

Confundido, el capitán todavía tardó en responder.

—Disculpe, Herr, pero yo no veo ninguna gruta...

—Ya —comprendió Daniel—, es que desde esta distancia cuesta reconocerlo. Si cogiese usted los prismáticos yo se la podría señalar.

Berndt Schoepps, recio marinero formado a lo largo de incontables y duros años en el servicio de la Reichsmarine, la Marina Imperial Alemana, y ahora nuestro capitán, atendía atónito al discurrir de la conversación. Cuando Daniel se dirigió directamente a él, el capitán lo observó con la misma expresión de quien contempla con asombro a un insecto parlante. Probablemente el primer impulso por parte de Schoepps fuese el de responderle algo al muchacho aquel, *algo* que pusiese al mocoso en el lugar que le correspondía. Pero nuestro capitán era lo bastante inteligente como para comprender al momento que allí había algo más, algo que él desconocía pero que, extrañamente, entusiasmaba al director, por lo que decidió guardarse sus opiniones al respecto y seguir las indicaciones del joven marinero local. El problema vino cuando, para su preocupación, siguiendo las marcas dadas por el muchacho, solo se encontró una y otra vez con una garganta estrecha entre dos paredes como dos moles de piedra. Un pequeño desfiladero en pleno mar contra el que las ondas rompían con fiereza.

—Qué, ¿qué le parece, capitán? —volvió a inquirir el señor Wessler.

—Me parece que no debo estar comprendiéndolo bien, señor.

Wessler sonrió.

—Vaya, pues permítame que le aclare sus dudas. Si lo que usted está entendiendo es que nuestro objetivo es acercarnos lo más posible hasta esa gruta y penetrar en su interior para una exploración a fondo, entonces sepa que está usted entendiéndolo perfectamente, Herr Schoepps.

Lentamente, el capitán comenzó a apartar los prismáticos de su cara, como si de pronto acabase de comprender que no quería seguir contemplando lo que veía. Se quedó observando fijamente al director de la expedición. Había desconcierto en su mirar.

—Herr Wessler, con todos mis respetos, señor, permítame decirle que lo que usted me sugiere es...

—¿Sí?

Schoepps tragó saliva.

—Señor, yo...

—Por favor, Herr Schoepps —le apremió el director—, hable de una vez.

—Señor, eso es... Es simplemente una locura, Herr director.

—¿Lo es? —respondió Fausto, con un gesto a medio camino entre el divertimento y la indiferencia.

El capitán no podía creer lo que oía. ¿Cómo podía tan siquiera plantearse una cosa así Herr Wessler?

—Con el debido respeto, señor —insistió Schoepps—, todos sabíamos que la expedición sería complicada, incluso arriesgada. Pero esto va más allá. Esto es un suicidio, *mein oberst*. Con nuestro barco es simplemente imposible un acercamiento mayor.

—Eso es obvio, capitán. Por favor —señaló Wessler con gesto evidente—, le ruego que no pierda las formas, Herr Schoepps.

—Necesitaríamos un bote auxiliar, algún tipo de lancha con motor...

—Una gamela, para ser exactos —apuntó Daniel.

—¿Una qué? —preguntó el capitán, esta vez sin hacer ya ningún esfuerzo por ocultar la irritación que le provocaba la participación de Daniel en la conversación.

—Una gamela, señor. Se trata de una embarcación típica de estas rías, de muy poco calado, con apenas quilla, y de proa recortada. Al ser casi planas por debajo, son de gobierno más valiente, muy estables, más fáciles de controlar frente a las corrientes.

Todavía atónito, el capitán buscó en su reloj los argumentos con los que rebatir el comentario hecho por aquella rata parlanchina.

—A ver —respondió—, no nos precipitemos... Ahora son las cinco y cuarto, quedan dos horas para la bajamar, y aunque el agua ya se está retirando la fuerza de la corriente es notable. En un espacio como este el avance con remo es simplemente imposible.

Daniel y Fausto escuchaban en silencio, como si lo dicho no fuera suficiente.

—Y, de cualquier modo —continuó Schoepps—, suponiendo que podamos guiar esa barca de la que el muchacho nos habla y que, por cierto, nosotros no tenemos, esquivando las cadenas de rocas que forman toda esa espuma hasta llegar a las paredes, el paso no parece el lugar más apropiado para el empleo de nuestros equipos de submarinismo —explicó al tiempo que abría los brazos en el aire en un ademán de notoria impotencia—. Con todos mis respetos, Herr Wessler, yo diría que se trata de un trabajo más indicado para un equipo de espeleología. Y todo esto sin saber absolutamente nada de lo que vamos a encontrarnos en su interior. Esto, señor, no era lo que teníamos preparado.

A pesar de su elocuencia, y para mayor perplejidad del capitán, Herr Wessler se limitó a responder con la más satisfecha de sus sonrisas.

—Capitán, si estamos aquí ahora es porque tenemos una sospecha bastante considerable acerca de lo que podríamos encontrarnos ahí dentro. —Fausto se acercó un poco más al señor Schoepps, y colocando una mano sobre su hombro, añadió—: Berndt, confía en mí, en mi instinto. Tengo un presentimiento.

Herr Schoepps se le quedó mirando, desconcertado.

—¿Un presentimiento, señor? —respondió el capitán.

—Sí, un presentimiento. Y además, para guiarnos en la realización de esas incursiones tan temerarias contamos con una nueva incorporación a nuestro equipo, ¿no es así, Daniel?

—Así es, señor —respondió con orgullo el joven.

—Claro que es así —confirmó el director del Instituto de Estudios Arqueológicos—. De acuerdo —sentenció con una palmada en el aire, dando por zanjada la cuestión—, pues si esto es lo que hay, entonces aquí ya no tenemos nada más que hacer por hoy. Capitán, vuelva a poner rumbo a puerto, regresemos a Vigo. Tenemos un montón de cosas que reajustar y preparar para mañana. Entre ellas, comprar una de esas gamelas. Daniel —se dirigió ahora al muchacho—, si no te he entendido mal, comprendo que el único momento posible para intentar una aproximación a la garganta y acceder a su interior es el de la bajamar, ¿verdad?

—Sí, señor. De hecho, creo que lo ideal sería poder trabajar con la marea baja.

—¿Y a qué hora exacta se producirá esto mañana, capitán?

Berndt Schoepps buscó el dato entre sus papeles.

—A las siete y veinticinco de la mañana, señor.

—De acuerdo, entonces. Quiero que todo esté listo para que mañana estemos aquí fondeados no más tarde de las siete de la mañana. ¿Correcto, capitán?

—Correcto, señor —respondió Berndt, aun sin demasiada convicción en su voz.

—Entonces, rumbo a Vigo, tripulación.

Daniel retornaba a puerto con la satisfacción instalada en cada molécula de sí mismo. Como había dicho el director del Instituto Arqueológico, ese era su momento, su oportunidad.

Llegando a puerto, ya con la luz del sol poniéndose por donde la ría de Vigo se convierte en el océano Atlántico, el muchacho reconoció una figura sobre el muelle de A Laxe.

—¡León! —gritó desde cubierta.

Su hermano y compañero de faena había venido a recibirlos. Y no estaba solo. Un tipo bajito, de gabardina y sombrero de color beige, permanecía a su lado con una cámara de fotos en la mano. Cuando el barco quedó amarrado, León se acercó hasta la rampa por la que Daniel bajaba ya en compañía del director y de su secretario.

—Permítanme que les presente. Este es mi hermano, ya les he

hablado de él. León, estos son los señores Fausto Wessler y Hugo Brauner.

—Es un placer —respondió Herr Wessler, tendiéndole la mano al muchacho—. Efectivamente, Daniel ya nos ha hablado de usted. Por lo visto estamos ante otro hombre bien valiente.

—Gracias, señor. Hacemos lo que podemos —respondió León con orgullo—. Espero que no les parezca mal, pero me he tomado la libertad de avisar a uno de los reporteros del *Faro de Vigo*, el periódico más importante de la ciudad, no sé si lo conocerá usted, señor Wessler...

—Sí, lo conozco, por supuesto que lo conozco.

Herr Wessler le tendió la mano al hombre de la cámara, quien durante toda la presentación había permanecido en silencio un paso por detrás de León.

—Con su permiso me presento. Mi nombre es Manuel de la Fuente, *reporter* del *Faro de Vigo*, periódico local y orgullo de la prensa nacional. Si me permite el apunte, lo cierto es que visitas como la suya no se dan todos los días en la ciudad, caballero.

—¿Ah, no? Pues no es eso lo que me han comentado... —respondió Wessler desde un guiño cómplice con Daniel.

—Pues ya le digo yo que no. La elección de nuestra ciudad como base para sus trabajos, según aquí nuestro amigo León me ha contado, es un auténtico orgullo para todos nosotros. Así que, si no tiene usted ningún inconveniente, me gustaría hacerles una foto para dar cuenta a todos nuestros lectores (que, por cierto, se cuentan por miles) de su distinguida presencia entre los habitantes de la «olívica villa».

Herr Wessler correspondió a los elogios del periodista.

—Por supuesto, por supuesto. Para nosotros también es un orgullo poder participar de su hospitalidad. Hugo —le indicó a su secretario—, reúna al equipo, vamos a hacernos una foto.

Tan rápido como le fue posible, el secretario formó frente al barco a toda la expedición del *Meeresadler*, con el señor Wessler orgullosamente situado en el centro. Una vez colocados todos, ya estaba el periodista a punto de tomar la fotografía cuando, con un gesto de su mano, el director le indicó que no disparase todavía.

—Aguarde, por favor. Veo que no estamos todos.

Daniel seguía al lado de León, por detrás de la cámara del periodista. Wessler se dirigió a él.

—Amigo mío, te ruego que nos acompañes, por favor. El equipo no está completo sin ti. Y tú también, León. Venid, venid aquí los dos.

Luego de contemplarse con sorpresa el uno al otro, finalmente los dos muchachos se acercaron al grupo. Situado justo al lado del señor Wessler, Daniel observaba con orgullo a todo el equipo. Un miembro más de la expedición, no estaba mal para ser su primera foto.

27

Eran poco más de las cinco de la mañana cuando llegamos al muelle, y Daniel, otra vez, ya estaba allí. Esperando al lado de la rampa con una sonrisa en los labios, como si todo el tiempo hubiese estado ahí, junto a todo. Daniel, el barco, la ría, todo.

—Buenos días, chaval. ¿Es que en esta tierra lo de dormir no va con vosotros, o qué?

—Buenos días —respondió contento—, ¡buenos días a todos, muchachos! La verdad es que no tenía mucho sueño, y bueno, ¿para qué quedarse más en la cama si lo bueno no está en ella? ¿Habéis visto? No me digáis que no es un día precioso para nuestro viaje.

A decir verdad, todavía faltaban unos cuantos colores en el cielo para que las oscuridades de la noche se convirtiesen en día, pero yo no me sentí con autoridad ninguna como para corregirle nada a aquel muchacho. Subimos todos juntos al barco, cada uno de nosotros ocupado en sus tareas correspondientes. A las seis en punto de la mañana, Herr Wessler subió a bordo en compañía del señor Schoepps, nuestro capitán, y al momento comenzaron las maniobras para nuestra partida.

Tal y como Fausto Wessler había ordenado el día anterior, a las siete de la mañana el *Meeresadler* fondeaba frente a la costa sur de la isla de Ons.

—¡Preparaos para arriar la gamela!

El director y el capitán lo dispusieron todo para que dos submarinistas del equipo de Schoepps y un piloto acompañasen al valiente Daniel Beiroa en su aproximación al Buraco do Inferno.

Coincidiendo con la bajamar y en la sutil compañía de las primeras luces del alba, el equipo compuesto por los cuatro hombres inició su primer acercamiento a la majestuosa garganta de agua y piedra a las siete y veinticinco de la mañana.

Desde la seguridad del puente de mando seguimos con atención las maniobras de aproximación de nuestra recién adquirida lancha autóctona a los rompientes del Buraco. Pronto comprendimos la intención de Daniel. La hora escogida, el momento de la bajamar, apenas tenía que ver con la aproximación a la gruta. La dificultad era casi la misma que con la marea alta, si no más. Las olas seguían rompiendo con fiereza contra las rocas que, bravas como soldados bien entrenados, defendían la costa de los embates del mar, por lo que la fuerza de la corriente seguía siendo más que considerable. No, no se trataba de eso. De hecho, como luego nos confirmaría el piloto, la bajamar suponía todavía una mayor proximidad a la superficie de las puntas de algunas escolleras, peligrosísimos cuchillos para un pedazo de pan tan frágil como nuestra lancha en aquella tormenta de agua y espuma, que no se dejaban ver hasta que no las tenías ya prácticamente debajo. No. La intención de Daniel solo era acercarse a la garganta que llevaba a la boca de la gruta estando la marea baja, para así poder entrar con una mínima comodidad.

Durante una larguísima hora intentaron los cuatro valientes llegar sin éxito hasta la entrada al Buraco. Hacia las ocho y media de la mañana regresaron a bordo del *Meeresadler*. Daniel se dirigió a Herr Wessler.

—Señor, es preciso que los buzos se queden en el barco. Los cuatro a bordo suponemos demasiado peso para la barca, y nos resulta mucho más difícil maniobrar ante los golpes del mar.

—¿Cómo? —interrumpió Schoepps—. Eso es imposible, señor. Si deja aquí a los submarinistas, ¿quién entrará luego en la cueva?

Atento, Herr Wessler observó en silencio la réplica del capitán. Volvió a mirar a Daniel, a la búsqueda de alguna explicación alternativa.

—Señor, debo insistir, el tiempo se nos va. Si tenemos esta prisa por acercarnos es porque la baja es el único momento en que la entrada al Buraco es posible. Más tarde el mar batirá con fuerza contra la gruta.

Wessler seguía sin verlo claro.

—No sé, Daniel...

—Señor, por lo que hemos podido observar, por abajo la entrada tiene unos cinco metros de abertura, pero según vaya subiendo la marea la parte accesible de la boca de la gruta irá quedando sumergida bajo el agua. Pero la corriente no descansa nunca. El mar inunda la cavidad, y el agua entra por su canal con más fuerza a cada minuto.

—Es muy peligroso...

—Tal como lo estamos haciendo ahora, sí —insistió el muchacho—. Pero si reducimos peso, entonces sí conseguiremos maniobrar para acercarnos lo suficiente a alguna de las rocas que actúan como balcones frente a la entrada. Las conozco bien porque, como ya le dije, son las mismas a las que me tuve que aferrar para sobrevivir cuando León y yo perdimos el control de nuestro barco. Por eso sé que si consigo llegar hasta ellas tendré un punto seguro desde el que aprovechar el movimiento de la marea para lanzarme al interior. Pero eso tiene que ser ya, señor, ¡ya! No podemos perder ni un segundo más.

Wessler y Schoepps intercambiaron miradas. Si lo que el director buscaba en el rostro del capitán era una opinión, este le dejó ver bien a las claras el desacuerdo en su expresión. Pero el Wessler no lo tuvo en cuenta.

—De acuerdo, marchaos ya.

El piloto, quien en todo momento había ido asintiendo en silencio a cada explicación que el chaval les ofrecía al director y al capitán, y Daniel volvieron a subir a la gamela, y nuevamente pusieron rumbo a la escollera del Buraco do Inferno. No pasó mucho tiempo hasta que pudimos comprobar que Daniel estaba en lo cierto. Su plan funcionaba, y la maniobra se realizaba con mucha mayor velocidad.

Ya había comenzado a subir la marea, y a pesar de no ser todavía demasiado, cuando menos la lancha ya ganaba ahora unos cuantos centímetros sobre las primeras líneas de roca sumergida. Aun tuvieron que intentar varias veces la aproximación hasta que, por fin, lo consiguieron. Vimos cómo Daniel saltaba a una de las rocas que sobresalían al lado de la columna oscura que era la entrada al Buraco.

Tan pronto como su cuerpo tocó la piedra, el marinero se agarró con fuerza a la pared, y el piloto comenzó a alejarse, retirando la lancha de la zona de mayor peligro.

Inmóvil, Daniel todavía permaneció largos minutos observando fijamente el mar, analizando cada ola que rompía contra las rocas, cada mano de agua que desaparecía en la oscuridad de la gruta. Estudiando cómo el agua venía, golpeaba y se iba.

Y entonces, de repente, se precipitó.

No hubo ningún movimiento previo que anunciase su intención. Fue como en un espasmo, un golpe fortuito, y Daniel se lanzó al mar. Todos nos quedamos en silencio. Alguien en el puente señaló algo hacia la entrada de la gruta, pero lo cierto fue que nadie vio realmente nada más.

Fue así como el tiempo, implacablemente veloz hasta entonces, comenzó a ralentizar su paso hasta convertirlo en un andar lento, agónico, sin que Daniel diese ninguna señal de vida. Preocupado, Wessler ordenó el regreso del piloto para preguntarle si él había visto algo. Pero su respuesta fue negativa. En realidad, ni siquiera se había dado cuenta del momento en que el muchacho se había arrojado al mar, ocupado como estaba en poner el bote a salvo. Wessler le dio orden de que volviese a la barca, llevándose consigo un pequeño transmisor de radio, y regresase a la costa, a algún lugar seguro pero próximo a la salida de la gruta, con la esperanza de poder rescatar al joven.

Pero el tiempo pasaba y las noticias del chaval seguían sin llegar. A las once en punto de la mañana, luego de más de hora y media sin novedades acerca de Daniel, Herr Wessler volvió a pedirle algún tipo de información al piloto. Pero este solo pudo responder que seguía sin divisar al muchacho, y que la entrada a la gruta era ya apenas visible, casi por completo sumergida bajo el agua. Wessler mantuvo el intercomunicador pegado a su cara. En silencio, sin decir nada.

Las señales de preocupación comenzaban a hacerse muy evidentes en todos y cada uno de los rostros de los presentes en el puente de mando, cuando de repente la voz del piloto volvió a ocupar el canal de radio.

—Disculpe, Herr Wessler. Creo que estoy viendo algo. No sé, aguarde... ¡Sí, sí, señor, es él! Daniel está en el agua, ¡está en el agua!

El capitán Berndt Schoepps volvió a coger los prismáticos.

—¡*Mein gott*, es él! ¡Está vivo!

Wessler le arrancó las lentes de las manos al capitán, y, pudiendo contemplar a Daniel nadando con dificultad hacia la gamela, sonrió por fin.

—¡A qué espera —gritó al transmisor—, vaya hacia él!

Recibimos con alegría y alborozo al chaval en cubierta. Alguien le llevó mantas con las que sacarse el frío, pero él las rechazó. El éxito le reventaba en los ojos, calentándolo de sobra como para querer echarse por encima ninguna manta. Apenas dijo nada, pero Herr Wessler comprendió el significado de aquel fuego en su mirada. Lo abrazó y, alejándolo de la tripulación, se lo llevó a la sala del capitán.

—Bravo, Daniel, bravo. Celebramos tu regreso sano y salvo. —La alegría de Wessler parecía absolutamente sincera—. Cuéntanos ahora lo que has visto, ¿tienes algo que decirnos?

Pero Daniel no respondió. Se limitó a abrir el cierre que aseguraba el bolsillo trasero de su pantalón, todavía empapado en agua salada, y coger algo en su interior. Un ruido de metales sonó justo antes de que el chaval retirase la mano. Llevó su puño cerrado al frente, y no lo abrió más que para dejar algo sobre la mesa de madera en el centro de la sala del capitán. Cuando por fin retiró la mano, todos los allí presentes, Herr Wessler, el equipo del Instituto Arqueológico y el propio capitán, pudimos observar con gran asombro lo que Daniel había dejado sobre la mesa.

Tres monedas de oro.

Tres reales de a ocho españoles de finales de siglo XVII. Orgulloso, Daniel levantó la vista de la mesa, y su mirada se encontró con la de Fausto Wessler.

—Sí —le respondió—, que me disculpen por el retraso.

28

Aquello era más de lo que cabía esperar. De repente teníamos ante nosotros la evidencia no solo de que Daniel estaba en lo cierto sino de que, además, nuestra misión acababa de convertirse en un éxito. La alegría pronto dejó paso a la euforia, y la euforia trajo consigo un pequeño caos.

—Señor, con su permiso voy a darles la orden a mis hombres de que se preparen para la bajada a la gruta —le indicó Schoepps a Wessler.

—Espere, espere, capitán —le atajó Daniel—, temo que ese vaya a ser ahora un trabajo inútil.

—¿Qué quieres decir, hijo? ¿Acaso no hay más oro que esté ahí abajo? —preguntó Wessler, no sin cierta preocupación repentina en su voz.

—No, señor. No quiero decir eso ni muchísimo menos. El oro está todo ahí. Todo. Y tengo que confesarle que nunca tal cosa habría imaginado, ¡no se imagina usted la cantidad de piezas que hay ahí dentro! De hecho, incluso ni siquiera creo que nos dé tiempo a retirarlo todo en una sola bajamar.

—Pues entonces sigo sin entender por qué no podemos comenzar a hacerlo ya, señor —insistió el capitán.

—Pues porque ese es precisamente el problema, señor, la bajamar. O, mejor dicho, la falta de ella.

—Daniel, hijo —intervino Fausto en un tono bastante más calmado que el del capitán—, ten en cuenta que te has pasado allá abajo un buen rato. Probablemente tú sepas de lo que hablas, pero nosotros, que hemos estado aquí arriba sin hacer nada más que esperar por ti, no sabemos cómo está la situación. ¿Por qué no te explicas un poco mejor?

—Por supuesto, señor.

Daniel se pasó una mano por el pelo, no sé si para secárselo, o para ayudarse a poner en orden su explicación.

—Siento mucho mi retraso —dijo—, pero la cosa ha sido bastante más complicada de lo que yo esperaba. Al arrojarme al agua comprendí el gran error que había sido dejar pasar el momento justo de la bajamar, ya que estoy casi convencido de que ahí es cuando la entrada a la gruta se puede hacer casi a pie.

—¿Andando? —preguntó el capitán con asombro.

—Quizá no tanto, pero desde luego sí haciendo pie. El agua siempre cubre el fondo, y la corriente todavía lleva fuerza. Pero teniendo en cuenta que cuando he entrado, casi dos horas después de la baja, apenas debía faltar un metro para que yo mismo pudiese hacer pie, en el momento exacto la profundidad no debe de ser de mucho más que un metro por la parte de la boca. Además, hay que tener en cuenta lo estrecho de la entrada a la galería principal. Verán.

Daniel tomó una hoja de entre los papeles que el capitán tenía sobre la mesa y, después de que alguien le prestase una pluma, comenzó a trazar un esquema bastante rudimentario del plano de la gruta.

—Una vez traspasada la boca —explicó—, hay una pequeña laguna central a modo de recibidor, que es sobre la que cae la luz que viene desde la abertura que hay en el suelo de la isla, yo calculo que a algo más de unos cuarenta metros de altura. Al otro lado de la laguna se abren cuatro galerías, entre las que se forma un laberinto de canales y corredores. De las cuatro, dos de ellas avanzan todavía más hacia el interior de la tierra —explicó, señalando dos de las galerías que había dibujado en el papel—, cayendo con gran desnivel, por lo que me imagino que su fondo, según he podido observar, debe de estar permanentemente inundado.

—¿Y qué pasa con las otras dos? —preguntó Wessler.

Daniel negó con la cabeza.

—Que no caen, señor. Las otras dos, tanto la galería central como la que se encuentra más al sur, avanzan de modo irregular hasta concluir en zonas más elevadas sobre el nivel del mar, especialmente la galería sur.

—¿Las has comprobado?

—Así es —respondió con seguridad—. Las recorrí todas, incluidas las descendentes hasta donde me fue posible. El problema estaba en que, mientras lo hacía, el agua no dejaba de subir. Por cierto, señor Wessler, tengo que reconocer que están ustedes a la última en la cosa de aparatitos y todo eso, a la vista de toda esta cacharrada que llevan en el barco. Pero tampoco estaría de más que invirtiesen un poco en linternas. La que me dieron se apagaba constantemente, supongo que por haber entrado en contacto con el agua, y cuando funcionaba era para alumbrar a poco más de medio metro.

Herr Wessler arqueó las cejas, sorprendido ante el reproche del muchacho.

—Vaya, siento mucho que nuestra tecnología no haya estado a la altura de las circunstancias...

Daniel sonrió.

—Bueno, no se preocupe. Lo importante es que al final la linterna sí que aguantó, aunque nada más fuera lo justo para alumbrarme hasta lo más profundo del último corredor, encontré lo que andaba buscando.

—¿Dónde?

—En la galería principal, señor. A pesar de su estrechez inicial, antes de morir se convierte en una gran sala natural, algo así como una especie de ermita escavada por el mar y el tiempo en la propia roca viva de la isla. Es ahí donde los piratas de John Baker depositaron el oro.

La mirada de Daniel se iluminó, casi tanto como la de Herr Wessler.

—Está por todas partes, señor, por todas partes... Y lo mejor es que, tal como lo pusieron, queda protegido de la fuerza de las mareas.

Wessler frunció el ceño.

—¿A qué te refieres? —preguntó—. ¿Cómo está puesto el oro?

—En la parte más alta de la estancia —le aclaró Daniel—. Por eso no se ha movido en todo este tiempo, señor, porque aun cuando la marea está en su punto más alto, el agua llega ya mansa hasta el fondo de la galería, sin fuerza para llevarse ni una sola moneda de vuelta al mar.

—Pues, entonces, sigo sin ver a qué estamos esperando —me atreví a comentar.

Sorprendido, Daniel me observó con una sonrisa en los labios, como quien contempla al niño que interrumpe la conversación de los mayores.

—Pues porque el hecho de que no haya corriente no quiere decir que no haya agua. Es evidente por las marcas en la roca de las paredes que el acceso a esa cavidad queda casi por completo inundado cuando la marea sube. Y no solo eso, porque lo que con toda seguridad sí queda por completo bajo el agua son las cuatro galerías, que se convierten en una especie de sistema de tuberías gigantes interconectadas por las que el agua del mar corre con fuerza. No es lo mismo entrar en esos espacios caminando desde la bajamar, que intentarlo sumergiéndose de cualquier modo para acabar con los huesos destrozados, arrastrados como títeres contra las rocas por la fuerza de las corrientes. Y eso siempre y cuando fuésemos capaces de introducir los tanques de oxígeno por la grieta que hay entre las rocas que protegen la entrada a la galería principal.

—¿Crees que se podría hacer? —preguntó Herr Wessler.

—¿Pasar con los tanques a las espaldas? No señor, creo que es imposible.

—¿Y una entrada alternativa a la galería?

—Bueno, capitán, como ya les he dicho, hay indicios de que las cuatro galerías principales podrían estar comunicadas por otros pequeños canales internos. Pero eso es algo que no les puedo garantizar. O, cuando menos, todavía no.

Todos nos quedamos por un momento en silencio.

—¿Y si forzamos el ensanchamiento de la entrada principal? —volví a interrumpir una vez más, amparado por mi propia ignorancia.

—¿Ensanchar la entrada? ¿A qué te refieres?

—Pues a hacerla más grande. —A mí me parecía obvio—. Tenemos dinamita en el barco, quizá podríamos practicar algún tipo de voladura controlada. Aquí —señalé, apuntando con el dedo la boca de la gruta en el plano que Daniel había dibujado.

Daniel apenas lo consideró por unos segundos, apretando los labios en señal de desacuerdo.

—Bueno, no sé qué decirles... De entrada no me parece lo más adecuado. Un cartucho mal puesto y podríamos provocar un derrumbamiento que sellase la cueva para siempre.

—Sí, a mí tampoco me parece la mejor opción —comentó el propio Wessler.

Todos nos quedamos por unos segundos en silencio.

—Miren, si quieren que les dé mi opinión —concluyó Daniel, todavía con la mirada puesta en el dibujo—, yo insisto en las garantías de entrar casi caminando frente a las dificultades de hacerlo buceando. Y mucho menos con bombas y explosiones. Teniendo en cuenta la cantidad de piezas de la que estamos hablando, tengan por seguro que de una sola vez no se podrá sacar todo.

—¿Son todo monedas? —preguntó el director.

—No. Lo que más hay son lingotes. Pero, de cualquier modo, en una u otra forma el número de piezas es enorme, por lo que creo que vamos a pasarnos un buen tiempo sacando oro de las entrañas de la isla. Esta vez he tardado en encontrarlo por todo lo que les acabo de contar, y para cuando conseguí localizarlo la subida de la marea ya había comenzado a convertir la altura del agua en algo peligroso. Por eso no he podido venir con nada mejor que esto. Tengan en cuenta que un lingote sería demasiado peso, una complicación para la parte que tenía que hacer a nado. Pero si me permiten hacer una segunda bajada, entonces podré cerciorarme de cual es la mejor ruta, por si existe algún otro canal de acceso, y dejar el camino bien marcado y asegurado para que ya sean luego sus hombres los que entren y realicen toda la retirada del oro.

Fausto Wessler no dejaba de observar con satisfacción al muchacho. Con satisfacción, e incluso diría que con admiración...

—Entiendo que lo que sugieres es que volvamos a esperar la próxima bajamar, ¿no es así, muchacho?

—Así es, señor. De hecho, si permite que sea el mismo piloto el que me vuelva a acompañar, ya conociendo la maniobra incluso podríamos salir un poco antes, para que yo pudiese entrar justo con la baja y aprovechar mejor el tiempo.

Wessler estaba más que satisfecho, bien se le notaba en el rostro.

Con toda seguridad, todavía estaba celebrando para sí su propia suerte por haber dado con una ayuda tan completa como la que aquel joven marinero le ofrecía. Y todo sin apenas buscarlo, en realidad.

—Bueno —resolvió al fin—, si ya ha pasado ahí dentro más de doscientos años, no creo que le vaya a hacer ningún mal aguantar unas pocas horas más. Capitán, ¿para qué hora tenemos la próxima bajamar?

Una vez más, Schoepps volvió a consultar las notas que tenía sobre su mesa de trabajo. La tabla de mareas resultó ser la hoja que Daniel había empleado para realizar su dibujo.

—Para las veinte quince, señor.

—Muy bien. Pues que todo esté dispuesto para que este muchacho pueda volver a salir con la lancha a las ocho en punto.

—A sus órdenes, Herr Wessler.

El capitán y su segundo salieron de la sala dispuestos a transmitir las órdenes del director, dejándonos a los tres solos. El director volvió a dirigirse a Daniel.

—Pero hay algo que todavía no logro comprender, hijo. Si a ti te ha costado tanto entrar, ¿cómo hizo entonces tu famoso pirata Baker para meter todo ese oro que dices que hay en la gruta a través de un espacio tan estrecho, y en tan poco tiempo, según la historia que tú mismo nos contaste sobre él?

Daniel volvió a sonreír.

—Tengo que confesarle, señor, que al ver por vez primera lo estrecho de la boca central, yo mismo estuve a punto de descartar esa galería, por considerar imposible el paso a través de esa grieta. Y de hecho, una vez descubierto el tesoro volví a maravillarme intentando imaginar cómo habrían hecho para meterlo. Pero como ya le he dicho, la marea subiendo no dejaba mucho tiempo para demasiadas cavilaciones, así que cogí lo que pude en una mano y di media vuelta. Y no fue hasta llegar de nuevo a la salida de la galería cuando lo comprendí. Porque por la grieta apenas caben los baúles que contienen las monedas, por lo que imagino que lo tuvieron que hacer en dos partes...

—¿Cómo?

Daniel tomó nuevamente la hoja con la tabla de mareas, y volvió a señalar el paso en el plano.

—Baker tuvo que dividir a sus hombres en dos equipos, y mientras uno formaba una cadena desde la entrada de la gruta hasta la grieta, otro hacía lo mismo desde la grieta hasta la ermita al final de la galería, de modo que la cadena interior no tenía más contacto con la otra que para recoger el baúl que los de fuera posaban al pie de la propia grieta. Según la historia que a mí me contó León, Baker conocía de antes estas rutas de navegación. Si es verdad que había sido grumete en un buque mercante holandés, lo más probable es que también se hubiese dedicado al contrabando, o quizás incluso ya a la piratería, y de ahí que conociese la existencia no solo de esta gruta, sino los detalles de su interior. De lo contrario no habría escogido este lugar para hacer una maniobra tan rápida como la que hicieron.

Lentamente, Wessler también esbozó una sonrisa.

—Desde luego, Daniel, no se puede decir que no seas un mozo bien espabilado. Sigue así, y estoy seguro de que llegarás a ser alguien grande en una vida grande. Tú estás llamado a más, hijo. Toma, que esto te sirva de comienzo.

Fausto Wessler le tendió a Daniel su mano con las tres monedas de oro sobre la palma.

—Señor —respondió Daniel con los ojos abiertos como platos—, no puedo aceptarlo. ¡Esto es muchísimo!

El director gesticuló con la mano que todavía le quedaba libre para indicarle a Daniel que desistiese en sus excusas.

—Muchísimo es lo que tú has hecho por nosotros, arriesgando tu vida por el éxito de nuestra expedición. Acepta ahora esto, y, si es cierto todo lo que nos has contado, ve preparándote para lo que pueda venir. —Wessler volvió a quedarse contemplando al muchacho, ahora ya con una amplia sonrisa en los labios—. Dime, hijo, ¿te gustaría conocer Berlín?

Daniel se quedó en silencio, observando al alemán sin saber qué decir. Volvió a ver las monedas, todavía sobre la mano abierta del director de Instituto Arqueológico, y por fin también él sonrió al cogerlas.

—Gracias, señor. Por todo.

Dio media vuelta y salió de la sala del capitán. Su ropa todavía mojada había formado un charco de agua en el lugar donde había permanecido todo el tiempo de pie.

El tiempo pasaba lento a bordo del *Meeresadler*. Cuando llegó la hora de la comida, alrededor de la mesa del capitán la euforia y el optimismo hablaban por boca de todos nosotros. Nadie escatimó en elogios sobre la valentía de Daniel y no fueron pocas las veces que el chaval tuvo que contar y volver a contar su peripecia. Poco a poco, la conversación fue encaminándose hacia lo que estaba por venir. Alguno de nosotros volvió a preguntar cuál sería el mejor método para sacar el oro, y esa euforia anterior permitió que todos nos sintiésemos libres para opinar y proponer. Hablábamos sin ton ni son, a voces entre todos. La emoción nos había hecho olvidar que había uno entre nos que no era alemán. Con Daniel sentado a mi lado, al principio yo intentaba ir traduciendo siempre que me daba cuenta, con la intención de no dejarlo fuera de ninguna de las conversaciones que volaban sobre la mesa, pero la velocidad era mucha, y al final yo siempre acababa volviendo a mi idioma. Me disculpaba una y otra vez, hasta que el propio Daniel acabó quitándole importancia a la situación.

—No te preocupes —respondió—. Yo he crecido en el puerto, llevo toda la vida ahí, y por él pasan todos los días gentes de todo el mundo. Si quieres salir adelante no te queda otra que defenderte un poco en todas las lenguas.

Reconozco que entonces no le di demasiada importancia a ese comentario, pero, por lo visto, Daniel comprendía todo lo que decíamos. Definitivamente, aquel muchacho era una caja de sorpresas. Y en ese momento yo no fui capaz de imaginar lo importante que ese detalle acabaría siendo...

Como os he dicho, era más la euforia que el sentido común el que nos llevaba a hablar, y al final ninguna de las opciones llegó a ser escogida como definitiva. La discusión fue terminando al tiempo que la sobremesa, y todos acabamos por volver a nuestros puestos. El trabajo iba a ser tanto que a todos nos sobraban preparativos en los que andar liados. Pero Daniel no desistía. El chaval era testarudo, y seguía dándole vueltas al asunto de la salida del oro. No dejaba de pensar en lo que él mismo había descubierto y compartido con nosotros, aquello acerca de cómo los piratas habían hecho para meter el oro en la galería. Le dio vueltas y más vueltas hasta que llegó a la conclusión de que ese sistema también podría ser el mejor para nosotros mismos. Cuando estuvo seguro de que no había una opción mejor, Daniel se sintió en la obligación de compartir su idea con Herr Wessler. Convencido, fue entonces cuando decidió regresar a la sala del capitán para hablar con el director. Y ese, exactamente ese, fue el momento en el que todo se echó a perder.

29

Daniel caminó por los corredores de *Meeresadler* hasta llegar de nuevo a la sala del capitán. La puerta estaba cerrada, y el muchacho ya estaba a punto de llamar pidiendo permiso para entrar cuando escuchó la voz del director Wessler del otro lado.

—En efecto, señor. Creo que estoy en posición de poder comunicarle el éxito absoluto de nuestra misión.

Un breve momento de silencio, y nuevamente la voz de Herr Wessler.

—Sí, señor, es cierto, mucho antes de lo que esperábamos.

El muchacho comprendió al momento: Fausto Wessler estaba hablando por radio con algún superior, quizás incluso con Berlín.

—Bueno, la verdad es que hemos recibido una ayuda con la que no contábamos en un principio.

Otro silencio. Daniel no alcanzaba a oír las respuestas del interlocutor al otro lado de la comunicación. Probablemente el director también estuviese utilizando algún sistema de auriculares, como el que Daniel le había visto al operario de radio del barco, o algo semejante.

—Pues no sabría muy bien cómo describirlo, señor. Se trata de un muchacho de la ciudad, Daniel Beiroa, un marinero local, poco más que un pícaro del puerto con el que Brauner hizo muy buenas migas.

La consideración de sí mismo como «poco más que un pícaro del puerto» no resultó del mayor agrado para Daniel, pero el hecho de estar informando de sus méritos a una instancia superior al propio director hizo que el orgullo fuese una pizca más fuerte que el amor propio, y el chico prefirió no interrumpir el diálogo. Aquello parecía importante, y Daniel decidió esperar tras la puerta hasta que la conversación concluyese. Y, ya puestos, seguir escuchando, por si todavía caía algún que otro reconocimiento.

Pero lo que llegó no fueron prendas...

—Le agradezco las congratulaciones, señor. Pero tengo que decir que las felicitaciones no son para mí, sino para la causa en su totalidad. Apenas quedan unas horas para que lo podamos confirmar de modo oficial, pero, de ser cierta la descripción que el chaval nos ha dado, este tesoro supondrá el financiamiento definitivo para nuestra campaña del este, *mein Führer*.

El nuevo silencio cogió a Daniel por sorpresa. ¿De qué rayos estaban hablando al otro lado de la puerta? ¿La *causa*? Y lo que era mucho más aterrador, ¿había oído bien? ¿*Mein Führer*? Solo había una persona en el mundo a la que alguien se podía referir de ese modo.

—Sí, señor, eso he dicho. Porque de ser correctos nuestros cálculos estaríamos hablando de muchos millones de marcos en oro. El Reich podría llevar adelante su avance sobre Polonia sin que ello le costase un céntimo al estado.

Dios mío, no podía ser...

—Exacto, *mein Führer*. Nada nos detendrá. *Heil Führer!*

Santo Dios, era horrible lo que aquello suponía. Si Daniel había comprendido bien, los kilómetros que separaban a aquellos dos interlocutores eran tantos como los que había entre la historia que Herr Wessler le había endosado al chaval y la verdad. Y si eso era así, entonces probablemente no habría tal Instituto Arqueológico, ni mucho menos ningún depósito para ningún Museo Alemán de las Expediciones. No, si eso era así, entonces toda esta gente de la que Daniel se encontraba ahora rodeado no era más que un atajo de nazis, unos desgraciados a la búsqueda de capital con el que seguir financiando todas aquellas atrocidades de las que hablaban las emisoras de radio clandestinas que León y Daniel escuchaban, siempre a escondidas y con las mayores precauciones, en medio de la noche. Lo habían engañado como a un bobo, y él, estúpido, los había llevado derechos hasta el oro.

Todavía inmóvil frente a la puerta cerrada, sintió cómo la rabia le iba tomando las piernas, el vientre. Cómo le trepaba por el pecho hasta la cabeza. Le quemaba en los ojos, en los labios. Y entonces sintió cómo nuevamente volvía a bajar, ahora ya transformada en cólera, en furia, cómo le recorría los brazos hasta concentrársele en las manos, atrapada entre los puños cerrados. Su primer impulso fue darle una patada a la puerta, echar aquellas tablas abajo para entrar y coger al viejo por el pescuezo. ¡Hijo de puta! ¡Me has engañado, cerdo malnacido! Pero no, eso no podía ser, tenía que tranquilizarse. Eso no puede ser. Piensa, Daniel, piensa. Una fiebre de rabia y venganza le recorría el cuerpo. Piensa, piensa, ¡piensa! Pero no era capaz. Un segundo más parado ante aquella puerta y ya no habría vuelta atrás. No, no, hay que calmarse. Mejor irse. Vete, Daniel, vete de aquí. Y así fue que, de repente, llevado por su propia prudencia, dio media vuelta y echó a correr. Corrió desandando el camino que lo había llevado hasta la puerta de la sala del capitán. Corrió a ciegas, sin mirar a ninguna parte. Por eso no vio a Hugo, el secretario de Herr Wessler, cuando dobló la última esquina, justo antes de salir a cubierta. El impacto llevó a los dos muchachos al suelo.

—¡Hey, hey, hey! ¿Adónde vas, amigo? ¿Acaso has encontrado más oro?

A pesar del impacto recibido, aún había buen humor en las palabras de Hugo. Pero no así en el rostro de Daniel. Ni eso ni mucho menos. Daniel tenía la furia instalada en su mirada.

—Hijo de puta —masculló entre dientes.

—¿Qué has dicho? —Hugo observaba ahora con desconcierto al marinero, notando ya que algo iba mal.

—Hijo de puta. ¡Hijo de puta! —Daniel explotó al fin—. ¡Sois todos unos hijos de puta! ¡Asesinos!

—¡Daniel!

—¡Asesinos! ¡Nazis!

Al escuchar la palabra nazis, Hugo, todavía en el suelo, saltó como llevado por algún resorte sobre Daniel, también tumbado tal como había quedado luego del impacto, entre el suelo y la pared.

Hugo se arrojó encima del marinero, y este hizo ademán de defenderse. Pero Hugo, más grande que Daniel, no tenía ninguna intención de atacarle. Bien al contrario, lo único que hizo fue ponerle la mano encima de la boca, intentando evitar que Daniel siguiese gritando.

—Pero muchacho, ¿qué demonios estás diciendo, qué es lo que te pasa? ¿A qué viene eso de llamarnos asesinos?

Daniel, todavía con furia en su voz, pero en un tono más bajo y afilado de rabia, respondió.

—Os he descubierto, bastardos. Ya sé quiénes sois.

—¿Quiénes somos? ¿Pero qué rayos estás diciendo?

—No es necesario que continúes con tu juego, nazi de mierda, os he descubierto. Vosotros sois los mismos fascistas contra los que mi padre luchó para protegernos a León y a mí. Los mismos asesinos que acabaron con su vida.

Hugo guardó silencio. Se diría por su expresión que seguía sin comprender nada, si bien sus ojos hablaban de un esfuerzo evidente por intentar encajar las piezas de este nuevo rompecabezas que le acababan de escupir a la cara.

—Mira, Daniel. No sé de qué demonios me estás hablando, pero una cosa sí te puedo garantizar: yo no soy ningún nazi.

—¿Ah, no? —respondió con rabia Daniel.

—¡No! —Hugo dejó notar claramente su malestar—. Insisto en que no sé de dónde has sacado esa historia, pero te repito que yo no soy ningún nazi. Ni lo soy, ni tan siquiera comulgo con sus ideas.

Desconfiado, Daniel observaba en silencio a Hugo. De repente el alemán se puso en pie y le tendió una mano a Daniel, todavía en el suelo y con media espalda apoyada en la pared.

—Ven, salgamos de aquí.

Daniel no las tenía todas consigo, pero decidió otorgarle un pequeño préstamo de confianza al secretario de Fausto Wessler. Caminaron apenas unos pasos, hasta un compartimento en el que Daniel no se había fijado anteriormente. Hugo abrió la puerta, y Daniel se asomó a su interior lo justo para comprobar de un vistazo que se trataba de una especie de camarote de carga, una suerte de almacén lleno de cajas de madera. El secretario seguía al lado de la puerta abierta, cediéndole el paso al marinero, y este volvió a dudar. ¿Qué era lo que pretendía el tipo aquel, apresarlo en aquella celda?

—¿Por qué habría de confiar en ti?

—Porque yo no soy un nazi, Daniel.

Luego de pensárselo por un momento, el marinero vio algo que decidió interpretar como verdad, y los dos muchachos entraron en el camarote.

—Las cosas ya llevan demasiado tiempo poniéndose feas en mi país, Daniel, pero lo cierto es que de cuatro años a esta parte la situación se ha vuelto insoportable. Tienes que creerme cuando te digo que no soy un nazi, como tú les llamas, pero entiendo que todos lo parezcamos. El partido está por todas partes. El pueblo se afilia en masa, muchos incluso obligados. De hecho, ya ni los más jóvenes escapan al control del Estado, todos entrando en bloque en las Hitlerjugend, las juventudes hitlerianas. Las SS son omnipresentes, y la gente vive con un miedo atroz a la Geheime Staatspolizei, o como ya todos la conocen, la Gestapo, porque todo el mundo sabe que la policía secreta de Hitler lo escucha todo, lo sabe todo de todo el mundo, y contra todos actúa sin pedir permiso a nadie. Todos le tenemos mucho miedo...

—¿Incluido tú?

Hugo se quedó mirando en silencio para Daniel.

—Yo el primero.

De pronto Hugo se quedó en silencio, la mirada perdida en el suelo.

—Hace un año entraron en nuestro edificio —explicó—. Venían buscando a nuestro vecino, el señor Goldstein. El hombre se había pasado la vida entera en el barrio sin meterse con nadie. Llevaba una pequeña librería de viejo dos calles más arriba, y nunca había tenido ningún problema. Hasta unos pocos años atrás. Porque Goldstein era judío, de manera que cuando llegó el tiempo de ir a por ellos, la Gestapo vino en su búsqueda. Y todos sabíamos lo que sucedía con los que se marchaban en compañía de la policía secreta.

—¿Qué pasaba?

—Que ninguno volvía. Mi padre solo quiso ayudar a nuestro vecino, intentar hablar con el hombre que daba las órdenes. Pero los policías no lo vieron así. Luego explicarían que las intenciones de mi padre habían sido otras, pero todo aquello solo era un montón de mentiras.

—¿A qué te refieres?

—Mi padre solo se acercó para pedir clemencia, y uno de los agentes le abrió la cabeza de un culatazo. «Amigo de judíos», le escupió con rabia. Mi padre murió como un perro, tirado en las escaleras de nuestra casa, mientras la Gestapo se llevaba para siempre al señor Goldstein.

Sorprendido, Daniel frunció el ceño muy lentamente.

—¿La Gestapo mató a tu padre?

Pero Hugo no respondió. Se limitó a asentir en silencio.

—Por eso preferí no quedarme a esperar por el día en que viniesen a por mí —continuó—. Dejé mi casa al finalizar mis estudios, e hice todo lo posible por conseguir una salida del país. Cuando Herr Wessler me reclutó en la universidad y me ofreció la posibilidad de ingresar como becario en el Instituto Arqueológico no me lo pensé dos veces. Realizar este tipo de trabajos lo más lejos posible de aquella locura fue mi salvación.

Hugo volvió a clavar su mirada en Daniel.

—De manera que ahora me puedes creer o no —le dijo—: yo soy alemán, sí, pero no por ello soy nazi.

Daniel se quedó en silencio. Había algo en la voz de Hugo que le hablaba de sensaciones ciertas. De verdad y de dolor. De un dolor también conocido por Daniel.

—Los fascistas mataron a mi padre —respondió el muchacho—. Fue hace tres años, al comenzar la guerra. Mi padre quiso ayudar a unos primos de la aldea. Por lo visto estaban metidos en política y, cuando la cosa se puso más fea mi padre los escondió en la bodega de su barco. Los metió bajo las cajas de sardina —explicó—. Su intención era la de navegar hasta alta mar, donde poder pasar a otro barco mayor con el que ya habían establecido contacto. Pero sucedió que alguien sacó la lengua a paseo, y la guardia civil acabó descubriendo las intenciones de los fugitivos.

—¿Qué ocurrió?

Daniel negó en silencio.

—No dijeron nada —respondió—, les dejaron hacer. Hasta que estuvieron seguros de que mi padre ya los había subido a bordo. Justo entonces, un grupo de falangistas apareció para tomar el barco. Primero sellaron la entrada a la bodega y no dejaron más espacio que el justo para pasar las mangueras. Y comenzaron a inundar la bodega, ahogando a todos aquellos hombres como si no fuesen más que ratas. El barco ni siquiera llegó a salir del puerto, de modo que todo el mundo pudo escuchar los gritos pidiendo ayuda. Y después, cuando todo concluyó y el muelle volvió a quedar en silencio, uno de aquellos individuos de camisa azul subió al puente de mando. Sacó su pistola, y allí mismo, delante de todos los marineros del puerto, le pegó un tiro a mi padre en la cabeza. Arrojaron su cuerpo al mar, a la vista de todo el mundo, para que a nadie le quedasen dudas sobre cómo iban a ser las cosas de ahí en adelante.

Los dos muchachos quedaron en silencio, hasta que finalmente Hugo respondió.

—Lo siento, Daniel, lo siento mucho. Y entiendo tu rabia. Pero eso no tiene nada que ver con lo que estabas gritando antes. ¿Por qué dices que aquí somos todos nazis?

—Porque es la verdad. Acabo de escuchar una conversación en la sala del capitán. Herr Wessler estaba hablando con el mismísimo Adolf Hitler.

Hugo arrugó la frente.

—¿Con el Führer?

Sorprendido, el alemán aún intentó encontrar una explicación.

—Bueno, a ver, la nuestra es una misión muy importante, de grandísima repercusión histórica según tú mismo acabas de confirmarnos. Supongo que el señor director tiene que rendir cuentas ante las más altas instancias. Reconozco que nunca hubiese imaginado que pudiera ser ante el mismísimo Führer. Pero Daniel, no por eso...

—¡Hugo, despierta ya! ¡Que lo he oído, no hay ningún interés histórico! ¡El oro no supone más que otra fuente de ingresos inmediatos para tu gobierno!

Hugo Brauner no dejaba de negar con la cabeza.

—¿Pero qué estás diciendo?

—¡Lo que oyes! Entérate de una vez, Hugo, este oro se va a convertir en dinero para que tu Führer pueda llevar vuestro Reich al este.

—¿Al este?

—Eso es lo que acabo de oírle decir a tu jefe.

—Polonia...

—Exacto.

Ahora sí, Hugo estaba tan impresionado como desbordado por lo que acababa de escuchar.

—No sé qué decirte, Daniel...

—¿Ah, no? Pues deja que yo te diga algo —respondió el marinero, poniendo con insistencia un dedo sobre el pecho de Hugo—, lo que yo sí sé es que esto es algo en lo que no pienso colaborar.

—¿Y qué pretendes hacer, entonces?

—Pues todavía no lo sé. Pero lo que sea con tal de que esos cerdos no le pongan la mano encima al oro.

—¡Pero ¿cómo?! ¡Ahora ya los has llevado hasta él!

El último comentario retorció el gesto de Daniel. Hugo acababa de tocar en un punto que dolía.

—¡No lo sé, Hugo! No lo sé...

Daniel volvió a quedarse en silencio observando las cajas que se amontonaban tras el alemán. Y de repente pareció que hubiese visto algo.

—Si es necesario —dijo—, antes dinamito la gruta entera.

Al decir esto hizo un gesto con la mano, señalando algo detrás del secretario.

Hugo giró sobre sí mismo y buscó con la vista en la dirección indicada por el marinero. Las cajas que había a sus espaldas llevaban tres letras pintadas en sus laterales: T.N.T. Los explosivos que la expedición había cargado por si fuera necesario llevar a cabo alguna voladura controlada. Daniel apartó a Hugo de su camino y abrió una de las cajas. Cogió dos cartuchos sin demasiados miramientos. El secretario se lanzó sobre el marinero y le quitó el explosivo de las manos.

—¿Pero qué demonios estás haciendo? ¿Acaso te has vuelto loco?

—¡Haré lo que sea necesario! —respondió con rabia Daniel mientras recuperaba uno de los cartuchos que Hugo le había arrebatado, dejando todavía el otro en las manos del alemán—. Ya te lo he dicho, Hugo: me alegro de que tú no seas uno de ellos, pero no consentiré que esos desgraciados consigan su objetivo.

Daniel hablaba sin dejar de observar fijamente a su compañero de confidencias, quizás a la búsqueda de una respuesta que de sobra sabía que no le daría. Simplemente no podía hacerlo.

—¿Por qué se lo debería permitir, Hugo? ¿Para que puedan llevar más sufrimiento a otras gentes que como tú o como yo, como tu padre o como el mío, no le han hecho daño a nadie? No, Hugo —negó con rabia—. No puedo permitirlo.

Ambos permanecieron observándose el uno al otro. Los dos muchachos en silencio, frente a frente, cada uno con un cartucho de dinamita en las manos.

—Escúchame —pidió Daniel—, vamos a aceptar que nadie entre estas cuatro paredes ha dicho ninguna mentira, ¿de acuerdo? Si lo que me has contado sobre tu padre es cierto, entonces comprenderás que yo tengo que hacer lo que tengo que hacer. Pero si no es así, y lo único que pretendes es intentar engañarme, entonces ya sabes lo que has de hacer: no pierdas ni un minuto más, y corre a denunciarme ante Herr Wessler.

Y sin esperar más respuesta, Daniel ocultó el explosivo bajo su camisa, entre la cintura del pantalón y su propia piel. Luego sacó algo de uno de sus bolsillos y se lo entregó a Hugo. El alemán descubrió sobre la palma de su mano dos de las tres monedas de oro que Daniel había encontrado por la mañana. La tercera se la mostraba el marinero sobre su mano abierta. Hugo volvió a levantar los ojos para descubrir que Daniel le observaba con los ojos clavados en los suyos.

—Tarde o temprano tú y yo nos volveremos a encontrar, Hugo. Será en esta vida o será en la siguiente, pero será. Si al final resulta que eres un traidor, tres monedas serán tu justa paga, y yo mismo te entregaré esta que te falta.

En silencio, Daniel señaló con los ojos la moneda que todavía mantenía sobre la palma de su mano.

—Pero si no es así —continuó—, si resulta que eres un hombre de ley, entonces serás tú quien me las devuelva a mí, porque en justicia sabes que no son tuyas. Esta es mi decisión. Ahora te toca a ti escoger lo que has de hacer.

Y con las mismas, Daniel dio media vuelta y salió del compartimento, dejando a Hugo solo, en la penumbra de un espacio lleno de incertidumbre, desconcierto y explosivos.

Siguieron las horas corriendo por el barco tan lentas como el ritmo al que la marea iba bajando, sin que ninguno de los dos muchachos volviese a intercambiar ni media palabra. Parecía que el momento no fuese a llegar nunca, pero cuando por fin el reloj del puente de mando marcó las ocho en punto, en cubierta ya estaba todo listo para que Daniel hiciera su nueva bajada al Buraco do Inferno. Todos estábamos a su alrededor. El capitán le daba instrucciones al piloto que, una vez más, habría de llevar al chaval hasta la boca de la gruta, mientras Herr Wessler conversaba muy animadamente con Daniel, quien, por el contrario, mantenía en su rostro una expresión de máxima seriedad. Cuando por fin llegó el momento de bajar, yo me acerqué a él, ya al lado de la escala que lo llevaba a la barca, y le tendí mi mano.

—Buena suerte, Daniel.

El muchacho la cogió, la apretó con fuerza y, clavando intensamente sus ojos en los míos, respondió con la voz justa para que nadie más le escuchase.

—Hasta la vista, Hugo.

30

Mariña abrió sus ojos hasta dejarlos como platos.

—¡Usted es Hugo Brauner!

—Lo soy —respondió el viejo anticuario—. O, mejor dicho, lo fui. Hoy Hugo no es más que un fantasma, un recuerdo ahogado en el mar, en algún punto al sur de la isla de Ons. Aquella noche me quedé en la cubierta del *Meeresadler*, aferrado a su barandilla mientras contemplaba el bote en el que Daniel se alejaba de nosotros, convencido de que aquella sería la última vez que mis ojos viesen a aquel muchacho.

El viejo anticuario se calló por un momento, su mirada perdida en los cristales de la galería del salón. Comprendí que a través de aquellas ventanas no eran los árboles de la Alameda lo que el anciano observaba. En aquellos cristales todavía seguía viendo la imagen de Daniel alejándose para siempre del *Meeresadler*.

—¿Qué fue lo que pasó entonces? —preguntó Mariña.

Jackob, o quizás el propio Hugo, volvió a observarnos.

—La espera. La larga y tensa espera...

En esta ocasión Daniel llevaba bien preparados los movimientos. Y era mucho más que la práctica anterior lo que lo impulsaba. Antes de partir, el joven había acordado con el capitán y con Herr Wessler cuánto tiempo necesitaría para dejar la gruta preparada para la posterior entrada, al día siguiente, del equipo del *Meere-*

sadler. Calcularon unas tres horas, por lo que el piloto, una vez estuvo seguro de que el chico había penetrado con éxito en la gruta, retornó al barco.

Aunque en un principio todo parecía ir bien, poco a poco el paso de tiempo, lento, pesado y sin ningún tipo de novedades, comenzó a hacer estragos en mi calma. Daniel se había negado a llevar consigo una unidad de radio portátil, argumentando tanto lo aparatoso de su transporte, como su inutilidad dentro de la roca viva de la gruta. De sobra sabía él lo que estaba haciendo, pero entre tanto las dudas fueron minando mi templanza. A las diez de la noche casi toda la tripulación se había reunido para la cena en el pequeño comedor del barco, y yo, convencido de que mis nervios acabarían por delatarme, decidí mantenerme lo más alejado posible de aquel gentío. Salí a la cubierta, y queriendo huir de los perros me encontré con el lobo. Herr Wessler estaba apoyado sobre la barandilla de babor, la vista fija en la negrura bajo la que ya se ocultaba la costa.

—Vaya, Hugo. ¿Tampoco usted cena esta noche?

—No, señor. Creo que las emociones de hoy me han robado el apetito.

—Entiendo, hijo. A mí me ocurre algo más que semejante —«no, señor, lo que a usted le pasa no es ni semejante ni muchísimo menos», le hubiese querido responder—. Pero no debe usted dejarse llevar por las emociones, mi querido amigo. Alimentar los corazones es cosa buena, pero el cuerpo también llama por lo suyo. Piense que un buen plato de comida caliente es todavía un lujo para la mayoría de las gentes de estas tierras.

Las palabras del director me golpearon como metal frío.

—Es cierto. Todos estos hombres y mujeres están pasándolo muy mal.

—Exacto. Y no se crea usted que es poco lo que todavía les queda...

—¿Lo que todavía les queda, señor? Todo apunta a que la guerra está llegando a su fin...

—Las guerras, hijo mío, son procesos de purificación. Males necesarios, si así lo prefiere usted. Esta que los españoles están pasando es uno de esos males, necesario en este caso para acabar con un sistema democrático inútil, viciado de inoperancia y corrupción.

—¿Se refiere usted al gobierno de la República, señor?

—A él me refiero, en efecto. Pero también podría referirme del mismo modo a cualquier otro gobierno que se apoye en esa falacia demagógica que es la democracia.

Yo nunca antes había escuchado a Herr Wessler hablar así. Era fácil ver cómo los últimos acontecimientos habían desatado algo en su interior que hasta el momento se había esforzado en ocultar, y a cada palabra que el director del Instituto Arqueológico iba pronunciando yo me horrorizaba un poco más. Pero le dejé continuar, porque en cada palabra suya encontraba yo un poco más de confirmación para las palabras de Daniel.

—Recuerde lo que nos sucedió a nosotros, Hugo. Tras la Gran Guerra, los aliados nos hicieron pagar a nosotros solos el coste de todo. Nos arruinaron, y nuestro país, nuestro gran país, se vio hundido en la mayor de las miserias. No había trabajo para nadie, el hambre estaba a la vuelta de cada esquina. ¿Y qué hizo nuestro gobierno para solucionar el panorama que teníamos por delante? Nada, Hugo. El pueblo los había escogido a ellos, confió en toda aquella ralea para salir adelante, y ellos no fueron capaces de hacer nada por nosotros. Durante los quince años siguientes no hicieron nada para sacar el país adelante.

—Hasta la llegada del Führer...

—Exacto, Hugo. Hasta que nuestro líder no llegó al poder, hace seis años, las cosas no comenzaron a cambiar. Y míranos hoy, hijo. Dime, ¿acaso no estamos hoy mejor que nunca? ¡Y mucho mejor que vamos a estar luego de mañana!

—Creo que no entiendo a qué se refiere con eso, señor...

—Me refiero a nuestro oro, Hugo, al inmenso tesoro que acabamos de recuperar. El descubrimiento de este oro, si en verdad es como nuestro nuevo amigo nos cuenta, supondrá una importante fuente de ingresos para nuestro estado.

—Pero señor, eso no fue lo que nos dijo en Berlín. Usted nos habló de ampliar las posibilidades del estudio arqueológico, del prestigio que sin duda alcanzaría el Instituto, de los depósitos del museo...

—Y por supuesto que sí, Hugo, por supuesto... Una parte irá para los fondos de Instituto y del Museo de las Expediciones. Pero el oro es oro al fin y al cabo, ¡la gran moneda de la humanidad, querido muchacho! ¿Para qué íbamos a necesitar nosotros en el Instituto tantísima riqueza? ¿Acaso pretende que después de esto nos dediquemos a la búsqueda de la Atlántida? Despierte, Hugo. Ese oro servirá para fines mucho más elevados.

Aquello ya era demasiado. Wessler no solo confirmaba sin el más mínimo atisbo de vergüenza que no había nada de verdad en lo que en un principio se nos había dicho acerca de nuestra misión, sino que incluso se descubría a sí mismo como máximo seguidor del Régimen impuesto por Hitler. Y no solo eso, sino que además nos hacía a nosotros colaboradores en su elección. ¿O quizá no lo serían ya todos, tal y como el propio Daniel me había advertido?

—Tiene usted toda la razón —le respondí a un Fausto que observaba mi respuesta con orgullo—. Será mucho mejor emplear todo ese oro en fines superiores, más elevados, como usted les llama. Fines tan nobles como los de colaborar con un régimen criminal que asesina a inocentes solo porque sí, simplemente por no ser como nosotros.

Súbitamente desconcertado, Fausto mudó ligeramente su expresión. Ya no era satisfacción aquello que asomaba a su rostro, sino sorpresa ante mi respuesta. Insensible a su reacción, continué hablando al tiempo que veía cómo el orgullo iba dejando paso a la ira en la cara del director.

—U otros todavía más elevados, si cabe, como el de llevar la atrocidad, el dolor más brutal a más inocentes más allá de nuestras propias fronteras, ¿no es así?

En contra de lo que hubiera esperado, Fausto Wessler todavía me habló con calma.

—No sabes, Hugo, cuánto lamento oírte hablar de este modo. Hasta este momento, siempre había pensado que podría seguir contando contigo una vez de vuelta en Berlín. Habrías podido labrarte un futuro brillante trabajando a la vera de los hombres que sin lugar a dudas escribirán la historia de los años que todavía están por venir.

—¿Ah, sí? —respondí, ya sin ocultar mi enojo—. Pues dígame una cosa, señor: para escribir esa historia, ¿en qué mojarán sus plumas tan insignes personalidades?, ¿en la sangre de más inocentes, tal vez? Esos hombres tan llamados para la gloria de los que usted me habla no son más que criminales, los responsables de la muerte de miles, quién sabe si incluso cientos de miles de hombres que nada le habían hecho a nadie. ¡Esos hombres a los que usted tiene en tan alta estima son los asesinos de mi padre!

El director me observaba en silencio, toda la dureza del mundo anclada en sus ojos. Yo acababa de llamarle asesino a la cara. Supongo que estaba a punto de dar la orden para que me ejecutasen allí mismo cuando algo nos sacudió a los dos.

Primero sentimos un ruido sordo, extraño, que nos hizo mirar hacia la costa. Observamos el relámpago fugaz de una detonación en la oscuridad, y justo a continuación llegó hasta nosotros la onda con la fuerza de la deflagración. Todo el barco se estremeció.

—¡El Buraco! —exclamó Wessler.

—Su führer tendrá que esperar un poco más para alcanzar sus altos fines —sentencié sin pensarlo dos veces—. Nunca conseguirá el oro de América.

Incendiado de furia, Herr Wessler clavó sus ojos en mí, comprendiendo poco a poco lo que estaba sucediendo.

—Traidor —pronunció entre dientes.

—Asesino —le respondí, sosteniéndole la mirada.

—¡Traidor! —gritó de repente—. ¡Capitán, traición! ¡Guardias! ¡Detengan a este hombre!

Sin tiempo para darme cuenta de dónde habían salido, aparecieron de la oscuridad dos de los hombres del capitán que se me echaron encima. Me revolví como pude, y conseguí deshacerme de ellos. Eché a correr por la cubierta salvando los pocos metros que me eran posibles, aprovechando el caos que la explosión y los gritos habían causado entre toda la tripulación, que ahora salía del interior del barco estorbándose unos a otros en cubierta.

—¡Traición, traición! —seguía gritando Fausto—. ¡Detened a Hugo, él es el traidor!

Escuchaba las voces sin dejar de correr, al tiempo que intentaba localizar algo que me sirviese de ayuda. Busqué en mis bolsillos, y lo primero que encontré fue aquel otro cartucho de dinamita que horas atrás le había quitado a Daniel de las manos. No recordaba haberlo llevado conmigo, pero ahí estaba. Probablemente no lo pensé ni tan siquiera una vez; de haberlo hecho quizá no pudiese seguir adelante. Simplemente eché mano del mechero en el bolsillo de mi chaleco y le prendí fuego a la mecha. Sin dejar de correr en ningún momento arrojé el cartucho por una de las bocas de ventilación de las bodegas de barco. Cuando ya los hombres del capitán se me echaban nuevamente encima, no vi más salida que aprovechar el último segundo antes del fuego para lanzarme al mar.

—¡Asesinos! —volví a gritar mientras mi cuerpo cortaba el aire.

—¡No!

La de Herr Wessler fue la última voz que oí antes de penetrar en el agua y sentir con fuerza la explosión del barco sobre mí. Todavía estaba demasiado cerca, y la onda expansiva me proyectó con fuerza bajo el mar. Por un momento estuve seguro de que ese sería también el final para mí. Con los pulmones a punto de reventar, y casi sin poder escuchar nada más que un fuerte zumbido en mis oídos, conseguí salir de nuevo a la superficie. Me giré hacia atrás, buscando el barco, pero en su lugar ahora no había más que un gran amasijo de hierro y fuego que, lentamente, iba siendo engullido por el océano. De forma instintiva, volví a girarme, esta vez para buscar algo de luz en la isla. Pero, por el contrario, en la misma dirección en la que minutos atrás habíamos escuchado la primera de las dos explosiones de la noche, ahora no se veía nada. Una luz intermitente a lo lejos, el faro de la isla, indicaba la posición de la costa. Y nada más. Nadé con todas mis fuerzas hasta que, como pude y no sin grandísima dificultad, conseguí llegar a tierra. Alcancé las rocas por la parte sur de la isla, alejado del Buraco.

El gran ruido de las dos explosiones alertó a los habitantes. Hoy apenas viven en Ons más de ochenta personas, pero por aquel entonces su población rondaba el medio millar de habitantes, demasiada gente para un lugar en el que nunca pasaba nada. Ya sus voces se escuchaban aproximándose. Me oculté en la oscuridad de la noche, y aprovechando que toda la gente se había desplazado hasta el lugar del Buraco, entré en el Curro, la única aldea en todo el archipiélago, sin que nadie me viese. Siempre me ha maravillado la capacidad que los humanos tenemos para sacar fuerzas de donde no las hay cuando es nuestra propia vida lo que está en juego. Al día siguiente la isla se llenaría de gente, personas de todas clases de las que yo debía mantenerme alejado. No podía quedarme allí. Con mis últimas fuerzas robé una de las barcas que había amarradas en el muelle del Curro y remé hasta tierra firme.

Después de la semana de más miedo de toda mi vida, sobreviviendo escondido en montes en los que nunca sentí que estuviese solo, acabé volviendo nuevamente a Vigo. Al fin y al cabo era la única tierra que conocía un poco mejor. Y, sobre todo, el único lugar en el que pensaba que podría encontrar ayuda.

Llamé a la puerta del número 3 de la Bajada al Fuerte una noche de madrugada. Siendo tarde como era, desde las calles que daban al barrio del Berbés todavía subía un considerable alboroto de gente.

—¿Quién es? —preguntó desde el interior de la casa una voz que al momento reconocí.

—Soy yo, Hugo. Por favor, León, ábreme la puerta.

Pude oír el ruido de la cerradura abriéndose, y al punto apareció del otro lado León, el hermano de Daniel. Me iluminó con un pequeño candelabro que traía en la mano.

—¡Santo dios, Hugo! Qué mal aspecto traes, ¿qué es lo que ha pasado? —preguntó León sin dejar de buscar con su palmatoria alguna compañía inexistente en la oscuridad a mis espaldas—. Dónde... ¿Dónde está Daniel?

Sabiendo que podía confiar en aquel hombre, le conté con detalle todo lo sucedido al amparo del fuego en la cocina y de una taza de caldo.

—Entonces..., no sabes qué es lo que ha ocurrido con Daniel...

—No, León, no sé nada. Lo siento. Lo último que me dijo fue que si no era en esta vida sería en la siguiente, pero que en una o en otra volveríamos a encontrarnos.

León se quedó en silencio, con la mirada perdida en el suelo. Era obvio que no le agradaba lo que escuchaba. Por fin, volvió a levantar la cabeza y sus ojos buscaron los míos.

—Bueno —respondió con un tono a medio camino entre la resignación y la confianza—, pues si las cosas son como cuentas, no parece que vayas a ser muy bien recibido en tu Alemania, ¿no?

—¿En mi Alemania, dices? —suspiré profundamente, lleno de tristeza—. Eso ya hace tiempo que dejó de existir.

—Ya... Entonces será mejor que aguardes aquí. Bien por Daniel, bien por otra Alemania. Pero aquí. Si quieres, puedes quedarte con nosotros, te ocultaremos.

Me sorprendió el matiz.

—¿«Nosotros»?

—Sí, claro. Elisa y yo.

Daniel nunca había hablado de nadie con ese nombre.

—¿Y quién es Elisa?, ¿otra hermana vuestra, quizá?

León arqueó las cejas.

—¿Hermana? —preguntó con una sonrisa—. No, hombre, no. Elisa es mi mujer. Va para cosa de un mes que nos casamos. Pero bueno, que eso es lo de menos ahora. Ahora —insistió— lo que has de hacer es descansar. Échate aquí —un movimiento de su mano señaló el suelo al lado de la cocina de leña— y mañana ya veremos cómo solucionamos todo esto. Por lo pronto, intenta dormir.

Ya salía de la cocina el marinero cuando a través de la ventana volví a oír el alboroto en la calle.

—León, espera, dime una cosa ¿Por qué hay tanta gente ahí abajo? Los soportales del Berbés están abarrotados de grupos de gente hablando unos con otros. ¿Qué es lo que ocurre, no es ya un poco tarde?

El marinero me observó con extrañeza. Luego volvió a sonreír.

—A los montes no llegan las novedades tan rápido, ¿verdad? La radio no ha parado de dar la información durante todo día, y la gente no habla de otra cosa.

—¿A qué te refieres?

—A la guerra, acabó ayer.

Sentí cómo la boca se me abría ligeramente.

—La guerra ha acabado... —repetí para mí mismo, intentando asimilar lo que aquello significaba.

—Eso es. O, por lo menos, la guerra de Franco. Ahora comienza otra peor, la nuestra —León volvió a suspirar mirando nuevamente para el suelo—. En fin, ahora intenta dormir un poco, anda.

El cansancio me abatió al momento, y no tardé en quedar profundamente dormido al compás de los gritos de la gente en las calles. No sé cuantas horas pasaría así. Cuando me desperté, ya al día siguiente, me descubrí arropado por una manta que no tenía al tumbarme, y con una mujer sentada a mi lado.

Me observaba.

Era hermosa.

Una mujer baja, de piel morena y larga cabellera negra.

Me dijo que no tuviese miedo, que ellos me protegerían, y al momento comprendí. Elisa. Me ofreció otra taza de caldo.

Cuando León regresó del puerto traía consigo un paquete con clavos, un martillo y un par de herramientas más. Entre los tres apenas tardamos un par de días en preparar una especie de pequeño agujero bajo las tablas de la cocina, donde poder esconderme en caso de visitas indeseadas. Y así comenzó a pasar nuevamente el tiempo, instalados los tres en algo extrañamente parecido a la tranquilidad.

Yo no salía jamás a la calle, ni tan siquiera un centímetro más allá de la puerta. Dentro de la casa la vida avanzaba con dificultad. Al fin y al cabo, yo era otra boca que alimentar, y a pesar de mi reticencia habitual, León no se quedaba tranquilo hasta que no tenía la certeza de que todo el mundo se hubiese podido llevar algo al estómago. Por poco que fuese. Aquel hombre habría sido muy capaz de abrirse las tripas para darte a ti lo que él hubiese comido... Fuera de la casa las cosas tampoco eran fáciles. León traía noticias que hablaban de represiones terribles. La guerra había acabado, sí; pero el miedo, no. Como él mismo había advertido, bien al contrario de lo que cabía esperar, la gente continuaba desapareciendo, eran muchos los que intentaban huir de los orgullosos y vengativos vencedores, y muy pocos aquellos de los que se supiera que lo hubiesen conseguido. «La guerra de los que perdimos», así era como se refería a todo aquello León. La preocupación se había ido haciendo evidente en el rostro del marinero. Había pasado casi un año desde el fin de la guerra, y los vencedores se esforzaban todo cuanto podían en dejar claro que aquí ellos eran los que mandaban. La subsistencia se hacía imposible, y muchas veces la rabia le había jugado alguna que otra mala pasada al bravo León. Ya no era la primera vez que su voz se escuchaba con claridad más que comprometedora en las conversaciones del Lobo de Mar, de manera que ahora ya todo el mundo en el puerto conocía la opinión que Franco, los falangistas y toda esa compañía de hijos de puta, como él mismo se había referido a ellos, le merecían al marinero. Había hablado de más, y León sabía que pronto vendrían a por él. Lo presentía, y desde mi jergón bajo las tablas de la cocina yo podía escuchar todas las vueltas, todas, que el hermano de Daniel daba en su lecho, cada vez más y más noches sin poder dormir.

Apenas había pasado poco más de un año desde mi llegada, cuando una noche llamaron a la puerta. Ya era muy tarde, razón de más para que yo corriese a asegurarme en mi escondite bajo la cocina. Esa tarde, desde que llegó del puerto, León había pasado todo el tiempo en silencio, observando una y otra vez el recorte del periódico que tiempo atrás había mandado enmarcar. Aquella foto que nos hicieron justo hacía un año, todos felices delante de aquel barco... Cuando el marinero estuvo seguro de que yo ya no era visible fue a abrir la puerta. Aquel bajo era lo suficientemente pequeño como para que desde mi refugio pudiese escuchar todo cuanto sucedía en la casa, desde la puerta de la calle hasta la cocina, así que me quedé a la escucha. Y lo que oí no me gustó. Nada, silencio absoluto. León abrió la puerta y permaneció sin decir nada. Un silencio inexplicable, largo y tenso, que solo se rompió cuando dos pares de pasos vinieron en dirección adonde yo estaba escondido. Unos eran los de León, quien, con tono seco y firme, le habló al suelo de la cocina.

—Hugo, sal. Ha llegado el momento.

Yo no comprendía nada, pero conocía lo bastante a León como para no cuestionar ni una sola de las palabras que me dijese. Aparté las maderas del falso suelo que disimulaban la entrada a mi madriguera, e, indefenso, asomé la cabeza. En la penumbra nocturna de la cocina me encontré con dos figuras que me observaban fijamente. Uno era el propio León. El otro era un hombre elegantemente vestido con un traje gris.

—Buenas noches, Hugo.

—¡Daniel!

Para vosotros, hijos de ese mar, el más grande de los tesoros descansa todavía en lo más hondo del más profundo mar, el océano de la memoria. Y yo tengo los mapas de esas aguas, los caminos que llevan al tesoro. Tu padre dejó las pistas escondidas. Algunas ya las tenéis, otras deberéis merecerlas. Para vosotros yo soy vuestro único guía. Escuchad ahora, y comprenderéis por qué estáis aquí...

CUARTO ACTO

ENEAS

31

«El año del hambre», así es como 1940 pasaría a la historia... Ni tan siquiera habían pasado doce meses desde nuestro último encuentro y, sin embargo, el rostro de Daniel hablaba de mucho más tiempo. Muchísimo más. Cuando nos conocimos, apenas aparentaba uno o dos años más que yo. Y no obstante ahora, a la escasa distancia que nos dejaba el abrazo en el que nos habíamos fundido, pude comprobar que sus cabellos, largos pero perfectamente cortados y peinados, lucían ya las primeras canas. Ni siquiera había cumplido los treinta, y su aspecto era el de un hombre diez años mayor. Lo observaba de arriba abajo, y no acababa de comprender lo que veía. Su barba y su bigote, sus ropas, todo su porte, la apariencia exacta de un hombre de éxito. Todo el conjunto dejaba entrever no solo el paso de un tiempo que no se correspondía con el real, sino incluso la existencia de otra vida muy distinta a la anterior. Aquel muchacho alegre y risueño que había conocido un año atrás era un recuerdo alejado y difícil en el hombre de mundo que se descubría ante mí. Todo había cambiado en Daniel.

Todo, excepto sus ojos.

Porque en el fondo de aquella apariencia de hombre venido de otras vidas seguían latiendo las mismas dos bombas de vida, de energía, que eran los ojos de Daniel. Todo él había cambiado, se había transformado, pero yo reconocí al momento aquellas mismas ansias por vivir que un año atrás me habían fascinado en el puerto de la ciudad.

—Yo ya no soy Daniel —me respondió, aun sin deshacer el

abrazo—, como tú ya tampoco eres Hugo, amigo mío. Aquellos dos muchachos murieron hace ahora un año en un accidente, una explosión en algún lugar al sur de la isla de Ons, y sus cuerpos no aparecieron nunca porque fueron comidos por los peces, devorados por los fantasmas del mar, arrastrados al olvido por las corrientes del océano.

Hablaba, y sus ojos eran dos brasas encendidas que se clavaban en los míos.

—Tú ya no eres Hugo Brauner —siguió—, y yo no soy Daniel Beiroa.

Atónito, le mantuve la mirada.

—¿Quién... quién eres, entonces?

—Eneas —respondió desde una sonrisa serena—. Mi nombre es Eneas Dafonte Maristany. ¿Lo has comprendido bien, amigo?

Daniel, Eneas, o como quiera que se llamase aquel hombre que ahora se presentaba ante mí, hablaba con tranquilidad, sin apenas levantar la voz, pero la urgencia en su mirada era la de quien tiene algo importante que contar. De manera que así fue como, juntos de nuevo, nos pasamos la noche hablando y escuchando, los tres sentados alrededor de un agujero, en una cocina oscura, en medio de la madrugada.

Primero fue Daniel (o, mejor dicho, ya Eneas) quien nos explicó cuáles habían sido sus movimientos desde la última vez que nos vimos. Antes de abandonar el barco, y sin que nadie lo viese, Daniel había regresado al almacén con la intención de hacerse con más explosivo y cable de mecha. Lo escondió de tal manera que nadie se dio cuenta de la carga que llevaba oculta bajo la ropa, y con ella bajó a la gamela, listo para abandonarnos a todos. Una vez dentro de la gruta, comenzó a prepararlo todo a tanta velocidad como le era posible. Hasta que, por fin, cuando lo tuvo todo dispuesto y a salvo, Daniel hizo estallar la galería en la que había descubierto el oro. Sabedor de que los hombres de Wessler no tardarían en llegar, ya había comenzado a trepar por las sombras del acantilado cuando una segunda explosión lo cogió por sorpresa: nuestro barco acababa de saltar por los aires. No comprendía lo que estaba sucediendo, y en un principio pensó que yo también habría muerto en la explosión. Me contó lo mucho que lo sintió entonces, pero lo cierto era que esa nueva situación le ponía las cosas muy a favor. Él había intentado simular un accidente en la cueva bajo el que desaparecer, pero con el barco saltando por los aires las cosas se ponían un poco mejor: ya no había nadie ante quien rendir explicaciones. O, por lo menos, no ante los alemanes. Pero, ¿y los demás? Daniel sabía que, con tanto estruendo, la gente no tardaría en llegar. Primero serían los propios isleños, pero luego lo harían incluso desde tierra firme. Siempre atento, bajó hasta el Curro, y fue a ocultarse tras las casas de la aldea, sin perder de vista en ningún momento el único muelle de la isla. Y así permaneció toda la noche, inmóvil mientras no tuvo la certeza de poder salir con un mínimo de seguridad. Tan pronto como los primeros curiosos volvieron al puerto, Daniel vio la oportunidad, y aprovechó la ocasión para mezclarse con los que regresaban a tierra firme, confundiéndose entre la multitud en uno de los barcos que zarpaban hacia Bueu.

Era muy consciente de que nunca volvería a la vida que dejaba atrás. Ni podría, ni en realidad quería hacerlo. Durante el tiempo que pasó escondido antes de huir del país tuvo noticia del extraño suceso, la explosión del barco de los investigadores alemanes cerca de la isla de Ons sin ningún superviviente que explicase el incidente. No había supervivientes... Volvió a pensar que quizás eso fuese una suerte para él, pero pronto recordó otro detalle incómodo: había oído al viejo Wessler pronunciar su nombre ante el mismísimo *Führer*, por lo que lo más probable era que, a esas alturas, todo el Tercer Reich estaría buscando ya a ese tal Daniel Beiroa del que el director de Instituto Arqueológico había informado. Sabía que a partir de ahora necesitaría toda la ayuda posible para comenzar una nueva vida lejos de cualquier duda. Y con ese fin se había guardado para sí unas cuantas piezas de oro antes de salir de la gruta. Haciendo valer parte de ese oro fue como consiguió desaparecer del mundo. Un fantasma que, como el humo llevado por el viento, se desvanece en la nada sin que nadie sepa tan siquiera si alguna vez existió realmente.

—¿Y dónde has estado todo este tiempo? —le pregunté.

—En América. Conseguí llegar a Buenos Aires.

—¿Pero cómo, cómo lo hiciste?

Eneas se quedó en silencio, con la mirada perdida en el agujero a nuestros pies.

—Pues del mejor modo que he conocido jamás: escondido en la bodega de un barco.

—¿En las bodegas? —pregunté con asombro.

—Sí, en las bodegas.

Sabía que los tres estábamos pensando en lo mismo. En aquellos primos a los que el padre de Daniel había intentado ocultar en la bodega de su barco.

—Al principio pasé muchísimo miedo, pero el capitán que me acogió no tardó en tranquilizarme. Su barco contaba con un sistema muy novedoso, algo todavía no visto por aquí.

—¿Qué cosa? —preguntó León.

—El doble casco. Sus bodegas estaban cubiertas por dos cascos separados entre sí por cámaras de aire. De este modo, si el barco tocaba contra algo, un dique, otro barco, lo que fuese, si el impacto no era muy fuerte el golpe no traspasaba el segundo casco, el interior, y la carga quedaba protegida del exterior. Es algo así como llevar un barco dentro de otro barco. Hoy es algo muy nuevo, pero, o mucho me equivoco, o en unos años todos los barcos contarán con un sistema semejante.

—¿Tuviste que hacer todo el viaje así, escondido?

—No, no todo. El barco en el que yo me escapé tenía un pequeño acceso a las cámaras de aire desde el que poder comprobar que todo estaba bien. Pero era un paso muy pequeño, y si ya de por sí era casi imperceptible, cuánto más para alguien que no estuviese familiarizado con este sistema. Nos ocultaron ahí dentro, a mí y a un pequeño grupo de milicianos que también huían, pero solo durante los días que estuvimos fondeados en el puerto, aguardando para partir, y el de salida, hasta haber dejado atrás aguas españolas. Si durante ese tiempo alguien hubiese entrado a hacer un registro en el barco, nunca se le habría ocurrido buscar ahí dentro, sobre todo porque para esa persona no habría tal posibilidad. Para quien no conozca el sistema del doble casco, del otro lado de la pared de la bodega no hay más que el mar.

—Y llegaste a Buenos Aires.

Asintió en silencio.

—Así es. Llegué, y enseguida me puse a trabajar. Como una mula... Mi faena consistía en descargar barcos en el puerto, por lo que no dejaba de encontrarme con mucha gente que iba llegando en mi misma situación. Y todos me hablaban de todavía muchísima más gente que no lograba huir. De aquellos que no encontraban el modo de hacerlo, o de los todavía más desgraciados que, probando suerte, acababan perdiendo la vida en el intento.

Se quedó en silencio unos segundos, apretando con rabia los labios.

—Con el tiempo, también pude ver que, en la dirección contraria, los únicos que regresaban a España eran los que tenían dinero. Gente rica que si no había hecho fortuna en la emigración era porque ya otros habían ganado los cuartos por ellos tiempo atrás. Millonarios, gente podrida de dinero a la que el asunto de la guerra parecía no afectarle lo más mínimo. Me sentía como si la tragedia solo fuese cosa para pobres, viendo como todos los días salían ricos herederos de vuelta al país, hablando entre ellos de conocer sus raíces, las tierra de sus padres. Todas las noches yo conjugaba el sueño, entrelazando todos esos discursos vacíos, con el recuerdo de todo cuanto había dejado atrás. Y entre tanto las noticias que llegaban desde este lado del mar seguían hablando de represión, de pobreza, de muerte.

—Aquí las cosas se han puesto muy feas, hermano —comentó León—. Ya no hay guerra, es cierto, pero las persecuciones siguen siendo brutales. Yo mismo no sé cuánto podré aguantar, y también me iría si pudiese.

Eneas se quedó mirando al hombre que siempre había considerado como su hermano.

—Y te irás —le respondió.

—¿Cómo? —preguntó abriendo los brazos en el aire—. Yo no tengo dinero.

—Pero yo tengo un plan —respondió Eneas, al tiempo que recuperaba la sonrisa.

—Todas las noches —explicó—, a la espera de que el sueño me llevase, mi último pensamiento era el de regresar. Pensaba en volver, pero no encontraba el modo de hacerlo. Hasta que me di cuenta de que la verdad estaba delante de mí. Justo en cada indiano que veía subir a los compartimentos de primera clase. Comprendí que el único modo de volver era no siendo yo, sino otra persona, una bien diferente a mí mismo. La verdad estaba delante de mí, justo al lado de una mentira.

El brillo en los ojos de Eneas bien podría haber alumbrado la cocina.

—Desde América nunca dejé de prestar atención a los movimientos de los alemanes, muy especialmente después de ver cómo al final sí consiguieron avanzar sobre Polonia. Qué ingenuo fui al pensar que les podría desbaratar el plan... Comprendí que ya nada los pararía. Leí muchísimo. Los observé, los estudié, y entre las cosas que aprendí pronto de ellos fue cómo llevar adelante sus propósitos bajo el amparo de una buena mentira y de una todavía mejor propaganda. Comprendí que la gente cree más en una mentira cuanto mayor sea esta. Y si eso era lo necesario, eso sería lo que haría.

Hizo una pausa minúscula, lo justo para asegurarse de que seguíamos su relato.

—Al salir de aquí dejé de ser Daniel. Pero al llegar a Buenos Aires todavía no era nadie. Así fue como decidí, después de darle muchas vueltas, invertir todo el oro que conservaba en construir a Eneas Dafonte Maristany. Eneas, el riquísimo heredero de la fortuna de la Alumbrera. Lo invertí todo, todo, para llegar aquí con esta fachada. A día de hoy ya he agotado casi todas las reservas en este pantomima que tenéis ante vosotros. Y ha funcionado. —Sonrió—. ¡Vaya si lo ha hecho! Llevo ya un mes aquí, y en todo este tiempo no he encontrado a nadie en la ciudad que no me acredite con devoción en mi disfraz. Amigos míos —concluyó—, es la hora de que comience el siguiente acto.

Por un instante, los tres volvimos a quedar en silencio.

—¿Pero cómo? —pregunté yo—. Tú mismo acabas de decir que ya no tienes más oro.

—Es cierto, ya casi no me queda. Pero también sé de dónde sacar más. Donde cogí el que gasté hay más que suficiente para continuar con la función —respondió Daniel con una amplia sonrisa dibujada en su rostro.

No podía ser. La sonrisa de Daniel se nos fue contagiando poco a poco. No podía ser...

—Cambiaste el oro de sitio —comprendí.

—Lo cambié —respondió, al tiempo que su sonrisa se hizo todavía mayor.

Daniel nos contó cómo había sido su trabajo de hormiga en el interior de la gruta. Buscó sin descanso hasta encontrar un canal que comunicase la galería principal con la galería sur. Con gran esfuerzo, dedicó el tiempo restante a mover todo cuanto oro le fuera posible de una galería a otra. Trasladó todos los lingotes y casi todas las monedas, dejando lo que no pudo llevar en los baúles ya comidos por la podredumbre y la humedad. Cogió solo aquello que consideró necesario para poder huir, y después llevó a cabo la voladura. Lo que Daniel hizo explotar era la entrada a la galería central, imposibilitando así el acceso a un oro... que en realidad ya no estaba allí. A lo largo de todo este tiempo, desde entonces el oro siempre estuvo a salvo en la galería sur.

—Así que solo hay que ir a por él. Y ahí es donde entras tú.

—¿Yo? —pregunté.

—Sí, tú. Iremos los tres a por el oro, y luego ayudaremos a León a huir. Pero después de eso todavía nos quedará mucho trabajo por hacer. Y yo, solo, no puedo.

De la misma manera que había hecho un año atrás, justo antes de dejar nuestro barco, Daniel, Eneas, el muchacho, el hombre, volvió a clavar sus ojos en los míos.

—Una vez confié en ti. Cuando hoy volví a encontrar a León en el puerto, me confirmó que no me había equivocado, amigo. Y por lo que se ve, parece que hoy los dos seguimos necesitando la ayuda del otro. Tú ya no tienes vida, ni la que tenías ni ninguna otra, y yo solo no puedo llevar adelante todo lo que tengo en mente, que es mucho y puede que muy bueno. Así pues, dime, ¿cuento contigo?

Igual que un día Daniel confió en la verdad vista en las palabras de un Hugo al que en ese momento apenas conocía, también yo vi verdad en la voz de aquel hombre que ahora me tendía su mano. Comprendí lo cierto de todo cuanto acababa de escuchar, y asumí mi posición, la de un hombre sin vida ninguna, como muy bien me acababan de decir. Estreché con fuerza la mano de Eneas y, como él mismo había anunciado al principio de nuestra conversación, dejé de ser Hugo. Así fue como lo maté, Simón, así fue como maté a Hugo Konrad Brauner. Enterré su memoria bajo las tablas de aquella cocina en la que había pasado todo un año escondido, y desde aquella noche, ya con el amanecer rayando el día, yo soy Jackob Hans Neumann.

32

Hugo, Jackob... Fuera quien fuese realmente, las arrugas de su rostro no mentían. Hacía tiempo que aquel hombre había dejado los ochenta atrás. Era un anciano que administraba sus últimas fuerzas como mejor podía y, por ese día, el saldo se había agotado. Jackob había estado hablando sin descanso, sin tregua en su narración, y para cuando nos dimos cuenta, su voz se había consumido. Poco a poco, con el mismo ritmo con el que el claroscuro del anochecer también se había ido colando en el pequeño salón del anticuario.

Respiraba ya con dificultad, sus ojos se le cerraban. Cuando los estragos provocados por el esfuerzo y la falta de alimento se hicieron evidentes, fue la propia Mariña quien decidió dar por finalizada la reunión. Neumann necesitaba descanso pero, así y todo, todavía se mostró reticente ante la idea de dejarnos marchar sin conocer la historia completa.

—Es importante que lo sepáis todo, es importante —repetía a través de un hilo de voz ya casi ininteligible.

—Lo entiendo, señor Neumann, pero su salud es todavía más importante.

Mariña observó a su alrededor, buscando algún indicio de compañía, alguna señal de ayuda en las proximidades de la soledad del anticuario.

—¿Vendrá alguien a ayudarle? ¿Vive usted solo?

Neumann sacó fuerzas para esbozar una sonrisa cargada de nostalgia.

—Renunciamos al amor, mi niña, porque había una guerra a la

que sobrevivir. Ya no había soldados, pero seguían oyéndose disparos. No sabría decir con certeza quiénes habían sido exactamente los vencedores, pero sí sabía donde estaban los vencidos: ocupaban todos los rincones de oscuridad posible. El país era una gran derrota, y nosotros tuvimos la opción de hacer algo. Y por eso renunciamos a todo. Yo lo dejé todo atrás, a la búsqueda de una salvación. Y, queriendo salvar a todos, acabé por perderme yo mismo... Renuncié al amor, y no me di cuenta de que, con toda seguridad, aquello habría sido mi única y verdadera salvación. Y, ahora que todo ha pasado, yo sigo aquí. Vencido, solo, y sin amor.

Para cuando el viejo volvió a quedar en silencio, sus palabras ya se habían clavado en nosotros como cuchillos fríos de desolación. Palabras duras, pensé, de un viejo que contempla de frente a la muerte mientras se pregunta adónde se ha ido su vida...

—De acuerdo —volvió a hablar—, marchaos, hijos. Pero volved mañana. Esto es muy importante.

Aun no había acabado de hablar y su cabeza ya caía suavemente sobre una de las orejas de su butaca. Se había quedado dormido observando una vieja fotografía colgada en la pared, y yo estaba convencido de que al día siguiente lo encontraríamos todavía descansando en la misma posición.

Salimos sin hacer ruido. Ya en la calle, Mariña y yo apenas hablamos. Los dos teníamos mucho encaje de bolillos que hacer. Acompañé a mi amiga hasta su portal, y después seguí caminando por Gran Vía arriba. Giré a la derecha al llegar a la calle Venezuela, y tras pasar por delante de la monstruosidad arquitectónica que es la torre del ayuntamiento, bajé de vuelta al paseo de Alfonso. Yo también necesitaba poner en orden mis ideas. Y sabía cuál era el mejor lugar para hacerlo.

33

Al salir a la calle, ni Mariña ni Simón han caído en la cuenta de que, sentado en uno de los bancos del parque, un hombre los observa desde las sombras de la Alameda. Protegido bajo un abrigo largo de paño negro, el vigilante fuma con calma mientras contempla cómo el hombre y la mujer doblan la esquina de Velázquez Moreno y se pierden calle arriba. Tranquilamente, saca de uno de los bolsillos del abrigo su teléfono móvil y espera hasta que del otro lado una voz metálica responde a su llamada.

—Dime, Lucano.

—Señor, ellos otra vez, la hija y el arquitecto.

—¿Están con el viejo?

—Acaban de salir ahora mismo de su portal.

—¿No los has visto entrar?

—No, señor. Nadie ha entrado ni salido en todo el tiempo que llevamos aquí. Debían de estar dentro cuando llegamos.

—¿Qué hora es, Lucano?

—Las nueve y media, señor.

—Mucho tiempo... Demasiado para un viejo que asegura no tener nada que contar.

—¿Cree usted que el viejo sabe algo, entonces?

—Lo que yo creo es que el viejo sabe mucho, Lucano. Esos dos no habrían pasado tantas horas ahí metidos si Neumann no tuviese tanto que contarles.

—Luego, estaba usted en lo cierto.

—Ya os lo había dicho. Solo era cosa de paciencia. Paciencia y observación.

—Ahora ya no se ve luz en el piso, el viejo debe de estar solo. ¿Quiere usted que suba a «observarlo» más de cerca, señor?

—No, no, Lucano. Aguarda. Deja que sea yo quien hable primero con él. Vamos a darle una nueva oportunidad.

—¿Otra más? Si me permite opinar, señor, creo que está siendo usted demasiado generoso. A la señora Llobet también le dio varias oportunidades, y al final no sirvió de nada.

—Yo no diría eso, Lucano. Como poco, sirvió para ponernos en la pista de otros más capaces, sus hijos. Algo, por cierto, que a la vista de los acontecimientos tampoco nos ha ido mal. Paciencia, querido amigo, paciencia... Déjame que haga una última llamada, veamos cómo responde el viejo.

—Como usted mande, señor.

—Lo que sí podéis ir haciendo mientras regresáis al hotel es avisar a nuestro amigo Ascanio. Que lo tenga todo listo. El momento se acerca.

Zé Lucano guarda el teléfono en el bolsillo del abrigo y se pone en pie. Enciende otro cigarro mientras comienza a caminar tranquilamente por la acera de la Alameda en dirección al Náutico. Al mismo tiempo, un coche negro sale del lugar donde ha permanecido aparcado todo este tiempo, y, muy lentamente, se va acercando al caminante. Cuando el vehículo, una vieja berlina Mercedes de color negro, llega por fin a la altura de Zé Lucano, su conductor detiene la marcha y, tranquilamente, el hombre del abrigo de paño negro se monta en el coche para ocupar la plaza del acompañante. Se acomoda sobre el asiento, lujosamente tapizado en piel de color beige, sin tan siquiera cruzar una mirada con su chófer.

—Regresamos al hotel —indica sin dejar de mirar al frente.

No hay ninguna necesidad de decir nada más. El conductor acelera, y el coche es un lobo negro que, sigiloso, se mezcla en el tráfico de la noche.

34

Esta vez me instalé en la barra del bar y le pedí a Suso que me pusiese una caña. Bebí en silencio, intentando comprender cuánto tiempo flotaba en el aire a mi alrededor. Al final resultaba que Eneas y Daniel sí eran la misma persona. Sentí el frescor de la cerveza que bajaba por mi garganta. Y Jackob, el viejo Jackob Neumann, era en realidad Hugo Brauner, el secretario personal de aquel tal Fausto Wessler. Otro trago más, la cerveza me estaba sentando bien. Hugo, se llamaba. Hugo Brauner. Casi ni me había dado cuenta y ya tenía esa caña finiquitada. Hugo Brauner era Jackob Neumann. Acodado sobre la barra le hice un gesto a Suso para que me sirviese otra. Se puso al momento con ella, y cuando la dejó ante mí yo no la toqué. Contemplaba la cerveza y seguía dándole vueltas a todo. Había algo que me rondaba. Algo en todo aquello...

... Que me rondaba. Algo intuido, tal vez un fondo al que aún no le había visto la forma. Seguía con la mirada fija en la contemplación de las burbujas en el interior de mi vaso. La casa de León, en el número 3 de Bajada al Fuerte. Bajada al Fuerte... Me sonaba el nombre, alguna de las calles del casco antiguo de la ciudad. Pero cuál.

—Oye, Suso, ¿tú sabes por dónde cae la calle Bajada al Fuerte?

—¿Bajada al Fuerte? —Suso dejó de secar el vaso que tenía en las manos y se quedó observándome en silencio, los labios entreabiertos—. ¿Me estás preguntando dónde queda la calle Bajada al Fuerte?

—Hombre, pues a mí me parece que está bastante claro, ¿no?

—Pues a mí me parece que lo tuyo no tiene nombre, Simón —respondió retomando con monótona tranquilidad la tarea que se traía entre manos—. Desde luego, amigo, hay gente que está en el mundo porque tiene que haber de todo...

—Oye, ¿pero se puede saber de qué me estás hablando? ¿Sabes dónde está la calle, sí o no?

—Pues claro que lo sé. Y tú también.

—¿Yo?

—Pues claro. ¿O es que ya no sabes ni dónde vives?

—¿Cómo?

—Pero si es esa de ahí —respondió señalando con el vaso reluciente—, las escaleras que bajan pegadas a tu edificio.

Sentí cómo la boca se me entreabría lentamente...

¡Por supuesto! Bajada al Fuerte era en realidad el callejón que hacía esquina con mi edificio, una cuesta empinada de escaleras en pendiente interminable que conectaba el paseo de Alfonso con la calle Pobladores. Por eso no me había dado cuenta antes, porque de hecho prácticamente ni siquiera se podía decir que fuera una calle propiamente dicha, sino más bien una procesión de escalones sin final. «La bajada de las escaleras», así era como nos referíamos a ella en el barrio. Nadie la llamaba «Bajada al Fuerte». Pero entonces... ¿El número 3? Bajando la calle, los impares tenían que ser los que quedasen a mano izquierda. ¡Eso eran los sótanos de mi edificio! Yo estaba viviendo en el mismo lugar donde todo había sucedido, sobre la casa de León y Daniel. Y Daniel..., ¿cómo se apellidaba Daniel? Jackob lo había dicho en algún momento. Venga, hombre, ¿cómo era? ¡Beiroa! Daniel Beiroa Rodríguez ahora es Eneas Dafonte Maristany. Y Jackob. Incluso había dicho su nombre completo. Lo recordé. Dejó de ser Hugo Konrad Brauner para pasar a ser Jackob Neumann. No, así no. Era más largo, Jackob Hans Neumann. Dios mío, ¿es que aquí nadie es quien dice ser? Tengo que preguntarle a Suso, a ver si él también se llama de otro modo. Hans, como nuestro Xan. Así, Jackob bien podría ser el viejo Xan, mira tú por donde...

Y entonces, por fin, terminé de darme cuenta.

—¡Mierda, Suso, claro!

Como traída a mí en una de aquellas burbujas empeñadas en salir de mi cerveza, el secreto se me reveló claro. ¡Cómo podía no haber caído en la cuenta! Yo ya había visto esos nombres antes, y mi cerebro me lo estaba diciendo. De hecho, me lo estaba gritando, pero a través de voces que yo todavía no era capaz de comprender. Hasta ahora mismo. Recordé lo que Daniel le dijo a Hugo, la verdad siempre había estado delante. La lista, ¿cómo no lo había visto antes? ¡La lista!

—¡La lista, Suso, la lista!

El camarero ya llevaba desde el anterior exabrupto observándome con cara de vaca mirando el tren. ¿Pero es que a este tipo no le impresionaba nada, o qué? Tanto daba, total ni él lo iba a entender ni a mí me sobraba un minuto que perder en explicaciones. Dejé mi segunda cerveza intacta sobre la barra del bar y salí corriendo hacia el estudio. Me fui directo a mi mesa de trabajo, donde había quedado el sobre con la lista que la señora Llobet me había hecho llegar en herencia, y saqué nuevamente el pliego de hojas. Busqué el principio de la enumeración, el epígrafe 40. Soy idiota, ahí estaba todo.

DBR *EDM*
DBR *EDM*
HKB *JHN*
LBA *ABR...*

Tal como había supuesto días atrás, EDM no eran otra cosa que las iniciales de Eneas Dafonte Maristany, pero además ahora comprendía que el grupo que las precedía, DBR, no era otra cosa sino la combinación bajo la que se escondía su verdadera identidad: Daniel Beiroa Rodríguez. Así, HKB y JHN no podían ser más que las tapaderas de Hugo Konrad Brauner y Jackob Hans Neumann. Había estado equivocado todo el tiempo. No se trataba de una lista negra, sino de una guía de identidades. Si por fin esta vez estaba en lo cierto, lo que tenía en las manos era una lista enorme de gente que cambiaba de identidad, quizás incluso de vida, tal y como Daniel primero y Hugo después habían hecho. No tenía ni idea de cuáles habrían sido las circunstancias individuales de cada una de esas personas, pero ya no se podía tratar de otra cosa. Y el siguiente en la lista, LBA, tenía que ser León. León, el tercero en la conversación de aquella noche de 1940. Neumann no había mencionado sus apellidos, pero no podía ser otro. Y si LBA era el hermano de Daniel, entonces ABR tenía que ser su nueva identidad.

Recordé entonces que esa entrada era lo único que yo había llegado a sacar en claro de todo aquel laberinto. La cuestión de Antón Berasategui Rodríguez. Fuera quien fuera León, en algún momento dejó de ser el valiente marinero de Pobladores, su barrio y el mío, para convertirse en ABR.

Sonreí llevado por los cariñosos efluvios de la cerveza en mi imaginación, pensando en la ola de coincidencias que se me habían ido acumulando. El mismo barrio, el mismo edificio, y ahora las iniciales. León había cambiado su nombre por uno con las mismas iniciales que aquel otro con el que se escribía mi abuela. Probablemente sin esa casualidad yo no habría podido empezar a tirar del hilo, y fue ella la que me hizo sonreír ante el recuerdo de mi abuela. Mi abuela...

—¡Coño!

Fue en ese momento, con la misma velocidad con la que un vaso cae al suelo y estalla en mil pedazos, cuando algo encajó en mi interior. Esa era la razón, el sentido de todo. Mi abuela no se carteaba con nadie cuyas iniciales coincidiesen con las de la nueva identidad de León. Mi abuela se carteaba con la nueva identidad de León.

Tuvo que huir, se lo había dicho a Daniel. Pronto vendrían a por él, y tuvo que hacerlo rápido, dejando atrás a su mujer, a Elisa. ¡Mi abuela Elisa! Santo cielo, ¡Dios mío! No podía ser. Si Elisa, mi abuela, era la mujer de León, entonces mi madre... Dios mío, me estaba mareando. Y entonces yo... Dios mío, Dios mío. Mis piernas temblaban como varas de mimbre; estaba a punto de caerme al suelo.

Me arrojé como un loco al teléfono. Venga, Mariña, coge... Comunicaba. Volví a llamar otra vez. Venga, mujer, cuelga ya. Llamé una tercera vez, y una cuarta también. ¡Cuelga el puto teléfono, ya! Pero nada, no había nada que hacer. Y entre tanto las voces seguían amontonándose en mi cabeza, todas gritando con más fuerza que nunca. Ahora había cosas que encajaban en mi composición, sí. Esa era la razón por la que yo estaba allí, por eso había dicho doña Isabel que yo era exactamente el más indicado para hacer ese trabajo. Joder, seré imbécil... Pero también había nuevas preguntas que surgían como rayos de cada nueva conclusión. Necesitaba saber, poner un poco de orden en aquel caos. Y ya solo quedaba una persona en el mundo que me podía ayudar. Me quemaba el orgullo, pero no había otra.

Volví a coger el teléfono. Mientras aguardaba la respuesta, me imaginé su rostro al otro lado de la llamada, observando la pantalla de su móvil, dudando si contestar o no. Al final oí como alguien descolgaba desde el otro lado.

—¿Hola? Soy yo, Simón.

Todavía pasó un tiempo antes de que desde el otro extremo llegase algo más que silencio. Finalmente la voz de mi padre rompió la nada.

—Simón, hijo —sentí una mezcla de sorpresa y desconcierto en su voz—. Cuánto tiempo sin saber de ti... ¿Cuánto hace ya que no hablamos?

Recordé el día, el momento exacto en que los dos cruzamos las que serían nuestras últimas palabras en muchos años. El cementerio, el entierro de mi madre. Mi padre no supo encajar el fallecimiento de su esposa. Dijo que había sido por mi culpa. «La mataste, la mataste a disgustos.» Y volví a sentir el dolor. Aquel dolor. «Yo ya no tengo hijo», sentenció, sus ojos clavados en los míos. Desgraciado, ¿cómo puede un padre decirle una cosa así a su hijo? Me había pasado todos estos años intentando ofrecerme algún tipo de respuesta. Sabiendo, todos estos años, que no había ninguna.

—Creo que los dos lo sabemos perfectamente, papá.

—Tu madre...

—Mi madre, sí.

Escuché la respiración larga de mi padre al otro lado de la línea.

—No sé, Simón. Creo que ya ha pasado demasiado tiempo. Fuera lo que fuese, debemos dejarlo pasar. Me alegro de oír tu voz.

¿Cómo, qué rayos era eso? ¿Me estaba perdonando? ¡Pero si había sido él el responsable de toda aquella distancia! ¡Fue él quien me echó de su lado! «Yo ya no tengo hijo», había dicho. Cabrón. ¿O qué pasaba, que ese era su modo de disculparse? Recordé todo mi dolor, toda mi soledad, tantos años sin saber nada de él. Ni de él ni de nadie. Muerta mi madre, toda mi familia murió con ella. Llegué a sentirme completamente abandonado, sin saber de dónde venía ni tener tan siquiera a quien preguntárselo. Y entonces me di cuenta.

Esa era la razón, la verdadera razón detrás de todo: desde la distancia del tiempo, Daniel, Eneas, quien fuese, pretendía volver a mostrarme el camino para que yo pudiese conocer al fin mi origen. Mi padre estaba enterrando el hacha de guerra, y, con razón o sin ella, lo correcto era que yo le aceptase el gesto.

—Verás, papá. Necesito saber algo sobre mamá. ¿Tú conociste a su padre?

—¿Su padre? —repitió extrañado—. Vaya, ¿y a qué viene eso ahora, hijo?

—Por favor, papá, se trata de algo muy importante para mí. ¿Lo conociste?

—Pues lo siento, Simón, pero me temo que no te voy a servir de ayuda. No, no lo conocí.

En el fondo yo también sabía que esa era la respuesta correcta.

—¿Y por qué no?

—Pues porque ella tampoco lo conoció nunca.

—¿Por qué?

—Porque según a ella le había contado tu propia abuela, el padre de tu madre murió antes de nacer ella, al poco de que su madre quedara embarazada.

—No puede ser...

Elisa mintió para protegerlos a los dos.

—Y no creo que fuese —añadió mi padre—. Tu abuela mantuvo correspondencia durante casi toda su vida con alguien en el extranjero.

—Antón Berasategui —apunté.

—Sí, ese mismo. Tanto tu madre como yo le preguntamos muchas veces por él, pero ella nunca nos dijo mucho. Que se trataba de un familiar, un primo apartado que tenía emigrado en Inglaterra, y poco más.

—Pero no había tal primo, ¿verdad?

—Tu madre y yo siempre pensamos que no. Nadie se cartea todas las semanas durante casi cuarenta años con alguien que solo es un primo apartado de la aldea, por mucho apego que le tengas. Tu madre siempre pensó que el tal Antón Berasategui era en realidad su propio padre, quien, por los motivos que fuese, había tenido que poner kilómetros de por medio. Ya sabes, en aquella época las cosas no eran fáciles para según qué gente.

—Ya, ya. Algo he oído...

—Pero dime, hijo, ¿a qué viene ahora esto? ¿Ocurre algo?

—No, no, papá, no te preocupes. Escucha.

—Dime.

Me quedé callado por un instante.

—Yo también me alegro de volver a hablar contigo. Yo tampoco recuerdo cómo fue —mentí—, pero lo cierto es que te he echado mucho de menos. Para bien o para mal, siempre te he necesitado.

Silencio a los dos lados de la comunicación.

—Y yo también a ti, hijo. No tardes en volver a llamar.

—No lo haré. Cuídate mucho.

Ya no había duda posible. Antón... No, no, Antón no. León, ese era el nombre de mi abuelo. Por eso vivo aquí, en el edificio en el que ya vivía mi abuela. Se había quedado embarazada de mi madre poco antes de que León tuviese que huir, y seguramente fuera eso algo que mi abuelo no supo entonces. Si la descripción que nos había ofrecido Neumann era correcta, lo más probable es que, de haberlo sabido, nunca se habría marchado. Un tipo como León no deja solas a su mujer y a su hija. Se habría quedado. Y entonces acabarían por venir a buscarlo, y todo habría acabado. Elisa lo sabía, y por eso no dijo nada. Y lo mismo por la otra banda. Me la imaginé intentando encajar las preguntas de mi madre. Se trataba de tiempos demasiado difíciles como para poder dar respuestas sencillas. «Papá se murió, hija mía», y todo limpio. Quizá no fuese la postura más correcta, pero, al fin y al cabo, en cierto modo eso era lo que había sucedido. A papá León, igual que en su día a Daniel y a Hugo, también acabó por llegarle su hora.

Tenía que hablar con Mariña. Ya. Todavía tenía el móvil en la mano, así que volví a marcar su número. Y otra vez la misma historia. Comunicaba. Marqué otra vez más. Busqué alguna explicación en el reloj. No, ya había pasado casi una hora desde la primera llamada. ¿Pero con quién rayos estaba hablando tanto tiempo?

—Mierda, Mariña, cuelga el teléfono...

Me preocupé. Aquello no era normal, y algo empezó a decirme que las cosas no iban bien. Lo intenté una vez más al tiempo que cogía las llaves. No, algo no iba bien. Salí a la calle y corrí tanto como mis pobres fuerzas me lo permitieron.

Cuando por fin llegué, fue un milagro no quemar el portero automático del edificio de Gran Vía con Urzaiz de tanto como pulsé el botón del piso de Mariña.

—¿Quién es?

—Mariña, soy yo, Simón. ¿Estás bien?

—¡Simón! Sube.

Al salir del ascensor me la encontré esperándome bajo el umbral de su puerta abierta, entreabierta a sus espaldas. Todavía llevaba el teléfono móvil en su mano y una expresión extraña en el rostro.

—Por el amor de Dios, Mariña, ¿se puede saber qué pasa? ¡Llevo más de una hora intentando hablar contigo! ¿Con quién demonios hablabas? ¿Estás bien? ¿Qué pasa?

Pero no dijo nada. Se quedó observándome, y no dio más respuesta a toda mi batería de preguntas que un abrazo fuerte.

—Ahora ya lo sé todo, Simón. Ahora ya lo comprendo todo —dijo con su cabeza apoyada en mi hombro.

Me soltó para cerrar la puerta, y los dos pasamos al interior del apartamento. Nos sentamos otra vez en el mismo sofá negro del que apenas unas pocas noches atrás yo no hubiera querido salir, y Mariña dejó al fin su móvil sobre la mesita ante nosotros, mientras el aparato se quejaba de estar quedándose sin batería.

—Siento no haberte contestado. Iba viendo los avisos de tus llamadas en la pantalla del teléfono, pero la conversación era muy importante, y no convenía atrasarla de ningún modo.

—Pero, ¿por qué? ¿Con quién estabas hablando?

—Con Jackob.

—¿Con Neumann? ¿Tanto tiempo? Pero si apenas podía hablar cuando lo dejamos. ¿No se había quedado dormido?

—Sí. Pero, al parecer, alguien lo despertó con otra llamada justo después de que nosotros nos fuésemos.

—¿Quién?

—Eso no me lo dijo. Pero lo que sí sé es que la llamada lo alteró mucho.

—¿A qué te refieres?

—Jackob me llamó muy nervioso. Estaba muy preocupado porque, según me contó, parece ser que nosotros no somos los únicos que vamos tras la pista de mi padre.

—Bueno —interrumpí, señalando las marcas todavía visibles de los golpes en mis mejillas—, eso ya te lo había dicho yo.

—Ya —admitió Mariña—. Quizás esos sean los mismos que ahora se han puesto en contacto con Jackob.

Aquello tenía sentido. Después de todo, había sido delante de su tienda donde yo me había dado cuenta de que ya conocía a aquellos tipos.

—No sé qué sería exactamente lo que le dijeron, Jackob no me quiso hablar de eso, pero fuera lo que fuese, lo que sí es verdad es que le dejaron el miedo bien metido en el cuerpo. Me dijo que estaba asustado, que sabía que su tiempo se agotaba.

—¿Su tiempo? ¿Qué tiempo?

—No lo sé, Simón, pero él insistió en que había que hablar, que mañana podría ser tarde, y era preciso que yo conociese la historia de la criatura.

Fruncí el ceño.

—¿Criaturas ahora? ¿Pero qué está pasando aquí, Mariña, de qué demonios me estás hablando?

Volvió a quedarse mirándome fijamente.

—Te estoy hablando de Troya.

No, no, ¡no! ¡Escúchame! Escúchame... No te he llamado para que bajes aquí. Lo que quiero es que me prestes atención. Ellos están ahí fuera, lo sé. Hace días que me rondan, probablemente a ti, a vosotros también. No hay tiempo que perder. Ellos están ahí, fue su llegada lo que me alertó. Comprendí entonces que el momento había llegado, que tenía que hablar con vosotros. Con Simón y contigo, Mariña. Porque esa brecha está todavía abierta, tarde o temprano ellos acabarán por descubrirlo, y si no sois vosotros serán ellos los que se cuelen por ella. Escúchame, Mariña, escúchame con atención. Apenas tenemos tiempo. Ahí está el monstruo.

QUINTO ACTO

TROYA

35

Mi padre observaba con atención cada viajero que llegaba al puerto. Sabía leer en sus ojos, y en ellos detectaba el dolor, el sufrimiento de aquellos hombres. Lo conocía bien, porque también había sido el suyo. Pocos eran los fugitivos que lograban llegar, y en las bocas de cada uno de ellos venía siempre la memoria de tantos más que no lo habían conseguido. Todos traían el recuerdo de los muchos que habían quedado atrás. Los recién llegados hablaban de los represaliados, de los desaparecidos. Parecía que todo el mundo estuviese intentando huir, sin que nadie consiguiese hacerlo en realidad. Todos hablaban de un familiar, de un padre ejecutado. Venían con el recuerdo grabado a fuego de una hermana violada, de un hijo paseado. Aquello era una barbaridad. No, aquello era *la* barbaridad, y mi padre hizo suyo el dolor de toda aquella gente. Ojalá alguien pudiese hacer algo por paliar tanto dolor. Si él pudiese... Se obsesionó pensando en el modo de poder ayudar a todas aquellas personas de las que hablaban los que tan a cuentagotas iban llegando. Qué hacer, y cómo hacerlo. No tenía dinero, pero sí sabía donde encontrar unos recursos de los que, según él pensaba, nadie más tenía noticia. Unos recursos con los que hacer ese «modo posible» mucho más grande de lo que nadie hubiese imaginado jamás.

Cuando llegaba la noche todos estos pensamientos luchaban contra el sueño de mi padre. Pero el hombre necesitaba descansar, así que intentaba despistar a las cavilaciones leyendo todo cuanto en sus manos caía. Probablemente nunca existiese aquel tal Ramón el Maravillas, el afilador de Xinzo que tantas veces le habló del oro que se escondía más allá de las montañas al imaginario Daniel Dafonte, según el relato inventado por mi propio padre. Pero quien sí existió realmente fue uno de los compañeros de pensión del verdadero Daniel, un viejo profesor de Literatura Clásica llamado Ramón Martínez Villar, exiliado desde la Antela justo a tiempo para huir de un paseo garantizado a manos de los falangistas de Xinzo de Limia. Los libros que don Ramón se había llevado consigo fueron la verdadera piedra en la que mi padre fue afilando su pensamiento en las largas noches de insomnio. Así conoció a Virgilio, a Homero. Así tuvo conocimiento de la historia de Eneas, de su bajada al infierno. Y así supo también de la historia de un caballo.

Cuando los habitantes de Troya aceptaron el presente dejado por los griegos a las puertas de la ciudad, lo único más grande que el tamaño del caballo era el orgullo y la arrogancia de los propios troyanos. Tan pagados de sí mismos como estaban, la ceguera provocada por su propia sensación de victoria no les dejó ver que aquel caballo que ahora ellos mismos introducían hasta el corazón mismo de Troya venía preñado de derrota. Con la llegada del amanecer y la caída de los troyanos, Daniel conoció el modo de su futura victoria.

Casi un año más tarde, mi padre fundó en Vigo la Trans-Oceánica y Atlántica como una empresa de transportes marítimos que conectaba nuestro país con prácticamente toda la costa atlántica. Y supo manejar a la perfección no solo la sensación de éxito generada por su negocio, sino incluso cómo ofrecer esa sensación de modo que incluso los funcionarios más torpes del sistema no tardasen en percibir el gran acierto que sería vincular la imagen de Troya con la del propio Régimen. Un éxito internacional que evidenciase las grandes posibilidades de futuro que se daban en este nuevo país en que España se estaba convirtiendo. Quizá la guerra fuese muy dura ante los ojos de la comunidad internacional, sí. Pero se trataba de un esfuerzo que hubo que hacer para limpiar el país y devolverle las grandes oportunidades a las que la gloriosa patria estaba llamada. Y Troya constituía uno de los mayores exponentes de este discurso. El Régimen le abrió de par en par sus brazos, y Daniel, perfectamente disfrazado ya para siempre de don Eneas Dafonte, se dejó caer en aquellos brazos de brutalidad y sinrazón.

Porque todo era mentira.

Del mismo modo que los troyanos no supieron ver a los griegos ocultos en el interior del caballo, los hombres de Franco no sospecharon jamás cuál era el verdadero cargamento de los barcos de mi padre. Transportes internacionales, pensaban. ¿Y por qué no? Quiero decir, ¿por qué pensar otra cosa del negocio de don Eneas Dafonte, uno de los más fervientes colaboradores del Régimen? Desde el primer instante de su vida en sociedad, mi padre se aferró al glorioso Movimiento Nacional, convirtiéndose en uno de sus mejores patrocinadores. En el fondo había algo que no dejaba de ser paradójico, el oro traído de América para pagar las guerras de Felipe de Anjou contra una Europa que no aceptaba su nuevo gobierno de nuevas ideas era el mismo que ahora financiaba la guerra secreta de mi padre contra el general Franco y su nuevo gobierno de viejas ideas. Pero las conocidas donaciones de mi padre a la causa eran tan exageradas que nadie se preguntó jamás qué era lo que había tras aquellas montañas de dinero. Altruismo abrumador, ¿para qué hacer preguntas? Se trataba de dinero, y eso era lo importante. Por eso, todavía menos se iban a preguntar qué era lo que se movía realmente bajo las cubiertas de los barcos de la Trans-Oceánica. Carga, nada más. Y, entre tanto, aquellos barcos cruzaban el mar llenos de vidas a la búsqueda de nuevos futuros.

Poco tiempo antes de iniciar Troya su actividad, una noche de primavera, y tal como había hecho casi un año antes, mi padre volvió a entrar en la galería sur del Buraco do Inferno. Los medios, impuestos por la grandísima discreción necesaria, eran si cabe todavía menos que la vez anterior, pero, en cambio, para esta ocasión sí pudo contar con ayuda. Hubo que esperar el momento preciso para que se diesen las condiciones necesarias, hasta que, por fin, una noche sin luna de la primavera de 1940 mi padre entró en la gruta de Ons en compañía de su hermano León y de su amigo Hugo Brauner. Esta vez sí cogieron todo el oro que pudieron, y dejaron el resto escondido del mejor modo posible, por si los tiempos hacían necesaria otra entrada posterior. Eneas aprovechó los contactos que ya estaba haciendo entre sus nuevas amistades para convertir ese oro en dinero, en muchísimo dinero. Oro de las minas de La Alumbrera, les había dicho...

Al mismo tiempo que esto sucedía, un nuevo visitante llegó a la ciudad. Se trataba de un joven alemán, Jackob Hans Neumann, licenciado en Historia del Arte por la Universidad de La Sorbonne, el cual venía con la idea de abrir aquí un negocio de antigüedades. Cuando por fin lo hizo, nadie tuvo motivos para sospechar que tras la apertura de tal negocio estaba el dinero de Eneas Dafonte, quien, a su vez, pronto se habría de convertir en uno de los mejores clientes de la exquisita Jackob Neumann Antigüedades. No, nadie sospechó nada. A nadie en absoluto le llamó la atención que un hombre de la posición del señor Dafonte se mostrase interesado por el mundo de las antigüedades. La mayoría de sus adquisiciones decoraban ya los salones de la Casa Grande, la nueva residencia de don Eneas, alejado de la ciudad sobre la playa de Canido. De hecho, incluso parecía lógico que, dada la buena relación existente entre el proveedor y su mejor cliente, Troya también acabara convirtiéndose en la empresa de transportes empleada para la llegada y salida de las mercancías gestionadas por Jackob Neumann Antigüedades. Años de buenas relaciones entre ellos los unían cuando sucedió aquel incidente en la calle. Por eso a nadie le extrañó cuando mi padre acudió en la ayuda del anticuario luego de aquella noche que el señor Neumann tuvo que pasar en el calabozo. Todo seguía siendo normal.

Y todo seguía siendo mentira. Porque la actividad del anticuario era tan respetable, que lo que a nadie se le pasó jamás por la cabeza fue la posibilidad de que su trastienda fuese en realidad un taller de documentación falsa, el estudio donde, entre montañas y montañas de libros prohibidos, Jackob Neumann se pasaba las noches elaborando pasaportes falsos, documentos de identidad de personas que hasta ese preciso momento nunca habían existido. Hugo, ya para siempre disfrazado de Jackob Neumann, comenzaba por construir en papel lo que luego serían las nuevas vidas en el extranjero de todos y cada uno de los hombres que en breve partirían con rumbo a otros tantos nuevos mundos, si bien todos comenzaban su viaje en un mismo lugar: camuflados entre los dobles cascos de uno de los barcos de mi padre.

Porque eso era Troya en realidad, una gigantesca tapadera bajo la que facilitarles la huida a todas cuantas personas fuese necesario. Cuando los caminos de la vida no daban más de sí en esta parte del mundo, mi padre tendía los puentes para seguir con una nueva vía más allá del mar. Y sus barcos eran su caballo. Lo había visto con claridad cuando él mismo consiguió huir. Aquel sistema era tremendamente novedoso, todavía muchísimo como para que fuese de conocimiento masivo. Aun habrían de pasar muchos años hasta que un petrolero se fuese a pique frente a nuestras costas, provocando una desgracia tal como para que la gente clamara en las calles por la imposición de un sistema semejante. No, el sistema del doble casco no era de conocimiento masivo. Y mucho menos para los burócratas de generalísimo Franco, todavía muy ocupados en satisfacer su propia arrogancia. Construir por aquel entonces los barcos de ese modo era caro, muy caro. Pero, gracias al oro de Rande, aquel no era el problema. La gente podía huir con seguridad.

León fue el primero, si bien por esta misma razón, todavía con una gran falta en lo que a práctica se refería, su salida tuvo que hacerse de modo precipitado. Apenas pudo despedirse de Elisa, quien en aquel momento rechazó su propia salida, a la espera de unas circunstancias más adecuadas. «Ya llegará el tiempo», le había dicho ella sin revelarle a León el secreto que guardaba. Pero lo que llegó no fueron las circunstancias, sino una niña que cambiaría los planes de Elisa para siempre. León fue el primero de la lista, y gracias a un cuidadoso trabajo de selección pronto esa misma lista comenzaría a crecer. En las sombras, un río de esperanza fluía oculto bajo los susurros de la ciudad sin que el Régimen se enterase de nada. Eneas aparecía en todos los desfiles, su nombre sonaba precedido por los más grandes elogios en todos los despachos en los que convenía que un nombre sonase, y, para mediados de los años cuarenta, ya no había fiestas más importantes en sociedad que aquellas que el señor Dafonte daba junto a la bella y elegante doña Isabel Llobet, recientemente convertida en su esposa, en la Casa Grande. Y, mientras tanto, el río seguía fluyendo y fluyendo bajo los pies de todas aquellas bestias.

Los hombres de Troya recogían regularmente las cajas del anticuario, embalajes especiales de piezas muy frágiles. «Mucho cuidado, que esa pieza vale tanto como un corazón», les indicaba siempre el señor Neumann. Ya una vez en el barco, salían los fugitivos de las cajas para esconderse en el doble casco, y Eneas en persona se aseguraba bien de que tenían y comprendían toda su nueva documentación. Y esto era algo muy importante: se les proporcionaba nuevas identidades con nuevas vidas porque, de no hacerlo, de haber seguido empleando sus verdaderos nombres, lo más probable habría sido que los propios servicios de inteligencia de Franco hubiesen acabado por encontrarlos. Y, de haberlo hecho, tarde o temprano acabarían descubriendo cómo habían llegado allá. Lo que supondría, irremisiblemente, el final de Troya.

Así fueron pasando los años. Los más terribles primero, los duros después, hasta que la cosa se fue tranquilizando. En realidad jamás llegó a calmarse por completo, porque aquel monstruo que el franquismo era tampoco se durmió nunca del todo. Tanto fue así que apenas pocos meses antes de la muerte del dictador, el Régimen todavía seguía cobrándose vidas humanas. Pero lo cierto era que para finales de los años cincuenta el sistema de represión había reducido notablemente lo encarnizado de sus persecuciones, y la genuina razón de ser de Troya, para entonces ya verdaderamente convertida en una enorme y muy rentable empresa de transportes, pasó a un segundo plano.

Tanto había sido así, que nuestros padres no quisieron ampliar la familia hasta estar bien seguros de que este país podía ser un lugar apropiado para criar a sus propios hijos. Así, mi hermano Xulio no nacería hasta 1962, cuando la actividad de Troya más allá de lo verdaderamente propio de una empresa de transportes ya casi había desaparecido. Ya tan solo colaboraba en la salida de aquellos hombres todavía marcados por el Régimen. Activistas, ex-presos políticos, intelectuales... Toda aquella gente cuyos antecedentes les impedían salir de país. Y yo nací seis años más tarde, en 1968, justo a tiempo para la ruptura entre mi padre y Jackob Neumann.

Porque en este juego de héroes y villanos tanto Eneas como

Jackob llevaban dos vidas cada uno. Mientras la mascarada de Eneas estaba llena de luces, de éxito, de dinero, la de Jackob no contaba con nada semejante. Pero no era eso lo que al anticuario le dolía: mientras mi padre formaba su propia familia, Jackob se había ido manteniendo en la opción de la soledad. Y esa postura le fue amargando el alma. A principios de abril del año 68, Neumann le dijo a mi padre que ya era suficiente. Le recordó cuál había sido su plan, y le habló de objetivos cumplidos. Los años sesenta llegaban a su fin, y Troya no era ya más que una empresa de transportes como tantas otras. Su razón de ser, su esencia, hacía tiempo que todo eso había quedado atrás. El mundo, por fin, estaba cambiando.

Jackob le propuso a mi padre que nos fuésemos todos, romper con las ataduras del plan original para, ya desde una posición de seguridad, contarle al mundo aquello que habían hecho. Odiaba el sistema, y nada le habría dado más placer que dejarlo en ridículo ante el mundo entero. Luego de tantos años de sufrimiento, la primavera de 1968 se prometía como el mejor momento para hacerlo.

Pero para gran decepción del anticuario, mi padre no estuvo de acuerdo. Le dio la razón a Jackob. Sí, los dos habían renunciado a sus propias vidas por sacar adelante el plan. Le dio la razón, admitió que sí, que lo habían conseguido, y que el trabajo ya estaba hecho. Pero no solo se negó a participar en las revelaciones del anticuario, sino que incluso le pidió que no lo hiciese, ni tan siquiera en solitario, por su propia cuenta. Ante la sorpresa de Neumann, Eneas le recordó que, si bien el alemán había escogido no tener familia, consagradas sus noches a las soledades de la falsificación de documentos y a la lectura de textos prohibidos, él había escogido justo lo contrario. Eneas tenía una mujer, Isabel, quien desde el primer momento no solo estuvo al tanto de todos y cada uno de sus planes, sino que incluso había participado plenamente en la trama, fortaleciendo la imagen dada por Eneas, asumiendo su rol de fiel esposa del hombre de pro. Y también tenía un hijo, Xulio Ascanio, un niño de apenas seis años con toda una vida por delante. Por si esto le pareciese poco a Jackob, para octubre aguardaban la llegada de un nuevo vástago, quien acabaría siendo yo misma. Terminando, Eneas le respondió a Jackob que todo cuanto el anticuario había dicho era cierto. Pero que, si bien ellos un día habían tenido que renunciar a sus propias vidas, ahora ninguno de los dos tenía ningún derecho para exigirle lo mismo a su familia. Mi padre apeló a la comprensión de Jackob, pero según parece este no estuvo por el entendimiento, y celebró su desacuerdo con una gran borrachera que acabaría dando con los huesos del anticuario en el calabozo acusado de escándalo público. El anticuario se separó de mi padre, y no se volvieron a ver hasta mi nacimiento.

Mis padres celebraron mi bautizo en los jardines de la Casa Grande. Como favor personal, Eneas le pidió al obispo de Tui que tuviese a bien santificar el agua de la fuente que acababa de construir sobre la cueva del viejo manantial, y ahí mismo, en la fuente que tú ahora estás restaurando, recibí yo el bautismo. Esa fue la última vez que el anticuario y mi padre estuvieron juntos. Jackob le preguntó a Eneas si este había vuelto a considerar su propuesta. Mi padre me llevaba en sus brazos. «Sí —le respondió—, pero sabes que no puedo hacerlo —dijo al tiempo que me dejaba en los brazos del señor Neumann—. En tus manos tienes mis razones, amigo, las razones más poderosas del mundo.» Según el propio Jackob me contó, todavía él me tuvo un tiempo cogida, observándome fijamente. Al fin, acabó por regalarme una sonrisa antes de devolverme a los brazos de mi padre. «Adiós, Daniel.» «Adiós, Hugo», le respondió mi padre. Nunca más volvieron a hablar entre ellos.

36

—Por eso no contestabas al teléfono.

—Sí. Porque Jackob me había pedido que le prestase la máxima atención mientras hablaba. Pero también porque todo empezaba a tomar sentido. Después de tanto tiempo alguien me revelaba la verdad y, por fin, comprendía todo lo que se contaba sobre él, toda aquella oscuridad que rodeaba a mi padre....

—Y a tu madre —añadí.

—Sí, a ella también —asintió Mariña—. Tal vez mis preguntas fuesen las correctas, pero el tiempo en que las hice no lo era. Tan solo habían pasado unos pocos años desde el final de los acontecimientos. Cuando quise saber la verdad sobre mi padre, ni siquiera llevábamos diez años de democracia, muy poco tiempo para una gente que había tenido que soportar casi cuarenta años de dictadura, casi cuatro décadas de mentiras, secretos y precaución extrema.

—Tu madre solo intentaba protegeros, a ti y a tu hermano.

—Sí, supongo que sí —respondió, antes de quedarse por un momento callada, pensativa.

Así pues, la verdadera actividad de Troya no era otra que sacar gente del país y dejarla, sana y salva, a las puertas de una nueva vida. No, «gente» no. Personas. Hombres y mujeres, y todos estaban ahí, en la lista. Ya todo cobraba sentido.

—Mariña, atiéndeme ahora a mí, porque yo también tengo algo que contarte.

—Te escucho.

—Es sobre la lista —le dije—. La he descifrado, todo está claro ahora.

Mariña frunció el ceño.

—¿Cómo?

—En realidad, tan solo había que prestar atención —admití, no sin cierta vergüenza—. La solución estaba ahí, delante de mis narices desde el momento en que Jackob comenzó a hablarnos de tu padre. Lo que pasa es que yo estaba tan preocupado intentando comprender de golpe todo lo que nos estaba sucediendo, que no presté atención a los detalles. Pero todo estaba ahí, delante de mí. Y tú acabas de darle el sentido que todavía le faltaba.

—¿Yo?

—Sí, tú, con lo que me acabas de contar. La lista es una relación de personas, las personas huidas a través de Troya. Los nombres completos son las identidades falsas bajo las que en su momento se fue camuflando a los huidos, probablemente todas creadas por Neumann, con sus verdaderos nombres escondidos bajo las secuencias de iniciales que anteceden a cada nombre, imagino que intentando garantizar de algún modo su anonimato.

—Pero el primer epígrafe, el 40, no contiene ningún nombre, solo iniciales.

—Lo sé. Me imagino que, correspondiéndose con el primer año de actividad de Troya, 1940 (ya que eso es a lo que se refieren los números que introducen los epígrafes), ni tu padre ni Jackob, que imagino que es quien elaboró la lista, quisieron arriesgar nada anotando ningún nombre completo hasta no estar bien seguros de que cada uno de sus planes de huida saldría bien. Lo más probable es que ni siquiera pudiesen sospechar entonces el enorme éxito que su empresa llegaría a tener, por lo que debieron considerar que solo con las iniciales ya era suficiente.

Mariña me observaba con una sonrisa en los labios.

—O sea, que lo que me estás diciendo es que ahora sabemos exactamente a cuántos hombres y mujeres salvaron mi padre y Jackob de una muerte segura, ¿no es así?

—No solo ellos: según tú misma me acabas de contar, tu madre también. Y, si me apuras, incluso me atrevería a pensar que su secretario, el señor Rovira, también debía de saber algo.

Mariña no pudo reprimir la sonrisa.

—¡Eso es fantástico! —exclamó.

—Sí, lo es. Pero aún hay más —añadía al tiempo que asentía con la cabeza—. Ya sé por qué estoy yo aquí, en medio de toda esta historia.

—¿Sí? Habla.

—Esa lista se la podían haber hecho llegar a cualquier otro. A un periodista, a un investigador, un historiador... No sé, cualquiera que hubiesen elegido habría estado mejor capacitado que yo. Si tu madre me escogió a mí fue porque uno de los nombres escondidos en la lista me vincula directamente con todo este asunto.

Mariña arrugó la frente.

—¿Quién?

—León.

—¿León? —repitió sorprendida, incapaz de ver aún qué relación podía haber entre el marinero y yo.

—Era mi abuelo.

Los ojos de Mariña se abrieron como dos mundos.

—¡¿Cómo dices?!

—Lo que oyes. Me falta por confirmar una sola cosa, que el nombre completo de León coincida con las iniciales que yo tengo en la lista: LBA - ABS. A. B. S. es Antón Berasategui Rodríguez, el nombre de la persona con la que mi abuela se carteó a lo largo de toda su vida.

—Dios mío... Es increíble —murmuró Mariña, todavía sin salir de su asombro.

—Lo es, pero no puede tratarse de otra cosa. Por eso ahora soy yo el que necesita volver a hablar con Neumann.

«Neumann!» Mariña recordó de repente su conversación anterior.

—¡Simón, Jackob no acabó de contarme su historia!

—¿Cómo que no acabó? ¿Qué quieres decir?

—Estábamos hablando del momento en que él y mi padre se separaron cuando de pronto dejó de hablar. Le pregunté qué pasaba, si todo iba bien, y él me respondió que le había parecido escuchar un ruido fuera, en las escaleras. Me dijo que iba a ver, que luego seguiríamos hablando. Colgué el teléfono justo cuando tú llamabas desde el portal, y ya no sé más.

«No, no, no. Eso no está bien», pensé.

—Llámalo, Mariña.

Cogió su móvil y volvió a marcar el número del anticuario.

—No responde.

«Nada bien.»

—Vuelve a llamar —insistí.

Pero tampoco hubo respuesta. Había tono de llamada, pero nadie descolgaba al otro lado de la línea.

—No contesta. —Los miedos de Mariña intentaron buscar una respuesta irracional en su reloj—. Es tarde, pasa ya de la una. Quizá...

—Ni mucho menos —la atajé—, algo va mal. Coge tus cosas, bajamos a la Alameda.

37

—Oh, vamos, ¿se puede saber a qué viene ahora esta actitud tan negativa, Hugo?

—Deje de llamarme así, ¡ya le he dicho que ese no es mi nombre!

El anciano protesta desde su sillón bajo la atenta mirada de Zé Lucano. De pie a sus espaldas, el matón del traje negro coloca una mano sobre el hombro del anticuario. Un recordatorio de que todavía está ahí. O tal vez una silenciosa amenaza.

—Oh, sí, por supuesto, Jackob, por supuesto... ¿Le gusta más así, señor Neumann? Sea pues, si así lo prefiere. A ver, Jackob, ¿a qué viene este cambio? Usted y yo teníamos un trato, ¿no era así?

Otto Wessler no hace ni el más mínimo esfuerzo por disimular la impostura cargada en sus palabras. Cómodamente instalado, con los brazos abiertos, extendidos todo a lo largo del respaldo del mismo sofá en el que apenas unas horas antes se han sentado Simón y Mariña, Wessler deja correr todo ese caudal de falsa afectación.

—Puede usted ahorrarse su cinismo, señor. Los dos sabemos que entre nosotros nunca ha habido ningún trato —responde Jackob con enfado manifiesto en lo ronco de su voz.

—¿Ah, no? —replica Otto en un tono todavía más sarcástico—. Vaya, pues tendrá que disculparme. Usted sabrá todavía mejor que yo que, pasados los setenta, los achaques hacen que nuestro cuerpo comience a ser cada vez menos nuestro para ser más de la tumba. Quizá mi problema sea el de la memoria... Lo digo —explica, cínico— porque yo creía recordar que habíamos quedado en que me avisaría si tenía usted alguna noticia sobre el oro de Rande.

Otto Wessler permanece en silencio, simulando hacer el esfuerzo de recordar mejor. Jackob también se mantiene en silencio. Finalmente es Wessler quien sigue hablando.

—¿O quizá sea usted el que no recuerda bien, amigo Neumann?

—Ya le dije cuando nos vimos que no hay tal oro.

—¡Sí hay tal oro! —grita súbitamente Otto. El cinismo ha desaparecido de golpe, y es la furia la que ahora se descubre evidente en su rostro. Acompañando al grito, él mismo se ha lanzado de tal modo hacia delante, con tanta fuerza, que incluso sus hasta entonces imperturbables cabellos canos acusan la sacudida.

Otto se pasa la mano por la frente, intentando recomponer esa imagen suya de falsa tranquilidad.

—Sí hay tal oro —repite al tiempo que recupera un tono más calmado—, los dos sabemos que sí lo hay. Así que, por favor, le ruego que seamos concretos y no nos hagamos perder más tiempo mutuamente. Yo sé que sí existe tal oro porque fue mi padre quien dirigió la expedición enviada por el propio Führer a la búsqueda del oro hundido de Rande, de manera que no creo que sea preciso que le concrete mucho más.

Otto Wessler hace un gesto con desgana, un ademán cansado, señalando hacia algún punto aparentemente indefinido en la pared al lado de Jackob.

—Usted fue el ayudante personal de mi padre a lo largo de sus dos últimos años de vida. Yo nací apenas unos meses antes de que él saliese de Berlín, pero mi madre le conocía, ella sabía quien era usted. Así que, por favor, no me haga perder más tiempo.

—¿Su madre?

Jackob hace el esfuerzo y comprueba que apenas recuerda, muy vagamente, a la esposa de su jefe. Una mujer alta, rubia, que de vez en cuando aparecía por su departamento en el Instituto Arqueológico.

—Sí, señor Neumann, mi madre, Gretchen Wessler. Permítame que le muestre algo.

Otto saca algo del bolsillo interior de su chaqueta: un papel viejo. Se lo ofrece al anticuario, y cuando este lo tiene entre sus manos comprueba que se trata de una fotografía antigua. Pero no es la imagen de ninguna mujer lo que descubre. Frente al objetivo dos hombres, uno mayor y otro apenas poco más que un muchacho, sonríen con orgullo al tiempo que se dan la mano delante de unas vitrinas de madera y cristal en las que descansa algo parecido a restos óseos. Jackob reconoce aquella imagen. Son él y el director Fausto Wessler el día en que Hugo ingresó en el Instituto. Se la devuelve a Otto.

—Esta fotografía la hizo mi madre el día que mi padre comenzó a trabajar con su nuevo ayudante, el prometedor Hugo Brauner. ¿Quiere que sigamos perdiendo el tiempo? No, no lo quiere —concluye el mismo Otto sin esperar ninguna respuesta—. Permita que le hable un poco sobre mi madre.

Otto Wessler alza el mentón al tiempo que, solemne, termina de recomponer su peinado.

—De no ser por ella —explica—, una mujer valiente, fuerte, yo jamás habría conocido la historia de mi padre. Porque al principio nadie le quiso decir nada. Mi padre había muerto con todo su equipo en un más que desgraciado accidente, una violenta explosión a bordo de un barco llamado *Meeresadler*, el buque que los había llevado para una misión de exploración arqueológica al suroeste de Europa. «Al fin del mundo», le dijeron. Nada más. Pero para mi madre aquello no era suficiente. Si no se hubiese tratado más que de una misión sin importancia, entonces no habría habido tanto secretismo alrededor. Supo moverse, y tocó los hilos que llevaban a las viejas amistades de mi padre en la cancillería. Al final alguien le contó la verdad. Mi padre no solo participaba en la búsqueda del mayor cargamento de oro español de toda la historia, sino que, según él mismo había informado ante el mismísimo Führer en su última comunicación, había tenido éxito en su misión. Un buscavidas encontrado por su eficaz ayudante les había proporcionado la pista que acabaría llevándolos hasta el oro. Increíble, ¿no le parece? Casi tanto como su «desgraciadísimo accidente» el mismo día del hallazgo. Usted es alemán, Jackob, sabe que nosotros no creemos en las casualidades, sino en el trabajo bien hecho. Mi madre siguió en su búsqueda de la verdad. Consiguió que le confirmasen el nombre de la ciudad donde mi padre había tenido su base de operaciones, incluso llegó a encontrar el nombre del hotel en el que se hospedaba junto con el resto del equipo. Pero cuando contactó con la gerencia del local no pudo conseguir más información que un viejo recorte de prensa enviado por el director del hotel. Una noticia de sociedad en la que se daba cuenta de la presencia de mi padre en la ciudad, acompañada de una foto a tres columnas en la que se podían reconocer algunos rostros con facilidad. Yo también guardo el mismo recorte que usted tiene ahí, colgado de la pared.

Otto hace un gesto con la mano para indicarle a Lucano, todavía en silencio, inmóvil como una estatua de sal tras el anticuario, que le acerque una vieja foto colgada al lado del sillón de Neumann. Un grupo de hombres sonriendo ante un barco amarrado en el puerto. Wessler la toma entre sus manos y se queda contemplándola en silencio por un buen rato.

—Esta ciudad es Vigo. El hombre en el centro es mi padre —dice mientras acaricia el rostro impreso de Fausto Wessler—. Este otro con aspecto de pícaro es el muchacho que les ayudó a encontrar el oro. ¿O quizá debería decir el muy honorable señor don Eneas Dafonte? Bueno, en la foto no se le reconoce con claridad, pero yo juraría... No, mejor no. Aquí evidentemente todavía es... Lucano, sin las gafas no veo bien, ¿me podrías decir qué nombre pone en el pie de foto?

—Daniel Beiroa, señor —responde el matón sin haber ni siquiera dirigido mirada alguna hacia el recorte enmarcado, en el que, por cierto, tampoco se ve ningún pie de foto.

—Daniel Beiroa... —Otto repite el nombre muy lentamente—. Y este otro de aquí atrás, este, flaco, esmirriado, es Hugo Brauner.

Otto Wessler se queda en silencio, manteniendo la mirada sobre la imagen del ayudante de su padre. Y así permanece durante un buen rato hasta que, poco a poco, comienza a levantar la cabeza, buscando los ojos del anticuario.

—Usted.

Jackob traga saliva. Es inútil seguir negándolo, resulta evidente que Otto está al tanto de sus movimientos como Hugo Brauner. Recuerda la tarjeta que Wessler había dejado sobre el mostrador en su primer encuentro. No en vano, en ella solo se leía un único nombre, Hugo Brauner. El suyo.

—De acuerdo, sí, yo soy Hugo. Pero se equivoca usted en todo lo demás.

—¿Ah, sí? —Otto recupera aquel tono suyo de falsa afectación, al tiempo que devuelve la fotografía al esbirro para que este la deje en su sitio, colgada en la pared.

—Sí. Daniel Beiroa no tiene nada que ver con Eneas Dafonte —miente el anticuario.

Otto vuelve a sonreír, su expresión de nuevo cargada de cinismo.

—Veo que sigue usted insistiendo en desperdiciar sus últimos minutos. Muy bien, de acuerdo. Permítame que le cuente algo.

Otto Wessler vuelve a recostarse en el sofá. Cruza una pierna sobre la otra y, cómodo en su postura, sigue con los dedos el trazado marcado por la raya de su pantalón.

—Supongo —dice— que ya sabrá usted que aquel asunto de la guerra no nos fue demasiado bien al final. Perdimos —aclara al tiempo que arquea las cejas—. Este mundo estúpido no supo entender lo que estábamos haciendo... Nos aplastaron como si fuésemos gusanos, y habrían acabado con todos nosotros de no haber huido de Berlín. A mi madre y a mí nos ayudaron a llegar a Brasil. Yo todavía era un niño, y pude acostumbrarme sin mucho problema. Pero el cambio fue demasiado para mi pobre madre. Río de Janeiro tiene más bien poco que ver con Berlín. Supongo que su pensamiento siempre se quedó en Alemania. O quizás en la memoria de mi padre. Nosotros lo perdimos todo, un padre, un marido, un hogar. Perdimos la guerra, y con ella se fue nuestra patria. Demasiado para ella, demasiado. La pobre acabó muriendo pocos años después. Apenas llegó a los diez años en el exilio, el tiempo justo para asegurarse de que yo comprendiese la historia de mis orígenes.

Una breve pausa, tal vez para poner en orden sus recuerdos o, más probablemente, para que Neumann comprenda la solemnidad de lo que se le está contando.

—Como ya le he dicho —continúa—, nosotros creemos en el trabajo bien hecho, así que no tardé en tomar la decisión de retomar la búsqueda iniciada por mi madre. Pero si hacerlo desde Berlín le había resultado complicado a ella, imagínese cuánto no me costaría a mí desde Brasil. Solo, lejos de todo y sin ningún contacto al que acudir. Me aferré al estudio de la historia. Poco a poco fui leyendo todo cuanto libro caía en mis manos, lo que fuera con tal de que me ofreciese un dato más sobre el oro español de América. Llegó un momento en el que tuve la certeza de que no había historiador en el mundo más cualificado que yo para hablar sobre el oro de Rande. Pero nada más. Lo sabía todo sobre cómo se había hundido el oro tras la batalla, conocía todas las diferentes versiones, pero nada sobre dónde estaba ese oro ahora. El oro que mi padre había encontrado en algún sitio. Tras muchos años de silencio, sin nuevas posibilidades de investigación de ningún tipo, poco a poco mis ilusiones se fueron desvaneciendo. Hasta que, justo cuando ya había desechado toda esperanza de encontrar nada, la fortuna me trajo la pista que tantos años había necesitado.

Otto Wessler esboza una sonrisa satisfecha.

—Hace poco tiempo —explicó—, no más de un par de años, un viejo se me acercó en la terraza del café al que acudo cada tarde. Me llamó la atención, nunca antes lo había visto por allí. Me ofreció sus servicios de limpiabotas, y yo se los acepté. Mientras le sacaba lustre a mis mocasines no dejaba de contemplar fijamente el mar en silencio, hasta que, sin venir a cuento, dijo «no es mi mar de Vigo, pero tampoco está mal este mar». Algo en sus palabras disparó mi memoria como un resorte. «Disculpe —le pregunté—, ¿de dónde ha dicho que es ese mar suyo?» «De Vigo, señor. ¿Lo conoce usted?»

Wessler da una palmada sobre sus piernas.

—«Vigo», hacía muchos años que no oía pronunciar el nombre de esa ciudad. «Tal vez de pasada. ¿Es usted de allí?» «Lo fui. Hoy ya no sé de donde soy, señor», respondió con extraña sorna al tiempo que cambiaba de zapato. Observé con más detalle al viejo limpiabotas. Las arrugas de su rostro delataban sus muchos años, por lo que quizá supiese algo de aquella época. Quizás incluso tuviese conocimiento de la historia de mi padre. Le invité a sentarse a mi mesa, un descanso bien ganado por su trabajo al sol. Una copa de vino y el hombre me contó su vida. Ahora habían cambiado mucho las cosas, decía, todo era mucho más fácil y los chavales ya solo pensaban en las *garotas*, en las drogas y en toda esa bazofia moderna que le metían al cuerpo. Pero antes no era así. No, señor... Me contó que él había llegado a Río a finales del año cuarenta, siendo apenas un crío, huyendo de los restos de una guerra, de la represión y del hambre, de una muerte segura. Le pregunté si sabía algo sobre unos alemanes que habían estado buscando oro allá alrededor del año 1939, pero me respondió que no. Yo ya daba por terminada la conversación, cuando el viejo añadió que el único alemán al que había conocido en Vigo era el señor Neumann, el hombre que le proporcionó los papeles para huir del país. Neumann... Algo me llamó la atención en la historia, y quise saber más. Volví a preguntar, y al principio el viejo limpiabotas se mostró reacio. No quería hablar. Tuvo que ser un segundo vino el que le desatase la lengua. «Tiene que comprender —decía—, las instrucciones eran muy claras, y tantos años guardando el secreto, que aunque hoy ya ha pasado el peligro la costumbre todavía perdura.» Y así fue como me contó su historia. Una historia que, por cierto, también acabaría siendo la mía...

Por un par de segundos, Otto Wessler se limita a asentir en silencio.

—Resulta que de la noche a la mañana aparece en la ciudad un riquísimo altruista que, con la ayuda de un socio alemán bastante hábil en el asunto de la falsificación de cédulas de identidad, pasaportes y toda clase de documentos facilita la huida de todos aquellos perseguidos por el régimen del general Franco que se acercan a ellos. «¿Y recuerda usted el nombre de tan magnánimo personaje?», pregunté yo. «Por supuesto, señor. Según pude leer en los periódicos, ya van allá muchos años desde que se murió, pero yo le debo la vida, y por eso nunca tal nombre olvidaré: el suyo era don Eneas Dafonte, Dios lo tenga en su gloria.»

Wessler aparta la mirada hacia la ventana, y Neumann aprovecha el momento para volver a tragar saliva. Definitivamente sí, las cosas se están complicando.

—Me pasé la noche entera dándole vueltas y más vueltas. Un hombre rico que aparece de la nada, y un alemán que se apellida Neumann. No podía ser. Volví a abrir mis archivos a la búsqueda de aquella foto. Al día siguiente bajé nuevamente a la misma terraza a la misma hora, y la suerte volvió a juntarme con el viejo. «Disculpe, amigo, necesito un nuevo favor.» Puse otro vino encima de la mesa y la vieja fotografía al lado. «Sea tan amable, ¿me podría decir si reconoce usted a alguien en esta imagen?» Por un instante volvió el recelo a los ojos del limpiabotas, y de primeras lo único que reconoció fue el vaso de vino, que despachó de un solo trago. Imagino que el calor de la bebida ayudó a disipar los miedos, porque finalmente cogió entre sus dedos llenos de betún el viejo recorte de prensa e inició una larga rueda de reconocimiento. Y... ¿adivina usted lo que pasó, amigo Neumann?

Pero Jackob no responde. De sobra sabe que se trata de una pregunta retórica.

—Pues que, justo cuando el silencio del viejo, que no hacía más que observar la imagen una y otra vez e intentar enfocar la mirada con expresión torpe, ya me había convencido de que lo más probable fuese que la combinación de demasiados años duros y demasiado vino barato hubiese inutilizado la memoria del pobre desgraciado, de repente va y exclama: «Loado sea el cielo, ¡y tanto que conozco! ¡Este hombre es Eneas Dafonte!» Su dedo índice, completamente teñido de negro, apuntaba al rostro del marinero local, el tal Daniel Beiroa según se indicaba en el pie de foto. «¿Está usted seguro de lo que dice?», pregunté. «¿Y cómo no voy a estarlo? —confirmó—. Jamás olvidaré el rostro del hombre que me ofreció una nueva vida.» «Nueva vida», dijo el viejo, que seguía contemplando la foto. Y entonces lo vi claro, había revelación en las palabras del anciano limpiabotas. De hecho, comprendí que solo era cosa de segundos que el viejo reconociese a alguien más en la fotografía. «Y todavía le puedo decir más —«lo sé», pensé yo—, este otro hombre de aquí es...». «El señor Neumann», dijimos los dos al unísono, al tiempo que el viejo señalaba tu rostro en el recorte.

Como si aún ahora no acabara de creérselo, Otto Wessler niega en el aire, mientras el anticuario sigue en silencio, sus ojos clavados en el otro.

—Le di las gracias —continúa—, le dejé otro vino pagado y me marché. ¿Y sabes qué, Jackob?, mientras caminaba de vuelta a casa no podía dejar de reír, pensando en lo estúpido de la situación. ¿Pero cómo no lo había visto antes? El viejo había hablado de una nueva vida, y el tuyo es un nombre tan absurdo, Jackob. Neumann. *Neu mann*.

Todavía con la mirada clavada en su interlocutor, el anticuario responde por fin.

—Nuevo hombre —traduce.

—Nuevo hombre... —repite lentamente Otto—. Nuevos hombres... Me llevó un poco más de tiempo, pero poco a poco, tirando de estas nuevas pistas la investigación fue saliendo sola. Así fue como lo descubrí todo sobre vosotros. La historia de Eneas Dafonte y su oro de la Alumbrera, colaborador del Régimen de día, transportista de fugitivos de noche. Tantas y tantas mentiras... ¿Y con qué se pagaba toda esta farsa? ¡Por favor! No había tal fortuna familiar al otro lado del mar, nunca existió la hacienda de Catamarca. Créeme, lo investigué a conciencia, y te puedo garantizar, amigo Neumann, que en San Fernando del Valle jamás han oído hablar de nadie con esos apellidos. No. Fue el oro de Rande, el oro de mi padre, el que pagó todo esto.

Wessler se puso en pie.

—Por momentos me irritaba ante vuestras mentiras, y por momentos me sorprendía la ceguera de vuestros gobernantes. ¿Pero en manos de qué clase de inútiles estaba la dirección de este país, que no eran capaces de ver semejante agujero por el que no dejaban de huir las ratas de su barco?

Jackob siente el deseo de responderle, pero sabe que esa no es una opción prudente. Prefiere dejar que Otto siga hablando.

—Cuando por fin conseguí atar todos los cabos sueltos, vi con claridad que toda esta farsa había sido montada sobre el oro que mi padre había encontrado, y decidí volver para reclamar su memoria.

—¿Su memoria? ¿Pero qué estupidez está diciendo? —Jackob acaba de olvidar toda prudencia—. ¡Ese oro nunca fue de su padre!

Zé Lucano, de nuevo al lado de Neumann, le arrea al viejo un tortazo al mismo tiempo que Otto Wessler vuelve a estallar en un nuevo arranque de ira.

—¡Sí lo era! ¡Mi padre fue el único que lo encontró! ¡Dio su vida por la búsqueda de algo que nadie antes había sido capaz de encontrar!

—Su padre no encontró nada —Jackob todavía es capaz de responder con desprecio a través de un débil hilo de voz—, fue Daniel quien lo hizo todo...

Lucano carga el brazo para darle una segunda bofetada cuando Otto le hace una señal, un ademán que llega justo a tiempo para que el esbirro se detenga.

—Puede que fuese Daniel quien lo hiciera —responde recuperando nuevamente la calma—, pero jamás lo habría logrado de no ser por la mano tendida de mi padre. Yo solo quería que su familia reconociese lo que era nuestro, de mi padre, de mi madre, mío, y con ese fin vine a hablar con quien ya era la viuda de don Eneas Dafonte.

—Doña Isabel...

—Ella misma. Otra mujer brava, ¿no es así, Lucano? —Los dos cruzan un sonrisa cómplice—. Una lástima que falleciese justo antes de que pudiésemos llegar a un entendimiento. —El cinismo regresa a las palabras de Wessler júnior—. Así las cosas, ya sin la compañía de la viuda del señor Dafonte, nuestro próximo contacto eras tú, Hugo. Oh, disculpa: comprenderás que a estas alturas ya estamos en posición de tutearnos, ¿verdad, Hugo?

Otto marca especialmente el «Hugo», dejando bien claro que ya no hay marcha atrás. Ya está bien de nuevos hombres y de nuevas vidas. El anticuario también comprende que no hay nada que hacer. El heredero del viejo nazi está ahí a la caza del oro. «Todo se acaba», piensa Jackob.

—De acuerdo, de acuerdo. Ustedes ganan. —El anticuario resigna su propia expresión—. Les diré dónde está el oro que todavía queda.

—Vaya, un poco de cooperación, no está mal —responde Wessler satisfecho—. Luego era verdad, todavía queda oro, ¿no es así?

—Sí, todavía queda. Acabamos por sacarlo todo del mar, allí ya no hay nada. Lo camuflamos como un transporte más de Troya, y lo descargamos en el puerto de Hamburgo. Desde allí lo transportamos por tierra hasta Suiza. Lo que queda del oro de Rande está guardado en varias cajas de seguridad en un banco de Ginebra.

Otto Wessler se queda mirando fijamente para el anticuario.

—¿En un banco de Suiza, dices? —pregunta desde una sonrisa incrédula.

—Exacto.

Otto atraviesa la sala hasta detenerse ante el balcón cubierto. Con los brazos cruzados a sus espaldas, el hijo de Fausto Wessler contempla tranquilamente la noche sobre la Alameda mientras, en silencio, gesticula moviendo el mentón de un lado a otro.

—Suiza, entonces... Ya. Pero es que verás, Hugo. —Da media vuelta y vuelve caminar en dirección al anciano. Se acerca lentamente, hasta dejar sus rostros a no más de veinte centímetros el uno del otro—. El problema es que, para tu desgracia, nosotros no hemos venido para que nos digas donde está el oro.

Jackob le mantiene la mirada en silencio.

—Eso ya lo hice una vez, ¿recuerdas? Sí, y una vez ya me engañaste. Te garantizo que no lo harás una segunda. Suiza, dices... —El alemán de Brasil deja escapar una nueva sonrisa cargada de cinismo—. Deja Suiza para los suizos y las vacas, amigo Brauner. Nosotros ya tenemos quien nos lleve hasta el oro.

La preocupación toma fuerza en el rostro del anticuario.

—¿Qué quiere decir? —pregunta.

—Oh, venga, Hugo. Tú sabes perfectamente lo que quiero decir, ¿o no?

—Creo que no entiendo.

Wessler dibuja una mueca torcida, apretando los labios en señal de falsa disconformidad.

—Pues yo diría que sí... De hecho, creo que entiendes perfectamente. ¿O acaso me vas a decir que no te acuerdas ahora de tu amiguita?

La situación se descubre más peligrosa de lo que el anticuario ha medido hasta el momento.

—No sé de quién me está hablando —responde apartando por primera vez la mirada.

—¿Ah, no? Vaya. ¿Ya no recuerdas, entonces, la visita de esta tarde? —Wessler vuelve a hablar con rapidez—. Te estoy hablando de Mariña Dafonte, la hija de Eneas, y del imbécil ese que siempre va con ella. Según me han dicho, parece que ya habéis hablado en varias ocasiones. ¿Qué me vas a decir, que ahora la pequeña de los Dafonte está súbitamente interesada en el mundo de las antigüedades? ¿Como su papaíto? Venga, Hugo... Ellos sí saben donde está el oro, ¿verdad?

—¿Ellos?

Wessler vuelve a epxlotar.

—¡Ellos, Jackob, ellos! ¡No me hagas perder más tiempo! ¡¿Lo saben o no lo saben?!

Por primera vez en todo este tiempo, un tiempo ya de muchísimos años, Jackob siente miedo. Y Otto Wessler, a veinte centímetros escasos de su rostro, lo lee en sus ojos.

Y sonríe. Ya no es necesario que el anticuario responda nada.

—Lo saben... —comprende satisfecho.

Aún con sus ojos clavados en los del anciano, sonríe y, justo a continuación, con la misma indiferencia de quien ordena encender o apagar una lámpara, sentencia:

—Lucano, procede.

El anticuario no hizo nada. Se limitó a quedarse allí, observando cómo el hijo de Fausto Wessler salía de su salón, abandonando tranquilamente la estancia. Con calma, sin mirar atrás, como si de repente allí no hubiese nadie más, Wessler dejó el piso con los mismos aires de general pasando revista con los que unos días antes había salido de la tienda de antigüedades de la planta baja.

Y Jackob, él tampoco hizo nada. No se movió, comprendió que ya todo estaba perdido. No se movió, y por eso no vio cómo Lucano sacaba del bolsillo interior de su americana negra una jeringuilla cargada con un líquido transparente. Un movimiento rápido como el de una serpiente, y el secuaz la vació en el cuello del anciano. Otro movimiento igual de rápido, y salió de la sala mientras el viejo llevaba en un espasmo violento la mano al lugar del pinchazo, el terror apoderándose de sus ojos. Unos pocos segundos más, y su corazón se le pararía para siempre.

38

La madrugada recién estrenada nos encontró arrojándonos a las calles de la ciudad. Salimos del portal esquivando el chorro de agua con que los barrenderos del ayuntamiento limpiaban el comienzo de la Gran Vía. Corriendo tanto como nos era posible, bajamos a toda velocidad por Urzaiz hasta el inicio de la calle del Príncipe, y allí torcimos a la derecha, bajando por Colón. Al pasar por delante de la Caja de Ahorros levanté la cabeza, buscando el reloj a los pies del ángel que corona el edificio. La una y media. Apretamos el paso según nos íbamos acercando a la Alameda. La angustia instalada en mi pecho no dejaba de repetirme que apurase, que apurase, que algo no iba bien.

Llegamos al portal de Neumann, y al encontrarlo abierto invertimos nuestro último aliento en alcanzar la primera planta, subiendo las escaleras de dos en dos escalones. Detuvimos nuestra marcha ya en el descansillo del primer piso, ante la puerta del anticuario. Estaba abierta. «Esto no va bien», volví a pensar. Mariña la empujó, y la luz de la escalera penetró arrojando un poco de claridad sobre el pasillo en penumbra.

—¿Señor Neumann? —le preguntó Mariña a las sombras.

Pero no hubo ninguna respuesta. Al minuto exacto de haber entrado en el portal el sistema de alumbrado automático de las escaleras dio por finalizado su trabajo y nos dejó casi a oscuras. En la penumbra del edificio, con medio cuerpo ya metido en el piso del anticuario, pudimos localizar el débil hilo de luz que llegaba desde el final del corredor.

—La luz de la calle que entra por la galería a la sala —aclaré en voz alta sin que nadie me lo hubiese pedido. Nadie que no fuese mi propio miedo.

La sala era nuestro único destino conocido en el piso, el lugar donde apenas unas horas antes habíamos dejado a Neumann descansando, por eso avanzábamos en esa dirección. Yo tenía miedo, sí, pero no era el único. Mariña, caminando justo detrás de mí, lo hacía con una mano agarrada con fuerza al bolsillo posterior de mis pantalones, y otra prendida firme en mi mano izquierda. Valiente procesión, todavía tuve tiempo de traer a mi memoria a los bravos Hernández y Fernández, la desastrosa pareja de investigadores que aparecían en las aventuras de Tintín. «Estúpido inconsciente», pensé de nuevo. Cuando por fin nos asomamos a la sala, lo primero que pudimos comprobar fue que, efectivamente, eran las luces de la Alameda las que entraban por los cristales de la galería para dejar la estancia en una penumbra de sombras y siluetas. Buscamos a la derecha del balcón, en el sillón de piel, y ahí estaba. La figura del anciano sentado se recortaba contra la oscuridad. Mariña lo llamó por su nombre.

—Jackob.

Pero no hubo respuesta. Poco a poco, con pasos torpes, Mariña continuó avanzando hacia el anciano mientras yo buscaba un interruptor en la pared. Cuando por fin lo encontré, su voz me sobresaltó al tiempo que encendía la lámpara.

—¡No!

La busqué con la mirada. La luz eléctrica me descubrió el horror en su rostro, apartándose bruscamente del sillón, con las dos manos sobre la boca. Aterrorizada, Mariña retrocedía sobre sus pasos sin dejar de negar con la cabeza. No era para menos.

Jackob Neumann yacía muerto en su butaca. Había quedado sentado, la cabeza ladeada con los ojos abiertos, y la mirada, seca, fijamente clavada en algún punto del infinito.

—¡Dios mío! —exclamé al tiempo que el instinto me empujaba hacia Mariña.

La abracé con fuerza, y ella hundió su cara en mi pecho. Intentaba calmar su llanto a la vez que hacía un esfuerzo considerable por no perder yo también mis propios nervios. Santo cielo...

Varios escalofríos me recorrieron la columna vertebral mientras observaba el cuerpo del pobre viejo en su sillón. Los brazos le caían derrotados a ambos lados de la butaca, con un libro en el suelo justo bajo su brazo derecho por toda señal de desorden. Los ojos se le habían quedado abiertos, como si hasta el último segundo se hubiese esforzado en seguir vivo, en seguir contemplando la vida que se le iba.

Poco a poco Mariña se fue calmando, mientras yo seguía sin poder apartar la vista del cadáver del anticuario. De aquellos ojos sin vida. Pobre Jackob. ¿Qué era lo que se empeñaban en mirar aquellos ojos? «Pobre Jackob», seguía pensando sin poder dejar de contemplarlo.

Y entonces me di cuenta.

—Mariña... —Mezclé ternura y celeridad lo mejor que pude y la aparté de mi pecho—. Espera un momento.

Me acerqué al cuerpo del anciano sin que Mariña me quitase los ojos de encima.

—Simón, no toques nada.

—Tranquila.

No tenía ninguna intención de tocar nada. No era eso lo que quería, sino mirar. Muy lentamente me fui acercando a la butaca, colocando poco a poco mi cabeza al lado de la de Jackob. Me acerqué lo bastante al cuerpo sin vida como para poder sentir nuevamente el miedo latiendo con fuerza en mis sienes. Pero tenía que comprobarlo. ¿Qué estás mirando, amigo? Con mi cara justo al lado de la suya pude comprobar en qué había centrado su mirada el anticuario justo antes de morir.

Una fotografía en la pared. Apenas a medio metro de donde el cuerpo de Jackob descansaba, varias fotografías colgadas ocupaban el espacio de pared que había entre la galería y la butaca. Pero los ojos muertos del señor Neumann todavía parecían empeñados en seguir observando una entre todas las demás. La misma foto con la que había prendido el sueño justo antes de que nosotros lo dejáramos la tarde anterior. Volví a incorporarme para acercarme a la pared y descolgar la fotografía.

El cuadro presentaba a un grupo de hombres formados delante de un barco amarrado en el puerto. Varias personas rodeando a un grupo central, un grupo en el que los galones identificaban al capitán, un hombre de rostro absolutamente inexpresivo. A su lado, un hombre mayor que él, vestido de traje blanco, pasaba sonriente sus brazos por encima de dos muchachos jóvenes. Aquellos chicos no solo no lucían ningún uniforme, sino que incluso por sus ropas hubiese sido fácil deducir que se trataba de dos marineros que pasaban por allí. De no ser porque las amplias sonrisas en sus rostros involucraban a los tres personajes en una misma acción. Y, tras ellos, otro muchacho, también sin uniformar pero elegantemente vestido con un traje oscuro, se asomaba desde un gran gesto de seriedad. Lo grave de su expresión era lo que conseguía disimular una edad muy semejante a la de los otros dos muchachos de la primera fila. Entonces recordé.

—Mariña. Ven a ver esto.

Se acercó a mí sin dejar de mirar de reojo el cadáver de Neumann. Al reconocer el objeto de mi llamada, Mariña tomó el marco en sus manos y comenzó su propia inspección.

—¿Te das cuenta?

—La expedición —respondió sin dejar de observar la fotografía— es la expedición del *Meeresadler*.

—Pues si son ellos, y todo sucedió como Neumann nos contó, ahora tú deberías reconocer a alguien...

Mariña siguió contemplando la foto en silencio, pero con la mirada fija en uno de los personajes del reparto.

—Lo reconozco —respondió al tiempo que acariciaba la imagen del más sonriente de los muchachos—. Está muy distinto a como yo lo recordaba, pero lo reconocí nada más coger la foto. Este muchacho es mi padre.

Lo sabía perfectamente, yo también lo había reconocido. Es cierto que jamás había visto antes una foto de Eneas Dafonte, pero aquel chaval que sonreía desde el blanco y negro tenía los mismos ojos que Mariña. Y la misma sonrisa.

—Daniel —dije.

—Papá —respondió ella tras un largo silencio.

De repente se me ocurrió algo. Volví a pedirle el marco para examinar nuevamente la fotografía.

—Déjame ver una cosa...

Comencé a desmontar la parte posterior de la estructura de madera. Si teníamos suerte, lo que Jackob había enmarcado no sería la fotografía original. Con mucho cuidado retiré el protector trasero de cartón, y al momento un anuncio apareció ante nosotros. «Orgía, el perfume de Myrurgia». Sí... Había tenido un presentimiento, y esta vez había acertado: se trataba de un recorte de periódico. Le di la vuelta, y con mucho cuidado separé el papel de la estructura que lo protegía. Al retirarlo de su refugio de cristal apareció todo el texto que había permanecido cubierto, doblado bajo la madera del marco. Un solo golpe de vista me llevó a lo que buscaba.

—Mira esto, Mariña. Neumann no recortó solo la fotografía, sino la noticia completa.

—«Importantes arqueólogos alemanes trabajan en nuestra ciudad» —leyó en voz alta el titular.

—Exacto. Y mira —respondí, señalando un poco más abajo—, aún hay más. Fíjate en el pie de foto: «La expedición del Instituto Arqueológico Alemán al completo —leí yo esta vez—, con su director, el señor Fausto Wessler, en el centro del grupo, en compañía de los dos marineros locales que colaboran en las investigaciones, los jóvenes Daniel Beiroa Rodríguez y...»

Me detuve.

—Y León Bas Arcai —concluyó ella.

Lo sabía...

—Lo sabía —dije en voz alta—, tenía que ser él.

Desconcertada, Mariña me observaba con el ceño fruncido, sin comprender a qué me refería.

—León Bas Arcai —expliqué—, L. B. A.

—LBA... —repitió.

—Exacto, LBA. La entrada que precede a ABR, Antón Berasategui Rodríguez.

Volví a observar la foto, y no pude evitar sonreír, aunque nada más fuera por un segundo.

—Mira, Mariña: este hombre de aquí es tu padre. Y este otro a su lado —señalé— es mi abuelo.

Mariña observó la fotografía, y al momento volvió a contemplar el rostro inerte del anticuario. Había una lástima inmensa en sus ojos.

—Era cierto —dijo, todavía mirando el cadáver—, todo cuanto nos contó era cierto.

—Lo era —asentí.

Mariña siguió observando al viejo, hasta que se movió para acercarse hasta él. Por un momento pensé que su intención fuera darle un beso, pero se detuvo justo antes de llegar a rozarlo tan siquiera. Volvió a quedarse mirando para él, pero esta vez con una expresión diferente en los ojos. Había detectado algo que le llamaba la atención.

—¿Qué es esto? —preguntó.

—¿El qué?

—Aquí —indicó.

Me acerqué yo también para ver que los dedos de Mariña señalaban una pequeñísima marca, un punto prácticamente imperceptible en el lado izquierdo del cuello del anticuario, justo del lado contrario del que había quedado mirando. Una pequeñísima marca encarnada, casi negra.

—No lo sé —respondí—, parece...

¡Dios mío! Los dos nos dimos cuenta al mismo tiempo.

—¡No lo toques, no lo toques! —gritó Mariña apartándome del cuerpo. Aquello era un pinchazo, la marca de la hendidura de una finísima aguja quirúrgica.

—Así fue como lo hicieron, Simón. Le inyectaron algo que lo mató.

—Algo que provoca una parada cardíaca...

Nos quedamos mirándonos de nuevo. Mariña se llevó las manos a la cabeza, y yo supe que los dos estábamos pensando lo mismo. El recuerdo de su madre, o, mejor dicho, de la muerte de su madre, acudió como una flecha a nuestros pensamientos.

—Tenemos que llamar a la policía.

39

Poco después de que los primeros agentes hubiesen llegado al piso, el comisario Rodés apareció por la puerta de la sala. Me sorprendí al verlo, todavía ignorante de si su presencia era cosa buena o mala.

—¿Qué haces tú aquí? —ofrecí por todo saludo.

—Un buen policía siempre está preparado —respondió él, al tiempo que hacía un rápido reconocimiento visual del cuarto sin tan siquiera sacar las manos de los bolsillos de su gabardina.

Poco a poco fue barriendo con su mirada toda la estancia hasta que por fin acabó su ronda en nosotros, todavía sentados en el mismo sofá donde el primero de los agentes nos había dicho que nos quedásemos quietos

—Tu preocupación me puso en alerta, y por eso pedí que se me avisase si había alguna novedad relacionada con el viejo. Y vaya, por lo visto parece que sí —concluyó, echándole ahora un vistazo al cuerpo sin vida del señor Neumann—, se ve que ha habido novedades...

Los tres volvimos a quedarnos en silencio, mientras Bruno avanzaba hacia el sillón para reconocer el cadáver un poco más de cerca.

—Pero supongo que la pregunta correcta —añadió mientras observaba algo en el rostro del anticuario— no es qué hago yo aquí. Más bien es esta otra: ¿qué coño hacéis vosotros aquí, Simón? —preguntó volviéndose hacia nosotros.

Pero ninguno de los dos respondió nada. Yo tuve una vez más la sensación de no saber por donde comenzar, mientras Mariña le dirigía otra mirada al cadáver del anciano.

—Llevábamos días hablando con el señor Neumann sobre ciertos asuntos importantes —arrancó ella.

—¿Importantes? —repitió el comisario—. ¿En qué sentido?

Mariña apretó los labios, como si estuviese considerando esa misma importancia.

—Bueno, nada serio en realidad —mintió—. Cosas de familia.

Mariña pronunció aquel «cosas de familia» como si nada más hubiéramos estado chismorreando sobre algún pariente lejano. Hice todo lo posible por que no se me notara demasiado la sorpresa en el rostro. Supongo que ella también se dio cuenta de que aquella explicación no era demasiado convincente, y decidió ampliarla un poco más.

—Esta noche estaba hablando por teléfono con el señor Neumann cuando, de repente, la comunicación se cortó de un modo extraño. Dijo algo como que le parecía que había unos ladrones queriendo entrar en la casa, o algo así, y que iba a ver. Cuando Simón llegó a mi piso intentamos ponernos en contacto nuevamente con él, pero ya no nos fue posible. Nos alarmamos, y por eso decidimos bajar a ver si todo iba bien.

Vi que Mariña estaba intentando eludir todos los aspectos comprometedores de nuestra relación con Jackob Neumann, pero la expresión de Bruno dejaba bien a las claras que lo que acababa de escuchar no le parecía suficiente. Bueno, por decirlo de algún modo...

—Ladrones —repitió echando la frente hacia delante, con la incredulidad dibujada en la cara.

—Sí, bueno, eso fue lo que él dijo, Bruno —salía al rescate da mi amiga.

El comisario se me quedó mirando. Arqueó una de sus cejas, y a la cabeza me vino Julio César diciendo aquello de «¿tú también, Bruto?»

—Ya, claro... —respondió suspicaz—. Y supongo que vosotros no sabéis nada más al respecto, ¿me equivoco?

Mariña no dijo nada, y yo me limité a encogerme de hombros. Ante semejante respuesta, Bruno dejó correr un suspiro largo, a caballo entre la resignación y el malestar.

—Pues nada —resolvió al fin—, creo que lo mejor será que os

quedéis un poquito más aquí sentados, pensando, a ver si hay suerte y el descanso os hace recordar alguna cosa más, ¿os parece?

—¿Alguna cosa más? —protesté—. ¿Como qué?

Cínico, Bruno frunció el ceño, haciendo ver que realmente consideraba mi pregunta.

—Pues no sé, Simón, algo como... —Se llevó una mano a la sien, simulando una actitud pensativa—. ¡Como que explique realmente qué coño pintáis vosotros aquí —explotó de repente—, y que, sobre todo, nos sirva de ayuda! ¿Te parece mejor así?

—Pero...

No me dejó continuar,

—¡Ni peros ni hostias! —me atajó, molesto—. Pensadlo —repitió—, y ya mandaré a uno de mis hombres para que os tome declaración. A ver si para entonces somos todos un poco más explícitos, ¿de acuerdo? «Ladrones» —repitió para sí—, hay que joderse...

Quizá fuese su manera de castigar lo que Bruno entendió como una falta de cooperación por nuestra parte, pero lo cierto es que el «para entonces» se convirtió en una hora primero, en otra después, e incluso en otra más... Ya hundidos en la madrugada, el médico forense apareció en el apartamento. Se trataba de un tipo mayor, de aspecto cansado, muy mal afeitado y de todavía peor aliño indumentario. Examinó el cuerpo, pero tanto Mariña como yo observamos que no había demasiado interés en aquel reconocimiento. Por decirlo de un modo sutil... Probablemente aún estaría maldiciendo para sí mismo, preguntándose por qué demonios lo habrían sacado del calor de su cama a aquellas horas para certificar la muerte de un anciano sin importancia.

—Infarto.

Y punto. Esa fue toda la sentencia que, desde el mayor de los desdenes, el forense tuvo a bien compartir con el agente que lo acompañaba.

—Fíjate —susurró Mariña—, ni siquiera se ha fijado en la marca del cuello. Nunca se enterarán de nada.

Y tenía toda la razón. Por fin, un rosario de agentes comenzó a pasar ante nosotros, tomándonos declaración, y una y otra vez fue

Mariña repitiendo su cantinela. Siempre la misma, hasta el punto que el recitado llegó a hacerse tan monótono que uno de nosotros remataba la frase que el otro dejaba en el aire.

Rayaba el amanecer en las luces que se colaban por la galería cuando Bruno Rodés volvió a agacharse ante nosotros, cada vez más y más hundidos en el sofá.

—¿Ladrones? —volvió a preguntar—. Por favor... El forense acaba de firmar un certificado de defunción sin más causa de la muerte que una parada cardíaca. En breve el juez ordenará el levantamiento del cadáver.

—¿Parada cardíaca? —repitió Mariña, escéptica.

—Sí, eso he dicho...

Bruno guardó un breve silencio.

—Pero los tres sabemos que las cosas no son tan sencillas, ¿verdad? —volvió a quedarse mirando para nosotros—. Venga, contadme algo.

—¿Que le contemos algo? —preguntó Mariña, ya sin ocultar su molestia—. Ya les hemos contado a usted y a sus hombres todo cuanto sabemos. Ya se lo hemos contado a los agentes Mortadelo y Filemón, a los inspectores Kojack y Gadget, e incluso al otro aquel, el moreno bajito... ¿cómo se llamaba, Simón?

—Teniente Colombo —respondí desde el más absoluto desinterés, totalmente derramado sobre el sofá.

—¿Y ahora quiere que le contemos algo, comisario? ¿Qué pasa con ustedes, que cien veces no son suficientes?

Pero Bruno, lejos de perder la calma, nos fue a salir por donde no contábamos que lo hiciese.

—¿Estáis protegiendo a alguien?

Fruncí el ceño.

—¿Qué quieres decir, Bruno?

—¡Oh, venga, hombre —respondió con hastío—, no me jodáis! Tú eres Mariña Dafonte —indicó, señalándola con el dedo—, hija de Isabel Llobet, recientemente fallecida en circunstancias muy semejantes a estas. Y por si eso no te llega, también eres la hermana de Xulio Ascanio Dafonte, quien, por cierto, no necesita demasiada presentación entre el gremio policial. ¡Así que no me toquéis más las narices, y decidme de una vez qué carajo está pasando aquí!

En ese momento comprendí que Bruno sabía más de lo que antes me había dicho. Mucho más. Yo no tengo demasiada experiencia en asuntos policiales, pero no creo que haya que ser muy listo para darse cuenta de que, en este tipo de situaciones, echarle un órdago a un comisario no es la postura más recomendable, por mucho que ese comisario sea tu amigo. No, claro que no lo es. Pero en ese momento tampoco supe por dónde más salir. Por supuesto, me tiré de cabeza.

—¿Por qué no nos lo dices tú, amigo?

Sorprendentemente, en lugar de esposarme, Bruno optó por dedicarle una nueva mirada al cuerpo de Neumann, todavía en el sofá. Quizá me equivocase, pero por un momento tuve la sensación de que él también jugaba con nosotros. Pretendía aparentar algo, como si estuviese considerando si compartir o no cierta información privilegiada.

—Mirad —dijo al fin—, estamos investigando a tu hermano. Supongo, Mariña, que ya estarás al tanto de que Xulio Ascanio no lleva su vida todo lo dentro de la legalidad que debiese, ¿verdad?

Mariña hizo una mueca con los labios al tiempo que levantaba las cejas, dando a entender que, si bien no lo compartía, lo cierto era que sí sabía de qué le estaban hablando.

—Le seguimos las veinticuatro horas del día —explicó Bruno—. Allá donde él va, nosotros vamos detrás. Hace un par de días se reunió en el Jonathan con un nuevo personaje, un figurón alto y fuerte que iba acompañado de otro tipo con pinta de mandril. —«Los dos del callejón», pensé, seguro de no equivocarme—. No conocíamos de nada a estos dos nuevos elementos, así que, por si se trataba de algún nuevo «negocio» de tu hermano, di orden de que uno de mis hombres los siguiese. ¿Bien hasta aquí? De acuerdo. ¿A que no sabéis dónde pararon estos dos pájaros toda la tarde de ayer?

Mariña y yo ofrecimos el mismo silencio por respuesta.

—Pues aquí mismo, en la Alameda. El gorila bajito se pasó todo el tiempo metido en el coche, una vieja berlina Mercedes del sesenta y uno, mientras que el figurón se tiró toda la tarde paseando discretamente de fuente a fuente del parque, sin dejar de vigilar un solo momento ni el portal del edificio, ni la galería de este mismo piso —Bruno señalaba con su dedo índice el balcón a nuestro lado.

Y entonces lo comprendí todo. No era ni a mí ni a Mariña a quien habían estado siguiendo, sino al anticuario. Lo más probable era que Jackob también hubiese estado en el entierro de doña Isabel, si bien yo todavía no lo podía reconocer. Y con toda seguridad fue ahí donde localizaron a Xulio. Y quizás incluso a Mariña. Sí, a ella también. Por eso estaban en la calle el día que salimos del bufete de Rovira. Estaban marcando sus objetivos. Pero... ¿para qué?

—Bien, pues ahora —concluyó el comisario— os toca a vosotros.

—¿A qué te refieres? —pregunté.

—A ver, hombre —protestó—, no me hagáis perder más el tiempo. ¿Qué es lo que está pasando?

Volvió a quedarse mirando para nosotros, ahora a Mariña, ahora a mí. Viendo que tampoco decíamos nada, lo intentó de una manera un poco más conciliadora.

—Mirad, si lo que os preocupa es que sospechemos de vosotros ya podéis ir tranquilizándoos. Por tu parte —me señaló— sé que no hay más delito que la construcción de un par de gallineros sin licencia —despachó sin ningún tipo de miramiento—. Y de ti —apuntando ahora a Mariña— sabemos que estás limpia. Pero con tu hermano... Por ahí no lo tengo tan claro. Dime, Mariña, ¿está él detrás de todo esto?

—¿Cómo dice? —las suposiciones del comisario escandalizaron a Mariña.

—Venga, Bruno —intenté poner un poco de calma—, tú sabes que eso no tiene sentido.

—¿Y por qué no, Simón? Ascanio está con el agua al cuello, sabe de sobra que es cosa de muy poco tiempo que acabemos pillándolo. Cada vez son más los negocios que le vamos cerrando, necesita liquidez, y justo ahora, después de haberse reunido con los mismos tipos que luego visitan al anticuario, el misterioso señor Neumann, un tipo con un pasado no del todo transparente, va y aparece muerto. ¿Y yo he de pensar que no hay relación? Pues vosotros me diréis...

Ese fue el momento en que Mariña ya no aguantó más.

—Mire, comisario —respondió, negando con la cabeza—, tal vez si sus hombres prestaran un poco más de atención ahora usted no tendría que estar ahora haciendo preguntas tan estúpidas como esa.

Bruno arqueó las cejas.

—¿Disculpe?

—Mariña —intenté advertirle—, no sé yo si...

Pero ella no me hizo caso.

—Esto, comisario Rodés, es un asesinato. Y si el inútil del forense no fuera tan incompetente, habría descubierto la marca de un pinchazo reciente en el lado izquierdo del cuello del señor Neumann.

—¿Un pinchazo? —interrumpió Bruno—. ¿Cómo sabéis vosotros eso?

—¡No me joda, comisario! —se enfadó todavía más Mariña—, ¡pues porque tenemos ojos en la cara, coño! En lugar de seguir molestándonos con preguntas tan impertinentes como absurdas, sea usted más sagaz que el veterinario este que han traído, y dé la orden de que al cuerpo del difunto se le practique una autopsia. Quizás así descubran la verdadera causa de la muerte del señor Neumann, que desde luego no creo que haya sido por sobredosis de jarabe para la tos, precisamente.

En silencio, los dos se mantuvieron la mirada un par de segundos que a mí se me hicieron eternos. Sorprendentemente, en lugar de esposarle, Bruno optó por tomar en consideración aquello que Mariña le estaba diciendo. Gritando, más bien.

—Y ya puestos —continuó ella—, si todavía le apetece seguir haciendo las cosas bien, coja los resultados de esa autopsia y ordene la exhumación de los restos de mi madre. Seguramente descubrirá usted en su cuerpo los mismos indicadores.

Mariña hablaba de un modo totalmente expeditivo, tajante incluso, con una seguridad abrumadora en la que no se abría ni la más mínima grieta por la que colar réplica alguna.

—Y ahora —concluyó—, si no tiene usted nada más que comentar, creo que ya nos han hecho perder bastante tiempo. No estamos detenidos, ¿verdad? —No esperó respuesta—. No, claro, por qué lo íbamos a estar. Pues entonces nos gustaría poder regresar a casa.

Bruno alternaba sus miradas entre el aluvión de Mariña y mi propia sorpresa. Sabiendo que ya nos había tenido allí demasiado tiempo, optó por la claudicación.

—De acuerdo —concedió, abriendo los brazos en un gesto de derrota—, podéis marcharos.

Por fin, nos levantamos del incomodísimo sofá del viejo Neumann y nos dirigimos con paso decidido hacia la puerta. Ya estábamos en el pasillo cuando Bruno volvió a llamarme por mi nombre.

—¡Simón!

Volví a asomarme a la sala.

—¿Sí?

Bruno se quedó mirando para mí, pensativo, sin dejar de negar con la cabeza.

—Tened cuidado —su voz volvía a sonar cordial. Tal vez lo bastante como para resultar incluso preocupante—. Esa gente no se anda con bromas. Tened mucho cuidado.

Salimos a la calle con las luces del amanecer.

—Pensé que esto no se acabaría nunca, no veo el momento de meterme en la cama.

—Sí, a mí me ocurre lo mismo —respondió ella—. Pero creo que todavía no va a poder ser.

La observé con extrañeza.

—¿Qué quieres decir con eso, Mariña? —pregunté muy lentamente, como si mi cabeza estuviera negándose a aceptar la llegada de una respuesta que, en realidad, ya conocía.

—Quiero decir que dónde tienes el coche.

40

Mi coche no es más que una tartera con ruedas. Pero si le pisas a fondo, el muy canalla todavía saca su carácter. Mariña lo conducía a toda velocidad por la AP9, la Autopista de Atlántico, atravesando la ría de Vigo por el puente de Rande a muchos kilómetros por hora, bastantes más de los ochenta que se indicaban en las señales de velocidad máxima. Si había algún radar en el puente, de esta me retiraban hasta el carné del videoclub.

—Pero Mariña, sigo sin entender nada. ¿Adónde pretendes ir ahora que no podamos ir por la tarde?

—¡Venga, Simón, despierta! Ahora es cuando todo está claro.

—¿Que despierte? —protesté molesto—. Te recuerdo que acabamos de pasar toda la noche velando a la víctima de un crimen. ¡Lo que no entiendo es que tú no estés también cayendo de sueño! Así que por favor explícate un poquito mejor, ¿sí, guapa? ¡Y conduce un poco más despacio, que nos vas a matar tú solita!

Mariña comenzó su explicación mientras las ruedas de mi coche derrapaban al coger bruscamente la salida de Cangas-Moaña.

—Tanto Jackob como mi madre murieron del mismo modo, un infarto repentino, en medio de la noche, y sin nadie que les pudiese asistir.

—Ya, y tú crees que a los dos los mató la misma persona.

—No es que lo crea, es que lo sé. Y tú también.

Era verdad. La única diferencia entre Mariña y yo era que en mi caso aún no me había atrevido a decirlo en voz alta.

—Muy bien, de acuerdo. Confieso que yo también ando detrás

de esa posibilidad. Pero lo que ni tú ni yo sabemos es quién es el asesino.

Mariña esbozó algo parecido a una sonrisa.

—Pues yo no diría eso. Sí sabemos quien es. Lo que no sabemos es su nombre, pero sí su apellido. Wessler.

Hablaba a la misma velocidad que conducía: mucha. Y yo seguía sin comprender.

—Piensa en lo que me contaste sobre tu abuelo.

—Sobre León. —Todavía se me hacía extraño pensar en esas dos palabras, «abuelo» y «León», juntas en una misma oración.

—Sí. ¿Crees que ya sabes por qué se puso en contacto mi madre contigo?

Cuántas vueltas le había dado a esa misma cuestión...

—Bueno, pues supongo que por lo mismo por lo que os dejaron a vosotros esas monedas, ¿no? Para que todos pudiésemos conocer por fin nuestros verdaderos orígenes.

—Exacto —asintió—, ¿pero por qué ahora? Quiero decir, si se trataba de algo tan importante, ¿por qué no lo hizo antes?

Cada explicación que Mariña me iba dando se parecía más a un jeroglífico que a una explicación, y yo entendía menos cada vez.

—No lo sé, Mariña. Supongo otra vez que por lo que tú misma decías, eso de que no era el momento. ¡Y conduce más despacio, por Dios, que voy a echar los hígados aquí mismo!

—¡Pues no! —exclamó ella, ajena a mi súplica—, no es por eso. Fue porque los dos, tanto mi madre como Jackob, se habían dado cuenta, por la razón que fuese, de que se acercaba el final.

Fruncí el ceño.

—¿Cómo dices?

—Tras el entierro, Ernest me contó que unos días antes de contactar contigo había recibido la llamada de un hombre, un tipo con acento extranjero que insistía en hablar con mi madre. Rovira se lo comentó a ella y, al parecer, después de varias llamadas por parte de esa misma persona, el diálogo acabó en discusión.

Comprendí que Mariña me estaba hablando de la llamada que yo había escuchado desde la biblioteca la misma tarde que había ido a presentarle los planos a doña Isabel.

—Me apostaría lo que fuera a que el tema de aquellas conversaciones no era otro sino el oro —afirmó—, de manera que, no consiguiendo nada de mi madre, decidieron acabar con ella y pasar a la siguiente pieza del rompecabezas.

—Jackob —comprendí.

—El mismo.

Intenté encajar la información tan rápido como pude.

—Bien, de acuerdo hasta ahí —respondí—. Pero... ¿por qué dices que se trata de un Wessler?

—Porque su nombre estaba en la cubierta del libro.

¿La cubierta del libro? ¡¿De qué libro?! Las explicaciones volaban dentro del coche del mismo modo que el propio coche lo hacía sobre la autovía del Morrazo. Todo, absolutamente todo corría demasiado como para que yo pudiese comprender nada. Absolutamente nada.

—¿De qué libro me estás hablando ahora?

Mariña resopló mirándome de reojo, como si mi torpeza le incomodase.

—A ver, Simón. —De repente, el tono adoptado por Mariña me hizo sentir como si fuese mi madre la que me estuviese hablando—. El libro que había en el suelo al lado de Jackob.

El libro en el suelo... Sí, era cierto. Había un libro en el suelo, pero yo no me había fijado en ningún detalle escrito en su cubierta.

—Pues lo siento, señorita Fletcher, pero confieso que no, no le presté atención. ¿De qué libro se trataba?

—Pues de una edición antigua del *Fausto* de Goethe.

Seguía sin entender nada.

—¿Y? —Comenzaba a perder mi poca paciencia—. A ver, Mariña, si lo que me estás diciendo es que Jackob dejó apuntado el nombre de su asesino en la tapa de libro que estaba leyendo, ¡dímelo ya!

Nuevo resoplido.

—No, Simón. Lo que te estoy diciendo es que el libro *es* el nombre de asesino.

—*Fausto* —repetí lentamente.

No podía ser...

—Exacto. Jackob estaba señalándonos a su asesino.

No. Simplemente imposible. ¿Jackob asesinado acusaba a un hombre que, según él mismo nos había contado, llevaba muerto más de setenta años?

—Eso es imposible, Mariña. El director Wessler murió en el mar en el año 1939. ¿Cómo va a ser el fulano aquel el responsable de la muerte del señor Neumann?

—Lo que digo no es que haya sido él, sino alguien relacionado con él. Algún familiar, un hijo, quizás incluso ya un nieto. No sé quien es, pero que el asesino es un Wessler es algo de lo que no tengo ninguna duda. Los indicios son muy claros.

La suma de mi torpeza habitual más el cansancio acumulado había sido la responsable de que yo no me hubiese dado cuenta de nada de esto. No lo había visto claro hasta entonces, pero ahora ya no podía seguir negando la evidencia de las deducciones hechas por Mariña. Poco a poco, sus explicaciones fueron asentándose en mi cabeza. El problema era que, a cada pieza que cuadraba, una nueva pregunta surgía en su lugar.

—Vale, tal vez sea como tú dices. Pero, si es así, entonces hay algo que no logro entender.

—¿El qué?

—¿Cómo puede ser que al anciano le inyecten algo que le provoque una parada cardíaca y, pese a ello, todavía tenga tiempo de coger un libro de donde quiera que lo tuviese y se siente a morir tranquilamente en su butaca? No sé, pero a mí me parecería más lógico emplear el poco tiempo que me quedase en coger el teléfono, pedir ayuda, dejar una nota... Ya sabes, ese tipo de cosas.

Mariña se quedó en silencio, con los labios apretados.

—Pues no lo sé, Simón. Quizás en realidad las cosas no hayan sido como tú las describes. Quiero decir, quizá no tuviese tiempo para nada de todo eso que dices, y simplemente el libro ya estuviese allí. —Se quedó dándole vueltas a lo que acababa de decir, y algo llegó a su pensamiento que la animó a seguir en esa dirección—. Eso es, claro...

—¿«Claro» qué?

—El libro siempre estuvo ahí. Igual que las monedas bajo la fuente, todo son claves dejadas por lo que pudiese pasar.

—¿A qué te refieres?

Tomó aire, como si sus propias conclusiones se le fueran revelando evidentes por momentos.

—Pues a que esta gente se pasó la vida entera entre falsas apariencias, Simón. Los dobles cascos, las trastiendas, las claves... Todo estuvo siempre preparado. Por favor, ¡pero si ni mi propio nombre es casual! Mira, a estas alturas comienzo a tener la sensación de que todas estas piezas que ahora tenemos entre manos no son más que los engranajes de algo mayor. Algo que tan solo somos capaces de intuir, pero que está ahí.

—Como una especie de liturgia —comprendí— que ya ellos tenían concebida desde solo Dios sabe cuánto tiempo atrás...

—Exacto —afirmó ella—. ¿Recuerdas lo que Jackob nos contó sobre la idea que traía mi padre? Aquello de que ya era hora de que comenzase el siguiente acto, ¿te acuerdas? Bien, pues mucho me temo que la función haya seguido incluso más allá de sí mismos, y ahora seamos nosotros, ignorantes hasta este momento de la existencia de la propia obra, los protagonistas de un quinto acto, Simón. El verdadero acto final.

Como piezas de un rompecabezas que, por fin, comienza a dejar ver la imagen que esconde bajo el caos, las reflexiones de Mariña iban encajando una tras otra. Volví a recordar el momento en que entré en la cueva bajo la fuente. Mariña tenía razón, realmente aquellas monedas estaban allí a la espera de que alguien las rescatase.

—De acuerdo, digamos que tú estás en lo cierto y es alguien relacionado con Fausto Wessler quien está detrás de todo esto. Muy bien. Pero ahora explícame otra cosa: ¿qué diablos estamos haciendo ahora? ¿Adónde vamos?

Mariña volvió a mirarme de reojo, al tiempo que liberaba una media sonrisa.

—Venga, Simón, lo sabes perfectamente —respondió sin dejar de mirar al frente.

—Oye, pues siento no ser tan listo como se me presupone, pero no, ¡la verdad es que no lo sé! Así que, por favor, explícamelo ya. ¡Y no corras tanto, leche! —protesté cuando mi coche volvió a derrapar en la rotonda a la salida de la autovía. Mariña giraba ahora en dirección a Bueu.

—Vamos al Infierno.

No. Aquello no podía ser de ningún modo. Definitivamente mi amiga había perdido el juicio por completo.

—A ver, a ver, Mariña. Vamos a ver si nos tranquilizamos todos un poquito. —Intentaba poner un poco de calma en la situación al mismo tiempo que hacía un esfuerzo considerable por no vomitar en mi propio coche—. ¿Me estás diciendo que pretendes entrar tú sola en una gruta peligrosísima, la cual, te recuerdo, desconoces por completo, a la búsqueda de un oro que más que probablemente ya ni siquiera esté ahí, según el propio anticuario nos contó?

Pensé que, así descrito, sonaba lo suficientemente absurdo. Pero, una vez más, me equivoqué.

—Pues sí.

«Vaya...»

—Pero... ¿por qué?

—Por mi padre.

Y entonces, por primera vez en toda el viaje, Mariña bajó un poco la velocidad del coche.

—Mira, Simón. Está claro qué es lo que hay realmente detrás de todo este asunto. Tanto misterio, carreras, golpes, incluso muertes, ¿y para qué? ¿Por qué? Pues por la misma razón de siempre. El dinero. Lo que está pasando aquí es que alguien va tras el oro de Rande. Estoy segura de que no consiguieron sacarle nada a mí madre, pero quizás al final sí hayan tenido más suerte con el viejo Neumann. De hecho, lo más probable es que incluso por eso lo hayan matado, porque por fin han conseguido lo que estaban buscando. Y bueno, luego está el asunto de mi hermano.

—¿Tu hermano?

—Venga, Simón, no te hagas más el bobo conmigo. Los dos sabemos que tu amigo el comisario tiene toda la razón: mi hermano es un conocido narcotraficante. Y, tal como él mismo ha dicho, tan solo es cosa de poco tiempo que acaben pillándolo. Pero, hasta entonces, ¿se te ocurre alguien mejor que un experimentado narco para hacer de guía turístico por las Rías Baixas? Nadie se mueve mejor que ellos en este entorno. Si es cierto lo que nos ha dicho Bruno, y los mismos que visitaron a Jackob ya habían contactado antes con Xulio, entonces eso solo puede significar una cosa: saben que el oro está en el mar. Y, vistos los acontecimientos últimos, lo más probable es que ya conozcan incluso su localización exacta.

La contundencia con la que Mariña encadenaba un razonamiento tras otro resultaba aplastante.

—Entiendo...

—Pero sucede que mi padre dio su vida —siguió, volviendo a acelerar—, su verdadera vida, por proteger ese oro, por evitar que toda esa riqueza cayese en las manos equivocadas. Por si eso todavía no te parece bastante, no solo dio una vida por ese motivo, sino que incluso consagró otra, la siguiente, a luchar porque hombres y mujeres inocentes pudiesen huir de las garras de otras bestias semejantes a aquellas de las que había querido proteger el oro. Y no sé si lo recordarás, pero Jackob no dijo en ningún momento que hubiesen invertido todo el oro, sino que solo cogieron el que necesitaron para sacar Troya adelante. Cuando Neumann nos habló del tesoro dijo que, solo en monedas como la nuestra, se trajeron más de ciento veinte millones de reales de a ocho. Dime una cosa, Simón, ¿te has parado a pensar en cuánto dinero actual puede significar eso?

La verdad era que no. Habían pasado tantas cosas en tan pocos días, que me había obligado a mí mismo a seleccionar los asuntos en los que centrar mis pensamientos. Cuestiones concretas para llegar a conclusiones concretas. Y, a poder ser, lo más firmes posibles. Y lo cierto es que el valor del oro no estaba entre las seleccionadas. Percatándose de mi ignorancia al respecto, Mariña decidió lanzarme un cabo.

—Hace poco salió en los periódicos: los de la Odyssey, esa empresa que se dedica a la búsqueda de tesoros hundidos, dieron con los restos del *Nuestra Señora de las Mercedes*, una fragata española hundida por los ingleses en la batalla del cabo de Santa María, frente a las costas portuguesas del Algarve en el año 1804. En su interior encontraron un cargamento de medio millón de reales de a ocho acuñados el año anterior en Perú, piezas de oro y plata valoradas en más de quinientos millones de dólares. Ahora echa cuentas.

Pero yo no podía hacerlo. Era demasiado temprano, demasiado cansancio, demasiadas cantidades... Demasiado *todo* y poco *yo* en ese momento. Por fortuna, Mariña respondió por mí.

—En nuestro caso estamos hablando de un tesoro valorado en unos ciento veinte mil millones de dólares, más de noventa mil millones de euros, Simón.

Yo hago fiestas cuando mi cuenta corriente pasa de los tres mil euros, así que para mí esas cifras eran poco más que historias de economía-ficción. Me quedé como estaba, pero Mariña siguió con su explicación.

—Aunque el *Santo Cristo* no llevase a bordo más que la décima parte del cargamento traído de América, Troya nunca pudo haber costado tanto como para consumir semejante cantidad. Si la cosa fue como Jackob nos contó, el oro todavía tiene que estar ahí. Y no pienso permitir que toda esa riqueza acabe al final en las manos de los mismos hombres contra los que mi padre luchó toda su vida. ¿Comprendes ahora por qué estamos aquí?

«Perfectamente», pensé.

—De acuerdo, muy nobles tus motivos. Pero el Buraco do Inferno sigue siendo un destino de lo más peligroso. Tú y yo lo pudimos ver, e incluso tu propio padre dejó bien claro que él también lo tuvo muy difícil para entrar en la cueva. Sigue siendo de locos tan siquiera pensar en meterse ahí dentro. Dime, ¿cómo lo piensas hacer, con la ayuda de Willy Fogg, tal vez?

Mariña sonrió al tiempo que volvía a pisar el acelerador un poco más.

—Mejor todavía. Conozco al loco perfecto. Por favor, búscame el móvil en mi bolso.

Sacó un papel arrugado del bolsillo de su abrigo y, después de comprobar un número en él, lo marcó en el teclado de su aparato.

—¿Yago Ray? Soy yo. Sí, eso es, la princesa Mariña. Escucha, perdona que te moleste tan temprano, pero es que estamos entrando en Bueu, y nos preguntábamos si no andarías por el bar de Bernardo. ¿Sí? ¡Pues perfecto! Nos vemos ahí en un par de minutos.

Mariña siguió conduciendo a tanta velocidad que no creo que hubiese pasado ni uno de esos dos minutos cuando por fin detuvo el coche. Lo dejamos aparcado sobre el muelle, casi en el mismo sitio que la vez anterior, y fuimos caminando a buen paso directamente hacia el Gran Sol, el bar de Bernardo. Nada más entrar ya nos encontramos con la mirada de Yago Ray, que nos esperaba con los brazos abiertos de par en par.

—¡Buenos días, alegre pareja!

Lo de los brazos abiertos resultaba escandalosamente literal.

—Permítame saludarla —añadió Ray en el más teatral de los tonos— postrado a sus pies, mi señora.

Y a continuación hizo algo semejante a una especie de reverencia, tomó la mano de Mariña entre las suyas y, con el mayor de los escándalos, la besó.

—Buenos días, Yago Ray —saludó ella—, buenos días, Bernardo.

Del otro lado de la barra el dueño del local atendía a sus cosas, ajeno a las payasadas del estrafalario isleño.

—Buenos días, muchachos —nos devolvió el saludo—. Qué, ¿un par de cafés?

—Pues sí, para mí sí —respondí yo—. Y Mariña no sé si querrá otro par...

Pero Mariña no dijo nada. Fue Yago quien inició la conversación.

—Y entonces, ¿a qué debemos la inmensa suerte de contar de nuevo con vuestra presencia por estos pagos, princesa?

—Bien —respondió ella—, tú nos ofreciste tus servicios por si necesitábamos volver a tu isla, ¿no es así? Pues mira, aquí estamos.

—¡Fabuloso, fabuloso! —celebró con gran jolgorio el surfista loco, al tiempo que Bernardo dejaba los dos cafés sobre la barra del bar.

Mariña cogió el suyo y, con discreción, nos hizo una señal para que Yago y yo la siguiésemos. Nos sentamos los tres a una mesa, discretamente apartados de las orejas de Bernardo, y Mariña cambió el tono de su voz, para dejarle claro al inglés que a partir de ahora todo era confidencial.

—Yago, ¿te puedo hacer una pregunta?

—Las que quieras —respondió solemne.

—¿Sabes cómo está la marea ahora?

El isleño se mostró un tanto sorprendido, quizá no por la pregunta o por el tono de Mariña, sino por la mezcla de ambos. Consultó su reloj.

—Pues a punto para la bajamar, diría. ¿Por qué?

Mariña cruzó una mirada cómplice conmigo.

—Bien. Porque verás, Yago. Lo que necesitamos es que nos ayudes a llegar a un lugar un poco más... Especial.

El piloto se quedó mirando en silencio hacia nosotros dos. Iba repartiendo miradas de forma alterna, primero a Mariña, después a mí, luego a Mariña otra vez. Y entonces, lentamente, fue dibujando sobre su rostro una sonrisa pícara, como la de quien acaba de comprender.

—Vosotros lo que queréis es que os lleve al Buraco do Inferno, ¿no es así?

—Eso mismo —le confirmó ella sin esconder una media sonrisa sorprendida—. ¿Cómo lo sabes?

Yago Ray también sonrió.

—Bueno, ese fue el único lugar por el que preguntasteis la vez anterior, y algo debisteis ver en él que os impactó lo bastante como para casi no decir palabra después de que yo os lo mostrase. Así que era fácil, no se podía tratar de ningún otro lugar.

Yo lo oía hablar, y estaba convencido de que lo próximo que saldría de su boca sería una negación. Otra vez más, Fme volvía a equivocar, y lo que vino no fue una negativa, sino una interrogativa.

—Decidme una cosa, ¿es muy importante para vosotros?

—Muchísimo, Yago —respondió como en un relámpago Mariña—. Escucha, si es por dinero, esta vez te pagaremos lo que tú nos digas.

—Por favor, princesa, ¿de verdad me insultarás a estas alturas? —Yago Ray hablaba desde la más absoluta serenidad, y por un momento tuve dudas de que realmente estuviéramos hablando con el mismo surfista loco de la vez anterior—. Déjate de dineros, y dime una última cosa.

—Lo que sea.

Yago Ray clavó sus ojos en los de Mariña.

—¿Es por un buen motivo?

—Ni en un millón de años se me podría ocurrir uno mejor.

El inglés se quedó por un buen rato en silencio, intentando leer primero la verdad que se escondía en los ojos de mi amiga y después en los míos. Hasta que, por fin, respondió.

—De acuerdo. Si es importante para ti, princesa, entonces también lo es para mí. ¿Qué, salimos ya? —añadió recuperando su sonrisa divertida.

—Cuanto antes mejor —le respondió su princesa.

—¡Pues venga, que para luego es tarde! ¡Bernardo! —bramó al tiempo que volvía a ponerse en pie—, ¡me marcho ya!

—¿Ah, sí? —respondió el otro, sin prestarle demasiada atención.

—¡Por supuesto! ¿Acaso no oyes esa dulce voz?

—¿Dulce voz? —repitió apático el camarero al tiempo que arqueaba una ceja.

—¡Por supuesto, amigo! ¡Es la obligación del caballero, que me llama por mi nombre!

Curiosamente, Bernardo no pareció impresionarse demasiado ante esta nueva acometida aventurera de su habitual caballero almorzante.

—Ah, claro —respondió sin demasiado entusiasmo al tiempo que dejaba un par de vasos en el fregadero—, *esa* voz. ¿Pero vendrás a tiempo para el mus, o qué?

Yago, que ya salía aguerrido por la puerta, detuvo en seco su andar. Dio media vuelta sobre sí mismo y, cargando de solemnidad cada una de sus palabras, respondió:

—Por supuesto, amigo Bernardo.

Y volviendo a girar sobre sí, retomó el camino del muelle. Mariña salió tras él, y yo, que me había quedado perdiendo el tiempo en el extraño vicio de pagar las consumiciones, todavía tuve que correr para alcanzarlos. Para cuando llegué a su altura, el caballero y la princesa ya embarcaban en la planeadora de Yago Ray.

Apenas tardamos un par de minutos en dejar el puerto atrás y, una vez en mar abierto, el orgulloso piloto volvió a espolear a sus caballos, guardados todos bajo la cubierta del impresionante motor fueraborda.

—¡Yago! —gritó Mariña por encima del ruido del barco—, ¿puedo preguntarte algo más?

—¿Aquello que me ibas a preguntar el otro día y que al final no hiciste?

—¡Sí, creo que sí!

—¡Pues pregunta sin miedo, princesa!

—¿¡Por qué le pusiste este nombre a tu barco!?

—¡¿El *Quijote Wilson*?!

—¡Sí!

Yago volvió a sonreír.

—*Let's go surfing, baby!* —gritó por respuesta—, ¡que Dulcinea nos aguarda!

Y el inglés soltó otra de aquellas carcajadas suyas tan sonoras mientras yo pensaba en otro nombre para su embarcación. *Caronte*, el barquero que llevaba las almas de los condenados hasta las puertas del Infierno.

41

—Señor, parece que las cosas se precipitan.

—...

—Sí, señor. Los hemos seguido tal y como usted ordenó. Estamos en Bueu, acaban de zarpar con el mismo tipo del otro día. Han salido del puerto en su barco, y por lo que se ve, diría que se dirigen nuevamente a Ons.

—...

—Sí, señor. Creo que ha llegado el momento. Es mejor que avisemos ya a nuestro amigo Dafonte.

42

Llegamos justo con la bajamar, y, a pesar de su recelo inicial, la gran pericia de Yago Ray, junto con (en realidad) la abundante experiencia previa por su parte, hizo que pudiésemos desembarcar justo frente a la gran boca negra, el Buraco do Inferno. Por fortuna, Yago llevaba a bordo varios equipos de buceo y neoprenos, junto a toda la demás parafernalia que acostumbran a emplear los *percebeiros*. Me sentí tremendamente estúpido cuando me di cuenta de lo equivocadas que habían sido mis conclusiones previas sobre las posibles actividades delictivas del isleño. Porque esa era su misteriosa ocupación, la de recolector de aquellos carísimos crustáceos, sin más ilegalidad en el presente de aquel hombre que un poco de furtivismo de vez en cuando. Según nos explicó, en bocas abruptas como la del Buraco do Inferno, en las que el mar golpea con más fuerza, era donde se podían capturar los mejores y más cotizados ejemplares. Esa era la razón, el interés en mantener todo aquel misterio sobre la dificultad de acceder al Buraco. Cuanta menos gente rondase la zona, mejor para ellos.

Una vez en el agua, cuando por fin Mariña y yo pudimos alcanzar una zona de cierta seguridad en las rocas que emergían frente al Buraco, Yago se apartó de nosotros, dejándonos armados tan solo con dos linternas, y se alejó mar adentro, a la búsqueda de un lugar más seguro desde el que esperarnos.

Ni Mariña ni mucho menos yo teníamos ninguna experiencia a la que agarrarnos en la cosa de la espeleología. Indefensos e impresionados frente a la fuerza de la naturaleza que se abría ante nosotros, aún nos llevó un buen tiempo comprender aquel movimiento de las ondas del que Neumann nos había hablado. Además, Ray —que ya por el camino nos había ido interrogando sobre nuestras intenciones, y era ahora plenamente consciente de que estábamos decididos a entrar en la gruta— solo nos había hecho dos advertencias. La primera era sobre el mejor momento para entrar a la cueva. El pescador de Ons no estaba en absoluto de acuerdo con las recomendaciones que nosotros traíamos aprendidas de casa.

—¡Tal vez en aquel tiempo pensasen que el mejor momento para hacer una locura de este tipo fuese con la bajamar! ¡Puede que eso fuese así antes, sin los medios que hoy tenemos! —gritaba intentando imponer su voz sobre el ruido del motor—. Pero desde luego ahora todo el mundo sabe que no es así. El momento de menos peligro es precisamente cuando la marea todavía está bajando, a medio camino entre la alta y la baja. El agua va en retirada y con mucha menos fuerza. ¡Y aun así, nunca deja de ser peligroso! No seré yo quien os diga que no entréis, ya sois los dos lo bastante mayorcitos como para saber lo que debéis hacer y lo que no. Pero no olvidéis esto: lo que vosotros teníais por el mejor momento no era tal, y ahora disponéis de mucho menos tiempo del que contabais y de la marea en contra. ¡Id con mucho cuidado!

La segunda advertencia se hacía realidad ahora ante nosotros. Según Ray nos acababa de contar, en el inverno de 2007 una fuerte tormenta en el mar había provocado el desprendimiento de una gran losa en la pared derecha de la garganta. En consecuencia, la entrada directa del mar a la gruta se veía ahora impedida por la presencia de un muro natural de piedra. Por un lado, esto tal vez pudiera ser una suerte para nosotros, ya que una vez dentro del Buraco, a pesar de que la gruta estuviese inundada, la corriente no nos jugaría malas pasadas. Pero para eso había que sortear la barrera de grandes moles de piedra, desde el agua, y tratar de evitar que ninguna ola acabase estampando nuestros cuerpos contra las rocas. Una cosa era escuchar el cuento en la voz del viejo anticuario, y otra bien distinta estar delante de aquella boca inmensa de mar y oscuridad. Solo escuchar el bramido de las olas rompiendo ante nosotros ya era más que suficiente para provocar el mayor de nuestros miedos.

Por fin, luego de mucho observar, acabamos saltando. El contacto con el mar fue terrible. Por mucho neopreno que uno lleve, mientras el cuerpo no se adapta al tejido mojado el frío sigue estando ahí. Y aquel mar de noviembre se sentía helado, frío y doloroso como agujas de hielo. Además, la corriente era considerable, y nuestra experiencia (o, a decir verdad, la mía) era escasa. Como era de esperar, cuando volví a asomar la cabeza a la superficie ya estaba desorientado.

—¡Mariña! —grité—, ¡Mariña!

Pero ella no respondía. Por un segundo pensé en la posibilidad de que se hubiera ahogado. Y entonces sí que me asusté. Intenté volver a llamarla por su nombre. Pero lo único que conseguí fue que litros y más litros de agua salada me entraran en la boca. Tal vez no fuese tanto, pero yo me sentí como si me estuviera tragando medio océano de golpe. Me iba a ahogar, lo sabía, lo sabía. Fue entonces cuando sentí su brazo alrededor de mi cuello. Detrás de mí todo el tiempo, Mariña se había dado cuenta de mis dificultades, y había venido a mi rescate. Literalmente. Poco a poco fue tirando de mí, nadando al tiempo que me arrastraba hacia el muro de piedra. Fue así, con muchísimo cuidado y mayor dificultad, como conseguimos penetrar por la garganta que conducía al Buraco do Inferno.

Como en un gran pórtico de suelo inundado, las paredes de roca viva se proyectaban sobre nosotros, grandes losas, inmensas moles de piedra que ascendían a más de cuarenta metros de altura hasta perderse en la luz que entraba por la cavidad abierta en el suelo de la isla. Me impresionaba pensar que ahora era yo el que flotaba en el fondo de aquella garganta por la que apenas unos días atrás habíamos estado lanzando piedras desde la superficie, intentando descubrir dónde quedaba el final de aquella oscuridad. Pues bien, el final estaba allí donde ahora nos encontrábamos. Volví a buscar el suelo, intentando encontrar con la mirada esas mismas piedras. Pero no había nada que hacer. Un mar de agua y espuma blanca cubría todo el fondo rocoso de la entrada. Me intimidó pensar que en apenas unas horas esa misma piscina de espuma se convertiría en una gran masa de agua incontrolable que, irremisiblemente, habría de cubrirlo todo por completo. Y nosotros todavía teníamos que seguir avanzando.

—Venga, no hay tiempo que perder.

Una vez más, Mariña me leía el pensamiento. Nadamos hasta el otro lado de la laguna, donde nos encontramos ante cuatro galerías.

No tuvimos dificultad para reconocer al momento el acceso a la gran galería central. Su entrada estaba cubierta por grandes trozos de roca, a todas luces arrancados de forma brusca de las paredes de la galería. Recordé el relato del anticuario y comprendí que eso no podía ser más que el resultado de la explosión que Hugo y Wessler oyeron desde el barco. Por allí no había nada que hacer.

Tal y como Jackob nos había descrito, esta no era la única galería que el mar y el tiempo habían horadado en el interior del Buraco. Las dos situadas a la izquierda de la central, una adyacente a ella y otra orientada al norte, se precipitaban, ya casi desde su comienzo, en fuerte pendiente hacia las entrañas de la isla. Ambas, gargantas oscuras y peligrosas dentro del propio Buraco. La corriente submarina rugía con fuerza allá abajo, en sus profundidades, donde quiera que ello fuese, gritándonos, advirtiéndonos de lo imposible de intentar avanzar por ellas.

—Tiene que ser por ahí —dijo Mariña señalando con su linterna a nuestra derecha—, esa es la más próxima al sur.

Nos dirigimos hacia la cuarta galería, la que en un principio discurría al nivel en el que nos encontrábamos ahora. Avanzamos por ella con tanta precaución como nos era posible. Lentamente, pero con el vaivén del agua de la bajamar acariciando nuestros pies, recordándonos impasible que en poco tiempo esas caricias se habrían de convertir en las peligrosas sacudidas de la marea ascendente. A medida que avanzábamos la pendiente comenzaba a hacerse notar. Estábamos subiendo. Empecé a pasarlo mal. La piedra viva se echaba sobre nosotros. El granito, empapado de humedad, mojaba mi espalda, y yo sentía la inmensidad absoluta de la piedra sobre mí. Presentir la abrumadora evidencia de toneladas y toneladas de mineral encima de nosotros, juzgando cada uno de nuestros movimientos, cada vez más complicados, me dificultó la lucha contra la claustrofobia. Cuanto más lo intentaba, menos dejaba de pensar que en cualquier momento una sola de aquellas losas podría desprenderse, iniciar un derrumbamiento que nos sepultase allí para siempre. Enterrados vivos. Intentaba distraerme imaginando a Daniel y a Hugo, a Eneas y a Jackob por el mismo camino que nosotros estábamos haciendo. Pero no funcionaba.

Tras avanzar por la galería lo que calculé como aproximadamente unos setenta metros, comencé a notar la asfixia. Vale, tenía miedo. Empezaba a sentir la angustia, la necesidad de parar, de detenernos. No podía seguir caminando. No podía seguir. No podía.

—Mariña, creo que no puedo...

Pero Mariña no me escuchó.

—¡Mira, Simón!

Gracias al cielo. Según parecía acabábamos de llegar al final de la galería, y el estrecho corredor se convertía de golpe en una amplia cavidad. Era increíble. La naturaleza había abierto en el interior de la masa pétrea de la isla un espacio suficiente para albergar una pequeña estancia de piedra. Una sala casi oval de unos diez metros de diámetro y casi cinco de altura. El agua se filtraba por cada grieta de las paredes de piedra, formando en el centro de la sala una pequeña poza, y fluía después en forma de pequeñísimo riachuelo por el mismo pasillo estrecho por el que nosotros habíamos venido ascendiendo hasta llegar allí. Y del otro lado de la piscina, las cajas. Todo era verdad, todo cuanto Jackob Neumann nos había contado era verdad, y ahora teníamos ante nosotros los cofres sacados de las bodegas del *Santo Cristo de Maracaibo*. Varias decenas de cajas de madera y hierro apiñadas en montones.

—Dios mío, Mariña. Tu padre tuvo que hacer un esfuerzo descomunal para mover él solo estos baúles hasta aquí.

Mariña contemplaba en silencio las cajas al otro lado del agua.

—Mi padre siempre fue un hombre muy fuerte. En todos los aspectos...

Echó a andar en dirección a las cajas por el medio de la charca. Avanzaba con decisión, y con tanta fuerza que el agua salía proyectada a cada paso que daba. Yo caminaba tras ella, de modo que alguna de esas gotas fue a parar a mis labios. Algo me llamó la atención. Me agaché para tocar el agua de la poza con los dedos y llevármela a la boca.

—Dulce...

—¿Qué? —preguntó Mariña sin mirar atrás.

—Dulce —repetí—, el agua es dulce, no salada.

—¿Y qué importa eso ahora?

—Pues que tu padre tenía que ser un genio, Mariña. La charca se forma solo por el agua que viene filtrada de la propia isla, de la tierra sobre nosotros. No hay agua salada porque la pleamar no llega hasta aquí arriba. Lo más probable es que el final de la galería central también estuviese a una altura semejante. Por eso las cajas todavía se conservan después de trescientos años —expliqué al tiempo que llegábamos al otro lado de la pequeña laguna.

—Bien, pues ahora es el momento de abrir esas cajas por última vez.

Mariña le echó las manos al primero de los cofres. El óxido depositado por los siglos en las bisagras de las tapas supuso un pequeño obstáculo, pero cuando por fin consiguió abrir la caja nos quedamos como dos bobos contemplando su interior.

—¡No me lo puedo creer! —exclamó Mariña.

Yo tampoco daba crédito a lo que veía.

—Abre otra —dije.

Mariña abrió otra, y otra, y otra más, al tiempo que yo hacía lo propio por mi banda. Las abrimos todas, y en todas encontramos lo mismo.

Nada.

Las cajas estaban vacías, y en la cueva no había oro por ninguna parte. No había lingotes, no había monedas, no había nada de lo que todas aquellas cajas prometían.

—¡No puede ser! —lamentó—, no puede ser. Tanto esfuerzo para nada...

Mariña sentó todo su desconsuelo sobre una de aquellas cajas vacías, levantó la cabeza, y clavó sus ojos en los míos, a la búsqueda de una explicación.

—Bueno, quizás al final Jackob y tu padre sí consumieran todo el oro.

Incrédula, abrió los brazos en el aire.

—¿Cómo —preguntó—, cómo iban a consumirlo todo, Simón?

—Pues no lo sé, Mariña. Quizá Troya costase más de lo que imaginamos.

—Por favor —rechazó con hastío—, eso es imposible. Recuerda las cifras de las que te he hablado.

Tenía razón. Aquello era mucho oro, demasiado, como para aceptar que Troya lo hubiese podido consumir en su totalidad. Se me ocurrió otra opción.

—Tal vez no fuese tanto. Quiero decir: acuérdate de lo que Jackob nos explicó, aquello de que, dependiendo de los historiadores a los que leyeses, había quien defendía la tesis de que finalmente la Corona sí había descargado la mayor parte del oro. Quién sabe, quizás al fin el tesoro no fuese tan grande como aquel en que la propia leyenda lo acabó convirtiendo.

Pero Mariña movía su cabeza una y otra vez para negar todo cuanto escuchaba.

—No, no, ¡no! No puede ser, Simón. Jackob nos lo habría dicho. No, eso no tiene sentido, todas las pistas hablaban de mucho oro, y todas conducían a este lugar. Fíjate, aunque solo sea por la cantidad de cajas que aquí hay. ¿Cuántas monedas crees tú que pueden caber en todas estas cajas? No, eso no puede ser.

Volvió a levantarse, y el tono de su voz se fue cargando de rabia.

—¡Nos han ganado, Simón, nos han ganado! Eso es lo que pasa...

—¿Qué? —no comprendía lo que estaba escuchando—. ¿Quién, quién nos ha ganado, Mariña?

—¡¿Quién va a ser, Simón?! Los nazis, los putos nazis nos han ganado la carrera.

—Venga, Mariña... —intenté consolarla abrazándola.

—¡No —se deshizo de mi abrazo—, es la verdad! Al pobre Jackob lo mataron porque ya habían conseguido su objetivo. Y mientras esos inútiles de la policía nos tenían perdiendo el tiempo en el piso de Neumann, estos desgraciados estaban aquí arrasando con todo. Maldito seas, Wessler —gritó—, ¡maldito seas!

—Por favor, señorita. Le ruego que tenga un poco más de consideración con esa lengua suya.

Alguien hablaba a nuestras espaldas, pero nosotros no habíamos oído la llegada de nadie. Nos giramos para alumbrar con nuestras linternas la entrada de la galería. Un hombre grande, mayor, ridículamente embutido en neopreno, nos hablaba tranquilamente amparado en la protección que le daban las pistolas con las que nos apuntaban los dos gorilas que lo acompañaban. A pesar de la oscuridad y de los trajes de protección del agua, los dos los reconocimos al momento. Los gorilas del callejón.

—Creo que todavía no hemos sido formalmente presentados, así que permita que sea yo quien proceda: mi nombre, señorita Dafonte, es Wessler, Otto Wessler.

—El hijo de Fausto —comprendió Mariña, mordiendo cada palabra que salía de su boca.

—Bien —se complació el recién llegado—, veo que la fama de mi padre ha corrido por delante de mí. Además, me gustaría agradecerle el buen concepto que usted tiene de nosotros, pero, lamentándolo mucho, debo confesarle que se equivoca.

—No sé a qué se refiere.

Estaba claro que a Mariña no le intimidaban nada las dos razones que Wessler mantenía apuntando hacia nuestros cuerpos.

—Pues a que sus deducciones no son correctas, ¿a qué si no?

Wessler chasqueó la lengua, como si realmente lamentara mucho el hecho de que Mariña no estuviera en lo cierto.

—Verá, querida: según nos acercábamos —explicó—, no nos ha sido posible dejar de escuchar sus razonamientos. Pero, honestamente, debo decirle que no, que nosotros no tenemos nada que ver con la extraña y, al tiempo, fastidiosa ausencia de oro dentro de esta cueva. Lamentablemente —añadió tras una breve pausa—, nosotros nunca hemos estado aquí antes porque, entre otras razones, no teníamos ni idea de dónde era ese «aquí» exactamente. La verdad es que su viejo y difunto amigo Jackob no quiso colaborar en nuestra aventura, así que decidimos eliminar ese hilo, y seguir otro más... ¿Cómo diría yo? Activo.

—Nosotros —comprendió Mariña.

—Exacto. Como bien pudieron comprobar en aquel callejón nuestros amigos aquí presentes —Wessler hizo un gesto indicando los dos gorilas—, la moneda que ustedes le llevaron al anticuario ponía bien a las claras que también estaban relacionados con el oro. Y la visita por parte del viejo esa misma noche a su piso, señorita, terminó de aclarar cualquier posible duda al respecto.

Lentamente, las piezas comenzaban a reordenarse en mi propia composición.

—Nos estaban siguiendo a los tres...

—Por supuesto, amigo Simón. Comprobada su implicación en la trama, sabíamos que solo era cosa de tiempo que acabasen por conducirnos hasta el oro.

El viejo abrió los brazos, mostrándonos las palmas de sus manos, como el prestidigitador que muestra sobre la mesa la carta en la que tú habías estado pensando durante todo el tiempo.

—Así pues —prosiguió—, no sabéis cómo me desagrada oíros decir que el oro no está aquí. Porque yo no me he metido hoy dentro de este traje tan incómodo para encontrarme con un fracaso. No, ni mucho menos... Así que venga, queridos amigos, cuéntenle al viejo tío Otto cómo sigue la historia: ¿dónde está el oro?

—A ver, señor, un poco de tranquilidad —intervine yo—. Piense usted que, de haberlo sabido, tampoco nosotros íbamos a meternos aquí dentro.

—Por supuesto que no, amigo. Pero lo que sí está claro es que casi cien mil millones de euros en monedas y lingotes de oro de 1702 no desaparecen así como así. —El viejo detuvo un momento su discurso, algo acababa de volver a su memoria—. ¿O acaso me dirán ahora que lo que nos contó el viejo sobre un banco en Suiza era cierto? Lucano, ¿por qué no les ofreces a nuestros amigos algún tipo de estímulo para sus pensamientos?

Ni siquiera percibí el movimiento. Sonó como un trueno, una explosión terrible.

El estruendo retumbó en toda la sala, y se fue en forma de eco por la cavidad de la galería. Mi primera reacción fue echar los brazos hacia delante para protegerme el cuerpo. Pero no sentí nada. Con los ojos como platos busqué las marcas del impacto en el cuerpo de Mariña. Pero tampoco vi nada. Solo el humo saliendo por la boca del cañón en la pistola del tal Lucano. El muy imbécil le había disparado al aire. Tremendo estúpido, podría haber provocado un derrumbamiento en aquel preciso instante.

—Venga, muchachos —volvió a hablar el viejo en tono divertido, como si nada hubiera pasado—, ahí fuera la marea está empezando a subir, el tiempo se agota. Así que, díganme, ¿qué pasa con el oro?

—Oiga —advirtió Mariña—, como ya le hemos dicho, si tuviésemos otra información no nos habríamos metido en este agujero.

Pero, aunque la tuviéramos —añadió, afilando ahora un poco más el tono—, ¡lo que jamás haríamos sería contarle nada a un asesino como usted!

—¡Vaya! —Wessler contemplaba a Mariña con la misma expresión divertida que la que habría ocupado su rostro de haber visto un perro parlante—. Hay que ver, cuánto carácter. No es necesario que me explique de dónde lo ha sacado, señorita.

—¡¿Pero qué cojones estáis haciendo ahí dentro?!

La reverberación de la galería adelantó hasta la cueva la voz de alguien que se aproximaba por el corredor, y la cámara se iluminó un poco más con la luz de la linterna del recién llegado.

—¿Qué hostias estáis haciendo, os habéis vuelto locos, o qué? No se puede disparar aquí dentro... ¡Mariña!

Xulio Ascanio se quedó en silencio al reconocer a su hermana al otro lado de la charca. La contempló fijamente, primero a ella y después a las pistolas que la amenazaban. Desconcertado, volvió a clavar su mirada sobre el viejo.

—Mierda, Wessler, ¿se puede saber qué coño está pasando aquí?

—¡Bienvenido, Xulio, bienvenido! —respondió el alemán con gran algarabía—. Como puede ver, estamos en familia. Por favor, pase y únase a la fiesta.

El hermano de Mariña observaba a uno y otro lado sin comprender nada de lo que estaba ocurriendo.

—¿Qué coño fiesta, de qué carajo me estás hablando? ¡Y qué hostias pinta mi hermana en todo esto! —Xulio sacó su propia pistola y apuntó rápidamente a Wessler—. ¡Explícate, viejo!

Al detectar la amenaza, Lucano pasó a apuntar a Ascanio, pero Wessler hizo un nuevo gesto con las manos.

—Calma, calma, muchachos —el viejo alemán hablaba ahora en un tono cargado de paternalismo—. Y usted, Xulio, tranquilo, baje ese revólver. Todo es mucho más sencillo de lo que parece. Verá, lo que tiene delante es la oportunidad de redimirse, de acabar con una vida de riesgos al margen de la ley.

Los ojos, ahora entornados, de Xulio Ascanio dejaban claro que el hombre seguía sin comprender nada.

—¿De qué carajo me hablas, alemán?

—De oro, hijo, le estoy hablando de oro. La mayor cantidad de oro con la que jamás haya podido llegar a soñar. Y todo limpio, para usted, y para mí.

Si bien pareció surgir un pequeño asomo de interés, aún había desconfianza en la mirada del narcotraficante.

—Más vale que te expliques un poco mejor —respondió sin dejar de apuntarlo con su arma. Wessler sonrió lleno de complacencia.

—Con la ayuda del mío, su padre de ustedes —explicó, señalando a los dos hermanos— fue capaz de encontrar el famoso tesoro de Rande, la mayor fortuna en oro y plata jamás traída de América. Cuando yo descubrí la historia, me puse en contacto con su madre. Ustedes siempre han gozado de una vida que a mí, correspondiéndome también, me fue arrebatada. Yo solamente estaba reclamando lo que era mío. Pero la negociación no fue todo lo cordial que yo hubiera esperado. Al principio se negaba incluso a cualquier posibilidad de diálogo, diciéndome una y otra vez que no sabía de qué le hablaba. La verdad es que no comprendió lo muy en serio que las cosas iban hasta que me decidí a hacerle una visita en compañía de mis amigos, aquí presentes. Pero tampoco en esa ocasión le pudimos sacar nada. Lo único que nos dijo fue que su difunto marido y ella habían acordado que ninguno de sus descendientes conociese la historia de sus verdaderos orígenes hasta que ambos estuviesen muertos. Una mujer admirable vuestra madre, valiente y de palabra. De hecho, me pareció tan admirable ese compromiso suyo con el acuerdo tomado con su difunto esposo que comprendí que no me quedaba otra que respetarlo... Si bien decidí acelerar un poco todo el proceso.

—¡Hijo de puta! —gritó Mariña—. ¡Usted mató a nuestra madre!

—Por supuesto, querida. Bien, en realidad no fui yo, sino una inyección letal de digitalina, un potente paralizante que se obtiene de la hoja de la *Digitalis purpúrea*, planta por cierto muy abundante en estas tierras. Campanillas de San Juan, creo que las llaman por aquí. Pero sí, nosotros empujamos el émbolo, si es a eso a lo que se refiere. Pero dígame, querida Mariña, ¿qué otra cosa podíamos hacer? Se condenó ella sola al contarme lo que me contó. De este modo, ella cumplía con su palabra, y yo me acercaba un poco más a mi objetivo. Todo encajaba en mi puzzle particular.

Seguí comprendiendo...

—Doña Isabel sabía que esto acabaría sucediendo de todos modos —dije—. Por eso se puso en contacto conmigo.

—Bueno, supongo que sí —respondió Wessler sin prestarle demasiada atención a mi comentario—. Por lo que yo pude conocer a través de la historia de mi padre, sabía que el oro tenía que estar escondido en el mar. Algún lugar de difícil acceso, algún sitio en estas intrincadas rías suyas. Así fue como, buscando información sobre quién nos podría servir de guía en este viaje tan complicado, dimos con usted, Xulio. Qué paradójica es la vida, ¿no le parece? Resulta que nuestro guía al tesoro es, sin que ni él mismo lo pueda saber, el hijo del propio tesorero. El resto solo fue atar cabos y seguir el hilo. Ustedes, Mariña y Simón, llegaron al viejo Neumann cuando yo ya lo tenía bajo vigilancia. Solo era cuestión de tiempo que una cosa llevase a la otra.

—Así que era cierto lo que escuché, la vieja no murió sola... —Xulio todavía estaba atando sus propios cabos sueltos.

—Así es, amigo Ascanio. Su madre murió en la dulce compañía de mi fiel Lucano. Y, según tengo entendido, su muerte le ha venido muy bien, ¿no es cierto?

—¿Que la muerte de mi madre me ha venido bien? ¿Pero qué carajo estás diciendo, viejo? —preguntó Xulio sin esconder su indignación.

—¡Bueno, bueno! —quiso aplacar Wessler la indignación de Ascanio—. No se ponga así ahora, amigo —respondió al tiempo que hacía un gesto con las manos, como si intentase contener el enfado de su interlocutor—. Me refiero a que, según tengo entendido, su economía no estaba pasando por su mejor momento, ¿no es así? Pero con la muerte de la madre parece que ha heredado un buen respiro. ¿Dirá que miento, tal vez? —preguntó con cinismo.

Ascanio se quedó por un tiempo en silencio, sin dejar de observar al viejo alemán.

—Puede ser —concedió ligeramente al fin Xulio, todavía sin bajar su revólver.

—¡Cabrón! —le gritó Mariña al escuchar la tranquilidad con que su hermano respondía a la confesión del viejo—. ¡¿Cómo puedes decir eso?! ¡Era nuestra madre!

Xulio miró de reojo a Mariña, sin responderle nada. De nuevo fue Otto Wessler el que lo hizo por los dos.

—Puede decirlo perfectamente, querida niña. Porque por lo que yo sé, su madre —Otto se dirigía ahora a Xulio— nunca estuvo de su lado, ¿no es así? Su familia siempre le ha dado la espalda, esa es la verdad.

Wessler dio un paso hacia el hermano de Mariña.

—Pero este puede ser su momento, amigo Xulio. La herencia estuvo muy bien, pero yo le estoy hablando de mucho más de lo que pueda imaginar.

Xulio Ascanio seguía mirando de reojo a su hermana. Lo hacía con los ojos entornados, como calculando algo para sus adentros. Como si estuviera considerando las cifras de las que el alemán le estaba hablando...

—Ya, eso ya me lo has dicho antes, la mayor cantidad de oro que yo hubiese imaginado nunca, ¿no? Ese era tu cargamento especial, claro. Pero... ¿Qué es lo que pasa, entonces? ¿Dónde coño está ese oro? ¿No se suponía que veníamos a buscarlo aquí?

—Y aquí está, en cierto modo —respondió con renovado aliento el alemán—. La clave está en lo que queda de su familia —explicó señalando a Mariña—, en su hermana. Ayúdeme a convencerla de que hable, y podrá dejar atrás para siempre esta vida de gánster que lleva, de mafioso de tercera. ¿Qué, qué me dice?

Xulio escuchaba las tentaciones de Wessler como el pecador que se deja rondar por el mismísimo diablo. Al tiempo, había ido bajando poco a poco la pistola hasta dejar de encañonar al alemán. Ahora, con Otto Wessler ya en silencio, esperando la respuesta del narco, Xulio todavía se quedó un buen rato callado, observando alternativamente a Otto y a Mariña. Tuve la sensación de que estuviese tanteando a su propia hermana. Como el ganadero que observa al animal, y considera si ha llegado ya el momento de sacrificarlo o no.

Por fin, después de no poco tiempo contemplando al alemán como si en él se hubiera personificado toda la riqueza de la que este le había hablado, Xulio esbozó una media sonrisa y, enseñando ligeramente los dientes, respondió.

—¿Sabes qué te digo, viejo? Que tienes razón —Otto no pudo

evitar sonreír ampliamente ante el triunfo dos sus dotes de persuasión—. Soy un gánster, como tú dices. Un mafioso, no sé si de tercera, de primera o de qué, y lo cierto es que ya estoy harto de llevar esta vida.

—¡Pues hijo, aquí tienes tu oportunidad! —respondió Otto llevado por el entusiasmo.

—Tienes razón, alemán, tienes razón. Esta es mi oportunidad. O, mejor dicho, *la* oportunidad. Porque, dime, viejo, ¿sabes qué es siempre lo más importante para un buen mafioso?

La pregunta cogió por sorpresa a Otto.

—No lo sé —respondió con el ceño fruncido—, dímelo tú.

—¡La familia, hijo de puta!

El relámpago volvió a iluminar la caverna.

Primero uno, después otro, y todavía otro más. Y cada uno venía acompañado de su trueno. El estruendo resultaba ensordecedor. Yo me tiré sobre Mariña y me la llevé conmigo al suelo. Todo el mundo sacudía sus linternas, alguna acabó rodando por las rocas, y el caos que venía con cada detonación hacía más complicado saber quién le estaba disparando a quién.

Cuando por fin cesó el ruido, yo volví a alumbrar con mi linterna hacía el lugar al otro lado de la charca donde hasta tan solo unos segundos atrás había cuatro hombres de pie. El gorila gordo, aquel tipo con pinta de luchador de sumo, estaba tirado en el suelo, con los ojos abiertos y un pequeño agujero negro abierto en medio de la frente. Al otro lado de la entrada a la galería, el amigo Lucano también dormía el sueño de los justos, pero de la pistola que todavía sujetaba en la mano volvía a salir humo. Entre los dos cadáveres, el viejo Wessler intentaba lo mismo que yo, comprender, todavía visiblemente aturdido, qué demonios acababa de suceder. Busqué entonces a Xulio Ascanio, pero tampoco lo encontré de pie. Cuando la luz de mi linterna lo buscó un poco más abajo, volví a oír un grito ya conocido.

—¡No, no! —Mariña se arrojó a través de la charca en dirección a su hermano.

Fui detrás de ella, intentando alumbrarle el camino al tiempo que me desentendía por completo del viejo alemán.

—¡Xulio, no!

Se agachó a abrazar el cuerpo de su hermano, y le cogió la cabeza para posarla en su regazo. Él apenas era capaz de abrir los ojos, y un hilo de sangre se le escurría entre los labios.

—Perdóname, hermanita —balbució Xulio Ascanio.

Y ya no le dio para más. Comprendí que había disparado contra el luchador primero y después contra Lucano, pero no pudo esquivar el disparo de este último. Mariña hundió entonces su llanto en el pecho empapado en sangre de su hermano.

—Muy bonito, muy conmovedor.

Mierda. Mariña y yo nos habíamos arrojado encima de Xulio Ascanio sin prestarle ninguna atención al viejo. De nuevo en pie, Wessler volvía a apuntarnos con la pistola de Lucano.

—Venga, todos fuera. Vamos a salir de aquí, que la marea ya está subiendo.

—Es verdad todo eso, amigo.

Cuando Wessler, sobresaltado, se quiso girar para ver quién rayos le estaba hablando ahora, no le dio tiempo más que para sentir el impacto de un fuerte puñetazo en la cara y desplomarse sobre sí mismo.

—¡Yago Ray!

Mariña y yo gritamos el nombre al unísono al descubrir a nuestro piloto.

—Sí, sí, soy yo. Pero venga, apurando, que no hay tiempo que perder, y por lo que parece no creo que os apetezca nada que aquí vuestro amigo vuelva a despertarse ya, ¿no?

—Ni mucho menos —respondí.

—Pues venga, rápido, apuremos. No sé quién diablos es el botarate este, pero en una cosa lleva razón. La marea está subiendo, y de aquí a poco no podremos salir.

Los tres echamos a correr de nuevo por la galería, deshaciendo tan rápido como podíamos el camino que ahora nos llevaba de vuelta a la luz del día. Por el camino, Yago nos fue explicando.

—Estaba fuera, demarrado un poco más al sur, en la punta de Fedorentos. Todavía estaba echando el ancla del barco cuando me llamó la atención la llegada de otra lancha con cinco personas a bordo. No es cosa buena ver a nadie acercándose tanto a esta zona, y menos todavía si se trata de una lancha como esa, un rebaño de motores fueraborda de gran potencia. Contrabandistas, ya sabéis. Me preocupé por vosotros, así que decidí volver a soltar amarras y acercarme a ver si todo seguía en orden. Cuando llegué a la boca del Buraco, el piloto de la otra lancha ya había sacado su barco de ahí, probablemente buscando él también un refugio más seguro. Me estaba acercando cuando oí el primer disparo. Comprendí que algo no iba bien, así que me puse uno de los trajes que aún quedaban en el barco y entré poco a poco. Y por lo visto, menos mal...

—Pues gracias al cielo que lo hiciste, Yago —respondió Mariña.

—Desde luego que sí. Si salimos bien de esta, Yago, hasta yo mismo te doy un beso de princesa.

Pero Yago Ray rechazó mi ofrecimiento.

—No, gracias —rechazó, todavía solemne pese a lo apurado de las circunstancias—. Soy un caballero, Simón, comprende que no puedo andar por ahí aceptando los besos de cualquiera.

Nos costó lo nuestro, pero al fin conseguimos regresar a la laguna en la entrada del Buraco do Inferno. El nivel del agua impedía ya la opción de hacer pie en su fondo, así que no nos quedó otra que salir nadando. Yago había dejado el *Quijote Wilson* amarrado como pudo a unos cuantos metros de la entrada al Buraco do Inferno. La marea ya había subido considerablemente, así que todavía tuvimos que nadar un buen trozo, luchando contra las corrientes para llegar al barco. Por fin a bordo, Yago nos sacó de la escollera tan rápido como le fue posible. Cuando ya habíamos comenzado la maniobra para salir a mar abierto oímos el ruido de motores que se acercaban desde el norte.

—¡Mirad —señaló nuestro piloto en aquella dirección—, ese es el otro barco!

Una lancha enorme, una por lo menos tres o cuatro veces más grande que el *Quijote Wilson*, se acercaba a nuestra posición. Hizo un viraje para amorrarse a la entrada de la escollera que protegía el Buraco y entonces le pudimos ver con claridad la popa. Aquella cosa venía empujada por siete motores como siete reactores de avión. Dios mío, si aquel monstruo venía a por nosotros, entonces no tendríamos nada que hacer.

Pero no fue así. Aunque pasó muy cerca de nuestra posición, en ningún momento mostró intención alguna de contactar con nosotros. Lo único que sí hizo su piloto fue aminorar la marcha, y por unos instantes se quedó observándonos. Había desconcierto en su mirada. A apenas diez metros el uno del otro, Yago pudo reconocer al hombre al timón del otro barco.

—Ese tipo es Blanco —dijo sin sacarle el ojo de encima.

—¿Blanco? —repetí, ignorante de cuál podía ser la importancia de tal afirmación.

—El mismo —afirmó Yago con gesto grave—, uno de los mejores pilotos de planeadoras del país. —El respeto y la preocupación aparecían mezclados en la voz de nuestro capitán.

Por cómo nos miraba, comprendí que para el tal Blanco nuestra presencia allí resultaba tan extraña como su propia llegada lo había sido también para Yago. Blanco sopesaba las opciones, sin saber demasiado bien qué hacer. Al final, acabó decidiéndose por acercarse nuevamente al Buraco, y en esa dirección volvió a acelerar. Desde luego, nosotros tampoco nos íbamos a quedar a ver qué hacía el tipo.

—¡A tierra, Yago —gritó Mariña—, a tierra!

43

El *Quijote Wilson* zumbaba a toda velocidad sobre el mar, dejando a nuestras espaldas una gran estela de espuma blanca. Yo ya había empezado a pensar que todo iba a salir sin mayores complicaciones, que en breve estaríamos de vuelta en el puerto de Bueu, cuando me di cuenta de que Yago había detectado algo que no era de su agrado. Fue un gesto apenas perceptible, el movimiento sutil de una mirada rápida por encima del hombro.

—Mierda... —protestó por lo bajo.

Los caballeros andantes no dicen «mierda» ni por lo alto ni por lo bajo, mucho menos si las cosas van bien, así que comprendí al momento que algo sucedía.

—¡Qué ocurre, Yago!

Nuestro capitán hizo un gesto rápido con la mano, señalando algo por detrás de nosotros.

—¡Nos siguen! —gritó.

Mariña y yo miramos hacia atrás. La lancha de antes. Y ahora el piloto no venía solo. Por lo visto, resultaba evidente que Otto Wessler había podido salir de la gruta, y ahora venía tras nosotros.

—¡Acelera, Yago, acelera! ¡Si nos cogen estamos muertos!

Mariña le gritaba al piloto, pero yo estaba seguro de que no habría nada que hacer. En mi ignorancia, me había convencido de que la lancha de Yago era una de esas planeadoras que sacaban en la tele cuando hablaban de los narcotraficantes y todo eso. Cuando, minutos antes, nos cruzamos con aquel monstruo que ahora se nos echaba encima, comprendí mi error: aquello sí que era «una de esas planeadoras».

—¡Estamos perdidos! —grité—. ¡Ese barco es mucho más potente que el nuestro!

—¡Pero hombre! —respondió en otro grito nuestro caballero—. ¿Acaso no has oído nunca tú eso de que la potencia sin control no sirve de nada? ¡Ahora verás por qué mi segundo nombre es Rayo!

Esta vez no hubo una de esas carcajadas suyas tan peculiares. Frente al cabo Udra, antes de llegar a Bueu, Yago Ray viró rumbo sur, poniendo el motor a toda máquina. Atravesamos la boca de la ría de Aldán como flechas en dirección al cabo Home. La planeadora a bordo de la que viajaba Otto Wessler se nos echaba literalmente encima y, no pudiendo vencerlos en velocidad, nuestro piloto decidió hacer uso de su pericia. Navegábamos tan cerca de la Costa da Vela que por momentos incluso me parecía adivinar el fondo marino a muy poca distancia de nuestro propio casco. Demasiado poca... Navegar a esa velocidad, y tan cerca de la costa era una verdadera locura. El mar nos golpeaba violentamente por ambos costados, y la fuerza del viento que llegaba del océano hacía muy complicado mantener el rumbo firme. Nuestra ventaja estaba en que la máquina que nos seguía era de mucha mayor envergadura. Sin carga, gobernar con precisión tanta potencia se hacía casi imposible, sobre todo teniendo en cuenta la cercanía de la costa. Lo malo era que Blanco, el miembro más destacado de entre la élite de los pilotos de planeadoras, tampoco se quedaba atrás en aquello de la habilidad al timón. Así y todo, Yago consiguió ganar un poco de ventaja, y aprovechó para gritarnos.

—¡Si salimos de esta, no quiero que me beses, Simón! ¡Pero ya me contaréis en qué demonios andáis metidos para haber despertado al mismísimo toro de los cuernos de oro!

Doblamos el cabo Home con rumbo este, adentrándonos en la ría de Vigo muy pegados a su margen norte, y Ray sacó velocidad para dejar atrás los arenales de Barra y Nerga todavía por delante de la planeadora. Después de pasar por delante de la playa de Liméns, ya a la altura de la vieja fábrica de Massó, volvió a gritar.

—¡Agarraos!

El catamarán de pasajeros que cubre la línea regular entre la capital del Morrazo y Vigo acababa de salir del puerto de Cangas, y Yago lanzó su lancha contra él, pasándole muy cerca. A tanta velocidad, Blanco tuvo serias dificultades para controlar la planeadora y no acabar llevándose el catamarán por delante. Los siete motores que impulsaban aquella monstruosidad justificaban las altas velocidades que el barco alcanzaba, pero su gran tamaño, casi veinte metros de eslora, por lo que pudimos comprobar, lo convertían en un animal de maniobra torpe, muy lento en los reajustes de trazada en comparación con la lancha de Yago Ray, mucho más ligera y manejable. Así fue como ganamos algo más de tiempo, un suspiro de ventaja. Según nos íbamos alejando, Yago no dejaba de prestar atención a las dificultades con las que Blanco reconducía nuestra persecución. Algo debió de ver que le alegró la cara lo suficiente como para dibujar una sonrisa en su rostro.

—¡Si conseguimos llegar a Moaña estaremos salvados! —nos comunicó.

No entendiendo a qué se refería, busqué un poco de complicidad en Mariña. Pero mi amiga no parecía estar con nosotros. No era preocupación lo que se adivinaba en su rostro, sino tristeza. La imagen de su hermano muerto en el interior de la gruta regresó a mi pensamiento, y comprendí que era mejor dejarla tranquila. Al fin y al cabo, Yago Ray había dicho algo sobre una opción, una posibilidad de que las cosas saliesen bien. Teniendo en cuenta cómo estábamos ahora, eso ya era mucho.

Rompíamos el mar muy cerca de la costa de Tirán, cada vez más y más metidos en la ría de Vigo. Poco a poco Blanco volvía a echársenos encima. Entonces Ray viró hacia el noreste, hacia Moaña. Entró en su bahía a toda máquina, y Blanco espoleó del mismo modo sus caballos. Cuando ya estábamos a punto de entrar en el mismísimo pueblo por la playa de la Xunqueira, nuestro hombre dio un giro violento de ciento ochenta grados, mostrando su intención. La planeadora de Blanco también hizo la maniobra, pero la mayor envergadura y velocidad de su barco provocaron que su movimiento fuese, otra vez, más complicado que el nuestro. Yago le había tomado la medida a la embarcación que nos seguía. Volvió a poner rumbo sur y, de nuevo a toda máquina, metió su lancha en el laberinto de bateas que desde Domaio se extiende hasta el estrecho de Rande. Comprendiendo que su presa empezaba a escapársele, Otto Wessler perdió la paciencia. Sacó su pistola y comenzó a disparar sobre nuestro barco.

—¡Agachaos, agachaos! —nos gritó Yago al tiempo que yo intentaba proteger a Mariña bajo mi propio cuerpo.

Efectivamente, Ray pilotaba como un rayo, tan rápido como su máquina le permitía. Sorteando a ritmos de vértigo una batea tras otra, y todavía no conseguíamos deshacernos del otro barco. Comprendí rápido el porqué de la gran reputación de Blanco, según el propio Yago Ray había comentado. Aquel tipo bien podría haber sido el piloto del mismísimo diablo. Salimos del enjambre de bateas, y por primera vez navegamos en línea recta, pasando a toda velocidad por debajo del majestuoso puente de Rande. Yago mantenía la mirada fija al frente, sin que yo pudiese comprender nada de lo que estaba haciendo. Con ese tipo de trazada jamás habría escapatoria, y los siete reactores de Blanco arrojaban ya a su planeadora definitivamente sobre nosotros. Y entonces nuestro piloto obró el milagro.

Cuando ya teníamos la quilla del alemán sobre nosotros, Yago viró muy bruscamente, tanto que del impulso casi me voy yo por la borda. Pero quien no pudo hacer nada fue Blanco. Probablemente espoleado en exceso por el propio Wessler, el piloto estaba tan pendiente de darnos captura que no tuvo ocasión de ver, hasta que Yago se apartó de golpe, la batea que ahora aparecía súbitamente ante ellos.

—¡Dios mío!

Desde el suelo del *Quijote Wilson* todavía pude ver la explosión, terrible, que se produjo cuando la planeadora de Wessler y Blanco chocó violentamente contra la estructura de madera y cuerdas suspendida en medio de la ría de Vigo.

Tan pronto como estuvo seguro de que nuestros perseguidores habían caído, Yago Ray hizo que el *Quijote Wilson* virase en redondo sin reducir un ápice la velocidad, volviendo a pasar como centellas entre los dos pilares del puente colgante. Por fin libres de nuestros perseguidores, el piloto puso nuevamente rumbo a la salida de la ría. Navegando a toda máquina hacia el oeste, Mariña y yo todavía echamos varias veces la vista atrás para contemplar en la distancia la bola de fuego en que la planeadora se había convertido flotando sobre el agua. Para asegurarnos de que, por fin, estábamos a salvo.

—¡¿Estáis bien?! —nos preguntó Yago.

—¡Sí, yo sí! ¿Estás bien, Mariña?

—¡Sí, estoy bien! —respondió lentamente—. O algo parecido...

—¡Pues eso está bien, muy bien! —sentenció nuestro capitán sin apartar ya la mirada del horizonte, allá por donde las islas Cíes marcan los límites entre el cielo y el mar—. ¡Ya me contaréis en qué líos andáis metidos! —gritó —. Ya me contaréis...

44

Regresamos a la ciudad en silencio, los dos teníamos mucho en qué pensar. Habíamos perdido a un buen amigo, habíamos pasado la noche en vela. Nos habíamos colado por una brecha del infierno, nos habían apuntado con un par de pistolas. Nos habían perseguido a toda velocidad a lo largo de dos rías, y nos habrían matado de no haber sido nuestros perseguidores los que finalmente acabasen saltando por los aires. ¿Y todo eso para qué?

Para nada.

Tan solo para que, por si todo lo anterior no fuera suficiente, Mariña todavía tuviese que ver morir a su propio hermano entre sus brazos. Demasiado, demasiado como para romper con nada el silencio en que ahora ella se amparaba.

Aparqué el coche por detrás de la Gran Vía y caminamos hasta el piso de Mariña refugiados en un abrazo. Cuando por fin llegamos al edificio, el comisario Bruno Rodés nos esperaba en el portal.

—Buenas tardes —saludó en un tono extrañamente respetuoso para tratarse de Bruno. Supuse que nuestro aspecto debía de resultar lamentable a los ojos del comisario. Mariña se quedó mirándolo, en silencio, sin responder nada.

—Tranquila —le dije—. Vete subiendo, en un momento estoy contigo.

Se introdujo en el portal, hasta perderse tras la puerta del ascensor, al final de las escaleras.

—Buenas tardes, Bruno —saludé desde el más hondo cansancio.

—Buenas tardes, *malparit* —«hombre, por fin...», pensé—. ¿Qué, de paseo?

—Sí, se podría decir que sí... —me sentía demasiado cansado, física y anímicamente, como para entrar al trapo de mi amigo—. Bueno, si a ti te sirve, entonces sí.

Mi respuesta lo cogió por sorpresa.

—Pues, la verdad, no sabría qué decirte... —respondió tras un buen rato observándome en silencio, desconcertado ante la indiferencia mostrada por mi parte—. Depende, supongo. Dime por dónde ha sido ese paseo, y ya veremos.

Lo pensé por un instante. Sonreí, agotado, y al final respondí con la mayor seriedad.

—Por el lado salvaje, Bruno. Ha sido un paseo por el lado salvaje. ¿Por qué, qué ocurre?

Ahora la mirada del comisario era de asombro.

—¿Que «qué ocurre»? —El comisario arqueó las cejas y se encogió de hombros sin dejar de negar con la cabeza—. Pero... ¿de verdad me lo estás preguntando? Por el amor de dios, Simón, ¡¿cómo que qué ocurre?! ¡Pues nada, oye! Aquí lo único que ocurre es que los del Servicio de Vigilancia Aduanera se han pasado toda la tarde recogiendo los pedacitos de una de las planeadoras de nuestro amigo Ascanio desparramados bajo el puente de Rande. Eso —subrayó Bruno—. ¡Eso es lo que ocurre! ¿No te parece bastante? Pues deja que te cuente más: ocurre también que no hace ni cinco minutos que me han dado el aviso de que el cuerpo de un viejo conocido mío acaba de aparecer flotando ría adentro, en la playa de San Adrián de Cobres, en Vilaboa.

—Blanco, el piloto de Ascanio.

—Efectivamente.

—Sí —respondí sin la más mínima expresión de nada en la voz—. Y si buscáis bien todavía encontraréis otro cadáver más, el cuerpo de un hombre de unos setenta años. Por si no lo podéis reconocer, que sepas que se trata de un alemán, probablemente con nacionalidad brasileña. Su nombre es Otto Wessler.

Bruno volvió a quedarse observándome en silencio, su boca ligeramente abierta.

—Ya veo... Y supongo que lo lógico por mi parte sería preguntarte cómo es que sabes tú todo eso —Bruno hablaba sin dejar ahora de afirmar con la cabeza—. Pero no, no te lo voy preguntar, porque eso es algo que ya sé.

—¿Ah, sí?

—Sí —afirmó con gran enojo—, por supuesto que sí. De hecho —añadió—, tengo un centenar de testigos, desde la playa de Menduíña en Aldán hasta el puerto de Moaña, pasando por los aterrorizados pasajeros del catamarán Cangas-Vigo de la una de la tarde, que coinciden en describir a los ocupantes de dos embarcaciones muy atareados en perseguirse los unos a los otros por toda la ría a plena luz del sol. Dos personas, los dos varones, en la de atrás, una planeadora enorme. Tres, dos hombres y una mujer, en la de delante. La descripción de uno de esos dos hombres últimos encaja plenamente con la de ese tal Yago Ray por el que me preguntaste el otro día.

—Ya veo...

—Y más que vas a ver —continuó Bruno, cada vez más enojado—, porque los otros dos, el hombre y la mujer... ¿A que no sabes a quien se parecían mucho, muchísimo, *malparit*?

«Bravo», pensé. Bravo por la ironía de mi amigo el comisario Bruno Rodés. Pero yo estaba muy cansado. «Mucho, muchísimo.» Demasiado cansado como para seguir con tanta historia.

—De acuerdo, Bruno, vale ya. Sí, éramos nosotros, Mariña y yo. Y todavía te puedo contar más, si quieres.

Bruno abrió los brazos en un gesto muy teatral, como si dijese «¡No me lo puedo creer!»

—¡Por favor!

—Te puedo contar —respondí— que desde esta mañana ya no tienes que preocuparte por uno de tus principales problemas. Se te acabaron los quebraderos de cabeza sobre Xulio Ascanio. Manda a tus mejores hombres de la científica al Buraco do Inferno, en la isla de Ons. Al fondo de la galería sur encontrarás su cuerpo. No está solo, que lo hemos dejado en compañía de dos cadáveres más. Y si esta vez hacéis bien vuestro trabajo, quiero decir, mejor de lo que lo hicisteis con doña Isabel y con Jackob, podréis comprobar por la posición de los cuerpos quién mató a quién.

Bruno me observaba desde una mezcla de asombro y cólera

contenida, a todas luces sin saber demasiado bien qué decir. Apartó la mirada hacia la calle, intentando poner en orden sus ideas.

—Oye, Simón, dime una cosa —dijo al fin—, solo una cosa...

—¿Qué?

Volvió a clavar su mirada en mí.

—¿Cómo puedo saber que vosotros no habéis tenido nada que ver en todo este cristo?

Mi primer impulso fue, sorprendentemente para mí, el de mandar a mi propio amigo a la mierda. Pero entonces comprendí. Justo a tiempo. Pero comprendí. Y menos mal, porque no se trataba de eso. Bruno no buscaba culpables a la desesperada. No, la pregunta del comisario era en realidad la puerta que mi viejo amigo abría para nuestra huida. Lentamente, puse una mano sobre su hombro, y le respondí.

—Porque tú sabes, Bruno, que nosotros no hemos tenido nada que ver en todas esas muertes.

El comisario Rodés se mantuvo pensativo, volviendo a negar en silencio sin dejar de observarme. Finalmente apartó la cabeza y, con la mirada perdida en el comienzo de la calle Lepanto, habló.

—Ya... Supongo que tan solo se trata de un asunto entre narcos que no ha salido bien.

Sonreí, agradecido.

—No lo sé, Bruno, no lo sé —respondí mirando al suelo, fingiendo la mayor de las indiferencias—. Tú ya sabes que yo solo soy un arquitecto sin demasiado trabajo.

Bruno volvió a posar sus ojos sobre mí. Los dos nos miramos sin decir nada. Pasaron unos segundos hasta que el comisario hizo un gesto afirmativo con la cabeza. Un gesto que, en silencio, cerraba un acuerdo no hablado.

—Tienes un aspecto horroroso —dijo al fin—. Lo sabes, ¿no?

—Sí, ya lo sé. Por eso ahora, si no te importa...

—Id con mucho cuidado, amigo —dijo desde el portal, al tiempo que yo comenzaba a subir las escaleras.

Hice un ademán con la mano, algo a caballo entre el «de acuerdo» y el «hasta luego», pero ya no miré atrás. Tan solo quería meterme en el ascensor, subir hasta el piso de Mariña y perderme en ella, descansar en un abrazo profundo como un océano.

Había dejado la puerta abierta. Entré en el piso para encontrarla al fondo de la sala, contemplando la ría a través de los grandes ventanales del apartamento, con una vieja fotografía en las manos.

—Mariña —dije, inmóvil a su espalda—, lo siento mucho.

—No digas nada, no hables —cortó al tiempo que dejaba la fotografía sobre el alféizar—. Abrázame. Solo abrázame fuerte.

Los dos nos quedamos en silencio por un mar de tiempo, contemplando cómo la tarde se iba posando sobre la ciudad, ajena a cualquier tipo de problema, cualquier suerte de dolor.

—¿En qué piensas? —pregunté al fin.

Mariña no dejaba de observar la ría al fondo en ningún momento.

—En los naufragios. En aquellos en el mar más hondo de todos.

Recordé las palabras de Jackob.

—El de la memoria.

—El de la memoria —repitió ella.

Al final giró sobre sí misma y, todavía cogidos en aquel abrazo fuerte que ella me había pedido, nos quedamos mirándonos a los ojos. Dios mío, cuánta hermosura había en aquella mirada. Y quizá fuese el de la memoria el más hondo, pero en ese momento yo estaba absolutamente convencido de que no había en el mundo mar que compitiese en profundidad con aquellos ojos. Dos océanos de luz y agua observándome fijamente al tiempo que el mundo entero se detenía. En ese momento, el universo pasó a girar a nuestro alrededor, y por una décima de segundo todo quedó inmóvil. La luz, los colores, el sonido de las cosas, todo quieto, inmóvil, en suspensión ingrávida a nuestro alrededor.

—Ojalá todo el mundo pudiese encontrar una vez en su vida un tesoro como el que yo tengo ahora frente a mí.

—¿Y cuál es ese tesoro, Simón?

—El placer, Mariña, el placer de verse reflejado de cerca en los ojos de una mujer hermosa. De una tan hermosa como solo tú eres.

Nos quedamos en silencio por un momento, mirándonos, reconociéndonos, hasta que Mariña habló.

—No quiero que te vayas.

—Yo no me quiero marchar.

Y nos besamos.

Por fin.

Como si hubiese pasado toda mi vida esperando por ese beso, por esos labios. Nos besamos una vez, un beso largo. Y luego otra vez, y otra más. Nos besábamos, un beso, otro, otro más, y al tiempo nuestras manos iban buscando nuestros cuerpos. Nos estorbaban las ropas, ¿qué hacían ahí? La piel quería piel. Y así hicimos el amor. Caímos desnudos en el sofá negro de la sala, y sobre la ciudad comenzó a llover. Fuera el agua caía con desesperación mientras nosotros hacíamos el amor en el sofá negro. Hacíamos el amor con rabia, tanto sufrimiento acumulado, mas también con dulzura. ¿Acaso no merecíamos tal placer?

Y después llegó la noche. Ya la oscuridad lo cubría todo, pero a nosotros tanto nos daba. Que viniese la noche, que viniese. Que viniese la noche, y la lluvia, y con ellas la oscuridad toda y todo cuanto quisiese venir, que nosotros estábamos al amparo de nuestro sofá negro, del calor de nuestros cuerpos. Al refugio de nuestros abrazos y de nuestros besos. Después de un mar de cariño, de caricias tiernas y sonrisas cómplices, nos fuimos juntos a la cama. Cuando nosotros quisimos, no cuando la noche nos lo dijo.

45

Me desperté en plena madrugada, con el cuerpo completamente empapado en sudor. Lo poco que había dormido lo había hecho emboscado en una pesadilla tras otra. Doña Isabel, Daniel, aquellas caras en el viejo recorte del periódico... León y mi madre... Toda aquella compañía de muertos en procesión había venido para angustiar mi sueño. No podía dormir. Sentí el calor de un cuerpo desnudo a mi lado. Mariña. Descansaba tranquila por fin, una isla de paz en medio de tanta tormenta.

Pero yo no podía dormir.

Demasiadas emociones, incertidumbre, tensión, riesgo. Demasiados golpes, demasiadas balas, demasiado cerca de la muerte. Todo aquello me había sobrepasado, era... demasiado para alguien como yo. Un arquitecto mediocre envuelto sin querer en un viaje por la historia de una familia extraña que, al final, había acabado siendo la mía propia. Y por el tiempo. Apenas una semana atrás yo casi ni siquiera sabía quién había sido Felipe V, qué había pasado con los galeones de América, con los piratas, la Guerra Civil, alemanes en España... Y el oro. Una carrera por el tiempo detrás de un oro que nunca apareció más que en forma de tres viejas monedas de finales del siglo XVII. De hecho, desde el punto en que nos encontrábamos ahora incluso costaba creer que ni un solo gramo de ese oro hubiera existido realmente alguna vez. No podía dormir y, antes de comenzar a dar vueltas y acabar despertando a mi compañera, decidí levantarme de la cama.

Regresé sin hacer ruido a la sala, y volví a acercarme a la ventana en la que nuestro censo de besos y caricias había comenzado. Enmarcada por el ventanal que se recortaba en la oscuridad del cuarto, la ciudad era una hermosa composición de tejados negros, luces y solitaria tranquilidad. Me quedé un buen rato contemplando la paz a mis pies. Un largo trozo de tiempo.

Hasta que mis ojos repararon en la fotografía. La vieja fotografía que Mariña tenía en sus manos cuando entré en el piso. La había dejado sobre el alféizar de la ventana al acercarme a ella. La recogí, y me encontré con una foto antigua, una en blanco y negro de dos chiquillos jugando tranquilamente en un jardín. Busqué algo en aquella imagen que me arrojara un poco más de luz. Por detrás alguien había dejado una anotación escrita a mano: «Xulio y Mariña, 1970.» Volví a mirar la foto. La niña, con los dos años aún por cumplir, se afanaba en invitar al te a una de sus muñecas, mientras su hermano, más próximo al fotógrafo, le mostraba una sonrisa pícara, traviesa, al objetivo. Sonreí, «ya apuntabas formas, chaval». Observándolos a los dos pensé en lo felices que parecían, ajenos a todo cuanto la vida les habría de deparar en el futuro. Contentos, tranquilos allí, al lado de aquel chorro de agua cantarina que caía por los caños de la fuente.

Porque ese era el lugar, lo reconocí al instante. La fuente de la Casa Grande, el lugar en el que todo había empezado. En aquella vieja fuente de piedra que, no obstante, en la foto se veía tan nueva. En la fotografía, a la luz de un sol intuido por los claros y las sombras contrastadas sobre los rostros de los pequeños, la piedra todavía era blanca, clara, y no la mole de tonos grises y verdes cuya restauración me había sido encomendada apenas tres semanas atrás. Me imaginé que así sería como a doña Isabel le habría gustado realmente volver a verla, otra vez como entonces, recién construida. Dejé que mi vista se perdiera en su contemplación. En la imagen, la piedra se veía tan limpia que la luz del sol reflejada en ella permitía observar con toda claridad cualquier detalle del labrado en la fuente. Los cantos, las juntas. Incluso la vieja inscripción, limpiamente grabada en el frontal. La inscripción... Sonreí de nuevo al verla. Días atrás había sentido una curiosidad especial al descubrirla, pensando que, igual que les sucedía a los guapos de las películas, tal vez yo también acabase descifrando algún viejo secreto familiar oculto tras aquellas letras. Sí, casi me había entusiasmado con la vieja inscripción para luego olvidarla, de hecho, ahogada por las aguas pútridas de aquella realidad cenagosa. ¿Y cómo no hacerlo? Al fin y al cabo, pronto comenzaron a pasar demasiadas cosas como para volver a detenerse en aquellas letras grabadas en la piedra...

Pero ahora ahí estaban de nuevo, justo entre las cabezas de Xulio y Mariña. *SCM · 1702 · DBR · 1939 · EDM · 1940 · STTL · 1968.* Me quedé atrapado en la contemplación de aquella serie inscrita en la piedra. Me quedé atrapado en ella...

Me quedé atrapado. Y la nostalgia de un pasado feliz fue dejando paso en mi inconsciente a la evidencia de la lógica más racional.

Espera...

SCM.

No, no, no...

DBR.

Estaba todo ahí.

Daniel. Eneas.

D. E.

Las letras...

EDM es E.D.M. Eneas.

Entonces no tenía todos los datos.

1940... El epígrafe *40*.

Soy estúpido, el *Santo Cristo*.

El *Santo Cristo de Maracaibo*, 1702.

Eneas Dafonte. *Dafonte*... De la fuente.

La fuente.

No podía ser...

Daniel había desaparecido en 1939. Como si se hubiera muerto...

STTL.

No. S. T. T. L.

Despiértala.

Y, de repente, lo comprendí todo. ¡Despiértala!

—¡Despierta! ¡Despierta! ¡Tenemos que salir! ¡Corre!

Entré gritando en el dormitorio.

—¿Qué?
—¡Vístete, Mariña, tenemos que salir!

Lo atravesamos todo, la ciudad y la madrugada, a tanta velocidad como mi pobre coche era capaz de ofrecer. No se podía correr más. Al final de la Gran Vía, las ruedas derraparon al entrar en la plaza de América, y esta vez era Mariña quien, todavía medio dormida, no era capaz de comprender nada de lo que estaba sucediendo.

—¿Pero qué ocurre, Simón? ¿Nos persiguen, otra vez?

Sonreí.

—Lo único que nos persigue es mi propia idiotez, Mariña. ¿Cómo he podido ser tan estúpido? Estaba todo delante de nosotros, ¡todo el tiempo, Mariña, todo! Solo que yo no lo supe ver. ¡Hasta ahora!

Volví a acelerar al dejar atrás la avenida de Castelao, con mi coche sin dejar de rugir. A nuestro paso saltaron los radares de la avenida de Europa primero y los del paseo de Samil después. Pero a mí me daba igual. Lo único que quería era llegar, ya.

—Todo ha estado delante de nosotros, Mariña. Todo el tiempo, era lo que ellos intentaban explicarnos. Solo a nosotros, solo querían hablar con nosotros. Pero no pudieron, no les dieron tiempo. —Hablaba y al tiempo me atropellaba a mí mismo. Me daba cuenta de lo desordenado de mi propio discurso, pero la emoción no me dejaba escoger mejor las palabras—. Tu madre me lo dijo: «Tú y yo todavía tenemos una conversación pendiente», recordé. Y Jackob nos advirtió de lo importante que era que volviésemos al día siguiente, que aún no había acabado de contárnoslo todo. Estuvieron intentándolo todo el tiempo, pero no les dejaron hacerlo. A los dos los mataron antes de que pudiesen hacer nada. Y después nosotros mismos nos perdimos por el camino. Pero todo estaba ahí, Mariña, todo estaba ahí, ¡justo delante de nosotros!

Creo que no debían de haber pasado ni diez minutos desde que cogimos el coche aparcado en la calle Venezuela, perpendicular a la Gran Vía, y ya lo estábamos dejando junto a los muros de la Casa Grande. Con las prisas me había olvidado de decirle a Mariña que cogiese las llaves, así que para entrar no nos quedó más remedio que trepar por la forja del viejo portalón. Atravesamos corriendo el bosque del terreno sin pasar por el edificio principal, y no nos detuvimos hasta llegar al mirador. Las herramientas que días atrás nos había conseguido el eficiente Rovira aún seguían allí, junto a las losas de la fuente que nosotros mismos, Carlito y yo, habíamos dejado amontonadas en un lateral del mirador.

—S. T. T. L., ¡pero cómo pude ser tan estúpido! Mariña, por favor, acércame esa maza. Y si buscas en la caja de herramientas encontrarás un par de linternas, cógelas también, por favor.

Yo seguía hablando demasiado rápido, sin que nada de lo que decía tuviese ningún sentido para Mariña.

—Aquí tienes —dijo al tiempo que me pasaba la maza y comenzaba a alumbrar el camino con su linterna—. ¿Pero qué es eso que dices de ese «teteele», qué significa todo esto?

—Ese «teteele» no, Mariña. S. T. T. L. —deletreé—. Se trata de una antigua inscripción romana.

—¿Romana? ¿Más historias de Eneas?

«Claro!», volví a reír al pensarlo. Yo no me había dado cuenta antes, pero no pude evitar sonreír de nuevo al pensar en lo que ahora sugería Mariña. Hasta el mismo instante final, Daniel dejaba bien claro cuál había sido el gusto de su juego.

—Bueno, mucho me temo que sí —reconocí—. Tu padre era un genio, uno de los que sí sabían como marcar la X en el mapa del tesoro. S. T. T. L. son las iniciales de *Sit Tibi Terra Levis*. Sígueme.

Los dos comenzamos el descenso a la cueva bajo la fuente, al manantial del que, como en su momento me había explicado doña Isabel, «todo había brotado siempre».

—*Sit tibi terra levis*, «que la tierra te sea leve» —traduje.

—¿«Que te sea leve»? ¿Algo así como «que te vaya bien?»

—No, no exactamente. Este deseo no se refería a la vida, sino más bien a la muerte.

Mariña se quedó en silencio, pensando, mientras yo volvía a abrir el camino que bajaba a la cueva.

—Una inscripción funeraria... —comprendió.

—Exacto. Se trata de una especie de epitafio antiguo, algo así como el R.I.P., o nuestro más próximo D.E.P., «descanse en paz».

Ya estábamos en el interior de la cueva en la que días atrás Carlito y yo habíamos encontrado la caja con las dos monedas de oro. Todo estaba como nosotros lo habíamos dejado entonces. Agua estancada en el suelo, las grandes losas de piedra que se transformaban en techo y la pared del fondo cubierta por la maleza abundante.

—Cuando los romanos enterraban a sus muertos, lo hacían con el deseo de que la tierra con que cubrían sus cuerpos les fuese lo más liviana posible, para que no les pesase y así les permitiese hacer su viaje a la otra vida.

Hablaba sin dejar de examinar como mejor podía la pared del fondo, alrededor de la pequeña abertura en la que habíamos encontrado el pequeño cofre. Aparté la maleza con las manos.

—¡Mira! —exclamé al verla.

Ahí estaba. La vegetación y el tiempo la habían ocultado, pero ahí estaba, un poco más arriba de la abertura para la caja: la misma inscripción.

—S.T.T.L. —leyó Mariña, alumbrando la secuencia de letras con su linterna—. Pero, entonces, esto es...

—En efecto —le confirmé—, una tumba.

Golpeé fuertemente con el martillo, justo sobre la inscripción, y al momento la pared nos devolvió un sonido hueco.

—¡La pared no es natural! —exclamó Mariña.

—No, no lo es. Vuestra fuente en realidad solo es el vértice visible de un mausoleo enterrado. ¡Apártate!

Cargué todas mis fuerzas en los brazos, y liberé la maza sobre la pared con tanta fuerza como me fue posible. No pasó nada. Cargué otra vez y repetí el golpe.

—Tiene que ser, tiene que ser —me iba repitiendo a mí mismo sin dejar de golpear.

Por fin, después de cuatro o cinco golpes, la piedra de la pared acabó por ceder, y conseguí abrir un hueco por el que asomar con facilidad nuestras linternas.

—Dios mío...

—Ahora sí —sonreí yo—. Ahí está el secreto de Troya.

Penetramos en la cámara para descubrir que bajo los terrenos de la Casa Grande existía otra gruta cuando menos tan grande como aquella de la que habíamos escapado a través del Buraco do Inferno, tal vez incluso más. Columnas y columnas de cajas rebosantes de oro se alineaban frente a nosotros, tiñendo toda la cavidad en un baño de claridad dorada al reflejarse en ellas la luz de nuestras linternas.

—Santo Dios —exclamó Mariña, con la expresión tomada por el asombro—, estaba aquí, en nuestra propia casa. Pero, cómo...

—Tu padre —expliqué— y, muy probablemente, el propio Jackob trasladaron todo el oro desde el Buraco do Inferno hasta aquí al comprender que su trabajo ya se había acabado. Imagino que siempre sintieron el temor de que alguien más acabase por descubrir, o incluso simplemente conocer, la historia del *Meeresadler* y apareciese de nuevo por las islas. Así que, una vez hecho el trabajo, Eneas, Daniel, tu padre decidió enterrarlo aquí, junto con la memoria de todos cuantos habían participado en esta gran mentira. SCM, el *Santo Cristo*, hundido en 1702. DBR, el propio Daniel, desaparecido en 1939. Y EDM, Eneas, una farsa que empezó en 1940.

—Pero hay una fecha más. En la inscripción de la fuente, 1968.

No pude evitar volver a sonreír.

—El año en que tú naciste —comprendí—. Tu nacimiento fue el entierro definitivo de su trabajo. 1968 fue el año en que la cueva fue sellada con el oro enterrado en su interior, con el deseo de que la tierra le fuese leve. Tanto como para que un día vosotros, tú misma, la pudieseis volver a abrir y conocer la verdad. Una verdad que siempre estuvo aquí, enterrada bajo la fuente que en todo momento habéis llevado en vuestro nombre.

Poco a poco, Mariña esbozó una sonrisa inmensa, y su rostro brilló como si todo él fuese igualmente del más puro oro.

—Dios mío, Simón. ¿Y qué vamos a hacer ahora con todo esto?

Yo también sonreí al verla feliz al fin. Y lo tuve muy claro.

—Por lo de ahora, besarnos, mi amor.

Agradecimientos

Este es uno de esos libros que no podrían salir adelante de no ser por la muy amable ayuda de un buen número de amigos. Por eso mismo, este también es uno de esos libros que no se podrían dar por completos de no llevar en algún lugar buena cuenta de los agradecimientos de los que es deudor.

Así, es necesario darle las gracias a Elisa Barreiro López —nuestra tía Elisa, a quien siempre hemos de echar en falta—, por su memoria prodigiosa a la hora de recordar hasta los más sutiles detalles del Canido de la primera posguerra; a Julio González Salgueiro y a José Ángel Pujol Gómez, *Pucho*, auténticos lobos de mar, por sus consejos marineros y náuticos; a Beatriz Bruna, presidenta de Espeleo Club Aradelas, y José Diz, director del proyecto de catalogación de las grutas existentes en el Parque Nacional de las Islas Atlánticas, por su inestimable ayuda a la hora de documentarme sobre la terrible belleza que el Buraco do Inferno esconde en su realidad; a Anna Rodés Monegal, notable doctora que me puso en la pista de los más peligrosos venenos; a Cristina Rodés Monegal, que en todo momento se encargó de que nunca faltase papel para soportar mis tintas; y, muy especialmente, a Suso del Toro, grandísimo maestro para toda una generación de jóvenes que con él aprendimos que otro modo de narrar era posible, porque, otra vez, de no ser por sus consejos hoy este libro no sería tal.

A todos, de todo corazón, gracias.

Índice